ALTE GEISTER RUHEN UNSANFT

THOMAS BREZINA

KNICKERBOCKER-BANDE 4IMMER

ALTE GEISTER RUHEN UNSANFT

ecoWIN
SALZBURG – MÜNCHEN

2. Auflage

Gesetzt aus der Minion Pro, Dirty Ego

Medieninhaber, Verleger und Herausgeber:
Red Bull Media House GmbH
Oberst-Lepperdinger-Straße 11–15
5071 Wals bei Salzburg, Österreich

Lektorat: Anke Weber
Satz: MEDIA DESIGN: RIZNER.AT
Umschlaggestaltung: STEIGENBERGER, Agentur für Kommunikation, Katrin Steigenberger
Printed in Germany
ISBN 978-3-7110-0161-0

Für Ivo BB

Sein großartiges Motto:
Just do it and believe!

DAMALS, ALS ALLES BEGANN ...

DER SCHATTEN

Sie hatten keine Ahnung. Wie auch? Ihr Schatten blieb immer gut verborgen. Aber Axel, Lilo, Poppi und Dominik wurden beobachtet, und das aus einem Grund, den sie nicht einmal in ihren kühnsten Träumen hätten erahnen können.

Begonnen hatte es damals, als sich die vier bei der Siegerehrung eines Zeichenwettbewerbs kennengelernt hatten. Eine Tiroler Lederhosenfirma hatte Zeichnungen mit den lustigsten Ideen für Knickerbockerhosen gesucht, und die vier hatten gewonnen.

Die Übergabe der Preise fand auf der Bühne im Festsaal eines Hotels in Innsbruck statt. Die langen Sitzreihen waren gefüllt mit Kindern und einigen Eltern. Herr Grassus, der PR-Manager der Lederhosenfirma, hatte die bunten Lederhosen, die Axel, Poppi, Dominik und Lilo gezeichnet hatten, in ihren Größen nähen lassen. Er bat sie, die bunten Hosen anzuprobieren, womit keiner der vier gerechnet hatte.

Doch nicht nur das: Herr Grassus hatte als Teil des Events geplant, dass die vier in ihren Lederhosen vor das Publikum treten. Sonst würden sie ihre Preise nicht bekommen.

Lilos Knickerbocker waren mit einer Berglandschaft bemalt, was noch das Harmloseste war. Axel musste ein himmelblaues Ding mit rosa Flügeln tragen, das er aus purem Übermut so gezeichnet hatte. Ein Bein von Poppis Knickerbockern war gestreift wie ein Zebra, das andere gefleckt wie der Hals einer Giraffe. Dominiks Lederhose hatte an der Stelle des Hosenstalls einen Vorhang, wie im Theater.

Die Kinder im Saal lachten und klatschten. Axel hätte sich vor Scham am liebsten in Luft aufgelöst, Dominik hätte schon eine Versenkung in der Bühne gereicht. Die beiden Mädchen ignorierten das Gelächter, so gut das eben ging.

Bereits vor ihrem Auftritt hatten die vier aber einen Racheplan geschmiedet. Als sich das Publikum beruhigte, bat Dominik um das Mikrofon. Er war es gewohnt, vor Publikum auf der Bühne zu stehen, und kannte daher keine Furcht. Gespannt blickten alle zu ihm hoch und warteten, was er zu sagen hatte.

Dominiks Stimme tönte aus allen Lautsprechern des Saales. »Herr Doktor Grassus, wir alle wünschen uns, dass Sie hier auf der Bühne fünf Minuten lang für uns schuhplatteln.«

Axel, Lilo und Poppi standen neben Dominik und grinsten unschuldig.

Da der Mann die Figur eines Fässchens auf Beinen hatte, versuchte er sich zu drücken, aber Dominik heizte das Publikum zu Sprechchören an. Schließlich blieb dem schwitzenden Herrn Grassus nichts anderes übrig, als den Wunsch zu erfüllen. Die Band, die die Preisverleihung musikalisch untermalte, spielte einen zünftigen Volkstanz, und Herr Grassus musste beginnen. Mit den dicken Armen erreichte er kaum seine Schuhsohlen und sah aus wie ein kaputtes Aufziehspielzeug.

Aus lauter Zorn nannte er die vier zum Abschied eine elende »Knickerbocker-Bande«.

So war ihr Name geboren worden. Damals waren sie Freunde geworden. Damals hatten sie gemeinsam eine Woche Skiferien in Tirol verbringen dürfen. Damals hatten sie das Rätsel um das Schneemonster gelöst. Es war ihr erster Fall von vielen gewesen.

Sie wurden zu einem Team, das durch dick und dünn ging. Irgendwann hörten sie auf, die Abenteuer zu zählen, die sie erlebt hatten und die sie von eisigen Fjorden in Norwegen bis in den Regenwald Südamerikas geführt hatten.

Damals bei der Preisverleihung war ihr Schatten irgendwo im Publikum gesessen. Damals hatte er sie zum ersten Mal gesehen. Es war purer Zufall gewesen, weil er aufgrund des starken Schneefalls an diesem Tag im Hotel geblieben war.

Als kurze Zeit später in den Zeitungen der erste Bericht über die Knickerbocker-Bande und über den Fall mit dem Schneemonster erschienen war, hatte er seinen Plan gefasst und ihn sofort in die Tat umgesetzt …

ALS DIE VIER ÄLTER WURDEN ...

1) PHANTOM AM SESSELLIFT

Irgendetwas stimmte nicht.

Dieses Gefühl hatte alle vier Knickerbocker in letzter Zeit beschlichen, aber keiner von ihnen redete darüber, weil sie sich ein wenig dumm vorkamen.

Lilo war ein Phantom begegnet. Es hatte große Ähnlichkeit mit dem Phantom der Schule, dem die Knickerbocker auf die Spur gekommen waren. In der Vergangenheit hatte das Phantom Lilo nur in ihren Träumen verfolgt und sie zu Albträumen gemacht. Nun aber war es ihr bei Tag begegnet und an einem Ort, an dem sie es niemals erwartet hätte.

Wie damals hatte das Phantom diese weiße Maske getragen, die nur eine Hälfte des Gesichts verdeckte. Die andere Hälfte hatte weder Fleisch noch Haut, sondern war nur der bleiche Knochen eines Totenschädels.

Das Phantom war auf einmal neben Lilo im Sessellift gesessen. Sie hatte den sonnigen Wintertag für ein paar schwungvolle Abfahrten genutzt und war allein unterwegs gewesen. Am späten Nachmittag nahm sie ein letztes Mal den Sessellift zum Hochsaukaser. Es war ein Viererlift, aber Lilo war die Einzige auf der langen Sitzbank. Auf halbem Weg zur Station hatte sie neben sich eine Bewegung gespürt. Als sie den Kopf drehte, sah sie das Phantom. Es war mit einem schwarzen Umhang bekleidet, unter dem das blutrote Futter hervorleuchtete, und grinste sie von der Seite an. Lilo überwand den ersten Schreck schnell, in ihrem Kopf begann es sofort zu arbeiten.

Wie war das Phantom auf den Sitz neben ihr gekommen? Selbst Lilo, genannt Superhirn, hatte keine Erklärung dafür. Sie warf einen sehr schnellen Blick nach hinten auf den nächsten Vierersessel. Er war unbesetzt. Vor ihr schwebte ein turtelndes Liebespaar den Berg hinauf.

Das Phantom gab keinen Ton von sich. Es zeigte nur eine Reihe dunkler Zähne.

»Was … wer … wer sind Sie?«, fragte Lilo.

Kein Wort. Lilos Hand schnellte vor. Mehr reflexhaft griff sie nach dem Mantel. Ihre Hand spürte aber nichts. Sie griff nur Luft. Ungläubig wedelte sie mit den Fingern, die in einem Skihandschuh steckten und durch den Körper des Phantoms geglitten waren.

Auch wenn sie in den vergangenen Jahren schon einigen höchst unheimlichen Spukgestalten gegenübergestanden war, jagte das Phantom Lilo immer noch eine Gänsehaut über den Rücken.

»Was … was wollen Sie?«

Noch immer grinsend richtete das Phantom den Blick nach oben zur Station. Es riss den rechten Arm hoch und warf den Mantel über sich. Gleichzeitig löste es sich auf und war verschwunden. Vor Schreck hätte Lilo beinahe vergessen auszusteigen. Ihretwegen musste der Liftwart den Lift anhalten.

»Du starrst, als hättest du einen Geist gesehen«, spottete er.

Stimmte das? Sah sie wirklich Gespenster? Früher hätte sie den anderen sofort aufgeregt davon berichtet, aber jetzt war das anders. Sie fühlte sich irgendwie dumm, und darauf hatte sie keine Lust.

Es war aber nicht nur Lilo so gegangen. Dominik hatte fast zur gleichen Zeit ein ähnliches Erlebnis gehabt. Er hatte wieder einmal eine Rolle am Theater bekommen: In dem neuen Musical *Tanz der Vampire* spielte er den Schüler Alfred, der gemeinsam mit einem schrulligen Vampirforscher nach Transsilvanien reist und dort einige »blutige« Begegnungen hat. Die Proben waren anstrengend, und vor allem musste Dominik an den meisten Tagen gleich nach der Schule ins Theater.

In den langen, kahlen Gängen des Theaters hatte er sie zum ersten Mal gesehen: die rote Mumie. Sie sah der Mumie, die die Knickerbocker-Bande in Ägypten in Angst und Schrecken versetzt hatte, verblüffend ähnlich. Völlig unerwartet hatte sie den Kopf aus einer Tür gestreckt und war dann gleich wieder verschwunden.

Nach einer Schrecksekunde war Dominik zu der Tür gelaufen und hatte sie einfach aufgerissen. Ihm gegenüber stand Alina, die Schauspielerin, die eine Magd spielte. Sie musterte ihn mit leicht zur Seite geneigtem Kopf.

»Falsche Tür«, sagte sie.

Dominik lief knallrot an. Er stand im Türrahmen der Damentoilette.

»War hier nicht gerade … eine rote Mumie?«

Alina lachte los. »Scherz, was? Wir spielen *Tanz der Vampire*, nicht *Die Rache der Mumie.*« Sie lachte, als wäre es der beste Scherz, den sie seit Langem gehört hatte.

Natürlich stellte Dominik keine weiteren Fragen und machte auch keinen Versuch, die Toilette zu untersuchen. Er hoffte nur inständig, Alina würde den anderen Mitwirkenden nichts erzählen, weil er keine Lust hatte, dass sie sich über ihn lustig machten.

Am selben Nachmittag hatte Dominik eine schwierige Tanzszene geprobt. Er musste dabei mit ausgestreckten Armen wie ein Kreisel über die Bühne fegen. Als er nahe am Orchestergraben wirbelte, tauchte die rote Mumie aus dem Dunkel der hinteren Bühne auf, die bandagierten Arme nach ihm ausgestreckt. Hinter den Stoffbinden glühten giftgrüne Augen auf, die dünne Strahlen auf ihn schleuderten.

Erschrocken geriet Dominik ins Stolpern. Er verlor das Gleichgewicht und stürzte rücklings über die Bühnenkante. Zum Glück war der Orchestergraben mit einem Netz überspannt, das ihn auffing und vor einem schlimmen Aufprall bewahrte.

Assistenten kamen und halfen ihm aus dem Netz. Als Dominik zur Bühne hochblickte, war dort keine Spur von einer Mumie.

Die Choreografin, eine schnippische junge Frau, erschien. »Morgen und übermorgen Extraübungsstunden. Du drehst den Kopf zu stark mit, und deshalb wird dir schwindlig.«

»Es war wegen der Mu…« Dominik brach mitten im Satz ab. Schlagartig wurde ihm klar, dass außer ihm niemand eine Mumie gesehen hatte.

Hatte er sich alles nur eingebildet? Lag es am Stress? Dominik suchte fieberhaft nach einer Erklärung. Es musste mit dem Druck zusammenhängen, dem er derzeit durch die Doppelbelastung von Schule und der Arbeit am Theater ausgesetzt war, sagte er sich.

Weil die »Mumie« sich an den folgenden Tagen nicht mehr zeigte, behielt er die unheimliche Begegnung für sich. Er versuchte, sie zu verdrängen, aber an dem Tag, an dem das Eismonster auftauchte, kam die Erinnerung sofort zurück.

2) HAI IM SKISTALL

Lilos Vater hatte die vier zu einem Skiwochenende nach Hochgurgl in die Tiroler Berge eingeladen.

»Ich freue mich schon auf die Knickerbocker-Bande«, hatte er strahlend zu Lilo gesagt.

Früher wären Axel, Lilo, Poppi und Dominik bei der Aussicht auf ein Wochenende in einem schicken Hotel hoch oben in den Bergen begeistert gewesen. Früher hätten sie es kaum erwarten können, die weißen Hänge hinunterzuschwingen.

Aber es war einfach nicht mehr wie früher. Dominik wollte eigentlich lieber auf eine Party gehen, Poppi hatte da diesen jungen Tierpfleger im Zoo kennengelernt, der mit ihr ins Kino wollte, und Axel war von Freunden aus der Schule eingeladen worden, ein paar neue Computerspiele auszuprobieren. Zum fröhlichen Herrn Schroll konnte man aber nicht Nein sagen, und daher hatten alle die Einladung angenommen.

Frau Monowitsch brachte ihre Tochter mit dem Auto. Wie immer versorgte sie Poppi mit einem Schwall an Ermahnungen, obwohl sie jede Hoffnung aufgegeben hatte, dass Poppi etwas davon beachten würde.

Als sie aus dem dunkelgrünen Sportwagen ihrer Mutter stieg, wurde Poppi sofort von einem Hoteldiener begrüßt. Er übernahm ihren Koffer und ihre Ski. Ihre schicke Lederhandtasche drückte Poppi an sich, als hätte sie Sorge, der Hoteldiener könnte sie ihr entreißen.

Die Halle hinter der Glastür strahlte mit viel Holz, einem offenen Kamin und Bauerntischen Tiroler Behaglichkeit aus. Der ausgestopfte Bär an der Wand gefiel Poppi aber gar nicht.

Tiere sollten leben. Sie beschloss, dem Hoteldirektor ihre Meinung zu sagen.

Poppi ging zur Rezeption und fragte nach Herrn Schroll. Er war noch nicht angekommen. Von ihren Freunden war auch noch keiner im Hotel. Die Frau im Dirndl, die die Gäste freundlich begrüßte, schlug ihr vor, sich in die Hotelhalle zu setzen und ein Getränk zu bestellen.

In der Halle war einiges los. Die Skifahrer waren von den Pisten zurückgekehrt und feierten Après-Ski. Poppi wählte einen kleinen Tisch möglichst weit entfernt von dem ausgestopften Bären und bestellte beim Kellner, der hektisch zwischen den Gästen herumschwirrte, ein Glas Holunderlimonade.

Während sie an der Limonade nippte, wurde sie das Gefühl nicht los, beobachtet zu werden. Sie drehte sich vorsichtig um und blickte über ihre Schulter.

An einem Tisch hinter ihr saß eine Gruppe lärmender junger Leute, die sich wild zuprosteten. Poppi sah sie prüfend an, erblickte aber niemanden, den sie kannte. Es starrte auch keiner. Sie musste sich getäuscht haben. Aber nur kurze Zeit später spürte sie erneut die bohrenden Blicke im Rücken. Wieder drehte sie sich nach hinten, und wieder konnte sie niemanden ausmachen. Niemand drehte sich schnell weg. Niemand senkte ertappt den Kopf. Niemand starrte.

Irgendwie seltsam, dachte Poppi. Sie stand auf und wechselte den Tisch. Aber auch dort wurde sie den Eindruck nicht los, jemand hätte sie im Auge. Ihr wurde die Sache unheimlich, allerdings zweifelte sie auch ein wenig an sich selbst. Vielleicht spielte ihr da wieder ihre alte Angst einen Streich, weil ihre Freunde noch nicht angekommen waren und sie ganz allein herumsaß.

Ein wenig Gesellschaft hatte sie aber ohnehin: In ihrer Handtasche trug sie keine Schminksachen, sondern ihre Lieblingsratte Cleopatra. Irgendein Tier ihres Minizoos begleitete Poppi immer.

Als Nächstes traf Axel ein. Er war mit dem Zug bis Innsbruck gefahren und hatte dann den Hotelbus genommen. Er winkte Poppi fröhlich zu, verschwand aber gleich wieder, um sich der Unterbringung seiner Ski zu widmen. Seine neuen Ski waren sein ganzer Stolz, und er wollte sie noch wachsen. Ihm wurde angeboten, die kleine Werkstatt zu benutzen, in der die Ski der Hotelgäste von Mitarbeitern präpariert wurden.

Nachdem Axel die Ski auf zwei Böcke gelegt hatte, sah er sie zum ersten Mal: Es war eine eisblaue Gestalt mit drei Augen und dem Maul eines Hais. Sie glotzte ihm von einem Plakat an der Wand entgegen. Als er verwundert den Kopf schüttelte und die Augen kurz zupresste, war sie noch immer da.

Vorher war etwas anderes auf dem Plakat zu sehen gewesen. Davon war Axel überzeugt. Es war etwas Freudiges gewesen, Schnee in der Sonne oder so.

Das Wesen verzog das Maul zu einem bösartigen Grinsen. Die vielen spitzen Zähne blitzten kurz auf. Axel bewaffnete sich mit dem Bügeleisen, das er zum Wachsen verwendete, und trat näher an das Monster an der Wand heran. Es lachte lautlos auf, und im nächsten Augenblick war es fort. An seiner Stelle stand ein schneebedeckter Holzstoß in der Wintersonne. Das Poster warb für Winterurlaub in Hochgurgl.

Der Hafenhai fiel Axel ein. Er erinnerte sich mit Schaudern an diesen Fall in Hamburg. Die Augen des Monsters hatten aber eher etwas von dem eiskalten Troll in Norwegen – auch ein Fall der Bande.

Spinne ich total, fragte sich Axel.

Als er fertig war, fuhr er mit dem Lift in die Lobby nach oben, wo inzwischen auch schon Herr Schroll, Lilo und Dominik mit Poppi auf ihn warteten und ihn begrüßten.

Poppi, die immer schon feine Antennen für Stimmungen gehabt hatte, fühlte eine gewisse Kühle. Irgendwie war die Stimmung nicht so fröhlich wie sonst. Von den »bohrenden Blicken«, die sie zu spüren geglaubt hatte, erwähnte sie nichts.

Der Abend verging schnell. Es gab Fondue, in das Poppi aber nur Gemüsestücke tauchte. Herr Schroll ermahnte alle, rechtzeitig ins Bett zu gehen, um sich gut auszuruhen, da sie am nächsten Tag eine größere Tour vor sich hatten.

Irgendwann in der Nacht wachte Axel auf. Er teilte sich ein Zimmer mit Dominik, der im anderen Bett lag und leise schnarchte. Die Vorhänge waren offen, da die zwei von der aufgehenden Sonne geweckt werden wollten. Die Scheinwerfer, die das Hotel anstrahlten, ließen von draußen einen schwachen Lichtschimmer ins Zimmer fallen.

Axel hielt den Atem an. Sehr langsam richtete er sich auf.

Durch die Glasscheibe der Balkontür starrte das Monster. Drei Augen und das Maul eines Hais. Es begann zu sprechen, langsam und sehr drohend. Seine Stimme wurde durch die Scheibe gedämpft.

»Du kannst mich nicht aufhalten. Deine Freunde auch nicht. Ich werde auf dem Berg zuschlagen und vielen Menschen das Leben nehmen.«

Axel schlüpfte aus dem Bett. Er trug seinen Jogginganzug, weil ihm in der Nacht sonst immer kalt war. Bloßfüßig lief er zur Balkontür und entriegelte sie. Einen Moment lang war er mit dem Hebel beschäftigt und ließ das Monster aus den Augen. Als er wieder hinsah, war es verschwunden.

Energisch riss Axel die Tür auf. Die eisige Luft der Winternacht schlug ihm ins Gesicht. Der Balkon war leer. Axel beugte sich hinaus, wich aber sofort zurück. Der Kopf des Monsters schwang von oben herab, als hätte es sich mit den Füßen irgendwo eingehakt. Das breite Maul wurde aufgerissen, die Haikiefer schnappten nach ihm. Axel holte mit der Faust aus, um dem Monster einen Schlag auf die Nase zu versetzen.

Seine Hand fuhr durch den Kopf durch. Da war nichts. Nur Luft.

In der nächsten Sekunde war das Monster völlig verschwunden. Axel konnte es nirgendwo mehr entdecken. Er rief nach Dominik, der nur höchst widerwillig unter der Bettdecke hervorkam. Bevor er nur einen Schritt machte, schlüpfte er umständlich in seinen bereitliegenden Bademantel.

»Hier … hier ist es gestanden. Ein Monster. Es hat gedroht, dass …«, sagte Axel. Vor Aufregung stotterte er.

Dominik gähnte. Er blickte auf den Balkon hinaus. In den vergangenen Stunden war ein wenig Schnee gefallen. Der leichte Wind hatte die Flocken über das Geländer auf den Holzboden geweht, wo nun eine dünne weiße Schicht lag.

»Hier also ist es gestanden?«, fragte Dominik betont ruhig.

»Ja. Habe ich doch gerade gesagt.« Axel platzte fast vor Wut, weil Dominik so arrogant klang.

»Ich zweifle an deinem Verstand!«

»Soll das heißen, ich spinne?«

Mit einem betont geduldigen Durchatmen deutete Dominik auf die breiten Dielen des Balkonbodens und die unberührte Schneeschicht.

»Bei deiner Beobachtung muss es sich um einen Geist gehandelt haben.«

3) MONSTER OHNE SPUREN

Axel bemerkte das Fehlen der Abdrücke des Monsters erst jetzt und ärgerte sich entsetzlich, weil ihm das nicht aufgefallen war. Erklärung hatte er keine, was ihn noch mehr ärgerte.

Er weckte die Mädchen, die im Zimmer nebenan schliefen. Lilo sah sich die Sache an und knetete wie üblich ihre Nasenspitze. Sie behauptete, das würde ihr Denkvermögen anregen, doch Axel hätte ihr am liebsten die Finger von der Nase weggerissen, weil es ihn so nervte.

»Du hast das wahrscheinlich nur geträumt«, lautete Lilos Meinung.

Axel brüllte los. »Ich habe das nicht geträumt!«

Poppi zuckte erschrocken zusammen. Sie stand in der Verbindungstür zum Mädchenzimmer und streichelte ihre Ratte Cleopatra.

Lilo schloss die Balkontür. Es war genug kalte Luft ins Zimmer gekommen.

»Leute, morgen gehen wir mit meinem Vater Ski fahren. Dafür sollten wir ausgeruht sein. Die Abfahrt ist nicht ohne.«

»Was ist los mit euch? Früher hätten wir sofort das ganze Hotel abgesucht!« Axel blickte von Dominik zu Lilo und von Lilo zu Poppi.

Dominik polierte seine Brille, die sich beschlagen hatte. »Außer dir sieht keiner dieses ›Schneemonster‹.«

»Dann finde ich es eben allein. Ohne euch!« Axel hatte genug von den anderen. »Gute Nacht!« Er kroch zurück unter die Decke und drehte sich weg.

Lilo zuckte mit den Schultern, Dominik zog eine Augenbraue hoch. Poppi war über den Streit unglücklich. Sie hatte es nie ausstehen können, wenn zwischen den vier Freunden Spannungen herrschten.

»Vielleicht hat Axel wirklich etwas gesehen«, sagte sie am nächsten Morgen zu Lilo.

»Poppi, versuch nicht immer, Frieden zu stiften.« Lilo steuerte das Badezimmer an.

»Aber er hat recht: Früher hätten wir nachgeforscht, um mehr über das Monster herauszufinden.«

Lilo schloss die Badezimmertür hinter sich. Sie sperrte ab und drehte den Wasserhahn am Waschbecken auf, weil sie ein paar Minuten nur für sich brauchte.

Was war los mit ihnen?

Axel sah also auch Gespenster, genau wie sie. Sie hatte schon von ihrer Begegnung mit dem Phantom erzählen wollen, aber irgendetwas hatte sie davon abgehalten. Früher wäre das anders gewesen. Axel hatte recht. Es hatte sich etwas verändert.

Eine gewisse Unruhe beschlich Lilo. Es konnte kein Zufall sein, dass Axel und sie auf einmal diese Einbildungen hatten. Vielleicht waren sie einfach zu lange allen möglichen Monstern und Ungeheuern hinterhergejagt, für die es am Ende immer sehr natürliche Erklärungen gegeben hatte. Auf einmal schien es umgekehrt zu sein: Die Spukgestalten jagten ihnen hinterher, wenn auch nur in ihrer Einbildung.

Lilo fiel das Wort ein, das ihr in letzter Zeit einige Male durch den Kopf gegangen war: kindisch. Ihre detektivischen Aktivitäten erschienen ihr auf einmal kindisch.

Axel aber war überzeugt, dass er das eisige Monster mit dem Haifischmaul gesehen hatte. Schloss er die Augen, stand sofort wieder diese Fratze vor ihm. Er war Detektiv, und er blieb es auch.

»Wir sind schließlich Juniordetektive«, erinnerte er Lilo beim Frühstück.

»Ich bin gar nicht ›junior‹«, sagte sie patzig. Axels Gerede regte sie entsetzlich auf, genauso wie seine Art, beim Frühstück Müsli, Früchte, Jogurt, Saft und Marmelade zu einem Brei zu verrühren. Sie hätte ihm am liebsten eine geklebt.

Der Rest des Frühstücks verlief schweigend. Poppi litt, weil die anderen so unfreundlich zueinander waren. Lilo hasste Axel für sein Gefasel von »Juniordetektiven«. Dominik kämpfte mit sich und seiner Begegnung mit der roten Mumie. Auch er schaffte es einfach nicht, den anderen davon zu berichten, weil er sich so lächerlich vorkam.

Axel war sauer. Bevor sie aufstanden, sagte er: »Nur zu eurer Info: Dieses Eismonster hat mich gewarnt, dass es auf dem Berg zuschlagen würde. Es will killen.«

»Ein Killermonster?« Dominik sah ihn mit hochgezogenen Augenbrauen an.

»Ja. Das hat es gedroht. Es sollen Menschen sterben. Wir können nicht einfach nichts tun.«

»Kannst ja zur Polizei gehen«, riet ihm Lilo.

Natürlich würde ihm dort niemand glauben, weil die ganze Geschichte einfach zu verrückt klang.

Herr Schroll hatte den Hotelpool genutzt und war fünfzig Längen geschwommen. Er strahlte gesund und frisch, als er sich zur Knickerbocker-Bande setzte.

»Der Wetterbericht ist leider nicht gut«, sagte er. »Es wird Schnee erwartet.« Die Wolken draußen hingen tief und waren dunkelgrau. »Wir könnten heute im Hotel bleiben und erst morgen Ski fahren.«

Damit war Axel nicht einverstanden. Er wollte auf den Berg hinauf und sich dort umsehen. Vielleicht ließ sich dieses Monster wieder blicken. Vielleicht kam er ihm diesmal auf die Spur. Wenn er auch nur den kleinsten Beweis finden konnte, würden die anderen ziemlich dumm aus der Wäsche schauen.

»Versuchen können wir es doch, vielleicht wird das Wetter besser«, sagte er.

Herr Schroll ließ sich leicht überreden. Lilo schloss sich ihnen an. Sie wollte Axel nicht allein lassen, da er zu leichtsinnigen Aktionen neigte. Dominik und Poppi zögerten noch, kamen dann aber auch mit.

Während sie mit der Gondel zur Bergspitze schwebten, fielen jedoch bereits die ersten Flocken. Statt heller wurde es düsterer. Wind und Schnee ließen die Konturen der Landschaft verschwinden. Oben vor der Bergstation wurden sie von einem eisigen Pfeifen und Brausen erwartet. Der Wind peitschte ihnen Schneekristalle ins Gesicht, die sich wie Nadelstiche anfühlten.

»Wir könnten bis zur Mittelstation fahren und dann überlegen, wie wir weitermachen«, schlug Lilos Vater vor. Er musste seine Stimme erheben, um sich gegen den Lärm des Schneesturms durchzusetzen.

»Ich fahre dicht hinter Ihnen«, sagte Poppi, die Angst hatte und es nicht zugeben wollte.

»Dort ist es … es rennt … ich habe es gesehen!«, brüllte Axel plötzlich und deutete nach links den Hang hinunter. Er setzte die Stöcke ein und fuhr einfach los.

»Halt. Bleib stehen«, schrie ihm Herr Schroll hinterher. »Dort ist ein Lawinenhang. Dort kannst du nicht hin.«

Axel hörte das Wort »Lawinen«, das ihn aber nicht stoppte. Ganz im Gegenteil: Der Hang könnte das Ziel dieses Wesens sein. Vielleicht wollte es Lawinen auslösen, die das Leben vieler Menschen in Gefahr brachten.

»Ich muss ihn aufhalten.« Herr Schroll sprang in die Bindungen und folgte Axel.

»Er spinnt. Der Stummel spinnt!«, rief Lilo.

Dominik glaubte, sich verhört zu haben. Jeder wusste, wie wild Axel dieser Spitzname machen konnte. Wieso nannte ihn Lilo so?

»Vielleicht fahrt ihr besser mit der Gondel hinunter«, sagte Lilo zu Dominik und Poppi. »Ich muss Papa helfen.«

Sie wartete die Antwort von Dominik und Poppi nicht ab, sondern fuhr ihrem Vater hinterher.

Lilo war eine sehr erfahrene Skifahrerin und fand selbst in dem diffusen Licht, das die höchsten Schneebuckel flach erscheinen ließ, ihren Weg, ohne zu stürzen. Sie fuhr in die Richtung, die Axel eingeschlagen hatte, konnte aber weder ihn noch ihren Vater sehen.

Vor ihr tauchte das orangerote Absperrungsband für Lawinenhänge auf. Dahinter machte der Hang einen scharfen Knick nach unten.

»Papa!«, schrie sie aus Leibeskräften. Sie wartete, aber ihr Vater meldete sich nicht zurück. Wahrscheinlich hörte er sie nicht.

Sollte sie ihm nach?

War Axel hier gefahren? Hatte er die Absperrung einfach nicht beachtet? Lilo traute ihm das sofort zu. Axel konnte völlig verantwortungslos sein, wenn er sich etwas einbildete.

Sie rief noch ein paarmal aus Leibeskräften nach ihrem Vater. Dann auch nach Axel.

»Lilo!« Axels Stimme kam von weiter oben.

»Hier bin ich!« Sie winkte mit den Stöcken.

Aus dem wilden Schneetreiben tauchte Axel auf. Er schwang neben ihr ab.

»Wieso bist du hier?«, fragte Lilo.

»Ich fahre doch nicht in einen abgesperrten Hang hinein. Ich bin langsam an der Absperrung entlang herunter.«

»Mein Vater muss hier irgendwo sein. Er wollte dich aufhalten.«

Ein Dröhnen und Donnern drang durch das Tosen des Windes. Es war ein Donnern, das Lilo von Skitouren mit ihrem Vater kannte. Aus sicherer Entfernung war die Ursache des Donners ein Naturspektakel der besonderen Art.

An diesem Tag aber war die Entfernung nicht sicher. Jedenfalls nicht für ihren Vater.

»Papa! Pass auf!«, brüllte sie so laut, dass es in ihrem Hals einen Stich machte. Ihr blieb die Stimme weg. Axel sprang für sie ein und schrie nach Herrn Schroll. Er schrie immer weiter, auch als das Donnern verebbte. Er schrie durch den Sturm, bis er heiser war.

4) DAS AUS

Der Sturm legte sich erst in der Nacht.

Am nächsten Morgen rissen Nebel und Wolken auf, und die Sonne kam hervor. Sie beschien eine weiße Wunderlandschaft, in der der frisch gefallene Schnee glitzerte.

An diesem Morgen war für die Knickerbocker-Bande endgültig nichts mehr so, wie es so lange Zeit gewesen war. Sie standen in der kleinen Klinik auf dem Berg, in der den ganzen Winter lang gebrochene Arme und Beine verarztet wurden.

Poppi zitterte innerlich. Es machte sie halb krank, die steinernen Gesichter der anderen ansehen zu müssen. Ihre Mutter würde bald da sein und sie abholen. Wie immer wäre es Poppis sehnlichster Wunsch gewesen, alle miteinander zu versöhnen, aber sie ahnte, dass es diesmal nicht möglich sein würde. Weil sie die angespannte Stimmung kaum aushielt, wünschte sie sich einfach nur weit weg von hier.

Dominik wollte ebenfalls nur eines: fort! Auch seine Eltern würden hoffentlich bald eintreffen und ihn mitnehmen. Die Fahrt von Wien dauerte aber lang, und laut Verkehrsfunk gab es überall Stau.

Axel war im Gesicht weiß wie die Wand, an der er lehnte. Abwechselnd musste er an das Eismonster denken, oder was auch immer es gewesen war, und an Herrn Schroll. Die Stunden oben auf dem Berg erschienen ihm wie ein Albtraum, aus dem es kein Erwachen gab.

Aber es war nicht seine Schuld. Er hatte doch nur ein Unglück verhindern wollen.

Lilo war nicht mehr die Lilo, mit der die anderen so viele Fälle gelöst hatten. Sie wirkte schlagartig um Jahre älter und hatte einen bitteren Ausdruck im Gesicht. Ihre Lippen bebten, wenn sie redete. Ihre Mutter, die noch in der Nacht eingetroffen war, stand neben Lilo, hatte den Arm um ihre Schultern gelegt und versuchte, sie zu beruhigen. Aber es gelang ihr nicht.

»Ich will euch nie wieder sehen.« Lilo sprach leise, aber sehr bestimmt.

»Sag so etwas nicht, Lilo. Du musst dich beruhigen.« Ihre Mutter lächelte den anderen zu. Es war ein sehr gequältes Lächeln.

»Ich will euch nie wieder sehen!«, wiederholte Lilo.

»Lilo, bitte«, begann Poppi.

»Nein!« Nicht einmal ihre beste Freundin konnte Lilo besänftigen. »Ich hasse euch alle. Ich hasse euch.«

»Jetzt ist Schluss«, sagte Frau Schroll entschieden.

Die Bande stand mit Lilos Mutter auf dem Gang der Klinik vor der Tür, hinter der sich Lilos Vater befand.

Dominik musste etwas sagen. Er konnte nicht länger nur dastehen. »Lilo, wir sind alle genauso geschockt wie du. Aber es war ein Unfall, für den niemand …«

»Halt die Klappe!« Lilos Augen funkelten zornig. »Deine Klugscheißerei habe ich nie ausgehalten.«

»Kinder, bitte, geht jetzt alle«, versuchte Frau Schroll, die Situation unter Kontrolle zu bekommen. »Wir sprechen morgen miteinander.«

»Ich rede nie wieder mit euch! Es ist eure Schuld! Verschwindet. Ihr … das alles … die Bande … das war das Dümmste, das ich im Leben getan habe. Ich hasse euch.«

Lilo rannte davon und verschwand in der Toilette.

»Sie meint das nicht so, aber ...« Frau Schroll kam nicht weiter. Die Tür zum Krankenzimmer ging auf, und ein Arzt trat heraus. Er blickte sehr ernst. »Wir haben den Notfallhubschrauber gerufen.« Frau Schroll folgte ihm sofort wortlos in das Zimmer und schloss die Tür hinter sich.

Dominik, Poppi und Axel standen stumm da. Es war etwas zerbrochen, und alle drei fühlten eine nie da gewesene Leere. Axel öffnete den Mund, um etwas zu sagen, ließ es dann aber bleiben. Er wollte auch nur noch fort und nach Hause zu seinem Vater. In einer Stunde würde ihn der Hotelbus nach Innsbruck zum Bahnhof bringen.

»Wir ... also ich muss zusammenpacken.« Dominik nickte den anderen nur zu.

Axel murmelte etwas davon, dass er sich um seine Ski kümmern müsse. Poppi lief zu ihm und drückte ihn kurz. Sehr steif ließ Axel es mit sich geschehen, dann verschwand er.

Poppi blieb allein zurück. Als Lilo endlich aus der Toilette kam – an ihren roten Augen war zu erkennen, dass sie geweint hatte –, wollte sie nicht mit Poppi reden. Sie verabschiedete sich mit gezwungener Freundlichkeit.

»Wir telefonieren gleich morgen«, schlug Poppi vor.

Lilo nickte, aber es wirkte so, als würde sie es nur tun, um Poppi glücklich zu machen.

Am nächsten Tag wartete Poppi auf ihren Anruf. Aber er kam nicht. Ihre Mutter riet ihr zu Geduld, da Lilo unter Schock stand. Auch am übernächsten Tag meldete sich Lilo nicht. Poppi rief bei ihr zu Hause an, doch niemand hob ab.

Sie telefonierte mit Dominik und Axel, aber keiner der beiden hatte etwas von Lilo gehört.

»Ich bin der Letzte, den sie anrufen würde«, sagte Axel bitter.

Tage vergingen und wurden zu Wochen. Dominik sah keine roten Mumien mehr, Axel blieb von dem Monster mit dem Haimaul verschont. Poppi spürte keine Augen mehr im Rücken.

Die Knickerbocker-Bande war zerbrochen und das Abenteuer vorbei.

Geblieben war ein seltsames Gefühl, dass etwas nicht stimmte.

Es war da ein Rätsel geblieben, das zu lösen gewesen wäre.

Doch es war zu spät. Aus den besten Freunden waren Fremde geworden, die sich nichts mehr zu sagen hatten.

Als der Rettungshubschrauber abhob und Richtung Krankenhaus Innsbruck flog, stand jemand auf der Terrasse des Hotels und überlegte kurz, ob seine Pläne noch irgendwie zu retten waren oder begraben werden mussten.

Die starrenden Augen, die Poppi gefühlt hatte, gab es wirklich. Der harte Blick gehörte einem messerscharfen Beobachter. Mitgefühl gehörte nicht gerade zu seinen Stärken, trotzdem empfand er in diesem Moment Bedauern über die Entfremdung von vier so großartigen und talentierten Freunden.

Was würde nun weiter mit ihnen geschehen? Gab es die Chance, dass sie nach einigen Wochen oder Monaten wieder zusammenfinden würden?

5) DAS STRENG GEHEIME PROJEKT

Sein Deckname lautete »Prot«. Es war ein alberner Name, der keine Bedeutung hatte und auch keine haben sollte.

Prot war eine Abkürzung, damit sie einander ansprechen konnten.

Seine Kollegin hatte den Decknamen »Tin«. Auf Englisch bedeutete das Konservendose, aber das war nicht persönlich gemeint.

Prot war Ende dreißig, Tin ein wenig jünger.

Sie teilten sich den Arbeitsraum in dem anonymen, sterilen Bürohaus. Niemals kamen sie gleichzeitig oder gar gemeinsam. Prot begann seinen Dienst immer eine halbe Stunde vor Tin. Mit dem Lift fuhr er aus der Tiefgarage hoch, damit Tin niemals sah, in welchem Wagen er kam. Seine wahre Identität anhand seiner Nummerntafel herauszufinden, war damit unmöglich.

Umgekehrt aber war es nicht viel anders. Prot wusste von Tin nur, dass sie ständig mit ein paar Kilos zu viel auf den Hüften kämpfte und sich deshalb von Dingen ernährte, die wie gebratene Sägespäne aussahen.

Sie begegneten einander auf einer streng geschäftlichen Basis. Der eine Teil ihres Auftrags bestand aus Recherchetätigkeiten. Sie erarbeiteten Konzepte und machten ihrem Auftraggeber Vorschläge, was geschehen könnte. Dazu standen sie ständig mit Leuten in der halben Welt in Kontakt, die ihnen Informationen zur Verfügung stellten. Prot und Tin filterten sie und bereiteten sie für ihren Boss auf. Es war eine kreative Aufgabe, die forderte, aber auch ungeheuer viel Spaß machte.

Der andere Teil ihres Auftrags beinhaltete die Überwachung der Ereignisse und die Protokollierung von Gesprächen. Was immer sie mithören konnten, musste schriftlich festgehalten und an den Boss geliefert werden. Allerdings erfuhren sie nie, welchem Zweck diese Berichte dienten.

Schlagartig wurde ihr Auftrag nun beendet. Der Grund dafür leuchtete ihnen zwar ein, doch sie schlugen dem Auftraggeber vor, von nun an die Aufmerksamkeit auf die einzelnen Individuen zu richten.

Ihr Auftraggeber lehnte ohne Begründung ab.

Wer er war, wussten weder Prot noch Tin. Keiner der beiden war ihm jemals begegnet. Überhaupt hatten sie niemand anderen getroffen, der an dem ganzen Projekt beteiligt gewesen war. Prot und Tin waren per Anruf angeheuert worden, wobei der Anrufer seine Stimme verstellt oder künstlich verzerrt hatte. Sie hatten den Job angenommen, da die Bezahlung dreimal so hoch war wie bei jeder anderen Stelle, die sie hätten bekommen können.

Das alles war nun auf einmal zu Ende, wie ihnen mitgeteilt wurde. Sie sollten den Raum, in dem sie gearbeitet hatten, verlassen und die Magnetkarten vorher auf den Arbeitstisch legen. Computer und Empfangsgeräte blieben zurück.

Prot war sehr neugierig, wer wohl die ganzen Geräte abholen würde, und lauerte deshalb mehrere Tage lang in der Tiefgarage. Aber es war vergeblich. Als er sich bei der Hausverwaltung nach dem Büro erkundigte, das für ihn fast zu einem zweiten Zuhause geworden war, erfuhr er, dass es wieder vermietet worden sei. Natürlich bekam er keine Auskunft, an wen.

Tin interessierte sich viel mehr dafür, was aus den vieren wurde, die sie unter den Decknamen Bax, Mo, Que und En führten (es waren jeweils die auf ihren Anfangsbuchstaben folgenden Buchstaben des Alphabets, versehen mit anderen weiteren Buchstaben).

Nach dem Abbruch des Projekts hatte sie keine Verbindung mehr zu ihnen, wie auch. Natürlich hätte sie versuchen können, die Beobachtungen auf eigene Kosten fortzusetzen und sie heimlich zu beobachten. Erstens aber war das praktisch unmöglich, da sie ihre genauen Wohnorte nicht kannte, und zweitens erhielt Tin eine anonyme Warnung, sich fernzuhalten. Die Warnung enthielt eine Drohung, die das Leben ihres geliebten Hundes Cliff betraf.

Viele Jahre später beschäftigte sie aber immer noch die Frage, wozu das Forschungsprojekt von damals wirklich gut gewesen war. Es war einzigartig und hatte in ihrem Leben ein riesiges Fragezeichen hinterlassen.

Zwanzig Jahre später sollte sie die Möglichkeit für eine Erklärung erhalten …

VOR EINEM JAHR

6) DER NEUE BESITZER

Es war eine elegante Jacht, die vor Canon Island ankerte. Ihr Name, der in Messingbuchstaben am Heck des Aufbaues angebracht war, lautete *Sokratina*.

Die Jacht blieb drei Tage lang. In einem Motorboot, das im Rumpf mitgeführt wurde, fuhr der Kapitän persönlich den Besitzer der Jacht mehrere Male zu der felsigen kleinen Insel.

Canon Island hatte etwas von einem schlafenden Ungeheuer, das nur darauf wartete, endlich wieder geweckt zu werden. Viele Jahre lang hatte der breite Felsen wenig Beachtung gefunden.

Auf dem Schreibtisch im Arbeitszimmer der Jacht lagen verschiedene Unterlagen über die Insel. Der Prospekt des Maklers, der sie zum Kauf anbot, schilderte Canon Island so:

»CANON ISLAND
EINE INSEL MIT GESCHICHTE
EIN ORT DER BESONDEREN ART

Einst nur von Möwen und anderen Seevögeln als Raststation genutzt, diente sie Sir Edmund Hilgard zur Erfüllung eines Kindheitstraums: Im Jahre 1860 ließ er darauf eine kleine Festung errichten. Sie wurde nach Zeichnungen aus einem Abenteuerroman über Piraten in der Karibik geplant und gebaut. Der Wehrturm bot Platz für drei Kanonen, die Sir Hilgard jedes Jahr zu seinem Geburtstag im Juni und zu Neujahr abfeuern ließ. Sie gaben der Insel den Namen Canon Island – die Kanoneninsel.

Das Schießpulver, das zu diesem Zweck im Erdgeschoss des Turmes aufbewahrt wurde, explodierte 1868 nur einen Tag vor dem Geburtstag des Besitzers. Die Ursache konnte nie geklärt werden.

Gerüchte behaupteten, es wäre die Rache einiger Männer gewesen, die Sir Hilgard beim Kartenspielen betrogen haben soll.

Die Mauern der Festung wurden bei der Explosion gesprengt. Durch einen glücklichen Zufall hatte sich zu diesem Zeitpunkt niemand auf der Insel befunden.

Sir Hilgard setzte danach keinen Fuß mehr auf Canon Island.

Erst 1982 kehrte einer seiner Nachfahren zurück: Raymond Hilgard fand Gefallen an der Insel und gab noch im selben Jahr den Bau einer kleinen Villa in Auftrag.

Die Villa geriet später durch eine bis heute ungeklärte Bluttat in die Schlagzeilen. Die genauen Hintergründe und der oder die Täter konnten niemals ausgeforscht werden. Raymond Hilgard war selbst eines der Opfer.

Heute ist die Insel im Besitz der Tierschutzorganisation PAW2000, die sie nach dem Tod des letzten lebenden Mitgliedes der Familie Hilgard geerbt hat. In ihrem Auftrag wollen wir die Insel verkaufen, um mit dem Kaufpreis die Erhaltung des Tierheims von PAW2000 zu gewährleisten.«

Der Besitzer der Jacht war durch Berichte über die ungeklärten Todesfälle auf die Insel aufmerksam geworden. Schnell hatte er herausgefunden, dass sich die Insel bereits seit fünf Jahren auf dem Markt befand und der Preis schon mehrere Male gesenkt worden war.

Das Haus hatte die Form eines Würfels, der stolz, fast ein wenig trotzig, oben auf der Kuppe der Insel thronte. Strandgräser, Kletterpflanzen und niederes Gestrüpp hatten im Laufe der Zeit aber aus Felsspalten zu wuchern begonnen und klammerten sich mit den Wurzeln dort fest. Die einst weißen Mauern waren grau und der Verputz an vielen Stellen abgefallen.

Die Spuren der Bluttat waren schon damals beseitigt worden, nachdem die Polizei ihre Ermittlungen beendet hatte. Stürme und Unwetter hatten aber im Laufe der Jahre die Glasscheiben zertrümmert, und die Scherben lagen nicht nur rund um das Haus, sondern auch in den Zimmern.

Die Räume waren verfallen, die wenigen Möbel hatten Möwen als Nistplätze gewählt, zerfetzt und zerstört.

Was sich hier wohl zum Jahreswechsel 1983/84 ereignet hatte? Der Besitzer der Jacht ging langsam von Zimmer zu Zimmer. Peinlich genau achtete er darauf, wo er seine teuren Sportschuhe aufsetzte. Er ekelte sich vor dem Vogeldreck und anderen unappetitlichen Sachen, die hier herumlagen.

Viele Male hatte er den Polizeibericht von damals studiert und so einen Eindruck der Ereignisse gewonnen. Er hatte auch die zahlreichen Zeitungsausschnitte von damals mehrmals gelesen und zahlreiche Notizen gemacht. Die Aussagen des Bootsführers von damals hatten ihm ein besonders lebendiges Bild gegeben. Immer wieder ließ er sich die Fakten und Aussagen durch den Kopf gehen, und wenn er die Augen schloss, konnte er sie mittlerweile wie einen Film abspulen lassen.

7) SILVESTERNACHT DER SCHRECKEN

Die Insel befand sich etwas mehr als fünfundvierzig Minuten mit dem Motorboot von der Südküste Englands entfernt. Die Stadt, die am nächsten lag, war der berühmte Ferienort Brighton.

In den Wintermonaten war die Felseninsel eisigen Stürmen und meterhohen Wellen ausgesetzt, doch das Gebäude war wind- und wetterfest und trotzte jeder Witterung.

Erbauer Raymond Hilgard hatte beschlossen, das Jahr 1983 gemeinsam mit Freunden in seiner neu errichteten Villa ausklingen zu lassen und dort das neue Jahr zu begrüßen.

Er hatte seine Freundin Liliana zu Gast, eine Musicaldarstellerin aus London. Außerdem seinen Zimmergenossen vom berühmten Eton College, Archie, und einen Mann, dessen wahre Identität niemals gelüftet werden konnte.

Charles Freeman, der Bootsführer, der die Teilnehmer der Silvesterparty zur Insel gebracht hatte, erinnerte sich später an einen sehr seltsamen Namen:

Baron Grimm.

So jedenfalls hatte Archie den Mann beim Besteigen des Bootes angesprochen.

Der Mann war sehr schweigsam gewesen. Wegen des starken Fahrtwindes behielt er seinen Hut tief ins Gesicht gezogen. Charles Freeman beschrieb den Mann als muskulös mit einem hellblonden Vollbart. Er schätzte ihn auf Ende zwanzig, im gleichen Alter also wie die anderen Gäste. Immer wieder habe er die Melodie eines Hits von damals gepfiffen: »Without a Trace« – »spurlos«.

Es war stürmisch an diesem letzten Tag des Jahres. Erst nach einigen Versuchen gelang es Freeman anzulegen. Raymond Hilgard, der mit seiner Freundin Liliana schon einen Tag zuvor gekommen war, begrüßte seine Gäste am Steg und half ihnen beim Aussteigen. Liliana wartete oben im Haus.

Da der Sturm immer stärker und die Wellen immer höher wurden, wollte Charles Freeman sofort die Rückfahrt antreten. Raymond Hilgard würde ihn anfunken, wenn er die Gäste wieder abholen sollte.

Als Freeman sich im Wegfahren kurz umdrehte, kämpften sich die drei Gestalten durch Regen und Wind geduckt nach oben. Es war das letzte Mal, dass jemand Raymond Hilgard, Archie und Baron Grimm lebendig sah.

Das Wetter der nächsten Tage machte es unmöglich, Canon Island mit dem Boot zu erreichen. Der Wind peitschte das Wasser hoch, die Wellen schäumten, und die Strömungen entwickelten mörderische Kräfte.

Zwei Betrunkene, die beim Brighton Pier zum Jahreswechsel spaßhalber nur ein paar Schritte ins Meer gemacht hatten, wurden vom eisigen Wasser fortgerissen und erst am 2. Januar mehrere Kilometer entfernt an einen Strand gespült. Beide waren ertrunken.

Sturm und Regen wollten nicht aufhören. Charles Freeman sorgte sich um die Leute auf Canon Island, da ihre Vorräte knapp werden könnten. Er versuchte Raymond Hilgard einige Male anzufunken, erhielt aber keine Antwort.

Ob das am Wetter lag? Oder ging Hilgard einfach nicht ans Funkgerät?

Hilgard hatte mit Nachdruck gesagt, ER würde sich bei Freeman melden. Vielleicht war die Sorge also unbegründet.

Am 6. Januar flaute der Sturm endlich ab, und Charles Freeman erwartete nun stündlich den Funkspruch von Raymond Hilgard. Aber das Funkgerät blieb still. Charles unternahm einen neuen Versuch, Kontakt mit ihm aufzunehmen, aber noch immer meldete sich niemand.

Länger wollte Freeman nun nicht mehr warten. Wenn alles in Ordnung war, dann konnte Hilgard über sein ungebetenes Auftauchen im schlimmsten Fall verärgert sein. Das konnte er in Kauf nehmen. Falls aber auf der Insel etwas nicht stimmte, dann wollte er das so schnell wie möglich herausfinden, um sich später keine Vorwürfe machen zu müssen. Er zog sich mehrere Schichten Pullover und Jacken an, deckte sein Boot ab und fuhr los.

Noch immer war die See rau, aber die Sonne brach bereits kurz zwischen den Wolken hervor.

Von Weitem sah Canon Island aus wie immer: ein kahler Felsen mitten im Meer, an den Seiten vereinzelte vom Sturm gequälte und gebogene Büsche und Bäume, oben das Haus im Wintersonnenlicht. Die eisigen Wellen des Meeres zerbarsten an den nackten Felsen. Hoch spritzte die Gischt zum Himmel und wurde vom Wind fortgetragen.

Eine Schar von Möwen kreiste über dem Haus. Laut kreischend ließen sich die Tiere tiefer hinunter und stiegen mit Beute wieder auf. Um das Futter vor ihren Artgenossen zu retten, flogen sie zu den Bäumen oder auf das flache Dach der Villa.

Für einen alten Seebären wie Charles Freeman, der Insel, Steg und Strömungen gut kannte, war es kein großes Problem anzulegen. Er vertäute sein Motorboot sorgfältig und fixierte die Fender, damit die Schiffswand nicht gegen den Steg gestoßen werden konnte. Nachdem er seine blaue Öljacke zugezogen hatte, rückte er noch energisch seine Kappe zurecht.

Ihm waren weder Hilgard noch seine Gäste besonders sympathisch gewesen, da er sie allesamt als hochnäsige junge Leute ansah, die ihr Leben lang zu sehr verwöhnt worden waren. Aber die Fahrten zur Insel brachten einiges an Geld ein, und im Winter war Freeman froh über jeden Auftrag. Sympathie hin oder her, Freeman machte sich Sorgen um die vier auf der Insel.

Mit festen Schritten stieg er die Stufen hoch, die in den Stein der Insel geschlagen worden waren. Sie stammten noch aus der Zeit des Forts.

Über seinem Kopf attackierte eine Möwe eine andere. Sie wollte ihr unbedingt das abnehmen, was diese im Schnabel hatte.

In diesem Moment hoffte Freeman, nicht richtig zu sehen. Schließlich konnte es sich auch einfach um Küchenabfall handeln. Möwen waren sehr geschickt, öffneten Müllsäcke in Sekunden und durchwühlten und durchsuchten alle Reste.

Der Kampf der Möwen in der Luft wurde immer erbitterter. Die angegriffene Möwe öffnete den Schnabel mit einem wütenden Protestschrei. Dabei fiel ihr die Beute heraus. Sie landete ein paar Stufen weiter oben vor Freeman. Er ging näher, bückte sich und musste einen plötzlichen Würgereiz unterdrücken. In seiner Hosentasche fingerte er nach einem Taschentuch, weil er das blutige Ding vor sich nicht mit bloßen Händen anfassen wollte.

Es war ein Finger. Ein grauer kleiner Finger, aus dem ein Stück Knochen ragte. Das Fleisch war zerfetzt, ob von der Möwe oder aus einem anderen Grund, war nicht zu erkennen.

Bevor Freeman nach dem Finger greifen konnte, war auch schon die Angreifermöwe zur Stelle und schnappte ihn. Stolz erhob sie sich damit in die Luft.

Charles Freeman rief laut nach Hilgard. Seine Stimme wurde vom Wind fortgetragen. Er zwang sich weiterzugehen, aber seine

Beine fühlten sich bleiern an. Oben angekommen konnte er das Plateau überblicken, an dessen Südende sich die Villa erhob.

Er sah es sofort: Die Terrassentür stand trotz der eisigen Temperaturen halb offen. Zwei Möwen trippelten aus dem Haus. Beide trugen fleischige, graue Fetzen im Schnabel.

Der Würgereiz setzte erneut ein. Trotzdem konnte er nicht umkehren und einfach wieder abfahren. Zehn Schritte vor der Terrassentür blieb er stehen. Auch aus dieser Entfernung konnte er genug erkennen: Das Wohnzimmer war verwüstet, Möbel umgestoßen, Bilder von den Wänden gerissen. Den Boden bedeckten grüne Glasscherben. Er erinnerte sich, mindestens drei Kisten Champagner zur Insel gebracht zu haben.

Wie es aussah, waren alle zertrümmert worden.

Er holte Luft und rief erneut nach Hilgard. Um sicherzugehen, dass er nicht doch im Haus war und Hilfe brauchte, trat er näher und schrie den Namen Raymond. Er schrie viele Male. Immer wieder rief er auch die Namen von Liliana, Archie und Baron Grimm.

Totenstille. Wahrscheinlich im wahrsten Sinne des Wortes.

Trotz der Kälte und der Feuchtigkeit, die ihn umgaben, brach der Bootsführer in Schweiß aus. Sollte er noch weitergehen und seinen Fuß in das Haus setzen? Ihm graute vor dem, was er dort vorfinden könnte. Daher wollte er diese Entdeckung und diesen Anblick lieber der Polizei überlassen.

Freeman drehte sich um und lief die Stufen hinunter zum Steg. Seine Hände – schwielig, rau und rot vom Wasser – zitterten. Er hatte Mühe, die Knoten zu lösen, die er vor wenigen Minuten selbst geschlagen hatte.

Immer wieder blickte er nach oben zur Kuppe des Felsens, als könnte von dort jemand kommen. Endlich glitten die Taue vom Poller. Er warf sie an Deck und sprang hinterher. Der Motor heulte beim Starten auf, und die Schiffsschraube brachte das Meer am Heck zum Schäumen. Selbst bei starkem Seegang hatte er niemals Mühe, das Boot von der Insel zu lenken, an diesem Tag aber krachte er mehrere Male gegen die Steher des Steges. Er fuhr nach vorn statt zurück, kurbelte planlos am Steuerrad und kämpfte gegen die aufsteigende Panik an.

Schließlich zwang er sich innezuhalten und einige Sekunden lang einfach nichts zu tun. Die Wellen schaukelten das Boot, und der Motor tuckerte im Leerlauf.

Charles Freeman sah erneut zur Kuppe des Felsens. Der Schreck über das, was er dort erblickte, ließ ihn nach hinten stolpern. Er konnte sich gerade noch am Rand der Frontscheibe festklammern, sonst wäre er rücklings über Bord gegangen.

Für Bruchteile einer Sekunde hatte er die Augen abgewandt. Als er danach erneut nach oben sah, war sein Entsetzen noch größer als zuvor.

Noch nie zuvor hatte er an seinem geistigen Zustand gezweifelt.

In diesem Moment tat er es.

8) UNGELÖST

Das Rätsel um das, was sich auf der Insel rund um den Jahreswechsel genau zugetragen hatte, blieb ungelöst. Die vier Personen waren verschwunden. Auch ihre Leichen wurden nie gefunden, aber laut Bericht des Polizeilabors mussten die Blutspuren, die auf der Insel nachgewiesen werden konnten, eindeutig von vier Menschen stammen.

Schließlich wurden die Ermittlungen eingestellt. Der Fall galt als ungelöst. Raymond Hilgard und seine Gäste wurden nach der gesetzlichen Frist von zehn Jahren für tot erklärt.

Die Insel war genau das, was der Jachtbesitzer gesucht hatte. Er hatte PAW2000 eine großzügige Spende zukommen lassen und im Gegenzug die Insel erhalten. Das sparte Steuer.

Der neue Besitzer hatte Pläne mit der Insel.

Ungewöhnliche Pläne.

Nicht lange nach seinem Besuch der Ruine arbeitete er sein Vorhaben detailreich aus. Danach kamen einige Handwerker und Monate später ein Transportschiff, das Baumaterialien brachte und vor der Insel ankerte. Die Männer, die auf der Insel arbeiteten, sprachen kein Englisch und wohnten an Bord des Transporters.

Obwohl sie keine Ahnung von den Vorfällen in der Silvesternacht hatten, fühlten sie sich trotzdem nicht wohl auf Canon Island. Sie taten ihren Job und wurden dafür hoch bezahlt, doch insgeheim sehnte jeder von ihnen den Tag herbei, an dem er endlich abreisen konnte. Die Schatten von damals schienen sich überall eingebrannt zu haben: in die Mauern der Villa, in den Fels der Insel und sogar in die Luft.

Während der Renovierung kam es dann zu einer unerwarteten Entdeckung. Der neue Besitzer war darüber begeistert, weil sein Vorhaben dadurch erleichtert wurde. Erklärung hatte er für das, worauf die Bauarbeiter gestoßen waren, vorerst keine. Eine zu finden überließ er gerne anderen.

Vier Gäste sollten auf die Insel kommen und hier Tage verbringen, die sie nie wieder vergessen würden.

Bei dem Gedanken erfasste den neuen Besitzer von Canon Island ein freudiges Kribbeln, und es war eine der wenigen Gelegenheiten, bei denen er den Mund zu einem Lächeln verzog. Auf seiner Jacht *Sokratina* gönnte er sich einen Drink und prostete in Richtung der Insel.

Vielleicht würde das Geheimnis von damals schon bald gelöst werden. Er hoffte darauf, da es für ihn Milliarden bedeuten konnte.

HEUTE

9) ANKUNFT MIT ÜBERRASCHUNGEN

Dominik sah aus dem ovalen Flugzeugfenster in die Tiefe. Unter ihm erstreckte sich das Muster der Straßen von London, dazwischen zog sich wie ein breites dunkles Band die Themse dahin.

»Sir?« Die freundliche Stewardess deutete auf das Champagnerglas, das er in der Hand hielt.

»Ja, noch was«, sagte er.

»Die Bar ist leider schon geschlossen. Wir landen in Kürze.«

Dominik schnaubte kurz. Er war der einzige Fluggast in der First Class. Die Stewardess und zwei ihrer Kollegen waren den ganzen Flug lang um ihn herumgeschwirrt und ihm mächtig auf den Geist gegangen. Er brauchte nichts weiter als ein paar Gläser Champagner, zwei oder drei Whiskeys und eine Kleinigkeit zum Essen. Danach wollte er seine Ruhe, aber genau die ließen ihm die fleißigen Leute nicht.

Obwohl Dominik im bequemsten Sitz des ganzen Fliegers saß, besten Champagner trank, verwöhnt und umsorgt wurde, war er schlechter Laune.

Ein Grund dafür war Liz, der andere die Knickerbocker-Bande.

Die eine wollte mit ihm nichts mehr zu tun haben, mit den anderen wollte er eigentlich nichts mehr zu tun haben.

Liz verkörperte alles, was er sich von einer Frau wünschte. Sie sah umwerfend aus. Immer. Sogar ungeschminkt. Ganz egal ob am Set der Dreharbeiten oder wenn sie ein Restaurant betraten – alle drehten sich nach Liz um. Dominik genoss die neidischen Blicke der anderen Männer.

Er war der Glückliche, dem Liz gehörte.

Natürlich war sie nicht sein »Eigentum«, aber immerhin waren sie jetzt schon fast zwei Jahre zusammen und hatten sich vor drei Monaten verlobt.

Eigentlich hatte Liz zugesagt, ihn zu dem Wiedersehen der Knickerbocker-Bande zu begleiten, aber drei Tage vor dem Abflug war es zu dem großen Streit gekommen.

Wenn er nur wüsste, was er ihr in dem Streit an den Kopf geworfen hatte? Natürlich war es kein Gegenstand gewesen, aber es musste ein Vorwurf gewesen sein, der Liz vor Zorn hatte beben lassen. Dominik konnte sich nur leider nicht daran erinnern.

Er hatte wieder einmal zu viel getrunken. Dieses Problem hatte er häufiger, diesmal aber nahm es ihm Liz übel und war nicht bereit, ihm zu verzeihen. Sie hatte ihm den Verlobungsring zurückgegeben und eröffnet, eine Beziehungspause einlegen zu wollen. Die nächsten drei Wochen solle er sich nicht bei ihr melden, da sie weder Anrufe noch E-Mails oder SMS von ihm annehmen würde.

Das war der Stand der Dinge.

Er hatte natürlich trotzdem versucht sie anzurufen, aber sie hatte ihre Drohung ernst gemacht und nicht reagiert.

Dabei wäre Dominik so stolz gewesen, Liz seinen Freunden von früher vorzustellen. Bestimmt traute ihm keiner der drei zu, eine solche Klassefrau erobert zu haben. Für sie war er immer der schrullige kleine Professor gewesen, der sich so erwachsen und gestelzt ausdrückte und komische Rollen am Theater spielte.

In den USA war Dominik seinem alten Ich endlich entkommen. Dort war er Dominik Kascha geworden. Seinen Nachnamen sprachen die Amis wie Cashew von Cashewnüssen aus. Nur einmal, in einer Morgen-Talkshow, in der er zu Gast gewesen war, hatte ihn die Präsentatorin auf damals angeredet, als er noch der Dominik der Knickerbocker-Bande gewesen war. Sie kannte sogar Details ihrer Abenteuer und drängte ihn, mehr darüber zu erzählen.

Dominik hatte gelacht und so getan, als würde er sich kaum noch daran erinnern.

Doch das stimmte nicht. Er erinnerte sich genau. An jedes einzelne Abenteuer konnte er sich erinnern. Auch daran, wie viel Angst er damals gehabt hatte. Die Stars waren Lilo und Axel gewesen und auch Poppi, die mit ihrer Tierliebe alle Herzen erobert hatte. Dominik hatte immer das Gefühl gehabt, erst an vierter Stelle zu stehen, und erst im Nachhinein war ihm aufgefallen, wie sehr das an ihm genagt hatte.

Heute aber war das alles anders. Auch wenn er lange nichts von den früheren Freunden gehört hatte, war er sicher, dass keiner so viel erreicht hatte wie er.

Im Landeanflug auf London grollte er trotzdem darüber, die Einladung zum Treffen angenommen zu haben. Poppi hatte eine E-Mail an seinen amerikanischen Agenten geschrieben und einen persönlichen Brief angehängt, den nur Dominik lesen sollte.

In diesem Brief bat sie ihn, nach *Cliveden House* zu kommen. Es war ein teures und sehr schickes Hotel im Palast, der einst der noblen Familie Astor gehört hatte. *Cliveden House* befand sich nicht weit von Heathrow Airport entfernt, was praktisch war. Dominik würde schnell dorthin gelangen und genauso schnell wieder wegkommen.

In ihrem ersten Brief hatte Poppi nur von einem Jubiläum geschrieben und davon, wie wunderbar es doch wäre, einander wiederzusehen, gemeinsam zu lachen und von alten Zeiten zu reden.

Dominik hatte gezögert. Schließlich gab es einen Grund, wieso sich die einstmals so guten Freunde über so viele Jahre nicht gesehen hatten. Auf sein Schweigen hin hatte Poppi ihm dann einen zweiten Brief per E-Mail zukommen lassen. Darin eröffnete sie ihm den wahren Grund für das Treffen: Bei ihr sei eine sehr ernste Krankheit diagnostiziert worden. Der Schock darüber habe sie wachgerüttelt, und nun wolle sie alle losen Fäden ihres Lebens verbinden. Die Chancen auf Heilung stünden nicht schlecht, aber noch sei sie nicht über den Berg. Die Begegnung mit ihren Freunden von früher bedeute ihr sehr viel. Vielleicht würde sie ihr sogar einen wichtigen Impuls geben, schneller gesund zu werden.

Wie hätte Dominik also Nein zu der Einladung sagen können? Auf den Fotos im Internet sah *Cliveden House* wirklich sehr verlockend aus mit seinen roten Plüschtapeten und fürstlichen Möbeln, dem riesigen Park und dem hoteleigenen Holzschiff, das am angrenzenden Ufer der Themse für sie bereitlag.

Ein paar Tage Ausspannen könnte Dominik gut gebrauchen. Er musste ja nicht die ganze Zeit mit den anderen verbringen, sondern könnte endlich einmal lange schlafen, ins Spa gehen und gut essen und trinken.

Nur einmal kam ihm kurz der Gedanke, wieso Poppi dieses sehr exklusive Hotel gewählt hatte. Lud sie ein oder zahlte jeder selbst? Die Zimmerpreise waren saftig, was für ihn kein Problem darstellte, aber ob Lilo und Axel sich das leisten konnten? Sie verdienten sicher nur einen Bruchteil seines eigenen Jahreseinkommens.

Der ganze Flieger wurde heftig durchgerüttelt, als die Maschine etwas unsanft auf der Landebahn aufsetzte. Gläser klirrten, und die Einrichtung knarrte.

Nachdem der Airbus A380 an der Schleuse zum Terminalgebäude angedockt hatte, stieg Dominik als Erster aus. Die Crew der First Class verabschiedete sich überschwänglich von ihm, aber er dankte nur mit einem kurzen Nicken.

Wenigstens erwarteten ihn keine Menschenschlangen bei der Passkontrolle. Am Gepäckband kam sein Alukoffer als Erster angefahren. Er hob den Griff und zog den Koffer auf Rollen hinter sich her.

Die Glasschiebetüren teilten sich vor ihm und gaben den Blick auf Menschen frei, die hinter einem langen Geländer warteten. Tafeln mit Namen wurden in die Höhe gehalten, aber Dominik las sie nicht, da er nicht mit einem Abholer rechnete.

»Mr Kascha?«

Eine Sekunde lang glaubte Dominik, Liz gegenüberzustehen. Die Täuschung war aber schnell vorüber.

»Ja?«

»Mr Kascha, ich hole Sie im Namen von Paula Reder ab.«

Wer sollte das wieder sein, dachte Dominik. Bis ihm einfiel, dass Poppi mit richtigem Namen Paula hieß (ein Name, den sie immer gehasst hatte) und verheiratet Reder, also nicht mehr Monowitsch.

»Klar. Wo steht Ihr Wagen?«

»Wir müssen ein kleines Stück zu Fuß gehen, es tut mir leid. Der Heliport ist gleich nebenan.«

Dominik glaubte, sich verhört zu haben. »Heliport?«

»Ein Helikopter steht für Sie bereit. Ich werde Sie persönlich fliegen.«

»Aber es ist doch nur eine kurze Fahrt. Eine halbe Stunde oder so.«

»Bitte folgen Sie mir. Darf ich Ihnen Ihren Koffer abnehmen?« Die Pilotin blieb ihm eine Erklärung schuldig. Als Dominik zögerte, schnappte sie sich einfach seinen Koffer und ging voran. Ihm blieb nichts anderes übrig, als ihr zu folgen. Der Alkoholspiegel in seinem Blut lähmte ihn.

Hatte Poppi einen Helikopter für ihn gebucht? War sie mit einem Millionär verheiratet? Woher hatte sie so viel Geld?

Noch immer grübelnd tappte er hinter der Pilotin durch mehrere der endlos scheinenden Gänge von Heathrow. Mit der Chipkarte, die sie an einem Band um den Hals trug, konnte sie die Schleusentore öffnen.

Schließlich erreichten sie einen kleinen Warteraum, der mit Ledersofas und Ledersesseln ausgestattet war.

»Bitte gedulden Sie sich kurz, ich bereite den Flug vor.« Die Pilotin bedeutete Dominik, sich zu setzen, und verließ den Raum hinaus auf das Flugfeld. Dort standen Helikopter wie Autos auf einem Parkplatz vor dem Supermarkt.

Dominik fläzte sich auf ein Sofa, streckte die Beine aus und legte den Kopf auf die Rückenlehne. Er blickte zur Decke hoch.

»Sir!«

Dominik schrak hoch. Eine Frau in dunkler Uniform war neben ihn getreten. Sie erinnerte an eine Flugbegleiterin. Ihr Pagenkopf sah aus wie frisch geschnitten, ihre übergroße Brille mit einem dunklen Rahmen hatte blau getönte Gläser.

Lächelnd streckte sie ihm ein Tablett entgegen.

»Eine kleine Erfrischung?«

Zur Auswahl standen Rotwein, Weißwein und Mineralwasser. Alles in kleinen Fläschchen. Dominik entschied sich für Rotwein. Ein Glas wurde ihm gereicht. Er schenkte sich gleich das ganze Fläschchen ein und nahm einen großen Schluck. Es war ein kräftiger Malbec, ganz nach seinem Geschmack. Dominik zwang sich, nicht zu schnell zu trinken, und schob den Wein im Mund herum. Als er ihn schluckte, spürte er ein leichtes Kratzen in der Kehle. Ungewöhnlich für einen Malbec. Aber wahrscheinlich handelte es sich hier um eine billige Sorte.

Die Pilotin kehrte zurück und führte Dominik ins Freie. Sein Koffer befand sich schon im Helikopter. Dominik nahm auf der Rückbank Platz, und die Pilotin half ihm beim Anlegen des Sitzgurtes. Danach schob sie sich auf den Pilotensitz, schloss die Tür und startete den Rotor.

Es musste der Jetlag sein. Dominiks innere Uhr war fünf Stunden hinten. Er hatte auf dem Flug höchstens eine Stunde geschlafen und zu viel getrunken. Seine Müdigkeit war nicht überraschend. Die Augenlider waren aber trotzdem ungewohnt schwer.

Als der Helikopter in die Luft stieg, fiel Dominiks Kopf zur Seite.

Das Betäubungsmittel hatte seine Wirkung getan. Er würde mindestens zwei oder drei Stunden schlafen. Lange genug bis zur Ankunft auf Canon Island.

10) DOMINIKS VERFOLGER

Er folgte ihm seit New York, aber Dominik war viel zu sehr in sein Selbstmitleid wegen Liz versunken, um es zu bemerken.

Dominiks Verfolger hatte sich einen Platz in der vordersten Reihe der Businessclass gebucht. So saß er nahe genug am Vorhang, der als Abtrennung zum feinsten Luxus der First Class diente. Obwohl Dominik sicher nicht aussteigen konnte, wollte der Verfolger ihn im Auge behalten und hie und da einen Blick auf seinen Schützling werfen. Allerdings war das nicht so einfach.

Beim ersten Mal hatte er den verwirrten Passagier gespielt, beim zweiten Mal hatte er behauptet, dringend die Toilette benutzen zu müssen. Jedes Mal aber war er von einer sehr energischen Stewardess wieder auf seinen Platz zurückgescheucht worden.

Erst beim dritten Versuch hatte er Glück. Die diensthabende Flugbegleiterin war nach hinten gegangen, um sich mit Kollegen zu unterhalten.

Vorbei an der kleinen Küche drang er bis in die Spitze des Fliegers vor, wo Dominik in seinem breiten Sitz am Fenster lag und einen Film an sich vorbeirieseln ließ. Seine Gedanken waren ganz woanders, das war ihm anzumerken.

Also kehrte der Verfolger auf den eigenen Platz zurück. Er ließ sich zurücksinken und ging den Auftrag durch, der ihn nun schon längere Zeit beschäftigte.

Seine Anweisung hatte gelautet, Dominik zu überwachen. Er sollte herausfinden, ob und wann Dominik eine Reise antreten würde, die nichts mit seinem Beruf zu tun hatte und auch kein geplanter Urlaub war. Sein Auftraggeber vermutete, es würde sich um eine Reise nach Europa handeln.

Falls Dominik solch eine Reise antrat, sollte er ihm folgen. Seinen Informationen zufolge war es wahrscheinlich, dass Dominik sich in Europa mit drei anderen Personen gleichen Alters treffen würde. Erst wenn sie alle vier zusammen waren, sollte der Verfolger sie ansprechen und die Verbindung zu seinem Auftraggeber herstellen.

»Sie dürfen nichts gemeinsam essen oder trinken, wenn sie wieder vereint sind«, hatte ihm der Auftraggeber eingeschärft. »Warnen Sie die vier. Vergessen Sie das ja nicht!«

Sein Auftraggeber war ein todkranker Mann. Der Verfolger hatte ihn in Ecuador besucht, wo er ein kleines Haus am Amazonas bewohnte. Der Grund war seine Tochter, wie er nebenbei erwähnte, doch er wollte nicht mehr erklären.

Seine Lebenszeit laufe ab, hatte der Mann ihm mitgeteilt, und er habe noch etwas zu erledigen. Er müsse mit Dominik und seinen Freunden von früher sprechen, um ihnen etwas Wichtiges, streng Geheimes mitzuteilen und sie zu warnen. Mehr hatte der Verfolger nicht erfahren.

Im Augenblick hatte der Verfolger also die Aufgabe, Dominik immer auf den Fersen zu bleiben. Sein Auftraggeber hatte ihn vorgewarnt, dass Dominiks Wege anders verlaufen könnten als geplant. Er sollte dicht hinter ihm bleiben, durfte aber unter keinen Umständen bemerkt werden.

Nach der Landung erwies sich Dominiks Beschattung als besonders schwierig, da nur wenige Leute in den Gängen des Flughafengebäudes unterwegs waren. Dominik schoss einfach los, und sein Verfolger musste sich weit hinter ihm halten, sonst wäre er aufgefallen.

Erstaunt war er über die flotte Abholerin, die sofort seine Aufmerksamkeit erregte. Laut seinen Unterlagen hatte Dominik eine Taxifahrt vor sich. Auf dem Schild, das die Frau in der Hand hielt, stand jedoch nicht nur Dominiks Name, sondern auch der Firmenschriftzug *Heli-Trans*.

Als die Frau Dominik zum Heliport führte, wurde der Verfolger unruhig. Wenn Dominik einen Helikopter bestieg, würde er ihn verlieren.

Mithilfe seines Handys wollte der Verfolger herausfinden, was das Ziel von Dominiks Reise war. Er öffnete den Webbrowser und gab »Heli-Trans« ein. Sofort erschien eine Webseite mit E-Mail und Telefonnummer. Dort musste er also nur anrufen, sich als Kollege ausgeben oder als Künstlermanager, der Dominik dringend etwas bringen musste. Wenn er Glück hatte, war jemand am Apparat, der sich wichtigmachen wollte. Diese Leute waren oft die einfachsten Quellen und sprudelten schnell.

Doch die Telefonnummer auf der Webseite musste falsch sein. Es gab keinen Anschluss unter dieser Nummer. Er googelte die Adresse, die ebenfalls nicht existierte.

Der Verfolger war sofort alarmiert. Er wollte zum Heliport, um Dominik zu warnen und aufzuhalten. Der Weg, den die Pilotin genommen hatte, war für den Mann aber versperrt, da er keine Chipkarte besaß. Also musste er ins Freie und seinen Weg dort suchen.

Als er endlich den Zugang zum Heliport gefunden hatte, trat ihm ein Portier in den Weg. Die Uniform und die Strenge in seinem Blick ließen erahnen, wie ernst er seine Aufgabe nahm.

Hinter ihm ging eine Tür auf, und eine Frau mit stark getönten, großen Brillengläsern und Pagenkopf stöckelte heraus. Über ihre Schulter versuchte Dominiks Verfolger, einen Blick in den Raum hinter der Tür zu werfen.

»Haben Sie einen Flug? Oder treffen Sie hier jemanden?«, wollte der Portier wissen.

»Jemand, der ein Medikament braucht, sitzt dort drinnen.«

»Wie ist sein Name?«

»Dominik Kascha.«

»Und wie ist Ihr Name?«

»Weller.«

»Darf ich fragen, in welchem Verhältnis Sie zu Mr Kascha stehen?«

»Nein. Das dürfen Sie nicht.«

Der Portier tippte mit nur einer Hand auf einem Laptop herum, der auf seinem Pult stand.

»Dominik Kascha, der Schauspieler«, hörte der Verfolger ihn sagen.

»Ja. Das ist er.«

»Ihren vollen Namen, einen Ausweis und außerdem eine Begründung, wieso Sie Mr Kascha ein Medikament bringen wollen.«

»Lassen Sie mich vorbei.« Weller verlor die Nerven.

»Mein Herr, das ist der Heliport von Leuten, die nicht belästigt werden wollen. Schon gar nicht von Autogrammjägern, die sich höchst durchsichtige Ausreden einfallen lassen.«

An dieser Stelle sah Weller ein, dass er Dominik Kascha aus den Augen verloren hatte.

Das war das Schlimmste, was geschehen hatte können.

11) ALBTRÄUME VON DAMALS

Obwohl sie schon lange nicht hier gewesen war, war Lieselotte alles sehr vertraut. In der Praxis von Dr. Fried schien die Zeit stehen geblieben zu sein. Lilo war gespannt, wie die Therapeutin selbst aussehen würde. Sie war ihr schon damals, als Lilos Therapie begonnen hatte, alt vorgekommen. Vielleicht lag das aber daran, dass sie damals selbst erst knapp zwanzig gewesen war. In diesem Alter erschien jeder alt, der über dreißig war.

Im Warteraum hatte Lilo in demselben Korbstuhl Platz genommen, in dem sie auch damals immer gewartet hatte. Sie war zu früh, weil sie Unpünktlichkeit nicht leiden konnte.

Als die Zeiger der Wanduhr auf vier sprangen, wurde die hohe Holztür schwungvoll geöffnet. Dr. Fried verabschiedete einen jungen Mann, der mit eingezogenem Kopf schnell die Praxis verließ. Obwohl sie sich den ganzen Tag lang das Leid anderer Leute anhörte, schien davon nicht ein Körnchen an ihr hängen zu bleiben.

»Lieselotte Schroll, nur herein!« Dr. Fried streckte ihr die Hand entgegen. Der Händedruck der Therapeutin war fest und bestimmt. Sie trat ein wenig zur Seite und ließ Lilo in das Zimmer.

Quadratischer Raum, vollgestopfte Buchregale, ein Schreibtisch und zwei bequeme Polstersessel, die einander gegenüberstanden. Auf dem Tisch dazwischen eine Schachtel mit Papiertaschentüchern.

Dr. Fried setzte sich, Lilo auch.

Ein paar Fältchen mehr, das Haar ein wenig grauer – sonst waren keine Spuren des Alters in Dr. Frieds Gesicht zu erkennen. Wie damals lächelte sie freundlich und offen und strahlte Ruhe aus.

»Wie geht es Ihnen?«, fragte sie Lilo.

»Gut. Danke.«

»Was führt Sie wieder zu mir?«

»Das Alte und etwas Neues«, sagte Lilo.

Dr. Fried griff nach einem Block und einem Kugelschreiber. Wo sollte Lilo nur beginnen?

»Wie geht es Ihnen im Allgemeinen? Wo stehen Sie im Leben?«, half die Therapeutin ein wenig nach.

Lilo atmete tief ein. »Mir geht es gut. Ziemlich gut. Es hat sich natürlich viel getan, seit wir uns das letzte Mal gesehen haben.«

»Davon bin ich überzeugt. Leben Sie noch immer in Innsbruck?«

»Jaja, ich habe eine hübsche kleine Dachwohnung mit Blick auf das Hafelekar.«

»Sind Sie zufrieden mit Ihrer Berufswahl?«, fragte die Therapeutin.

Lilo zögerte. »Ich habe ständig etwas zu tun. Ich meine, langweilig wird mir nicht.«

Dr. Fried lächelte und sagte nichts.

»Der Grund, wieso ich heute hier bin, sind die Albträume.«

Noch immer schwieg Dr. Fried.

»Sie sind wieder da. Fast jede Nacht. Ich wache manchmal von meinen eigenen Schreien auf. Außerdem schwitze ich entsetzlich. Mein Laken ist jeden Morgen nass.«

»Sind es die gleichen Träume wie damals?«

»Ja. Genau die gleichen. Aber ich war sie los. Als ich damals die Therapie mit Ihnen beendet hatte, da war ich frei davon. Überhaupt war ich damals befreit von allem. Wahrscheinlich konnte ich mich auch nur deshalb so sehr in mein Studium vertiefen.«

»Lilo, können Sie sich einen Grund vorstellen, wieso die Träume wiedergekommen sind?«

»Ja.«

»Ach?« Dr. Fried schien erstaunt über die Schnelligkeit, mit der Lilo geantwortet hatte.

»Poppi hat mir geschrieben.«

»Das erste Mal seit damals?«

»Ja. Ich war damals auf Tauchstation, und sie hat dann irgendwann aufgegeben. Aber ich habe immer wieder an sie denken müssen. Ich hätte auch gerne Kontakt zu ihr gehabt, aber dann habe ich es doch wieder gelassen.«

»Was hat Poppi geschrieben?«

Lilo holte einen Ausdruck aus ihrer Umhängetasche. Es waren drei E-Mails. Sie reichte sie Dr. Fried.

»Ein Wiedersehen der Knickerbocker-Bande also.«

»Ein Wunsch von Poppi, der ihr letzter sein könnte. Wenn ihre Krankheit wirklich so schlimm ist, wie sie schreibt.«

»Haben Sie Zweifel daran?«

»Nein.« Nach einer kleinen Pause. »Ja. Vielleicht. Poppi wollte immer Friede und Freude zwischen uns. Für sie war jeder Streit, jede Spannung, jede Disharmonie eine Qual. Ich traue ihr zu, uns auf diese Weise zusammenbringen zu wollen, um den Frieden wiederherzustellen.«

»Poppi lädt also die anderen drei Mitglieder der ehemaligen Knickerbocker-Bande auf ein langes Wochenende nach England ein und will auf diese Weise vielleicht Friede zwischen allen herstellen«, fasste Dr. Fried zusammen.

Lilo stimmte zu. So könnte es sein.

»Aber Lilo, Sie haben allen dreien verziehen. Oder doch nicht?«

»Nein, nein, nein, für mich war die Sache wirklich abgeschlossen. Ich habe keinen Hass mehr gefühlt, und diese bohrende Wut war fort. Völlig.«

Die Therapeutin spielte mit dem Kugelschreiber.

»Wieso aber sind dann die Albträume zurück?«

»Das würde ich selbst gerne wissen. Ich habe Poppi zugesagt, und ich fahre zu diesem Treffen. Poppi im Stich zu lassen, das kommt für mich nicht infrage. Vielleicht ist sie wirklich so krank, und dann will ich ihr den Wunsch umso lieber erfüllen.«

»Ist das der einzige Grund für Ihre Zusage?«

»Ja!« Lilos Stimme wurde lauter, und sie rutschte unruhig in ihrem Sessel hin und her. »Ach, ich weiß nicht. Ich meine, wir vier waren doch wirklich etwas ganz Besonderes. Damit meine ich nicht die Fälle, die wir gelöst haben, und unsere Berühmtheit. Ich meine, wir waren tolle Freunde. Bis heute habe ich solche Freunde nicht mehr gefunden.«

»Gibt es noch einen Grund?«

Ja, es gab einen. Tief in ihrem Inneren spürte sie den wahren Grund. Doch es war verrückt, irrwitzig, dumm und vor allem unmöglich. Nach allem, was geschehen war, gab es nicht die geringste Chance, und vor allem durfte sie nicht irgendwelchen Gefühlen nachgeben.

Es war unfassbar, und sie hasste sich selbst für das, was sie empfand.

»Lieselotte?«

Sie spürte den fragenden Blick von Dr. Fried. Es würde sie erleichtern, den Grund auszusprechen.

12) SPEZIALKLINIK

»Lilo?« Dr. Fried lächelte sie abwartend, aber auch ein wenig fordernd an.

»Nein. Der einzige Grund ist, dass ich Leute wiedersehen möchte, mit denen ich früher eng befreundet war. Ich will das Gleiche wie Poppi: einfach Frieden.«

Dr. Fried saß da und wartete. Die Sekunden verstrichen. Die Stille im Raum schien sich auszudehnen wie das Weltall nach dem Urknall.

»Können Sie mir etwas verschreiben? Damit ich besser schlafe? Ich bin morgens manchmal wie gerädert«, bat Lilo.

»Leben Sie allein?«

»Nein.«

»Das ist gut zu hören.« Wieder ließ die Therapeutin eine kleine Pause. »Lilo, was beschäftigt Sie so sehr? Warum wühlt Poppis Einladung Sie so auf?« Dr. Fried hatte einen Verdacht. Aber sie würde ihn niemals aussprechen. Lilo musste selbst darauf kommen.

»Im Traum ist alles wieder da.« Tränen begannen Lilos Gesicht hinunterzurollen. Sie konnte sie nicht mehr zurückhalten und weinte einfach los. Dr. Fried schob ihr die Schachtel mit den Taschentüchern näher. Lilo griff dankbar danach. Nacheinander zog sie mehrere Tücher heraus, wischte ihre Tränen ab und putzte sich die Nase.

Dr. Fried betrachtete Lilo freundlich. Sie wusste von den tiefen Wunden, die das schreckliche Ereignis in den Tiroler Bergen bei Lilo hinterlassen hatte. Damals hatte sie nicht nur ihre Freunde verloren, sondern noch etwas anderes. Darüber war

Lilo nie hinweggekommen. Die vielen Jahre hatten nicht geholfen. Normalerweise sollte die Zeit alle Wunden heilen, bei dieser aber hatte sie versagt.

Es war Dr. Fried nicht möglich, Lilo mehr zu sagen. Sie konnte nur versuchen, sie durch geschickte Fragen an die Lösung heranzuführen. Hoffentlich hatte sie genügend Zeit dafür. Ein paar Sitzungen würden schon nötig sein.

»Wir müssen für heute bald enden«, sagte sie. »Wollen Sie sich einen weiteren Termin ausmachen?«

»Das geht nicht.« Lilo schnäuzte sich erneut.

»Wieso nicht?«

»Weil ich morgen schon losfahre. Ich wollte Sie eigentlich nur um ein Schlafmittel bitten.« Leise fügte Lilo hinzu: »Eigentlich wollte ich auch mit Ihnen reden. Weil Sie doch alles wissen. Von damals …«

Wieso war Lilo nicht früher gekommen? Dr. Fried war über ihre baldige Abreise gar nicht erfreut.

»Wenn Sie mich anrufen wollen, dann können Sie das jederzeit tun. Ich melde mich später, wenn ich gerade mit einem Klienten beschäftigt bin.«

»Danke!« Lilo erhob sich. Dr. Fried setzte sich hinter ihren Schreibtisch und stellte ein Rezept für ein sehr mildes Schlafmittel aus.

Von der Praxis aus ging Lilo noch zu ihren Eltern. Sie besuchte die beiden fast jede Woche, um sich ihre kleinen und großen Sorgen von der Seele zu reden.

Lilo flog von Innsbruck direkt nach London Gatwick und nahm von dort den Zug, wie Poppi es in ihrer Einladung empfohlen hatte. Drei Stunden später traf sie auf dem Bahnhof von Eastbourne ein. Von hier sollte sie jemand abholen und sie zu einem ganz besonderen Hotel bringen: Es befand sich im ehemaligen Leuchtturm Belle Tout. Lilo hatte es sich im Internet angesehen. Es war ein romantischer Ort, oben auf den Klippen von Beachy Head, an dem den ganzen Tag lang der Wind wehte.

Beachy Head war sehr beliebt bei Selbstmördern. Wer von hier ins Meer sprang, setzte seinem Leben ein sicheres Ende. Deshalb waren – wie Lilo ebenfalls gelesen hatte – ständig Seelsorger zur Stelle, um potenzielle Selbstmörder von einem Sprung abzuhalten.

Mit Lilo stiegen nur ein paar alte Leute und einige Schüler aus dem Zug. Sie ging den Bahnsteig hinunter, nahm die Stiegen und die Unterführung unter den Gleisen und trat hinaus auf die Straße.

Die Luft roch nach Salzwasser, Strand und Algen. Lilo überkam ein Gefühl von Freiheit, von Ferien, wie früher, und von …

Den nächsten Gedanken stoppte sie.

Sie wollte ihn nicht denken.

Das Wort war aus ihrem Wortschatz gestrichen, da es ihr schlussendlich den schlimmsten Kummer in ihrem bisherigen Leben zugefügt hatte.

Aber das Wort ließ sich nicht so einfach löschen oder töten. Es war zu stark. Auch wenn Lilo sich sofort ablenkte und an Fish and Chips und Eiscreme dachte, war es wieder zur Stelle und begann, in ihrem Kopf zu blinken.

Es lautete: Abenteuer.

»Mrs Schroll?« Eine Frau in Lilos Alter kam winkend von der anderen Straßenseite, während sie noch erfolglos das Wort »Abenteuer« zu verdrängen versuchte. Die Frau kaute Kaugummi.

»Ja. Ich bin Lieselotte Schroll.«

»Bitte kommen Sie mit. Ich bringe Sie in die Klinik.«

»Klinik?«

»Es besteht kein Grund zur übergroßen Sorge, soll ich Ihnen von Mrs Reder ausrichten.«

Lilo brauchte einen Moment, um zu verstehen, von wem die Rede war.

»Geht es Poppi so schlecht?«

»Den Umständen entsprechend. Aber sie hat diesen Ort für das Treffen gewählt, weil sie sich nicht weit von hier einer Spezialbehandlung unterzieht. Die Klinik liegt auf einer Insel unweit der Küste.«

»Davon hat sie nichts geschrieben.«

»Es ist ihr wohl nicht sehr angenehm. Aber die Spezialbehandlung dauert länger als erwartet. Daher muss sie noch zwei Tage in der Klinik verbringen. Der Doktor befürwortet das Treffen mit ihren Freunden von damals. Wir haben genügend Gästezimmer.«

Arme Poppi, dachte Lilo. Sie überließ der Frau ihren Koffer und folgte ihr zu einem silbergrauen Wagen.

»Und was ist das für eine Insel?«, fragte Lilo, als sie im Hafen ein Motorboot bestieg.

»Sie heißt Canon Island. Aber keine Sorge, Kanonen gibt es dort schon lange nicht mehr.«

13) GEISTERTOUR

Axel rannte. Er joggte nicht. Er lief nicht. Er rannte.

Das Rennen war sein Lieblingssport, und wenn die Strecke lang genug war, fiel er in einen tranceartigen Zustand.

Der Wind, der vom Meer wehte, war kühl, und Axel war froh, trotz des Sonnenscheins seine Windstopperjacke angezogen zu haben.

Vor ihm erstreckte sich eine Strandpromenade, die kein Ende zu nehmen schien. In der Ferne ragte ein Pier wie ein langer Finger hinaus ins Meer. An seinem Ende befand sich eine Plattform, auf der ein Rummelplatz errichtet worden war. Der englische Seeort Brighton war berühmt für seine Achterbahn über den Wellen.

Poppi hatte Axel eine lange E-Mail geschickt und darin von ihrer Krankheit erzählt. Ihr Wunsch war es, mit den anderen der Bande noch einmal zusammenzukommen. »Vielleicht kann es sogar so sein wie früher«, hatte sie geschrieben.

Das bezweifelte Axel heftig. Aber er behielt es für sich. In ihrem Zustand wollte er Poppi nicht unnötig aufregen oder beunruhigen. Er versprach zu kommen, auch wenn ihm bei der Vorstellung, Lilo gegenüberzustehen, ziemlich unbehaglich zumute war.

Einige Jahre nach den Ereignissen, die das Ende der Knickerbocker-Bande bedeutet hatten, hatte sie ihm einen Brief geschickt. Der Brief hatte sehr formell und wenig persönlich geklungen.

Lilo schrieb, dass sie Axel vergab. Sie verzieh ihm und wollte alles vergessen, damit sie unbeschwert durchs Leben gehen konnte. Was geschehen war, könne ohnehin nicht geändert werden.

Axel war damals wütend geworden. Noch immer schien ihm Lilo Sachen vorzuwerfen, die einfach so nicht stimmten. Er war versucht gewesen, ihr einen gepfefferten Brief zurückzuschreiben, um ihr seine Sicht der Dinge darzulegen und sich vielleicht mit ein paar Beschimpfungen abzureagieren.

Sein Vater, dem er in seiner Wut davon erzählt hatte, fand die Idee sehr schlecht und riet ihm ab.

»Axel, ich habe in der Businesswelt ein paar wichtige Regeln gelernt: nie etwas Schriftliches, wenn es später gegen dich verwendet werden kann. Wenn dich etwas sehr aufregt, schlafe eine Nacht darüber. Besser zwei oder drei, wenn so viel Zeit ist. Und säge kein Sägemehl. Manche Dinge sind einfach gegessen, vorüber und vorbei. Wärme sie nicht auf, lege sie zu den Akten, die keiner mehr ansieht und die nach zehn Jahren weggeworfen werden.«

An diesen Rat hatte Axel sich gehalten. Heute war er froh darüber.

Er erwartete eine steife Zeit. Wahrscheinlich würden sie alle ein paar Nettigkeiten austauschen, und jeder wäre bemüht, für Poppi auf Friede-Freude-Eierkuchen zu machen.

Die Einladung hatte aber auch etwas Gutes für ihn: Sie war eine willkommene Abwechslung. Er hatte schon lange keinen Urlaub mehr genommen, und so reiste er schon drei Tage vor dem Treffen an.

Lieber hätte er gleich in dem Hotel gewohnt, in dem die Knickerbocker zusammenkommen sollten. Poppi aber hatte ihm nicht verraten, welches es war. Sie wolle »eine ganz besondere Überraschung« kreieren. Axel sollte sich am Sportflughafen im Nachbarort Shoreham einfinden. Von dort würde er abgeholt werden. Als Axel ihr zurückschrieb, dass er diese Geheimnistuerei ein wenig seltsam fände, hatte Poppi geantwortet, es sei ihr ein Anliegen, einfach die gute alte Zeit noch einmal auferstehen zu lassen.

Aber war das möglich? Axel konnte es sich nicht vorstellen.

Eine Möwe kam ihm fast in Augenhöhe entgegen. Völlig unerschrocken segelte sie knapp an ihm vorbei.

Axel hatte in den vergangenen drei Tagen so ziemlich alles getan, was man in Brighton unternehmen konnte: Er hatte den orientalischen Palast besucht, den der Prinzregent vor einhundertfünfzig Jahren mitten in der Stadt für seine Geliebte hatte bauen lassen. Als das Gebäude endlich fertig war, hatte der Prinz seiner Geliebten aber längst den Laufpass gegeben und zog selbst dort ein.

Einen ganzen Nachmittag war Axel durch die vielen kleinen Gassen geschlendert, die das Zentrum von Brighton bildeten. *Lanes* wurden sie genannt, und von lebensgroßen Statuen aus Zucker bis zur Toilette in Muschelform gab es dort alles zu kaufen.

Der Zufall führte ihn an einer kleinen Gruppe von Leuten vorbei, die sich um einen hageren alten Mann scharte. Der Mann trug eine Kapitänsmütze und hatte eine Gesichtshaut wie Leder. Er stand auf den Stufen vor dem Säulenportal des Rathauses und erzählte. Jeder Satz wurde mit großen Gesten illustriert. Als Axel stehen blieb, um ein wenig zuzuhören, verlangte der Mann von ihm sofort fünf Pfund. Es handelte sich nämlich um die »Ghost-Tour« von Brighton, auf der Touristen zu den unheimlichsten Orten geführt wurden.

Der Mann, sein Name war Orson, erzählte Schauergeschichten und schlachtete die schrecklichsten und blutigsten Details mit Genuss aus.

Nachdem Axel bezahlt hatte, durfte er sich der Gruppe anschließen. Orson führte sie zu einem schwarzen Haus, in dem eine Witwe angeblich immer ein Zimmer vermietet hatte. Allerdings soll jeder dreizehnte Gast das Haus nie wieder verlassen haben. Man konnte ihr nichts beweisen, aber nach ihrem Tod wurde auf dem Friedhof ein schauriger Fund gemacht: Unter den Blumen, die auf das Grab ihres Mannes gepflanzt worden waren, fanden die Totengräber dreizehn Schädel. Sie waren – wie der Gerichtsmediziner feststellte – säuberlich ausgekocht und dort bestattet worden.

Stammten sie von den Gästen der Witwe? War etwas Wahres an den Gerüchten? Wie waren sie dort hingekommen?

Orson kündigte den Höhepunkt der Tour an. Die Teilnehmer rätselten, was für eine Geschichte nun folgen konnte. Natürlich glaubte niemand Orsons Geschichten so recht, trotzdem sorgte die Tour bei allen für gute Unterhaltung.

Axels Handy begann zu spielen. Es war der Song »My One and Only«. Diese Melodie erklang nur bei einer Anruferin. Axel hob ab und sagte: »Hallo, mein Schatz!«

Er lächelte, während er zuhörte, was ihm die Anruferin zu berichten hatte.

»Verstehe ich gut. Sobald ich zurück bin, sehen wir uns die Sache an.« Er schilderte, was er gerade tat, und wurde ermahnt, sich nicht von Geistern ansprechen oder vielleicht verlocken zu lassen.

Orson hatte angehalten und streckte eine Hand hoch. Etwas oberlehrerhaft verlangte er die ungeteilte Aufmerksamkeit von allen Teilnehmern. Axel verabschiedete sich schnell, versprach, sich bald wieder zu melden, und steckte das Handy weg.

Die Gruppe war in einer schmalen Seitengasse in Kemptown angelangt. Dieser Teil von Brighton war von einem Mr Thomas

Kemp vor einhundertfünfzig Jahren am Reißbrett geplant worden. Von den Gässchen aus hatte man einen direkten Blick auf das Meer. Die Häuser waren klein, jedes Stockwerk nur zwei Fenster breit. Einige der Eingangstüren waren so niedrig, dass selbst Axel sich würde bücken müssen, wenn er hindurchging. Das wollte etwas heißen. Schließlich zeichnete er sich nicht durch besondere Körpergröße aus, auch heute noch nicht.

Das Haus, vor dem Orson angehalten hatte, war dunkelrot verputzt und hatte olivgrüne Fensterrahmen.

»Nicht ich werde Ihnen erzählen, was vor vielen Jahren in der Silvesternacht geschehen ist. Ich überlasse den Bericht einem Augenzeugen: meinem Bruder Charles«, kündigte Orson an.

Mit einer theatralischen Geste hob Orson die faltige Hand, nahm den Messingtürklopfer und schlug damit dreimal gegen die Tür.

Sekunden verstrichen, aber niemand öffnete.

Orson schien überrascht. Er klopfte erneut, energisch und laut. Aber wieder kam keine Reaktion.

»Charles?«, rief Orson.

Er trommelte mit den Fingerknöcheln an die Scheibe des Wohnzimmers. Sie war aus mehreren dicken Glasstücken zusammengesetzt und mit Zinn verlötet.

Sichtlich beunruhigt kramte Orson sein Handy aus der Tasche der Kapitänsjacke und drückte eine Kurzwahl. Im Haus konnte man den Standardklingelton eines anderen Handys hören, aber es wurde nicht abgehoben.

»Mein Gott, mein Gott«, murmelte Orson. Er trug zahlreiche Schlüssel auf einem Ring, den er mit einer dünnen Kette an seinem Gürtel festgemacht hatte. Seine Finger zitterten, als er den richtigen Schlüssel heraussuchte und ins Schloss der Tür steckte.

Die Teilnehmer der Führung waren verstummt.

Die Tür öffnete sich in einen winzigen, dunklen Flur. Orson stolperte hinein und verschwand im Haus. Axel, der nahe der Tür stand, stieg ein säuerlicher Geruch in die Nase. Er erinnerte an Schmutzwäsche und Mülleimer, die schon länger nicht ausgeleert worden waren.

Als Orson wieder auftauchte, war die tiefe Bräune aus seinem Gesicht verschwunden. Er hämmerte auf seinem Handy herum.

»Die Rettung«, hörte ihn Axel murmeln. »Er lebt noch …« Orson stotterte wirr herum und hatte Mühe, die Adresse des Hauses richtig zu nennen. Als Axel ihm Hilfe anbot, winkte Orson ab.

Mit Blaulicht und Martinshorn traf der weiße Rettungswagen ein. Sanitäter sprangen heraus, und der Notarzt folgte ihnen mit einer großen Tasche.

Im Haus gegenüber wurde die Tür geöffnet, und ein Mädchen mit einem rotblonden Lockenkopf sprang in die Gasse. Mit ihren Sommersprossen und der Latzhose sah sie aus wie aus einer Kinderfernsehserie.

»Ist es der Fluch? Hat er ihn jetzt endgültig erwischt?« Sensationsheischend sah sie die Leute der kleinen Gruppe an.

»Kind, bitte«, ermahnte sie eine ältere Frau, die ihr gefolgt war. Tadelnd schüttelte sie den Kopf. Im Fenster hinter ihr stand ein Kartonschild mit der Aufschrift *Zimmer frei*.

»Aber das hat er immer gesagt: Eines Tages wird ihn der Fluch von Canon Island treffen.«

»Schluss jetzt.« Die Frau deutete dem Mädchen, ins Haus zurückzukehren.

Sanitäter trugen eine Bahre behutsam zum Rettungswagen. Axel sah einen sehr alten Mann darauf liegen. Der Notarzt drückte die Sauerstoffmaske auf sein Gesicht. Orson folgte der Prozession, machte eine entschuldigende Geste und stieg zu seinem Bruder hinten in den Krankenwagen.

Die Gruppe zerstreute sich. Axel ging die Gasse hinunter zur Strandpromenade. Was das wohl für eine Geschichte gewesen wäre, die Charles zu erzählen gehabt hätte?

Das Mädchen mit den rotblonden Locken erinnerte ihn entfernt an ihn und den Rest der Knickerbocker-Bande. So waren sie auch einmal gewesen: immer dabei, wenn etwas geschah. Immer neugierig und frisch heraus. Es war eine spannende Zeit gewesen. Wenn er sich erinnerte, wurde er richtig wehmütig.

Der Pier mit dem Rummelplatz war nicht weit entfernt. Axel beschloss, dort Fish and Chips zu essen oder vielleicht sogar eine Fahrt auf der Achterbahn zu wagen. Sturzfahrten mit Blick auf die Wellen mussten ein besonderer Spaß sein, und dafür war er immer zu haben.

»Willst du die Geschichte hören, die der alte Charles erzählt?«, fragte ihn jemand.

14) EIN KRIBBELN, WIE FRÜHER

Das Mädchen von vorhin lief neben ihm.

»Du kennst sie?«

»Klar. Ich habe sie mindestens hundertmal gehört, wenn ich bei Granny zu Besuch war. Orson bringt seine Gruppe immer zu Charles. Er gibt ihm auch was von dem Geld, dabei ist Charles gar nicht sein Bruder. Das sagt er nur, damit ihm die Leute mehr glauben, meint Granny.«

»Wie heißt du?«, fragte Axel.

»Jenny. Und du?«

»Axel.«

»Alex?«

»Nein. Axel.«

Jenny zuckte mit den Schultern. »Pizza, doppeltes Softeis mit Schokoflake und eine Limo. Okay?«

Sie meinte damit ihr Honorar für die Schilderung der Gruselstory. Weil er noch Zeit hatte und ihm die Frechheit des Mädchens gefiel, war Axel einverstanden.

Sie gingen auf dem Pier hinaus, durchquerten eine Halle mit bunten, lärmenden Spielautomaten, bei denen der Einsatz nur Pennys betrug, und hielten vor einem Stand, wo Pizzaecken verkauft wurden.

Die gertenschlanke Jenny wählte gleich fünf verschiedene Sorten aus: mit Ananasstücken, mit Peperoni, mit Salami, mit Pilzen und mit verschiedenen Käsesorten. Axel verkniff sich jeden Kommentar, entschied sich selbst für Pizza Margherita und bezahlte. Während sie kaute, begann Jenny schon ihren Teil der Vereinbarung einzulösen.

»Da waren echte Geister. Blutige Geister!«

»Was meinst du damit? Wo waren ›blutige Geister‹?«

»Auf Canon Island. Damals, im neuen Jahr. Als Charles mit dem Boot hingefahren ist.«

Noch immer verstand Axel den Zusammenhang nicht.

Im Rekordtempo hatte Jenny bereits drei Pizzaecken in sich hineingeschoben. Sie kaute, als müsste sie das Essen schnellstens vertilgen, bevor es ihr jemand streitig machte. Wieder schluckte sie kräftig.

»Auf der Insel hat eine wilde Party stattgefunden. Der Mann, dem sie damals gehört hat, und seine Freundin und noch zwei andere. Die müssen total durchgeknallt gewesen sein. Ich wette, die haben auch Drogen genommen. Jedenfalls waren sie alle tot.«

»Ist das erfunden?« Bei den meisten der Geschichten, die Orson erzählt hatte, war Axel dieser Verdacht gekommen.

»Nein. Meine Granny kennt die Geschichte auch. Aber sie war nicht auf der Insel wie der alte Charles. Der wollte nachsehen, was geschehen ist, weil ihn keiner angerufen hat. Oder gefunkt oder so.«

»Wo ist diese Canon Island?«

»Vor der Küste. Mit dem Motorboot nicht ganz eine Stunde oder so. Sieht aus wie ein Glatzkopf mit dicken Pickeln.« Jenny war mit dem Vertilgen von Pizzastück Nummer vier fast fertig.

»Was hätte Charles uns also erzählt?«, fragte Axel.

»Er war auf der Insel. Dort muss es Leichen gegeben haben. Die Möwen haben einen ganzen Arm herumgetragen.«

»Das ist unmöglich, viel zu schwer für Möwen.«

»Vielleicht war es auch nur eine Hand.«

»Auch noch zu schwer.«

»Dann Finger.« Ein bisschen genervt rollte Jenny die Augen. »Jedenfalls war dort auch viel Blut. Und zerbrochenes Glas. Und kein lebendiger Mensch mehr.«

»Alle Leute der Feier tot?«

»Keine Ahnung.«

»Was heißt das wieder? Die Polizei muss doch die Leichen gefunden haben.«

»Haben sie nicht.«

Axel atmete durch, sehr bemüht die Geduld zu bewahren. »Du hast gerade von Leichen gesprochen.«

Jenny verzog das Gesicht. »Habe ich nicht. Du musst besser zuhören. Ich habe nur gesagt, es muss dort Leichen gegeben haben, weil die Möwen Stücke davon herumgetragen haben.«

»Aber es sind niemals welche gefunden worden?«

»Du bist nicht schlecht.« Jenny streckte ihm den Daumen in die Höhe. »Es gab keine Leichen. Nur Blut. Und das war von dem Mann, dem die Insel gehört hat, und von seiner Freundin und einem dritten, einem Freund. Das hat die Polizei herausgefunden. Aber sonst war da niemand mehr auf der Insel.«

»Vielleicht sind die Leute mit dem Boot weggefahren.«

»Total unmöglich. Weil es zu stürmisch war.«

»Es muss doch damals irgendeine Erklärung gegeben haben?«

»Der alte Charles redet immer von Piraten. Er behauptet, es wäre jemand auf die Insel gekommen und hätte den Besitzer und die anderen abgemurkst. Die Toten hätte er dann ins Meer geworfen.«

»Unwahrscheinlich, dass keiner der vier gefunden oder gesichtet wurde.«

Jenny zuckte mit den Schultern. »Jetzt das Eis und die Limo«, verlangte sie.

Zwei Stände weiter gab es beides. Es wunderte Axel nicht, als Jenny die größte Portion Vanilleeis mit zwei Schokostangen verlangte. Ihr Limobecher ähnelte einem Eimer.

»Also soll es auf der Insel eine Bluttat gegeben haben, die bis heute nicht geklärt worden ist.« Axel spürte zu seiner Überraschung eine Neugier in sich erwachen, wie er sie von früher her kannte. Vor zwanzig Jahren hatte er dieses Kribbeln auch immer bekommen, wenn er und die anderen von Kriminalfällen gehört hatten.

»Es sind nie Leichen gefunden worden. Es gibt auch keinen Mörder. Charles hat aber die Geister gesehen.«

»Welche Geister?«

»Oben auf der Kante des Kliffs sollen sie gestanden sein. Die Männer in weißen Anzügen. Die Frau in einem langen weißen Kleid. Aber alle vier waren voll Blut. Ihre Gesichter sollen keine Haut mehr gehabt haben. Sie sollen wie Totenköpfe ausgesehen haben. Mit Löchern für die Augen und die Nase.« Es bereitete Jenny viel Vergnügen, die Geister bis ins kleinste Detail zu beschreiben.

»Das hat dieser Charles doch sicher erfunden. Für diese Geistertour.«

Stumm schüttelte Jenny den Kopf. »Das hat er schon damals erzählt, als er mit dem Boot zurückgekommen ist. Er wollte eigentlich noch von der Insel die Hafenpolizei anfunken. Aber ihm ist das Funkgerät ins Meer gefallen. Weil er sich so erschrocken hat.«

Natürlich hielt Axel die Geschichte für übertrieben und zum größten Teil erfunden. Trotzdem aber nahm er sich vor, alles zu googeln, sobald er zurück in seinem Zimmer und am Computer wäre. Viel Zeit blieb ihm dazu nicht, fiel ihm ein. Er musste in zwei Stunden am Eingang des Privatflughafens sein. Auch mit dem Taxi würde die Fahrt eine gute halbe Stunde dauern.

»Erzählt dieser Charles sonst noch etwas?«, fragte er Jenny, die ihr Eis mit großem Genuss schleckte.

»Er jammert immer herum, wie groß der Schock gewesen sei, und er warnt davor, zur Insel zu fahren, weil dort die Geister noch immer herumwandern sollen. Ein paar Leute haben eine Nacht als Mutprobe auf der Insel verbracht. Einer von ihnen hat dabei einen Herzinfarkt gehabt.« Genauso wie das Eis genoss Jenny die schaurigen Schilderungen. »Charles ist sicher, dass ein Fluch auf der Insel liegt. Wer dort länger als ein paar Stunden bleibe, der könne sein Leben abschreiben.«

Axel erinnerte sich, dass Jenny den Fluch vorhin erwähnt hatte. »Was soll Charles mit diesem Fluch zu tun haben? Er war doch schon Ewigkeiten nicht mehr auf der Insel. Wieso soll ihn der Fluch jetzt getroffen haben?«

»Keine Ahnung. War nur so eine Idee, weil ich es cool fände, wenn es den Fluch und so etwas wirklich gäbe …«

Für Axel war es Zeit, aufzubrechen und seinen Koffer zu holen. Er verabschiedete sich von Jenny und sah ihr nach, als sie mit einem Bein am Gehsteig und dem anderen im Rinnsal davonhüpfte. Ihre Ausgelassenheit und Fröhlichkeit hatten etwas Ansteckendes.

Als Axel später aus dem Taxi stieg, das ihn zum Nachbarort gebracht hatte, schlug ihm eine kräftige, frische Brise ins Gesicht. Die Zufahrt des Sportflughafens war von einem Gittertor versperrt. Wer hier ankam, musste sich bei einem Portier melden.

Vor dem Tor wartete bereits eine junge Frau. Unter einer Schirmkappe guckte ein kurzer blonder Pferdeschwanz hervor. Sie nahm die Sonnenbrille nicht ab, als sie auf Axel zutrat.

»Mr Klingmeier?«

»Ja.«

»Ich darf Sie mitnehmen.«

»Was soll das bedeuten?«

»Ein Helikopter steht für Sie bereit.«

»Helikopter?« Axel fand diese Abholung reichlich seltsam. Andererseits kannte die Frau seinen Namen. Es war also sicher keine Verwechslung.

»Der Flug dauert nicht lange. Für das Treffen wurde ein sehr spezieller Ort ausgesucht.«

Die Erklärung klang glaubhaft. Trotzdem hatte Axel Zweifel, ob Poppi sich das Chartern eines Helikopters leisten konnte.

»Warten wir noch auf die anderen?«, fragte er.

»Ihre Freunde warten schon auf Sie. Folgen Sie mir bitte.« Die junge Frau lächelte kurz. Ihr schicker Overall ließ vermuten, dass sie den Helikopter selbst fliegen würde.

Axel verzog verwundert das Gesicht. Gleichzeitig beschlich ihn eine sehr düstere Ahnung: Mit Poppis Gesundheit war es vielleicht schlechter bestellt, als er angenommen hatte. Menschen, die keine Zukunft mehr für sich sahen, lebten manchmal auf großem Fuß. Das hatte er einmal gelesen oder gehört oder jemand hatte es ihm erzählt. Es war auch egal.

Arme Poppi.

15) FAHRT INS UNGEWISSE

Poppi ließ sich auf die blaue Lederbank sinken und atmete die Meeresluft tief ein. Mit den Händen befühlte sie das edle, glatte Leder, auf dem sie saß und das so kunstvoll vernäht worden war.

Über ihr segelte eine Möwe auf dem Wind. Scheinbar mühelos lag sie auf der Böe, ihr Blick wanderte nach links und rechts, auf der Suche nach etwas Fressbarem.

»Vorsicht! Die Biester schnappen alles«, warnte sie der Mann, der an das Steuer des Motorbootes trat. Zu weißen Hosen trug er einen dunkelblauen Pulli. Obwohl es bewölkt war, setzte er seine große Sonnenbrille nicht ab. Sein Gesicht war gebräunt, und er strahlte vor Energie und Gesundheit.

Kein Wunder, dachte Poppi, der Mann ist den ganzen Tag an der frischen Luft. Das tat gut. Sie selbst hatte immer den Geruch von Desinfektionsmitteln aus der Praxis in der Nase, und er schien sie selbst hierher zu begleiten.

Das schlechte Gewissen, das sie seit ihrer Abfahrt hatte, meldete sich wieder bei ihr.

Schuldbewusst ertappte sie sich dabei, dass ihr das unbeschwerte Grinsen des Mannes gefiel, der fast zum Greifen nah vor ihr stand. Sie ertappte sich, wie sie einen verstohlenen Blick auf sein knackiges Hinterteil warf.

Du bist eine verheiratete Frau und hast den besten Ehemann der Welt, ermahnte sie sich sofort.

Doch ihr schlechtes Gewissen hatte nicht nur mit der Anziehungskraft zu tun, die der Mann auf sie ausübte. Dabei wusste sie nicht einmal, wie er hieß. Er hatte sie am Bahnhof von Brighton erwartet und ein Schild mit ihrem Namen hochgehalten. Als sie sich mit einem schüchternen Aufzeigen bemerkbar gemacht hatte, fast wie früher in der Schule, hatte er sie angegrinst, ihr die eine Hand zur Begrüßung hingestreckt und mit der anderen ihren Koffer geschnappt.

»Die Fahrt zum Hafen dauert nur ein paar Minuten. Mit dem Boot sind wir dann etwas länger unterwegs«, hatte er angekündigt.

Kein Name.

Sollte Poppi ihn jetzt danach fragen? Oder sah das vielleicht so aus, als wollte sie ihn anbaggern? Diesen Eindruck wollte sie unter keinen Umständen entstehen lassen.

Sie rückte auf der hufeisenförmigen Bank ein wenig hin und her.

Das Boot hatte genug Platz für eine ganze Familie und war in den Farben Marineblau und Schneeweiß gehalten. Poppi musste an die Boote denken, die sie in Liebeskomödien manchmal sah. Diese Komödien waren für sie wie Schokolade, und es gab nichts Besseres für sie, um sich am Abend zu entspannen. Klaus hatte nur einmal mit ihr geschaut und war nach wenigen Minuten eingeschlafen.

Ach, Klaus!

Poppis schlechtes Gewissen hatte vor allem mit ihm zu tun. Klaus war jetzt allein in der Praxis, musste sich um Hunde, Katzen und Vögel kümmern und auch noch um die Tiere im Zoo. Die Kollegin, die mit ihnen arbeitete, war einen Tag vor Poppis Abreise krank geworden. Wie konnte man nur Ende Mai die Grippe bekommen?

Natürlich hatte Poppi sofort angeboten, ihre Reise abzusagen, aber davon wollte Klaus nichts wissen. Zu sehr hatte sich Poppi schon seit Wochen auf das Treffen mit ihren Freunden von früher gefreut.

»Wir haben jetzt drei Jahre lang ohne Urlaub gearbeitet«, hatte er sie erinnert. »Also kannst wenigstens du jetzt ein paar Tage freinehmen.«

Klaus, pragmatisch wie immer, hatte sofort alle Tierärzte und Tierärztinnen durchgerufen, die er besser oder auch nur flüchtig kannte, und innerhalb einer Stunde hatte er eine Vertretung gefunden. Einen Tag lang musste er allein auskommen, dann aber bekam er gleich doppelte Verstärkung.

Im Hafenbecken schaukelten zahlreiche Segelboote, die auf ihre Besitzer warteten. Poppi sah hinaus in den Wald von Masten, deren Verspannungen im Wind klimperten. Sie öffnete ihre Handtasche und entnahm ihr einen großen Umschlag. Liebevoll strich sie mit einem Finger über den goldglänzenden Verschluss der Tasche. Sie war ein Geschenk von Klaus.

Der dicke Papierumschlag war schon ein wenig abgegriffen, weil sie die Einladung so oft herausgezogen und gelesen hatte. Sie tat es auch jetzt und musste lächeln. Es war typisch Dominik, eine vorgedruckte Einladung zu schicken, handschriftlich hatte er nur die Anrede und seine Unterschrift zugefügt.

Hallo Poppi,

VIER KNICKERBOCKER
LASSEN NIEMALS LOCKER
Zeit, sich endlich wiederzusehen!
Donnerstag, 28. Mai
Ort: Überraschung
Absage nicht möglich
Zusage an: dominik.kascha@unitedstars.us

Dominik

Nachdem ihr Mann sie überredet hatte, schickte Poppi eine E-Mail an ihren alten Freund. Von ihm wusste sie wenigstens, wie er aussah. Dominik hatte eine Hauptrolle in einer Fernsehserie auf Netflix bekommen. Poppi hatte nur eine Folge angeschaut, und das auch nur, weil sie Dominik sehen wollte.

Er hatte sich verändert, war männlicher geworden und schien viel Sport zu betreiben.

Wie wohl Lilo heute aussah? Und Axel?

Poppi freute sich auf das Wiedersehen mit den dreien, vor allem weil Dominiks Einladung eines bedeutete: Was damals bei ihrer letzten Begegnung geschehen war, gehörte der Geschichte an. Es war vergessen, und sie würden wieder das sein, was sie damals gewesen waren: Freunde.

Hinter ihr heulte der Motor auf. Eine Abgaswolke wehte über sie hinweg.

»Entschuldigung. Etwas zu heftig«, sagte der Mann am Steuer.

»Wie lange dauert die Fahrt?«, wollte Poppi wissen.

»Weniger als eine Stunde.«

»Verraten Sie mir das Ziel?«

»Canon Island.«

16) EIN NEUER AUFTRAG

Es war dasselbe Büro wie vor zwanzig Jahren. In dem Raum schien die Zeit stehen geblieben zu sein. Der Glasbau selbst war damals schon modern und irgendwie steril gewesen. Auch er hatte sich kaum verändert, war höchstens nicht mehr ganz so glänzend wie früher.

»Die Bäume sind gewachsen«, stellte Tin fest.

Prot hörte ihr nur halb zu. Er untersuchte die Geräte, die auf die beiden Schreibtische gestellt worden waren. Es waren zwei brandneue Laptops und Kopfhörer mit dicken Polsterungen, die dicht um die Ohren schlossen und den Schall der Umgebung schluckten. Sie hatten *Noise Cancelling* eingebaut, um alle unerwünschten Geräusche der Umgebung auszublenden.

Prot war wieder als Erster eingetroffen. Tin war eine halbe Stunde später gekommen, genau wie damals. Sie hatten einander prüfend angesehen. Prot hatte sich für Tins zahlreiche dünne Fältchen im Gesicht interessiert und an den grauen Ansätzen erkannt, dass sie ihr Haar färbte.

Tin hingegen hatte in Prot einen ehemaligen Kollegen gesehen, der zahlreiche Kilogramm zugelegt und an Hüften und Bauch gespeichert hatte. Von Sport schien er nicht viel zu halten. Ihr bereitete sein Speck eine gewisse Genugtuung, da sie ihre auch nicht ganz schlanke Figur behalten hatte. Darauf war sie stolz, auch wenn sie nicht erwartete, von Prot dafür ein Kompliment zu erhalten.

Sein weißes Hemd und die dunkelgraue Hose waren zerknittert, vielleicht sogar ungebügelt. Tin tippte auf das Fehlen einer Partnerin. Eine Frau hätte ihn so ungepflegt nicht aus dem Haus gehen lassen.

»Da sind wir also wieder«, sagte Prot.

Tin nickte. Sie hatte nie viel gesprochen. Seit dem Tag, an dem sie sich zum letzten Mal gesehen hatten, war da keine große Veränderung eingetreten.

Beide waren sie von ihrem Auftraggeber von damals angerufen worden. Seine Stimme war klar, kühl und sehr bestimmt gewesen und hatte sich über die Jahre nicht viel verändert.

Was Prot und Tin tun sollten, war aber anders als damals vor zwanzig Jahren. Die Tätigkeit war fürs Erste langweiliger. Es ging hauptsächlich darum, Bax, Mo, Que und En zu überwachen. Sie sollten schriftlich festhalten, was sie sagten, und, soweit es aus den Gesprächen erkennbar war, auch, was sie taten.

»Wen wollen Sie übernehmen?«, fragte Prot.

Tin entschied sich für Que und En. Sie erschienen ihr einfacher und nicht so hochexplosiv wie die anderen zwei. Tin hatte wenig Lust auf große Anstrengung.

Prot war mit ihrer Wahl einverstanden. Der Auftrag war genauso gut bezahlt wie damals, ohne dass dieses Mal aufwendige Recherchen und innovative Ideen gewünscht gewesen wären. Es gehe ausschließlich um eine Überwachung und eventuell um die Beurteilung von Reaktionsgeschwindigkeit und Intelligenz in bestimmten Situationen, hatte man ihnen mitgeteilt.

Da sie keine weiteren Informationen erhalten hatten, waren sie gespannt, was Bax, Mo, Que und En erwartete.

Tin holte aus ihrer Tasche zwei Flaschen mit einer grünlichen Flüssigkeit, Spinat-Smoothie, wie sie Prot erklärte, als sie sein angewidertes Gesicht sah. Daneben stellte sie eine Frischhaltebox mit selbst gemachten Sandwiches. Prot grauste vor dem gesunden Essen. Er hatte sich einen Cheeseburger und eine Cola mitgebracht.

Die zwei setzten sich und griffen zu den Kopfhörern. Sie hörten das Kreischen von Möwen. War da nicht auch das Rauschen von Wellen im Hintergrund?

Eine Weile saßen Prot und Tin da und warteten. Irgendwann mussten sie doch auch Stimmen hören. Es war viel Zeit vergangen, und sie hofften, die Stimmen von Bax, Mo, Que und En noch immer unterscheiden und erkennen zu können.

Minuten verstrichen und wurden zu einer Stunde. Dann zwei. Aber immer noch stammten die einzigen Laute nur von den Möwen.

Dann aber war da noch etwas. Prot und Tin saßen einander gegenüber an Schreibtischen. Sie blickten fast gleichzeitig auf und zum anderen, jeder mit derselben Frage: Wer ist da?

Sie hörten ein leises Stöhnen. Dann folgten ein herzhaftes Gähnen und ein Furz. Nach einer kleinen Pause ein Fluch. Schritte. Ein schleifendes Geräusch. Es konnte vom Öffnen einer Schiebetür stammen.

Möwen und Meer klangen lauter.

»Was zum Teufel …?«

Prot deutete auf Tin, die nickte. Die Stimme gehörte En und fiel damit in ihre Überwachung. Sie hatte die Hände schon auf der Tastatur des Laptops, bereit jedes Wort mitzuschreiben.

»Was zum Teufel …? Wieso?«

En erschien verwirrt und sehr überrascht. Hatte er geschlafen? Wo befand er sich? Wieso war er so durcheinander?

Tin drückte die beiden Kopfhörerschalen fester an die Ohren. Ihr sollte nichts entgehen. Sie war froh, die alte Tätigkeit wieder aufgenommen zu haben. Oft hatte sie sich gefragt, was aus den vieren geworden war.

Nun war sie wieder mit ihnen vereint. Auch wenn die vier keine Ahnung davon hatten.

»Poppi?«, rief En. Er schrie gegen den Wind an, der heftig brauste. »Poppi? Was soll das? Wo bist du?« Weil er keine Antwort bekam, rief En weiter. »Axel? Lilo? He, ist das ein Scherz? Ich finde das nicht lustig! Haaaallllloooo?«

Danach trat eine lange Pause ein, die wiederum nur von den Geräuschen des Meeres, des Windes und der Möwen gefüllt wurde.

Der nächste Schrei kam überraschend. Er war so laut, dass Tin sich die Kopfhörer herunterriss.

»Hilfe! Hilfeeeeeeeeeeeeeeeeeeeeeee!«

17) ANKUNFT MIT SCHRECKEN

Dominik stand auf der Terrasse vor dem weißen Würfel und drehte sich im Kreis. Rund um ihn war nur das graue Meer zu sehen, über ihm hingen regenschwere Wolken. Er war in einem Wohnzimmer erwacht, das kühle Strenge ausstrahlte: weiße Wände mit leeren Bilderrahmen, ein Sofa und zwei Polstersessel, alles in einem kantigen Design.

Verlassen und verwirrt hatte Dominik ein Gefühl von Panik überkommen, und er war ins Freie getorkelt.

Kalter Wind wehte über das Meer und kroch in sein Jackett und unter das T-Shirt.

Er hatte eine warme Jacke dabei, da er mit kühlem Wetter in England gerechnet hatte, aber seinen Koffer hatte er zuletzt beim Einsteigen in den Helikopter gesehen.

Wo war er hier?

Dominik spürte ein schmerzhaftes Hämmern im Kopf. Seine Gedanken arbeiteten wie in Zeitlupe. Erinnern konnte er sich an den Flug aus New York und den ausgezeichneten Champagner an Bord. Dann war da diese junge Frau gewesen, die ihn abgeholt und zum Helikopter gebracht hatte.

Er rieb sich die Schläfen und rubbelte sich über das Gesicht. Der Hilfeschrei hatte ihm gutgetan, so als hätte er Druck aus seinem Körper abgelassen.

Keuchend stand er nun da.

Es waren wohl erst Minuten vergangen, seit er auf dem Sofa erwacht war. Ihm aber erschienen sie wie Stunden.

Das Brummen eines Motors ertönte in der Ferne. Dominik lief auf dem Felsplateau zu einer Stelle, von der er den besten

Blick über das Meer hatte. Ein weißes Motorboot pflügte durch das Wasser. Der Bug ragte in die Höhe, doch als das Boot seine Geschwindigkeit verringerte, sank er langsam nach unten.

Mit beiden Armen winkend, rief Dominik erneut um Hilfe. Er schrie, bis es in seinem Hals einen Stich machte. Seine Freude und Aufregung waren groß, als das Boot Kurs auf die Insel nahm. Man hatte ihn also bemerkt und kam ihm zu Hilfe. Sofort musste er auf dem kürzesten Weg hinunter zum Strand.

Warum hatte ihn diese Pilotin im Helikopter auf diese Insel gebracht?

Es konnte sich doch nicht um eine Idee von Poppi handeln? Oder doch? Die Kopfschmerzen hinderten Dominik noch immer am klaren Denken.

Auf der einen Seite der Insel gab es einen kleinen Strand, auf den sich das Boot zubewegte. Dominik suchte nach einer Stelle, an der er hinuntergehen konnte. Ihm wurde schnell klar, dass er sich durch das Gestrüpp kämpfen musste, das auf dem Hang zum Strand wucherte. In seiner Panik begann er einfach kopflos mit dem Abstieg. Er sah sich nicht nach dem besten Weg um, sondern nahm einfach den kürzesten.

Die dornigen Äste und Ranken kratzten über den Stoff seines Jacketts. Er blieb hängen und hörte ein *Ritsch*. Das teure Jackett war irgendwo zerrissen, aber das war jetzt egal. Dominik fluchte und schimpfte und kämpfte sich weiter.

Ihm entging dabei, dass das Motorboot einen Bogen zur anderen Seite der Insel zog, wo sich der Landungssteg befand.

Die Bootsführerin legte sehr gekonnt an und half ihrem Passagier von Bord. Sie überreichte den kleinen Koffer und sagte: »Die Klinik ist dort oben. Einfach die Steinstufen hinauf.«

Lilo war überrascht über die Kleinheit der Insel. Sie wollte noch eine Frage stellen, aber die Bootsführerin hatte die Leine schon wieder gelöst und lenkte das Motorboot Richtung Festland.

Von dort kam ihr ein Helikopter entgegen, dessen Ziel gleichfalls die Insel zu sein schien. Er ging nieder und landete mit lautem Gedröhne oben auf der Felskuppe.

In Lilo erwachte ein Gefühl, das sie lange nicht mehr gespürt hatte. Es warnte sie, dass hier etwas nicht stimmen konnte. Es war eine Art sechster Sinn, der früher für die Bande oft sehr hilfreich gewesen war. Sie lief die Stufen hinauf, die vor mehr als hundert Jahren in den Stein geschlagen worden waren.

Auf der anderen Seite der Insel kämpfte Dominik mit dem Dornengestrüpp, in dem er sich verfangen hatte. Je mehr er um sich schlug, desto fester schien der Griff der Ranken zu werden. Natürlich hatte auch er den Helikopter gesehen und wollte schnell wieder zurück nach oben auf das Plateau, aber er kam weder vor noch zurück. Schließlich schlüpfte er aus dem Jackett und ließ es im Gestrüpp hängen. Die vielen Stunden im Fitnesscenter mit seinem Personal Trainer hätten etwas mehr Resultat bringen können als ein Paar stattliche Oberarme. Mehr Kraft und Beweglichkeit schien er davon nicht bekommen zu haben, dabei hätte er genau diese Eigenschaften gebraucht.

Als Dominik endlich wieder das kurze Stück hinauf zu dem Platz vor dem Haus geschafft hatte, war er dreckig, zerkratzt und zerschunden wie nach einer Woche im Dschungel. In seiner Brust brannte es, er keuchte und musste die Hände kurz auf die Knie stützen.

Sein erster Blick fiel auf die Frau, die über die Stufen im Felsen heraufgestürmt kam. Dominik erkannte sie sofort, obwohl die frechen Zöpfe von früher einem praktischen dicken Pferdeschwanz gewichen waren. Lilo trug Jeans und einen grünen Pulli und blickte sich auf eine Art um, die Dominik sofort an vergangene Abenteuer erinnerte. Hatten sie das nicht manchmal Lilos Laserblick genannt?

Vom Helikopter kam ein Mann gelaufen, der sich duckte, um dem Luftwirbel der Rotoren zu entkommen, und dabei eine große Reisetasche an die Brust presste. Dominik erkannte auch ihn: Es war Axel.

Obwohl Axel seit ihrem letzten Treffen kräftig gewachsen sein dürfte, konnte man ihn noch immer nicht gerade als Riesen bezeichnen. Von Weitem schätzte Dominik, dass er mindestens einen Kopf kleiner war als er selbst. So wie er sich bewegte, machte er aber auf Dominik einen sehr drahtigen und kräftigen Eindruck. Sportlich war er ja schon immer gewesen, und so wie er aussah, dürfte er das Training noch gesteigert haben.

Der Lärm des Helikopters ließ den Stein unter den Schuhen erzittern. Die Rotoren drehten sich schneller, und der Helikopter startete.

Nicht wegfliegen!, schoss es Dominik durch den Kopf. Aufhalten! Er winkte mit beiden Armen und schrie in den Lärm.

Axel blickte zu Dominik, bemerkte dann aber aus dem Augenwinkel jemanden, der rechts von ihm auf das Plateau stürmte. Es war Lilo, die sofort stehen blieb, als sie ihn sah.

Weder Axel noch sie beachteten den winkenden Dominik, sondern starrten einander nur an. Wie eingeschlossen in einer anderen Welt gab es für sie beide ein paar Augenblicke kein Rattern des Helikopters, keinen Wind, keine Motorbootgeräusche, keinen Dominik, nichts.

Dieser Zustand dauerte nur Sekunden.

Dominik, Axel und Lilo mussten sich wegdrehen und ihre Augen mit den Händen vor dem Luftstrom der Helikopterrotoren schützen.

Da standen sie, jeder auf einer anderen Seite des Felsplateaus vor dem Haus: drei Mitglieder der Knickerbocker-Bande, die einander zwanzig Jahre nicht gesehen hatten.

Lilos Augen rissen sich von Axel los und schwenkten zu Dominik.

Dominiks Augen bewegten sich zwischen ihr und Axel hin und her, fast wie bei einem Tennismatch.

Axel erschrak bei Dominiks Anblick.

Zuerst brachte keiner ein Wort heraus.

Das Geräusch eines Motorbootes drang zu ihnen herauf und riss die drei aus ihrer Erstarrung. Lilo, Axel und Dominik liefen auf dem Vorplatz der Villa herum und sahen suchend in alle Richtungen über das Meer.

»Es fährt zum Anlegesteg«, rief Lilo. Sie rannte zurück zu den Steinstufen, die sie gerade heraufgekommen war. Durch den Lärm des Helikopters beim Abflug hatten sie das Boot erst spät bemerkt, und es war bereits wieder im Begriff abzulegen.

Auf dem Anlegesteg stand eine schlanke Frau in weißen Jeans und orangefarbener Leinenjacke. Sie schob sich eine Schirmkappe in den Nacken, damit sie besser nach oben blicken konnte.

Dort warteten sie. Die drei, mit denen sie in ihrer Kindheit so viele tolle Zeiten verbracht hatte.

»Hallo!«, rief Poppi und winkte ihnen voller Freude zu.

»Halt!«, hörte sie Lilo aufgeregt schreien.

»Das Boot. Halte es auf!«, brüllte Axel.

Poppi drehte sich um und rief dem Kapitän nach, dass er zurückkommen soll. Der Mann hörte sie, das war ihm anzumerken, aber er ignorierte den Zuruf, zog den Gashebel zu sich und ließ das Boot über die Wellen davonzischen.

18) AUSGESETZT

Auch Axel, Lilo und Dominik winkten und brüllten dem Boot hinterher. Dieses setzte jedoch die Fahrt fort und verlor sich in der Ferne.

Wieso diese Aufregung? Poppi konnte nicht verstehen, was mit den anderen dreien los war. Sie nahm ihren kleinen Koffer und richtete den Riemen ihrer Umhängetasche. Sie wollte erst einmal hinauf und alle begrüßen. Ihr Herz klopfte, und ein nervöses Kribbeln durchzog ihren Körper.

Selbst aus der Entfernung bemerkte Poppi Dominiks Verletzungen. Bestimmt erlaubt er sich einen Scherz, dachte sie. Damals, als sie noch Kinder waren, hatte er einmal Kunstblut von Filmdreharbeiten mitgebracht und alle damit erschreckt.

»Hallo!« Sie winkte freudig. Die Insel war wirklich ein sehr passender Ort für das Treffen nach zwanzig Jahren. Die fantastische Knickerbocker-Bande, die so viele Abenteuer bestanden hatte, kam endlich wieder zusammen, und Dominik hatte dafür einen Platz gewählt, der Schauplatz für einen Thriller sein könnte.

Manche der Stufen waren brüchig und schief. Vorsichtig achtete Poppi genau darauf, wo sie hintrat. Endlich kam sie oben an. Sie stellte ihren Koffer ab und lächelte ihre drei Freunde von früher strahlend an. Die ehemaligen Freunde aber glotzten sie an.

Dominiks Kratzer und Blutspuren wirkten aus der Nähe sogar noch schlimmer. Waren sie vielleicht doch echt?

»Endlich«, sagte Poppi, um das Schweigen zu brechen. Sie hatte geschworen, sich unter keinen Umständen irgendeine Ängstlichkeit oder Unsicherheit anmerken zu lassen. Schließlich war sie heute eine erfolgreiche Tierärztin und nicht mehr die zaghafte, schüchterne Poppi von damals.

»Was soll das hier?« Axel klang aufgebracht.

Poppi brauchte einen Moment, bis ihr klar wurde, dass Axel die Frage in ihre Richtung gestellt hatte.

»Was meinst du?«

»Warum hast du uns hierher eingeladen? Wie bist du auf diese Idee gekommen?«

»Ich?« Poppis Erstaunen hätte nicht größer sein können. »Nein.« Sie überlegte einen Moment, ob sich ihre Freunde von früher einen Scherz erlaubten und vielleicht gleich zu lachen beginnen würden. Dafür aber machten alle viel zu ernste Gesichter. Poppi sah zu Dominik. »Du hast uns doch eingeladen.«

»Ich?« Dominik schnitt eine Grimasse, als hätte er in eine rohe Zwiebel gebissen. »Ich doch nicht. DU hast MIR eine Einladung geschickt. Wegen deiner …« Er konnte sich gerade noch zurückhalten, das Wort »Krankheit« auszusprechen.

»Wegen meiner was?«

»Wegen deiner … weil du … Na, du bist doch krank.«

»Ich soll WAS sein? Krank? Natürlich bin ich nicht krank.« Sie deutete auf Dominiks blutiges T-Shirt. »Gehört das zu deiner Überraschung?«

»Was meinst du mit Überraschung?«

Poppi öffnete den Reißverschluss ihrer Handtasche und kramte die Einladung heraus. Sie wedelte Dominik damit vor dem Gesicht herum. »Die Überraschung, die du in deiner Einladung ankündigst.«

Dominik nahm Poppi die gefaltete Karte ab und warf einen Blick darauf.

»Das habe ich nie geschrieben. Das ist auch nicht meine Handschrift.«

»Du machst einen Scherz.« Jedenfalls hoffte Poppi das.

»Du hast mir doch auch eine Einladung zu dem Treffen geschickt, Poppi«, meldete sich Axel zum ersten Mal zu Wort.

»Nein, habe ich nicht. Was redet ihr da für einen Unsinn?« Poppi fühlte, wie ihre Beine auf einmal schwach wurden. Der Wind wehte ihr ein paar Haarsträhnen ins Gesicht, die sie hektisch wegwischte.

»Hast du nicht? Du bist also nicht schwer krank?«, platzte Lilo heraus.

»Nein, wieso glaubt ihr alle, dass ich krank bin?«

»Wir rufen die Polizei! Ich will von hier weg!« Dominik zog sein Handy aus der Hosentasche und wollte eine Notrufnummer eintippen. Ein Blick auf die Anzeige machte ihm klar, wie wenig Sinn das hatte. »Hat einer von euch Empfang?«

Alle nahmen ihre Handys raus und kontrollierten die Anzeige. Keiner von ihnen empfing ein Signal, was nicht verwunderlich war, denn sie befanden sich hier weit draußen auf dem Meer.

Es geschah völlig automatisch. Lilos Finger wanderten nach oben und begannen, ihre Nasenspitze zu kneten und zu zwirbeln.

»Poppi hat eine Einladung von Dominik. Dominik, ich und Axel sind von Poppi eingeladen worden. Aber sie war es nicht und Dominik auch nicht.«

Dominik schnaubte entnervt. »Wer zum Teufel war es dann?«

Der Wind wurde kräftiger und kälter. Erste Regentropfen fielen, und dem düsteren Grau der Wolken nach zu urteilen, würden noch mehr folgen. Außerdem wurde es langsam dunkel.

Sie standen auf der Kuppe einer einsamen Felseninsel, umgeben nur von Wellen und Meer. Das Festland war außer Sichtweite. Boote oder Schiffe konnten sie auch keine ausmachen. Ohne Handyempfang war es unmöglich, einen Notruf abzusetzen.

»Interessante Frage«, stellte Lilo knapp fest.

»Wir sitzen hier fest«, sagte Axel.

»Ach, wirklich? Ich wäre nie drauf gekommen«, schnappte Lilo zurück.

Axel verdrehte die Augen, weil er ihre heftige Reaktion nicht verstand.

»Aber wieso sind wir hier?«, fragte Poppi in die Runde.

Lilo deutete auf die offene Terrassentür der weißen Villa. »Wart ihr schon in dem Haus, wisst ihr, was da drinnen ist?«

Dominik zuckte mit den Schultern. »Normale Einrichtung, was ich sehen konnte.«

»Wie lange bist du schon hier?«

»Keine Ahnung. Ich bin per Helikopter gebracht worden. Aber ich habe geschlafen. Als ich aufwachte, war ich …« Erst in diesem Augenblick dämmerte Dominik, dass er betäubt gewesen sein musste. Wie aus weiter Ferne kam die Erinnerung an den Warteraum und den Wein zurück, der ihm angeboten worden war. Jemand musste ein Mittel in den Wein gemischt haben. Das erklärte, warum der Malbec im Hals so gekratzt hatte. Nach der Landung musste ihn jemand vom Helikopter in das Wohnzimmer des Hauses getragen haben. Die Pilotin allein konnte das nicht gewesen sein. Oder doch?

Suchend sah sich Poppi um. »Kanonen sehe ich hier keine.«

»Wieso sollten hier Kanonen stehen?«, wollte Lilo von ihr wissen.

»Weil die Insel Canon Island heißt. Das hat mir der Mann erzählt, der mich hergebracht hat.«

»Canon Island?« Axel schrie den Namen fast.

Lilo drehte sich zu ihm. »Das klingt, als würdest du die Insel kennen.«

»Nicht direkt. Aber ich habe den Namen gehört. Und ich weiß, was hier geschehen ist. Vor einer halben Ewigkeit gab es vier Tote ohne Leichen.«

19) VIER TOTE OHNE LEICHEN

»Vier Tote ohne Leichen, wie soll das gehen?« Lilo verzog das Gesicht und ließ erkennen, dass sie Axels Geschichte nicht wirklich glaubte.

»Darüber hat die Polizei auch gerätselt und keine Erklärung gefunden.«

Der Regen wurde stärker, und Dominik war kalt. Er spürte die Folgen von zu wenig Schlaf, dem Schock beim Erwachen und den Nachwirkungen des Betäubungsmittels. »Gehen wir rein?«

Axel zögerte. »Wir sollten uns das Haus auf jeden Fall zuerst genauer ansehen. Ich meine, wir sollten es durchsuchen.«

»Wonach? Nach Toten? Oder …« Lilo warf die Arme in die Höhe.

Der Regen steigerte sich schlagartig zu einem Wolkenbruch. Für lange Diskussionen war jetzt die falsche Zeit. Lilo, Axel und Poppi schnappten ihr Gepäck und flüchteten mit Dominik in das Haus. Die beiden Trolleys und Axels große Sporttasche ließen sie gleich neben der Tür stehen, die Lilo schnell hinter ihnen zuzog.

»Was ist das hier?«, sagte Lilo mehr zu sich als zu den anderen.

»Das Haus hat früher einem reichen Engländer gehört«, erzählte Axel. »Aber dann ist da dieses ungeklärte Verbrechen geschehen mit Leichen, die nie gefunden wurden.«

»Wieso weißt du das?«, fragte Poppi.

»Ich war bei so einem Geister-Walk, einer Tour in Brighton.«

Lilo blickte sich im Wohnzimmer um. »Die Möbel sehen sehr neu aus.« Sie roch in die Luft. »Es riecht hier auch, als wäre alles frisch gestrichen worden. Was ist in den anderen Räumen?«

»Weiter als in diesem Raum war ich nicht«, sagte Dominik.

»Wir müssen uns das ganze Haus ansehen«, beharrte Axel.

Poppi stimmte ihm zu, obwohl sie ein mulmiges Gefühl hatte. »Wir gehen zusammen.«

Die Regenwolken schienen die Reste des Tageslichts zu schlucken. Im Haus war es so dunkel, als wäre es schon spät am Abend.

Lilo suchte die Wände ab. »Gibt es hier keine Lichtschalter?«

»Kann es nicht geben, weil es keinen Strom gibt«, sagte Axel.

»Wieso nicht?«

»Weil wir uns viele Kilometer von der Küste entfernt befinden.«

»Na und? Schon mal etwas von Unterwasserkabeln gehört? Oder vielleicht gibt es ein Stromaggregat auf der Insel, das mit Diesel betrieben wird. Oder eine Solaranlage. Oder vielleicht sogar eine Windkraftanlage.« Lilos Aufzählung klang, als hielte sie einen Vortrag für Kinder.

Axel ballte die Fäuste und biss die Zähne zusammen. Es war jetzt nicht der richtige Zeitpunkt, um Lilo zu erklären, wie entsetzlich sie ihm mit ihrer Besserwisserei und den spitzen Bemerkungen auf den Geist ging. Aber der Moment würde kommen. Spätestens, wenn sie von hier fort waren und wieder getrennte Wege gehen konnten.

Klick.

Alle blickten nach oben. Eine Deckenlampe war angegangen.

»Warst du das? Hast du das Licht eingeschaltet?«, wollte Dominik von Lilo wissen.

Lilo hob die leeren Hände und schüttelte ratlos den Kopf.

Klick!

Das Licht ging auch im benachbarten Zimmer an.

»Wer war das?« Poppi drückte ihre Handtasche fest an ihre Brust, als würde sie ihr Schutz bieten.

»Es wird ein einfacher Dämmerungsschalter sein, der bei Einbruch der Dunkelheit das Licht angehen lässt«, meinte Lilo.

Dominik verzog ungläubig das Gesicht. »Wieso sollte jemand hier im ganzen Haus das Licht automatisch angehen lassen, wenn es draußen dunkel wird? Es macht nicht den Eindruck, als würde jemand hier wohnen.«

»Los jetzt. Kommt.« Lilo hatte selbst keine Erklärung, und ihre Gedanken waren schon weitergewandert. Mit den Augen suchte sie im Wandregal nach einem Gegenstand, den sie Notfalls zur Verteidigung einsetzen konnte. Ihr Blick blieb an einer Vase hängen, die zwischen ein paar alten Büchern stand und einen kahlen Zweig enthielt. Die Vase erschien Lilo als geeignet. Sie zog den Zweig heraus und hielt sie wie eine Keule in der Hand, bereit zuzuschlagen, wenn es nötig war.

Lilo ging vor, die anderen drei folgten dicht hinter ihr.

Das Esszimmer, dessen Zugang gegenüber der Terrassentür lag, war mit einem runden weißen Tisch, vier harten orangefarbenen Plastikstühlen und einem dunkelblauen Schrank möbliert. Lilo öffnete ihn und fand darin Geschirr, Gläser und Besteck für vier Personen.

Die Küche, gleich nebenan, war in Dunkelrot gehalten und roch ebenfalls sehr neu. Die Arbeitsfläche hatte noch keinen einzigen Kratzer. Sie wurde von einem dicken Holzblock dominiert, in dem Messer in allen Größen steckten. Daneben stand ein moderner Wasserspender.

Poppi probierte die Mikrowelle und den Elektroherd aus. Beide funktionierten. Axel warf einen Blick in den Kühlschrank, der bis oben hin mit Lebensmitteln gefüllt war. Auch im Tiefkühler daneben stapelten sich gefrorenes Gemüse, Steaks und Fisch.

Im Erdgeschoss gab es außerdem noch eine Toilette und eine kleine Diele, von der eine Treppe in das obere Stockwerk führte. Dort betraten die vier einen kurzen, engen Flur mit fünf Türen, zwei an jeder Seite und eine am Ende.

Lilo öffnete die Türen auf der linken Seite des Ganges, Axel auf der rechten. Sie stießen auf vier winzige Schlafzimmer. Jedes Schlafzimmer verfügte über einen kleinen Schrank und einen Sessel. In einem Zimmer gab es sogar einen winzigen Schreibtisch vor den runden Fenstern, die an Bullaugen erinnerten.

Am Ende des Flurs lag ein Bad – mit Dusche, Badewanne, Doppelwaschbecken und Toilette. Ausgestattet war es wie in einem Hotel: Fläschchen mit Duschgel und Shampoo und flauschige weiße Handtücher.

Die Zimmer waren alle nicht sehr hell, was an den kleinen Fenstern lag, durch die nur wenig Licht hereinfiel. Das Bad, das von der Treppe am weitesten entfernt lag, erstreckte sich über die gesamte Breite des Hauses und hatte je ein Bullauge in der linken und der rechten Wand.

Jeder der vier nahm sich ein Zimmer vor und inspizierte es genauer.

Poppi zog mit spitzen Fingern die Kastentüren auf und wich sofort zurück, als könnte sie etwas anspringen. Aber sie fand nur leere Fächer und eine kurze Stange mit Kleiderhaken.

»Mein Koffer!« Dominik entdeckte ihn hinter der Tür des Zimmers neben dem Bad.

Lilo kam in den Flur zurück, drehte sich langsam im Kreis, ließ alles auf sich wirken und begann erneut mit der Nasenmassage.

»Für mich sieht es hier so aus, als wären wir erwartet worden.«

20) EINGESCHLOSSEN

Dominik fand diese Erkenntnis nicht gerade erstaunlich. »Irgendwer hat uns auf ziemlich aufwendigen und teuren Wegen hierhergebracht. Die Sache hat einen hohen Grad an Verrücktheit, das müsst ihr zugeben.«

»Ich würde das eher als kriminell bezeichnen«, sagte Axel.

»Aber WER hat uns herbringen lassen?« Poppis Stimme zitterte leicht, und sie räusperte sich hastig.

»Das finden wir heraus.« Lilos alte Gewohnheit, Poppi sofort beruhigen zu wollen, war wieder erwacht.

»In diesen Survival-Realityshows würden die Leute jetzt Rettungspläne wie Signalfeuer oder so überlegen«, warf Axel ein.

»Wir sind aber nicht im Fernsehen«, erinnerte ihn Dominik.

»Wie geht's deinen Händen?« Poppi deutete auf die tiefen, blutenden Kratzer. »Wie ist das geschehen?«

In der Aufregung hatte Dominik seine Verletzungen völlig vergessen, doch als Poppi ihn erinnerte, spürte er sie sofort wieder. Er schilderte dramatisch, wie er sich zum Strand gekämpft hatte und im Gestrüpp hängen geblieben war. »Mein Jackett ist noch immer dort. Es ist von Saks Fifth Avenue und hat ein mittleres Vermögen gekostet.«

»Was ist Saks Fifth Avenue?«, wollte Axel wissen.

»Du kennst Saks nicht?« Dominik tat, als hielte er das für die größte Bildungslücke, die ein halbwegs normaler Mensch haben konnte. »Es ist ein Kaufhaus in New York, in der 5th Avenue. Führt nur Edelmarken.«

Axel war anzusehen, wie wenig ihn das beeindruckte.

Dominik betastete prüfend die Blutkrusten. »Ich hoffe, das gibt keine Blutvergiftung.«

»Ich bin zwar nur Tierärztin, aber ich kann dich beruhigen, so wie das aussieht, solltest du keine bekommen. Du bist doch gegen Tetanus geimpft?«

Dominik zuckte mit den Schultern.

»Du weißt nicht, ob du Tetanus-geimpft bist? Das weiß doch wirklich jeder.« Spitz revanchierte sich Axel für Dominiks Bemerkung von vorhin.

Bevor es zu einem verbalen Schlagabtausch kommen konnte, schlug Poppi vor, die Wunden ein wenig zu reinigen und zu prüfen, ob keine abgebrochenen Dornen in der Haut steckten.

»Vielleicht finden wir ein Erste-Hilfe-Set in der Küche«, sagte Lilo.

Von unten kam ein metallisches Klicken. Axel rannte die Treppe hinunter.

»Die Tür zur Terrasse ist versperrt«, meldete er von unten aus dem Wohnzimmer.

Lilo war überzeugt, sie nur zugezogen zu haben, und hielt kampfbereit die Vase in die Höhe.

»Es muss jemand auf der Insel sein. Jemand hat uns eingesperrt«, rief Poppi entsetzt.

»Eingesperrt, ja. Aber dazu muss keiner hier sein«, sagte Dominik. »Ich kann per Handy meinen Jaguar öffnen und schließen und in meinem Apartment die Klimaanlage regulieren. Das könnte hier genauso funktionieren.«

Lilo fand Dominiks Gedanken brauchbar. »Das würde aber auch bedeuten, dass es hier irgendeine Art von Funkanlage geben muss, da wir alle keinen Handyempfang haben.«

»Wir müssen die Anlage finden«, sagte Axel und schlug vor, im Haus danach zu suchen.

Doch Aufregung und Schreck wirkten sich bei ihnen plötzlich auf die gleiche Weise aus: Alle vier spürten einen bohrenden Hunger, der ihnen das Denken schwer machte. Zuerst mussten sie etwas essen.

Gemeinsam gingen sie hinunter und in die Küche. Axel öffnete Kühlschrank, Laden und Schränke.

»Was haltet ihr davon, etwas zu kochen?«

»Jetzt?« Dominik fand den Moment nicht ganz passend.

»Ja, besonders jetzt, weil es uns vielleicht ein bisschen ablenkt«, erklärte Axel.

Poppi fand seinen Vorschlag gut.

»Wer kocht?«

»Du wohl sicher nicht«, sagte Lilo zu Axel.

»Warum nicht? Ich hätte es schon getan, aber wenn du das lieber übernehmen willst …«

Lilo winkte ab. Sie lebte seit Jahren von Fertiggerichten, Spiegeleiern und Sandwiches.

»Lasst mich, ich koche gerne«, bot Poppi an.

»Wir könnten zusammen kochen«, schlug Axel vor.

Poppi war einverstanden und erleichtert, weil sie nicht allein bleiben wollte.

Da die Küche gerade genug Platz für zwei bot, ging Lilo Richtung Wohnzimmer und stellte die Vase wieder ins Regal. Dominik murmelte etwas von »duschen«. So hatte er einen Grund, sich in den oberen Stock zurückzuziehen.

Was war hier los? Wer hatte sie in dieses gottverlassene Haus gelockt, in dem alles so frisch und neu war?

Allen vieren gingen diese Fragen durch den Kopf, aber keiner sprach im Augenblick darüber. Jeder war viel zu sehr mit den Eindrücken des Wiedersehens beschäftigt. Die Ereignisse von damals in den Bergen, der wütende Abschied und das Schweigen, das danach begonnen hatte, hingen noch immer wie finstere Wolken zwischen ihnen. Keiner hatte darüber gesprochen, doch hatte sich bisher auch noch keine Gelegenheit dafür ergeben.

Lilo wollte nicht nur herumstehen, sondern etwas tun. Deshalb schnappte sie die Gepäckstücke, die noch immer neben der Terrassentür standen, trug sie hinauf und verteilte sie auf die Zimmer. Während sie das tat, ertappte sie sich dabei, so etwas wie Freude über Dominiks gestelztes Reden zu empfinden. Er nervte zwar durch seine Angeberei, aber das hatte er auch früher getan. Poppi war noch immer ängstlich und ständig wegen irgendetwas besorgt, aber auch das hatte etwas Rührendes.

Es kam ihr so vor, als hätte sich Axel von ihnen allen am meisten verändert. Jedenfalls war das ihr erster Eindruck. Während er früher immer sofort losgeprescht war, um zu beweisen, wie gut er war, schien er jetzt zuerst nachzudenken. Überhaupt machte er einen sehr zufriedenen Eindruck auf Lilo.

Was hatte ihn wohl so verändert? Lilo kam ein Verdacht, und sie war gespannt, ob sich ihre Vermutung bestätigen würde.

Sie stand wieder im Wohnzimmer. Von draußen tönte das Rauschen des Regens durch die geschlossene Tür. Sie blickte in das düstere Grau, das es viel später am Tag erscheinen ließ, als es tatsächlich war.

Wie lange sie wohl hier festsitzen würden?

21) WARNUNGEN

Eine alte Autohupe dröhnte direkt in sein Ohr. Das Geräusch ging ihm durch Mark und Bein, und trotzdem war er nicht sofort wach. Er brauchte Sekunden, bis er sich erinnerte, wo er sich befand. Benommen tastete er nach seinem Handy. Es würde der Anruf von Heli-Trans sein, auf den er dringend wartete.

»*Hello?*«

»Albert, ich habe seit zwei Tagen nichts von Ihnen gehört.«

Der Mann richtete sich im Bett auf und fuhr sich durch die Haare, als könnte der Anrufer sehen, wie verstrubbelt er war. Sein voller Name war Albert Weller, und er war Dominiks Verfolger. Er bezeichnete sich aber nicht als Privatdetektiv, sondern als privater Ermittler, weil das professioneller klang. Am Telefon war sein wichtigster Auftraggeber, von dessen Zufriedenheit Alberts Zukunft abhing.

»*Hello*, Mr Watanabe.«

»Sie klingen seltsam. Wo sind Sie?«

»In London.«

»Sind die vier dort?«

»Ich weiß es noch nicht.«

»Was soll das heißen?«

»Mr Watanabe, ich bin ihnen auf der Spur. Aber Ihre Warnung hat leider zugetroffen: Mr Kascha hat eigenartige Wege genommen.«

»Es muss Ihnen gelingen, alle vier anzutreffen.«

Albert Weller war erleichtert, von seinem Auftraggeber nicht weiter nach dem Aufenthaltsort von Dominik Kascha gelöchert zu werden, von dem er keine Ahnung hatte.

»Albert, Sie müssen die vier finden. Wenn mein Verdacht zutrifft, kann Dominik Kascha sie zu den anderen dreien führen.«

Der Privatermittler hatte das schon unzählige Male von seinem Auftraggeber gehört und kannte mittlerweile jeden Satz auswendig. Seit Monaten überwachte er Kascha und wurde dafür gut bezahlt. Das wirklich Lukrative an diesem Fall war aber die Erfolgsprämie, die ihm winkte, wenn er die anderen drei fand, von denen Watanabe ständig redete.

»Was ist geschehen? Erzählen Sie mir genau, was passiert ist, und verschweigen Sie nichts!« Watanabe würde keine Ruhe geben, bis Albert ihm haarklein die Ereignisse geschildert hatte. Das wusste der Ermittler mittlerweile. Es war auch zwecklos, nach Ausreden zu suchen, da Watanabe ein gutes Gespür dafür hatte, ob ihn jemand belog oder hinhielt.

Also berichtete Albert Weller von der Abholung durch die Helikopterfirma.

»Sie müssen die vier unbedingt finden. So schnell wie möglich! Warnen Sie die vier, nichts zu essen oder zu trinken. Jedenfalls nichts, was für alle vier bestimmt ist. Das Wichtigste aber ist, dass Sie die Verbindung zu mir herstellen. Ich muss ihnen so vieles persönlich erklären.«

Was Watanabe damit genau meinte, verstand Albert Weller bis heute nicht. Er hatte natürlich Nachforschungen über seinen Auftraggeber angestellt, aber wenig herausgefunden. Watanabe musste Mitte siebzig sein und war in der Pharmaforschung tätig gewesen. Er hatte ein Labor geleitet, das seinen Namen trug, dessen Forschungen aber streng geheim gehalten wurden. Vor zwanzig Jahren hatte er es geschlossen und die USA verlassen. Seit damals lebte er in Südamerika am Amazonas.

»Beeilen Sie sich. Ich habe nur noch wenig Zeit. Meine Botschaft an die vier muss ich ihnen selbst mitteilen, weil sie Fragen haben werden, die nur ich ihnen beantworten kann.«

Albert verfluchte sich und seine Geldgier. Er war ein Idiot gewesen und hätte nicht sein ganzes Geld in diese Start-up-Firma stecken sollen, die bankrottgegangen war. Der »todsichere« Tipp seines angeblich besten Freundes für eine neue Dating-App hatte zur größten Pleite seines Lebens geführt. Statt eines »sicheren« Profits von fünfzig Prozent des Investments hatte er jetzt immense Schulden, weil er sich sogar Geld für das Geschäft geliehen hatte. Deshalb war Watanabes Auftrag sein Rettungsanker. Allerdings nur, wenn er die vier fand und das Erfolgshonorar kassierte.

Endlich verabschiedete sich Watanabe. Wie immer empfahl er sich mit vielen Worten und zahlreichen Wünschen, dass die Götter Weller begleiten sollten, ihm das Glück auf beiden Schultern sitzen sollte und Ähnlichem. Weller hielt das Handy vom Ohr weg, weil ihn sein Auftraggeber schon im fitten Zustand gehörig nervte. Jetzt, wo er übernächtigt war und unter Jetlag litt, musste er sich sehr beherrschen, um keine Grobheiten zu sagen und einfach aufzulegen.

Ein paar von Watanabes Worten hallten in ihm noch nach: »Warnen Sie die vier, nichts zu essen, was für alle bestimmt ist.«

Was meinte er damit?

Egal. Er hatte keine Zeit und keine Nerven, darüber nachzudenken. Um die Spur wieder aufzunehmen, musste es ihm gelingen, die Pilotin und ihren Helikopter ausfindig zu machen. Sie stellten das einzige Verbindungsglied zu Dominik Kascha und seinen Freunden dar.

Es war kurz nach sieben Uhr am Abend. Weller stellte sich unter die eiskalte Dusche, um einen klaren Kopf zu bekommen. Danach ging er zu Fuß von seinem Hotel zurück zum Flughafen. Sein Ziel war der Heliport, auf dem er sich umhören wollte.

22) DOMINIK DENKT NACH

Dominik verriegelte die Tür des Badezimmers. Noch immer spürte er die Nachwirkungen des Betäubungsmittels und hoffte, dass eine heiße Dusche ihm helfen würde.

Der Wasserstrahl war dünn und lau. Dominik stellte sich darunter und ließ das Wasser einfach an sich herabrinnen. Lange dauerte das Vergnügen nicht, da sich die Dusche von allein abschaltete. Dominik drehte an den Hähnen, aber es kam kein Wasser mehr.

Missmutig griff er nach einem der Badetücher und trocknete sich ab.

Er war richtig verlegen geworden, als er den anderen gegenübergestanden hatte. Obwohl sie sich so lange nicht gesehen hatten, war da gleich so ein Gefühl gewesen, das Freude sein könnte. Dazu aber hatte sich seine alte Unsicherheit gesellt, weil er weder der Coole noch der Sportliche war, sondern eben Dominik, den früher alle für schrullig gehalten hatten und der so manches gütige Lächeln für seine Aussprüche bekommen hatte.

Nein, das gehörte alles der Vergangenheit an. Er hatte nicht die geringste Lust, an diese Zeit erinnert zu werden oder sie wiederauferstehen zu lassen.

Insgeheim hatte er seine alten Freunde beobachtet und sich ein wenig an ihnen gemessen. Während er jetzt ein durchaus gut aussehender TV-Star war, wirkte die flotte Lilo von früher heute mausgrau und fast langweilig. Von ihrer temperamentvollen Art war nicht viel übrig geblieben. Poppi schien nicht unzufrieden und war fürsorglich wie eh und je, aber Dominik musste daran denken, dass sie in Drehbüchern wahrscheinlich als unscheinbar und durchschnittlich beschrieben worden wäre.

Allerdings kenne ich sonst auch keine Tierärztinnen, dachte er beim Abtrocknen. Er begegnete hauptsächlich Leuten aus der Film- und Fernsehbranche. In seiner Freizeit war er viel auf glamourösen Partys unterwegs, um zu *networken*. Sehen und gesehen werden war Teil seines Berufes, um neue Rollen aufzureißen, auch wenn er derzeit ohnehin mehr als ausgebucht war.

Dann war da noch Axel, der damit beschäftigt war, Lilo nicht zu nahe zu kommen. Der Grund dafür lag auf der Hand. Dominik waren Axels ausgetretene Sportschuhe und die abgetragenen Jeans aufgefallen. Zu Reichtum dürfte Axel es nicht gebracht haben.

Dominik fühlte sich seinen Freunden von früher überlegen. Der kleine Professor von damals war heute ein Star, und bestimmt würden ihn die anderen bald auf seine Rolle in der Anwaltsserie ansprechen, die auf Netflix in so ziemlich allen Ländern der Erde lief, auch in Österreich.

Im Haus war es inzwischen merklich kühler geworden. Dominik fröstelte und wickelte sich in das große Handtuch ein. Er nahm seine schmutzigen Sachen und ging zu dem Zimmer, in dem sein Koffer stand. Er hatte schicke, aber eher förmliche Kleidung mitgebracht, weil er den anderen vorführen wollte, in welcher Welt er jetzt lebte. Hier auf dieser verlassenen Insel wirkten seine coolen Jacketts und feinen Anzüge aber wie ein Filzpantoffel bei der Oscarverleihung.

Dominik öffnete die Zimmertür und stutzte. Er konnte sich nicht erinnern, die Tür geschlossen zu haben. Stand sie vorhin nicht weit offen?

Wie auch immer! Vielleicht zog es hier. Er trat ein und legte seinen Koffer auf das Bett. Die Schlösser waren elektronisch und erkannten seinen Fingerabdruck.

Links, rechts und in der Mitte sprangen die Verschlüsse auf. Dominik klappte die Hälften des Koffers auseinander. Gepackt hatte ihn Mariella, die sein Apartment putzte und seine riesige Garderobe in Ordnung hielt. Hemden, T-Shirts und Boxershorts waren fein säuberlich gefaltet. Er wählte eine blaue Leinenhose, ein weißes Hemd und eine lässige Strickjacke aus Seide.

Aber wo war seine Armbanduhr? Es handelte sich um eine alte Rolex, die für ihn wie ein Talisman war. Er wurde nervös, wenn er sie nicht trug. Zwischen den Sachen, die er gerade ausgezogen hatte, fand er sie auch nicht. Er musste sie im Bad liegen gelassen haben. Nackt wie er war, verließ er das Zimmer, um nachzusehen. Dominik kam aber nicht weit. Gegenüber ging eine Tür auf. Er wollte sofort zurück in sein Zimmer, doch bevor er sich umdrehen konnte, sah er, wer auf den Gang trat, und blieb wie angewurzelt stehen. Überraschung und Schreck jagten einen glühenden Stoß durch seinen ganzen Körper. Er öffnete den Mund, halb vor Entsetzen, halb aus dem Drang, nach seinen Freunden zu rufen.

Doch der Schock hatte auch etwas Gutes, weil er Dominik einen Adrenalinstoß verpasste, der ihn wieder in Bewegung brachte. Dominik flüchtete in sein Zimmer, stolperte aber über die eigenen Beine, versuchte den Sturz zu vermeiden, stolperte noch heftiger nach vorn und knallte mit dem Kopf gegen die Bettkante. Ein stechender Schmerz schoss durch seinen Schädel.

Stöhnend versuchte er sich aufzurichten. Er schaffte es, zur Tür zu blicken, wo der Mann stand, den er vorhin gesehen hatte.

In den Händen hielt er einen blutenden Kopf. Der Mann trat zu ihm, und Dominik schlug kraftlos nach den Beinen.

Weiße Hosen.

Blutspritzer überall.

Der Mann bückte sich zu ihm. Schwarze Haare.

Dann ein Stich.

Vor seinen Augen verschwamm alles. Das Licht erlosch.

23) POPPI ERZÄHLT

Poppi sah zur Zimmerdecke hoch.

»Hat da etwas gepoltert?«

Axel zuckte mit den Schultern. Er war ganz vertieft ins Kochen. Gerade schnitt er voller Hingabe schwarze Oliven und hatte deshalb nichts gehört. Poppi, die mehrere Kochkurse besucht hatte, erkannte in ihm einen Könner und war beeindruckt. Vielleicht hatte sie sich auch verhört, oder es war der Wind. Sie schenkte dem Geräusch keine weitere Beachtung.

»Alle Achtung, bist du etwa Koch von Beruf?«

»Nein. Das Gegenteil. Ich bin Esser.«

»Wieso kannst du das dann so gut?«

»Poppi, ich schneide doch nur Oliven.«

»Aber du kannst ein Rezept auswendig, und es sieht nicht ganz einfach aus.«

»Spaghetti alla puttanesca ist eine meiner Lieblingsspeisen. Bisher habe ich keinen Italiener gefunden, bei dem sie besser schmecken als bei mir.«

»Was kommt noch alles hinein?«, wollte Poppi wissen.

Axel überlegte kurz. »Bist du noch immer Vegetarierin oder sogar Veganerin?«

»Vegetarisch ist mir immer noch am liebsten, aber ich esse ab und zu Fisch.«

«Dann können also Anchovis in die Soße.» Axel nickte zufrieden. «Die gehören nämlich zu Spaghetti alla puttanesca einfach dazu. So wie Kapern, Oregano und Basilikum, wenn welches da ist.»

Poppi machte sich in den Schränken auf die Suche. Als sie sich mit einem Glas getrockneter Basilikumblätter zu Axel umdrehte, hielt sie kurz inne. Sie beobachtete ihn, wie er scheinbar völlig versunken die Zutaten vorbereitete.

»Geht es dir gut? Ich meine, so überhaupt?«

Axel blickte kurz auf und lächelte. »Normalerweise geht es mir sehr gut.«

»Was meinst du mit normalerweise?«

»Wenn ich nicht auf einer Felseninsel mitten im Meer festsitze und den Grund dafür nicht kenne.«

»Ach so. Natürlich.« Poppi musste lachen. Sie wurde aber schnell wieder ernst. »Als wir draußen gestanden sind, hast du etwas von Toten ohne Leichen gesagt. Was hast du damit gemeint?«

»Ach, das ist nur so eine komische Geschichte, die ich gehört habe.«

»Was für eine Geschichte?« Poppi klang alarmiert.

»Vergiss es. Gerede. Sonst nichts.«

»Du willst es mir nicht erzählen!«

Das stimmte, aber Axel wollte es nicht zugeben. Um das Thema zu wechseln, sagte er: »Wie geht es denn dir so? Du bist also Tierärztin geworden, was mich irgendwie nicht wirklich überrascht.«

»Eigentlich wollte ich nur Tierpflegerin im Zoo werden. Aber die Direktorin, bei der ich mich vorgestellt habe, hat mich davon überzeugt, dass ich als Ärztin viel mehr bewirken könnte. Meine Eltern hatten natürlich auch lieber, dass ich studiere. Also habe ich es getan. Obwohl das viele Lernen nicht so ganz meine Sache ist.«

»Auf jeden Fall hast du dein Studium geschafft. Das ist doch die Hauptsache.«

»Da hast du recht. Heute bin ich auch sehr froh darüber, und im Tiergarten arbeite ich trotzdem.«

»Bist du Zootierärztin?« Axel stellte die gehackten Zutaten zur Seite und öffnete zwei große Dosen mit geschälten Tomaten.

»Auch. Mein Mann und ich haben eine Praxis, die an einen Tiergarten angeschlossen ist.«

»In Wien? Tiergarten Schönbrunn?«

»Nein, in der Nähe von Graz.«

»Du wohnst also noch immer dort, wie früher.«

Poppi nickte und reichte ihm das getrocknete Basilikum.

»Hast du deinen Mann auf der Uni kennengelernt?«, fragte Axel weiter.

Poppi und er waren so beschäftigt, dass sie gar nicht bemerkten, wie Lilo in der Tür erschien und von dort aus zuhörte.

»Nein, auf einem Kurs für chinesische Tiermedizin. Klaus und ich interessieren uns beide für alternative Heilmethoden bei Tieren.«

»Ihr macht Akupunktur bei Tieren?« Axel konnte es nicht ganz glauben.

»Ja. Sehr erfolgreich.«

In einer großen Pfanne erhitzte Axel ein paar Esslöffel Olivenöl. Gleichzeitig stellte er einen Topf mit Wasser für die Spaghetti auf den Elektroherd.

»Wie lange seid ihr schon verheiratet?«

»Sechs Jahre. Aber zusammen sind wir schon neun Jahre. Und davor haben wir uns bereits ein Jahr gekannt, aber da war noch nicht wirklich etwas.« Sie lächelte bei der Erinnerung.

»Funktioniert das, zusammen zu leben und zusammen zu arbeiten? Streitet ihr euch nicht viel mehr als andere?«

Kurz musste Poppi überlegen. »Ich glaube nicht. Für uns beide sind die Tiere das Wichtigste.« Sie lachte in sich hinein. Axel sah sie fragend an. »Klaus ist ein richtig feiner Mann. Und ich bin sehr glücklich mit ihm ...«

Es klang nach »aber«, und Lilo war gespannt, was Poppi erzählen würde.

»Es ist nur ...« Poppi zögerte. Sie schien zu überlegen, ob sie das überhaupt erzählen sollte.

»Es ist nur ... was?« Axel versuchte, sie zum Weiterreden zu animieren.

»Vielleicht ist es nicht fair, das zu sagen. Weißt du, Klaus ist ein Genie, wenn es darum geht zu verstehen, was einem Tier fehlt. Im Zoo nennen ihn alle Dr. Dolittle, weil man meinen könnte, er spräche die Sprache der Tiere.« Poppi holte Luft und fuhr fort. »Aber manchmal könnte man denken, dass er Tiere besser versteht als Menschen.«

»Und mit Menschen meinst du besonders dich.«

Poppi wurde ein wenig rot. »Ein klein wenig. Aber ich will mich nicht beschweren, und ich weiß gar nicht, wieso ich dir das jetzt erzähle. Wir haben uns doch so lange nicht gesehen.«

»Na und?«

Ein kurzes Schweigen trat ein. Poppi schien mit sich zu kämpfen, ob sie Axel mehr sagen sollte. Ihr Blick fiel auf ihre Handtasche, die sie auf der Anrichte abgestellt hatte. Poppi streichelte mit der Hand darüber.

»Weißt du, manchmal kann Klaus richtig rührend sein. Er überrascht mich auch immer wieder. Das schätze ich so an ihm. Aber ...«

»Aber?« Axel musste schmunzeln. »Poppi, muss ich jetzt raten oder verrätst du mir mehr?«

Schließlich gab sich Poppi einen Ruck. »Weißt du, ich mache mir nicht viel aus Marken. Aber eine Louis-Vuitton-Tasche wollte ich einfach gerne haben. Ich habe Klaus kleine Hinweise gegeben, um die Weihnachtszeit oder wenn mein Geburtstag vor der Tür stand. Aber er hat sie einfach nicht verstanden, und zu direkt wollte ich nicht sein.« Sie lachte in sich hinein. »Aber eines Tages, völlig überraschend und ohne irgendeinen Grund, steht er vor mir und drückt mir diese wunderbare Tasche in die Hand. Eine Freundin, die sich besser auskennt, ist in Begeisterungsstürme ausgebrochen, weil jedes Jahre davon nur eine limitierte Stückzahl erzeugt wird.«

»Das finde ich sehr nett von ihm«, bemerkte Axel. »Er hat dir also doch zugehört.«

Poppi nickte und deutete ihm, dass die Geschichte noch nicht zu Ende war. »Die Tasche hat mit einem Python zu tun, den Klaus operiert hat.«

»Was soll das denn heißen?«

»Die Riesenschlange hat ein Handy verschluckt, das Klaus erfolgreich herausholt hat. Der Besitzer des Pythons war der Geschäftsführer von Louis Vuitton, der unendlich dankbar war, weil Klaus die Schlange retten konnte. Klaus hat ihm vorgeschlagen, als Honorar eine Handtasche zu nehmen. Der Geschäftsführer war in einem Freudentaumel und hat ihm dieses sehr spezielle Modell überreicht.«

Axel grinste. »Finde ich großartig und eine originelle Idee. Dein Klaus wollte dir eindeutig eine Freude machen.«

»Ja, Klaus ist eigenwillig, aber auf eine sehr angenehme Art«, meinte Poppi zustimmend. »Er ist ein toller Mann, und ich bin glücklich, dass ich ihn habe.«

Im Stillen staunte Poppi über sich selbst. Wieso hatte sie Axel das alles sofort erzählt? Sie waren sich erst vor einer Stunde wiederbegegnet. Aber er war ihr zu ihrer eigenen Überraschung ganz vertraut. Es war wie früher, wenn sie am Abend zusammengesessen und geredet hatten.

Das Wasser siedete, und Axel versenkte die Spaghetti hinein. Gleichzeitig begann er, in der Pfanne die übrigen Zutaten zu rösten. In der Küche breitete sich ein köstlicher Duft aus.

»Und du? Was tust du so?«, wollte Poppi von Axel wissen.

Axel widmete sich gerade ganz den Spaghetti und musste darauf achten, dass in der Pfanne nichts anbrannte und die Nudeln nicht zu weich wurden.

»Ich bin Sportlehrer geworden.«

»Du unterrichtest?«

»Nicht mehr an der Schule. Nur noch Erwachsene, die sich mehr bewegen wollen, und am Nachmittag einige Gruppen übergewichtiger Kinder.«

»Bist du eine Art ›Personal Trainer‹?«

»Bin ich. Aber das Wichtigste ist mir meine Süße.«

Über sie wollte Poppi sofort mehr erfahren, aber Axel signalisierte mit der Hand, dass sie warten müsse, weil er gerade zu viele Dinge gleichzeitig zu tun hatte.

Leise kehrte Lilo ins Wohnzimmer zurück. Sie zwang sich, nicht weiter zu lauschen und an etwas anderes zu denken.

Es war höchste Zeit, sich ein genaues Bild der Lage zu machen und zu überlegen, was sie tun konnten. Gedanken dieser Art gingen ihr durch den Kopf, sie waren ihr sehr vertraut und beruhigten sie. Sie wollte nicht mehr über Axels Leben hören.

Das Rauschen des Regens war noch heftiger geworden. Außerdem zuckten draußen Blitze. Lilo versuchte, die Tür zur Terrasse aufzuschieben, aber sie war noch immer verriegelt.

Aus dem Esszimmer drang das Klappern von Besteck und Geschirr.

»Es gibt gleich Axels Spaghetti putta-irgendwas«, rief Poppi ins Wohnzimmer.

»Dominik ist oben im Bad«, erinnerte Lilo.

Poppi rief nach ihm. Als er sich nicht meldete, trat sie direkt in das Treppenhaus und schrie hinauf. Aber er meldete sich noch immer nicht. Vielleicht duschte er, oder die Türen waren zu dick. Poppi lief hinauf und steckte den Kopf in ein Zimmer nach dem anderen. Die Tür des Zimmers, das von der Treppe am weitesten entfernt lag, war geschlossen. Sie klopfte, aber Dominik antwortete nicht. Nachdem Poppi ihn auch im Badezimmer nicht finden konnte, klopfte sie noch einmal an der geschlossenen Tür. Schließlich drehte sie den Knauf und zog sie einen Spaltbreit auf.

24) VERSCHWUNDEN

»Was heißt verschwunden?«

»Er ist nicht mehr da. Das Zimmer ist leer. Sein Koffer ist auch weg.«

Axel sah Poppi ungläubig an.

»Das gibt es doch nicht.«

»Gibt es doch.«

»Du hast bestimmt im falschen Zimmer gesucht«, fiel Lilo ein.

»Nein!«, protestierte Poppi heftig. »Ich bin doch nicht dumm.«

Für weitere Diskussion hatte Axel keine Zeit. Er ging nach oben, um selbst nach Dominik zu suchen. Lilo wollte ihn zuerst begleiten, zögerte dann aber und blieb bei Poppi in der Küche.

»Du musst mich nicht bewachen und beschützen«, sagte Poppi.

»Das tue ich doch gar nicht.« Es entsprach nicht ganz der Wahrheit, musste sich Lilo eingestehen.

»Tust du doch. Aber ich bin nicht mehr die ängstliche Poppi von früher.«

»Du warst nie …«

»Lilo, hör auf. Ich habe immer Angst gehabt, und ihr habt mich immer behandelt wie ein kleines Mädchen bei Gewitter.«

»Meinst du, wir hatten nie Angst?«

»Hattet ihr?« Poppi war ehrlich überrascht.

»Klar.« Weil von Axel nichts zu hören war, ging Lilo nun doch in den ersten Stock. Axel kam gerade aus Dominiks Zimmer.

»Poppi hat recht. Er ist fort.«

»Das gibt es nicht.«

»Meinst du, er versteckt sich, um uns einen Streich zu spielen?«

»Wozu sollte er das tun? Das hier ist doch kein Ferienlager, wo Streiche gespielt werden.« Lilo klang ärgerlich, aber im Grunde fühlte sie sich hilflos und von der ganzen Situation leicht überfordert.

Poppi, die ihr gefolgt war, zeigte auf die Bullaugenfenster. »Die sind zu klein, um rauszuklettern.«

Weil sie alle Möglichkeiten überprüfen wollte, trat Lilo an eines der Bullaugen und versuchte, die Luke zu öffnen. Der Messingriegel ging auf, und die Scheibe konnte gekippt werden. Allerdings hatte Poppi recht, und nicht einmal ein sehr kleines Kind hätte durchkriechen können. Lilo sah in jeden Schrank und unter die Betten. Nachdem sie noch einen Blick in das Badezimmer geworfen hatte, konnte sie den beiden nur noch recht geben.

»Glaubt ihr mir jetzt?«, fragte Poppi etwas ärgerlich, weil die beiden sie nicht ernst genommen hatten.

Lilo stürmte an ihr vorbei die Treppe hinunter. Sie rannte von Zimmer zu Zimmer und suchte an jedem Ort, der als Versteck herhalten könnte. Schließlich begann sie, sich in der Mitte des Wohnzimmers um sich selbst zu drehen. Sie rief mehrfach Dominiks Namen und ließ sich schließlich auf das Sofa fallen. Mit den Händen rieb sie sich kräftig über das Gesicht. Axel und Poppi traten zu ihr, aber Lilo schnellte wieder in die Höhe und jagte in die Küche. Sie drehte das kalte Wasser auf, das aber nur in einem dünnen Rinnsal aus dem Hahn kam. Lilo steckte den Kopf darunter und erfrischte sich.

»Nein«, sagte sie, als sie sich wiederaufrichtete. »Das kann es nicht geben. Wieso? Wieso schon wieder?«

Es war genau wie früher. Sie standen vor einem Rätsel, für das es scheinbar keine Erklärung gab. Nicht nur Lilo hatte das Gefühl, in der Zeit zurückversetzt worden zu sein.

»Es muss eine logische Erklärung für Dominiks Verschwinden geben.« Sie sprach, als wollte sie sich selbst beruhigen.

Poppi spürte Lilos Aufregung, worauf sich ihre eigene sofort verdoppelte. Ihr Herz begann zu rasen.

»Was geht hier ab?« Sie sah fragend zu Axel und Lilo.

»Ich habe so etwas von keiner Ahnung«, gestand Axel.

»Moment jetzt, stopp. Durchatmen und Nerven bewahren. Wir müssen ruhig bleiben.« Lilo hatte den gleichen Tonfall wie ihr Vater, wenn er beim Bergsteigen oder auf einer Skitour in eine gefährliche Situation gekommen war. Poppi wollte es schon anmerken, ließ es aus einem Gefühl heraus aber bleiben.

»Ein Mensch kann sich nicht in Luft auflösen.« Lilo redete nicht zu den anderen, sondern dachte laut. Dabei knetete sie wieder ihre Nasenspitze auf Hochtouren. »Es muss also irgendwo im Haus einen versteckten Zugang geben.«

Axel konnte ihr nicht ganz folgen. »Wieso soll sich Dominik durch einen versteckten Zugang davongestohlen haben? Das ist doch unlogisch.«

»Er könnte entführt worden sein.«

»Lilo, das ist verrückt.« Axel schüttelte energisch den Kopf.

»Dann sag doch du, wie das möglich ist. Los, ich höre.«

»Du klingst wie eine Oberlehrerin«, fauchte Axel.

»Und du bist gegen alles, genau wie früher, hast aber auch keine bessere Idee«, feuerte Lilo zurück.

»Hört auf!« Poppi hielt sich die Ohren zu.

Axel drehte sich schnaubend weg, und Lilo kehrte ihm den Rücken zu. Poppi sah zwischen den beiden hin und her.

»Es ist alles eure Schuld. Euer beider Schuld.«

»Wieso? Was?« Lilo tat, als hätte sie keine Ahnung, wovon Poppi redete.

»Nur euretwegen ist unsere Freundschaft zerbrochen. Auf einmal. Plötzlich. Einfach so!«

»Einfach so«, schrie Lilo sie an. »Du spinnst ja.«

Danach trat Stille ein. Poppi machte ein Gesicht, als hätte ihr Lilo eine schallende Ohrfeige versetzt. Lilo war selbst erschrocken über ihren Ausbruch. Axel machte einen Schritt zur Seite. Er ahnte, was jetzt kommen würde, und wollte nicht in der Schusslinie stehen.

»Einfach so? Mein Vater wäre fast gestorben!«, platzte es aus Lilo heraus. »Einfach so. Weil Axel etwas von einem Schneemonster gefaselt hat und auf einen Lawinenhang zugeschossen ist. Ihm ist nichts passiert, aber Papa.« Lilo konnte nicht weitersprechen.

Poppi wusste, wie es weitergegangen war. Herr Schroll war von einem gewaltigen Schneebrett begraben worden. Er hatte zum Glück aber seinen Lawinenpiepser dabei und eingeschaltet gehabt. Deshalb konnte ihn der Rettungstrupp relativ schnell finden und ausgraben. Aber Lilos Vater war stark unterkühlt gewesen, und außerdem hatte er einen Sauerstoffmangel erlitten. Lange Zeit stand nicht fest, ob er einen bleibenden Gehirnschaden davontragen würde.

Das alles hatte Poppi von Lilos Mutter erfahren, die sie aber schließlich gebeten hatte, nicht mehr anzurufen, weil Lilo das nicht wollte. Der Schock, ihren geliebten Vater um ein Haar verloren zu haben, hatte Lilo völlig aus der Bahn geworfen.

Schuld traf in ihren Augen vor allem Axel. Er hatte Monster gesehen, wo keine waren, und sich dafür in echte Gefahren begeben, die für andere fast tödlich geendet hätten.

»Aber ich … ich habe doch nicht gewollt, dass deinem Vater so etwas Schreckliches … zustößt.«

Poppi konnte es zuerst kaum glauben. Axel rannen die Tränen über das Gesicht.

Lilo sah es auch, und die Härte in ihren Augen verschwand. Sie senkte den Kopf. »Er hat dir nie einen Vorwurf gemacht. Niemals. Auch nicht in der Zeit, als er im Rollstuhl gesessen ist.«

»Aber es war damals wirklich da, das blaue Eisungeheuer«, sagte Axel.

Sofort war Lilos Wut zurück.

»Hör auf mit diesem Quatsch. Das hält doch keiner aus. Hör endlich auf!« Um Axel zu entkommen, flüchtete Lilo in das erste Zimmer und knallte mit voller Wucht die Tür hinter sich zu.

Es war das Letzte, das Poppi und Axel von ihr an diesem Tag hörten.

25) SPAGHETTI UND BLUT

Lange Überlegungen waren niemals Axels Sache gewesen. Nach Lilos Abgang kehrte er ins Wohnzimmer zurück, wo er herumsprang und begann, Liegestütze zu machen. Poppi sah ihm dabei verwundert zu.

»Axel! Was machst du da?«

»Ich muss irgendetwas tun, weil ich sonst durchdrehe.«

»Aber willst du nicht mit Lilo reden? Und was ist mit Dominik? Wir müssen ihn finden. Und wie kommen wir hier raus? Wer hält uns hier gefangen? Axel, ich ...« Poppi ließ sich auf das Sofa fallen und schüttelte nur stumm den Kopf. Es war alles einfach zu viel für sie. Sie hatte ein Gefühl, als würde ihr Kopf demnächst platzen.

Noch immer machte Axel seine Liegestütze. Wie eine Maschine sauste sein trainierter Körper auf und nieder.

Poppi stand auf und stellte sich genau vor seinen Kopf. »Hör auf damit! Bitte!«

Wenigstens war Axel ein wenig außer Atem und schwitzte. Beides half ihm, wenn er das Gefühl hatte festzustecken.

»Du hättest mich damals sehen sollen, als Lotta in mein Leben getreten ist.« Er grinste bei der Erinnerung. Axel hatte Gewichte gestemmt, bis ihm fast die Arme abfielen.

»Bitte komm mit. Wir gehen hinauf zu Lilo und bitten sie, wieder runterzukommen.«

»Lass sie. Das hat keinen Zweck. Sie bleibt auf ihrem Trip, dass ich Schuld hätte.«

»Das ist doch alles so egal jetzt.«

Da konnte Axel Poppi nur zustimmen. Poppi rief nach Lilo, bekam aber keine Antwort.

»Sie wird schon kommen«, versicherte ihr Axel. »Sie muss sich nur abregen. Nach zwanzig Jahren kann sie einfach nicht mehr an etwas festhalten, das immer falsch war. Sie muss endlich kapieren, dass sie unrecht hat.«

Mutlos ließ Poppi die Arme sinken.

»Hast du keinen Hunger?«, fragte Axel.

»Doch, ein bisschen.« In Wahrheit hatte Poppi unglaublichen Hunger, aber die Sorge und die Aufregung schnürten ihr den Hals ab.

»Komm. Ich muss etwas essen, sonst werde ich ungemütlich.« Axel nahm Poppi einfach bei der Hand und zog sie hinter sich her. Im Esszimmer holte er drei Teller aus dem Schrank und Besteck aus der Lade. Er deckte hastig den Tisch, ging in die Küche und kehrte mit einer Schüssel Spaghetti zurück. Soße und Nudeln hatte er schon vermischt. Unter normalen Umständen hätte sich Poppi auf dieses Essen sehr gefreut.

Wieder rief sie Lilo und bat sie, zum Essen herunterzukommen. Aber wieder meldete sich Lilo nicht.

Axel lud sich einen Berg Spaghetti auf seinen Teller. »Isst du noch immer so wenig wie damals, Poppi?«

»Mir reicht eine Kinderportion.«

Weil er einen Scherz machen wollte, um die angespannte Atmosphäre irgendwie auszuhalten, legte ihr Axel genau eine Nudel auf den Teller.

»Gut so?«

Immerhin schaffte er es, sie für einen Augenblick lang zum Lächeln zu bringen. Axel reichte ihr nach. Er setzte sich, wünschte guten Appetit und begann mehr energisch als genussvoll, die Nudeln in den Mund zu stopfen. Er verdrückte die riesige Portion in rekordverdächtigem Tempo.

Zuerst hatte Poppi nur in ihrem Essen herumgestochert. Weil aber auch bei ihr der Hunger siegte und die Spaghetti außerdem hervorragend schmeckten, aß sie mehr, als sie vorgehabt hatte.

»Ich bringe Lilo etwas nach oben«, entschied sie. Sie holte eine Schale aus dem Schrank und füllte sie. Dazu nahm sie noch eine Gabel und stieg damit die Treppe hinauf.

Als Nächstes hörte Axel einen Schrei, gefolgt von einem Klirren. Er rannte hinauf und fand Poppi im ersten Zimmer vor Schreck wie angenagelt stehend. Die Schale hatte sie fallen gelassen. Vor ihr lagen Scherben und darin die Spaghetti. Poppi starrte auf das Bett.

Das Kissen war zerdrückt, die Tagesdecke auch. Genau in der Mittel lag ein Zettel, auf den jemand große Blockbuchstaben gemalt hatte.

Das Rot und die klebrige Konsistenz der Farbe ließen vermuten, dass es sich um Blut handelte.

OLD GHOSTS DON'T RIP

Poppi hatte die Hände vor den Mund geschlagen. Sie schrie erneut, danach japste sie, als bekäme sie nicht genug Luft. Axel schob sich an ihr vorbei und starrte den Zettel an. Er streckte den rechten Zeigefinger aus und tippte auf einen Buchstaben. Als er seinen Finger zurückzog, blieb die Farbe daran kleben. Axel roch daran: Es war frisches Blut.

Angeekelt schüttelte sich Axel und wischte den Finger auf der Tagesdecke ab.

Axel sah in die anderen Zimmer und in die beiden Bäder.

Lilo war verschwunden. Genau wie Dominik.

RIP? Axel hatte dieses Wort erst kürzlich gelesen. Ihm fiel auch ein, wo das gewesen war: auf dem Friedhof von Brighton auf Grabsteinen. Es war die Abkürzung für »*Rest in Peace*« – »Ruhe in Frieden«. »Alte Geister ruhen nicht in Frieden«, übersetzte er leise den Satz auf dem Zettel. »Auf Deutsch wahrscheinlich: Alte Geister ruhen unsanft.«

26) LEBENSGEFAHR

Tin stocherte in ihrem Salat herum. Sie hatte ihn selbst zubereitet und von zu Hause in einer verschließbaren Plastikschale mitgebracht.

Prot sah über den großen Schreibtisch zu seiner Kollegin und verzog leicht angewidert das Gesicht. Wie konnte ein normaler Mensch diese Mischung aus rohem Gemüse und irgendwelchen Sprossen essen? Prot schüttelte sich.

Tin erging es beim Anblick des Essens ihres Kollegen nicht anders. Seine Hauptmahlzeit bestand aus Schokoriegeln, die er mit Cola runterspülte.

Beide trugen sie die Kopfhörer und belauschten die Gespräche der vier auf Canon Island.

Mitgefühl für Bax, Mo, Que und En hatte Tin immer schon gehabt. Schon damals konnte und wollte sie es nicht unterdrücken. Einige Male hatte sie früher mit dem Gedanken gespielt, ihre Arbeit niederzulegen und auszusteigen. Sie hatte eine vage Vorstellung von den Hintergründen des Projekts entwickelt und war damit alles andere als einverstanden gewesen.

Aber Aussteigen war damals unmöglich gewesen. Es hätte sie vielleicht sogar das Leben kosten können. Also redete sie sich ein, es wäre besser zu bleiben und den vier auf diese Weise beizustehen. Auch wenn sie keinen Kontakt zu ihnen hatte und auch keine Möglichkeit besaß, etwas für sie zu tun.

Prot und Tin verfolgten die Ereignisse auf Canon Island mit größtem Interesse und Spannung. Sie hatten es vermisst, als heimliche Ohrenzeugen bei den Abenteuern der vier dabei zu sein.

Die Laptops der beiden waren mit einem hoch gesicherten Server im Internet verbunden. Über ihn empfingen sie die stark verschlüsselten Nachrichten ihres Auftraggebers.

Sie redeten nie mehr als nötig. Vor allem diskutierten sie nie darüber, was ihr Auftraggeber von ihnen verlangte. Ihre Aufgabe war es nur, zu protokollieren.

Eine Anweisung betraf das Essen der vier. Sobald sie Nahrung aufgenommen hatten, sollten Tin und Prot auf jede auch noch so kleine Veränderung in Sprache und Ausdruck achten.

Die nächste Meldung, die eintraf, überraschte beide sehr. Sie war äußerst unfreundlich, um es milde auszudrücken. Der Wortlaut war:

Was kann er erkannt haben, Sie Vollidiot?

Zum großen Erstaunen von Tin und Prot empfingen sie auch eine Antwort und erkannten, dass die Nachricht nicht für sie bestimmt gewesen war.

Sorry, Boss. Er hat mich überrascht. Soll ich ihn mitnehmen?

Prot zuckte mit einer Schulter und wickelte den nächsten Schokoriegel aus. Prot schien nervös zu sein.

Eine kleine Pause trat ein.

Unbedingt mitnehmen. Objekt 2 auch. Beide festhalten.

Prot kaute mit offenem Mund, was Tin hasste.

Noch jemand mischte sich ins Gespräch ein.

Frage: haben noch einmal Anleitung für morgige Abholung mit Boot von der Insel gelesen. Was tun, wenn Objekt Gefahr läuft zu ertrinken?

Tin kamen zum wiederholten Mal starke Zweifel an dem Projekt. Sie wusste, wer mit der Bezeichnung »Objekt« gemeint war.

Die Antwort ließ nicht lange auf sich warten:

Nur bei akuter Lebensgefahr eingreifen.

Mit einer schnellen Handbewegung riss sich Tin die Kopfhörer von den Ohren. Prot blieb gelassener und hob nur einen Hörer von seinem Ohr, als sie zu reden begann.

»Müssen wir das einfach so zulassen?«

»Ja. Was sonst?«

»Eingreifen.«

»Kein Grund.«

»Was bedeutet ›nur bei akuter Lebensgefahr‹? Und wenn es dann zu spät ist?«

»Das war es doch nie. Warum sollte es das jetzt sein?«

Aber Tin konnte die Nachrichten, die sie irrtümlich erreicht hatten, nicht einfach vergessen. Der Fehler im Nachrichtenverkehr schien von ihrem Auftraggeber nicht bemerkt worden zu sein.

Da Prot die Überwachung fortsetzte, als sei nichts geschehen, setzte sich auch Tin die Kopfhörer wieder auf.

Viel war nicht zu hören. Bax und Que unterhielten sich im Flüsterton. Es nützte nichts, die Lautstärke hochzudrehen, und nicht einmal die Tricks zur Schallverstärkung halfen.

27) VERBOTEN UND WIRKSAM

Die *Sokratina* lag weit genug entfernt vor Anker. Weit genug bedeutete, sie würde niemals mit den Vorgängen auf Canon Island in Verbindung gebracht werden können. Das war dem Besitzer äußerst wichtig, schließlich war das, was er tat, nicht gerade legal. Nach dem Gesetz konnte man ihm Entführung, Freiheitsberaubung und Bedrohung vorwerfen. Außerdem war sein Handeln streng genommen moralisch inakzeptabel.

Das alles kümmerte den Besitzer der *Sokratina* im Grunde wenig, was er aber vermeiden musste, war ein Skandal, der seinem Unternehmen schaden könnte. Schließlich brachte es ihm Milliardengewinne ein, die er für seine geheimen Forschungen benötigte. Geheimhaltung, Tarnung und Verschleierung waren für ihn von allerhöchster Priorität.

Planung war alles. Geplant war das Projekt schon immer gut gewesen in all den langen Jahren. Dieses Mal war darauf noch mehr Augenmerk gelegt worden als je zuvor, die Ausgangslage war perfekt. Es sollte ein letzter Test sein, der die Versuchsreihe zu einem Abschluss und zu einem Ergebnis brachte, das er herzeigen konnte. Fiel das Ergebnis so aus, wie er es erwartete, waren ihm Gewinne in schwindelerregender Höhe sicher. Ihm ging es aber weniger um das Geld als um die Macht, die er gewinnen konnte, wenn es ihm gelang, die menschliche Angst zu besiegen und die Intelligenz zu beeinflussen.

Aus heiterem Himmel und völlig unerwartet zerstörte dann ein Anruf die vermeintliche Sicherheit, in der sich der Jachtbesitzer gewiegt hatte. Der Anruf kam von der Pilotin des Helikopters, in dem zuerst Dominik und anschließend Axel nach Canon Island gebracht worden waren.

Zur Erkennung nannte sie ihm den Namen, den sie zugewiesen bekommen hatte: Belladonna 14. Das Codewort lautete IQ 236.

Belladonna 14 berichtete von einem Mann mit amerikanischem Akzent, der auf dem Flugplatz nach ihr gesucht und allen Leuten sehr viele Fragen gestellt hatte.

Die Landungen und Starts waren registriert worden, die Ziele aber nicht. Trotzdem bestand die Gefahr, dass der Mann sie ausfindig machte und mehr über ihre Flüge erfuhr.

»Soll ich untertauchen? Soll ich den Heli außer Landes bringen?«, schlug sie ihrem Auftraggeber vor. Sie hatte keine Ahnung, wer er war, und sprach ihn nur mit seinem Decknamen Hermes an.

Hermes legte eine längere Pause ein. Das sorgfältige Abwägen der Möglichkeiten und ihrer Entwicklungen war seit jeher eine seiner Stärken gewesen.

Die Antwort kam unerwartet und überraschend.

»Setzen Sie sich mit der Person in Verbindung. Treffen Sie den Mann.«

»Was soll ich ihm sagen? Doch nicht etwa die Wahrheit?«

Die Pilotin kannte keine Details der Unternehmungen, aber man musste keine Intelligenzbestie sein, um zu verstehen, dass hier einiges nicht auf legalen Bahnen ablief. Schließlich war ihr Passagier betäubt worden, weil er sonst wohl in Panik geraten wäre oder rebelliert hätte.

Es war bei der Pilotin genauso wie bei Tin und Prot: Die Bezahlung stimmte, und der Arbeitsaufwand hielt sich in Grenzen. Damit sie aber wusste, mit wem sie es zu tun hatte, hatte ihr

Hermes wenige Wochen vor Dienstantritt einen Umschlag zukommen lassen. Darin waren Fotos, die sie bei der Geldübergabe an einen Drogendealer zeigten. Das lag zwar Jahre zurück, und eigentlich hatte sie nur einen Auftrag als Botin übernommen, aber wer würde ihr das glauben?

Die Pilotin erhielt nun Anweisungen für die weitere Vorgehensweise, die sie zum Grinsen brachten. Ihr Boss war wirklich raffiniert. Seine Ideen waren simpel, klar und äußerst wirksam. Er wusste, wie man sich gröberer Probleme entledigen konnte.

Belladonna 14 hatte den Namen »Hermes« gegoogelt und herausgefunden, dass so der Bote der griechischen Götter hieß. Welche göttlichen Botschaften ihr Boss wohl überbringen wollte, fragte sie sich.

Nach der Beendigung des Gesprächs lief Hermes in seinem Arbeitszimmer auf der *Sokratina* hin und her. Wieso hatte sich jemand an die Fersen von Dominik Kascha geheftet? Konnte vielleicht eine eifersüchtige Freundin dahinterstecken?

Wer sonst könnte Interesse daran haben ihm zu folgen, um herauszufinden, wo er hinreiste.

Hermes fiel eine einzige Person ein, und deren Name löste bei ihm einen kurzen Wutanfall aus, den er schnell wieder unterdrückte. Falls sein Verdacht zutraf, war es doppelt und dreifach wichtig, dass Kascha und die anderen niemals von diesem Schnüffler gefunden wurden.

28) DER RUF

Die Dunkelheit schien gegen die Glasscheiben der Schiebetüren zur Terrasse zu drücken. Vorhänge gab es nicht. Daher blieb Axel und Poppi nichts anderes übrig, als in die Nacht zu starren.

Sie saßen nebeneinander auf dem Sofa, den Blick auf die Scheiben gerichtet. Beide waren noch immer wie gelähmt vom Schock über Lilos Verschwinden und den Zettel auf dem Bett.

»Ich gehe dort nicht mehr hinauf«, sagte Poppi leise.

Axel hatte vollstes Verständnis. Schlafen in einem der Zimmer kam nicht infrage. Er bot Poppi an, von oben Waschzeug und frische Kleidung zu holen.

»Kannst du mir meine Jacke mitbringen, sie liegt ganz oben in meinem Koffer«, sagte Poppi.

Axel verschwand aus dem Wohnzimmer und kehrte kurz darauf mit Poppis Jacke und einem Blazer zurück. Auch für sich selbst hatte er etwas Warmes und seinen alten Waschbeutel mitgenommen.

»Schlafen kann ich sicher nicht«, sagte Poppi. Dabei waren ihre Lider bleischwer, denn die Aufregungen der vergangenen Stunden hatten sie erschöpft.

»Wir müssen schlafen, und wir werden auch einschlafen. Wenn nicht jetzt, dann später, weil niemand ständig wach bleiben kann.«

»Aber vielleicht verschwinden wir dann auch? Vielleicht geschieht mit uns das Gleiche.« Am liebsten hätte sich Poppi an Axel gedrückt, aber das traute sie sich nicht.

»Einer von uns beiden bleibt wach. Wir wechseln uns ab. Einverstanden?«

Die Vorstellung ließ Poppi flach atmen. Sie sollte hier sitzen und in das Schwarz vor dem Haus starren, während Axel schlief? Wie würde es sein, wenn sie ein Geräusch hörte? Oder draußen jemand auftauchte?

Als könnte er ihre Gedanken lesen, sagte Axel: »Du kannst ganz beruhigt sein. Ich schlafe nicht tief. Ich habe genügend Ferienlager mit Kindern betreut. Dort bekommt man ein feines Ohr für alles, was nicht stimmt, und ist in Sekundenschnelle hellwach, wenn nötig.«

Poppi zweifelte. »Wirklich?«

»Du kannst voll auf mich vertrauen, Poppi.«

Früher war Axel derjenige gewesen, der manchmal hohe Risiken eingegangen war, erinnerte sich Poppi. Heute klang er anders. Aber sie alle waren erwachsener geworden.

»Du ruhst dich zuerst aus«, bot Axel an. Poppi war darüber sehr froh und war sofort einverstanden.

Im Haus war es deutlich kühler geworden. Poppi fror. Sie wickelte sich ihre flauschige Strickjacke fester um ihren Körper. Aber noch immer war ihr kalt. Sie konnte unmöglich ihren Blazer anziehen, den sie für das Abendessen mit den Freunden von früher vorgesehen hatte. Er war nicht bequem genug, um darin zu schlafen.

»Soll ich uns Decken und Kissen von oben holen?«, fragte Axel.

Poppi hielt ihn am Ärmel zurück. »Nein, mir ist unheimlich allein hier unten.«

»Poppi, ich bin sofort zurück. Ich nehme auch die Vase mit, die Lilo vorhin als Keule verwenden wollte.«

Trotzdem war Poppi dagegen.

»Dann komm einfach mit«, schlug er ihr vor.

Nicht gerade begeistert willigte Poppi schließlich ein. Schulter an Schulter gingen sie die Treppe rauf. Während Poppi an der Tür wartete, sprang Axel in ihre Zimmer und riss Kissen und Decke an sich.

Auf dem Weg zurück zur Treppe, hörte es zuerst nur Poppi.

»Da ruft jemand.«

Sie blieben stehen und atmeten so leise wie möglich.

In der Villa lag eine geradezu gespenstische Stille. Nur von draußen drang noch immer das Prasseln des Regens und das Sausen des Sturms, der um die Ecken fegte.

Poppi konnte ihr Herz klopfen spüren. Axel rauschte das Blut in den Ohren. Er war überzeugt, Poppi musste sich verhört haben.

Aber dann war da ein kurzer Ruf. Er klang weit entfernt, gedämpft und sehr leise.

»Hilfe!«

»Hast du es jetzt auch gehört?«, flüsterte Poppi. Sie konnte das Zittern nicht mehr unterdrücken.

Axel nickte langsam und deutete ihr, weiter still zu halten.

»Axel! Poppi!« Nach einer kleinen Pause. »Dominik!«

Das war Lilo. Sie rief nach ihnen. Aber wo konnte sie sein?

So laut er nur konnte, schrie Axel ihren Namen. »Wo bist du?«

Es blieb still. Poppi und Axel warteten und warteten und warteten. Sie wurden fast schwindlig, weil sie so flach atmeten.

Nichts mehr. Stille. Stille, die sich wie eine dumpfe Wolke im Haus breitmachte.

»Du bleibst hier stehen und schreist sofort, wenn du irgendetwas siehst«, trug Axel Poppi auf. Er reichte ihr die dünne Glasvase. »Schlag zu, wenn nötig.«

Gehorsam nickte Poppi.

Axel verschwand im Zimmer, das Lilo kurzzeitig benutzt hatte. Er durchwühlte und durchsuchte noch einmal alles: Schrank, Bett, Wände, alles schaute er genau an. Zum Glück war das Haus noch immer hell erleuchtet, sodass Axel alles gut sehen konnte.

Er wollte sein Handy holen. Es war besser, wenn er es bei sich hatte, denn falls das Licht erlöschen würde, konnte er es als Taschenlampe benutzen.

Aber wie stark war es noch geladen?

Mit Poppi wieder hinunterzulaufen und danach erneut hochzukommen, erschien ihm zu kompliziert und aufwendig. Poppis Nerven würden das vielleicht nicht aushalten. Also musste er das Risiko eingehen und hoffen, dass ihm nichts geschah.

Zimmer um Zimmer untersuchte er. Axel war sicher, nichts übersehen oder ausgelassen zu haben. Früher, bei den Abenteuern der Knickerbocker-Bande, war er der Experte für Geheimtüren, Falltüren und die allergeheimsten Geheimverstecke gewesen. Erinnerungen kamen in ihm hoch.

Diese Villa aber schien ein solider Bau zu sein mit massiven Wänden und einem Boden aus Steinfliesen. Nirgendwo gab es einen Sprung oder eine verdächtige Ritze.

Doch Lilos Ruf hatten sie sich nicht eingebildet, davon war Axel überzeugt.

Ihre Unruhe war gewachsen, als Axel und Poppi ins Wohnzimmer zurückkehrten. Sie hatten beide großen Durst und stillten ihn mit Wasser aus dem Wasserspender in der Küche.

Auf dem Sofa richtete Poppi ein Bett her. Sie kuschelte sich samt Gewand unter die Decke, die sie aber auch nicht wärmen konnte, weil sie sich feucht und klamm anfühlte.

»Wir sollten weitersuchen«, sagte Poppi und gähnte.

»Wo noch?« Axel fiel im Augenblick nichts ein. Poppi gab ihm recht. Wie er vorhergesagt hatte, schlief sie innerhalb weniger Minuten ein. Er selbst fläzte im Fauteuil neben ihr, die Füße auf dem niederen Couchtisch.

Das Licht im Wohnzimmer strahlte weiter von der Decke. Abdrehen war unmöglich, allerdings wollte Axel das auch gar nicht. Solange Poppi trotz Licht schlief, war es ihm recht, denn ihn hielt es wach.

Sein Handy fiel ihm wieder ein. Er holte seine abgewetzte alte Schultertasche aus Leder, die ihn schon seit vielen Jahren begleitete. Das Handy steckte immer in der vorderen Tasche. Er wusste genau, dass er es dort hineingesteckt hatte, nachdem er mit Lilo und Dominik den Empfang geprüft hatte.

Aber das Handy war fort. Er zog die Tasche auf und suchte zwischen iPad mini, Kaugummi und BMX-Zeitschriften.

Es war nicht mehr da.

Axels Herz raste. Er richtete sich auf und sah sich um. Jemand musste im Wohnzimmer gewesen sein. Jemand hatte sein Handy weggenommen. Es konnte nur geschehen sein, während er im oberen Stockwerk gewesen war.

Jemand musste durch die Terrassentür gekommen sein. Lautlos. Axel stand langsam auf und ging zu der Tür. Er probierte, ob sie sich nun öffnen ließ, aber ohne Erfolg.

In der Spiegelung der Scheibe der Terrassentür sah Axel jemand hinter sich im Durchgang zum Esszimmer stehen. Ihm stockte das Blut in den Adern.

29) BLUTÜBERSTRÖMT

Es war eine junge Frau mit langen, dunklen Haaren. Sie stand da in einem bodenlangen weißen Kleid, das an ein Brautkleid erinnerte, hielt den Kopf leicht gesenkt und sah Axel von unten mit einem tieftraurigen, fast anklagenden Blick an. Die Augen waren dunkle Höhlen, die Lippen schwarz.

Als Axel sich erschrocken umdrehte, blieb die Frau trotzdem stehen. Ihr Gesicht war gespenstisch bleich. Noch viel schrecklicher, noch viel grässlicher und grauenhafter aber war das viele Blut, das der Frau in dünnen Rinnsalen über ihre Schläfen und ihr Gesicht rann. Es kam vom Scheitel der Frau, aus einer Wunde, die aussah, als hätte ihr jemand den Schädel mit der Axt gespalten. Das weiße Kleid war übersät von roten Spritzern in allen Größen.

Auge in Auge standen sich die Frau und Axel gegenüber. Es trennten sie ungefähr sieben oder acht Schritte. Axels Gedanken rasten, ohne zu einem Entschluss zu kommen. In einem ersten Reflex wollte er auf die Frau zuspringen und sie packen. Sein nächster Reflex war Flucht.

Angriff! Endlich schaffte es Axel, seine Beine zu bewegen. Er hatte aber noch nicht einmal einen Schritt gemacht, als das Licht erlosch. Die plötzliche Dunkelheit kam so überraschend, dass Axel stolperte und stürzte. Er fing sich mit den Händen am Boden ab und sprang sofort wieder hoch.

Das Licht flammte erneut auf und blendete ihn einen Moment lang, da es greller war als zuvor.

Die Stelle, an der die Frau eben noch gestanden war, war leer.

Wo war sie hin?

Axel stolperte nach vorn und Richtung Esszimmer.

»Axel?« Poppi war aufgewacht. Sie klang sehr schlaftrunken. Er hatte jetzt keine Zeit für Erklärungen, die Verfolgung dieser Gestalt war wichtiger. An Geister glaubte Axel schon lange nicht mehr, und deshalb musste es sich um einen Menschen handeln. Er musste die Frau erwischen, denn sie könnte der Schlüssel zu allem sein, was sie hier erlebten.

Im Esszimmer war sie nicht. Das Blackout war lange genug gewesen, um ihr einen Vorsprung zu verschaffen. Sie hätte nur weiter in die Küche flüchten können, aber auch dort war niemand. Die Diele war leer, Abstellraum und Toilette auch. Es blieb also nur der obere Stock.

Ohne lange zu überlegen, hetzte Axel die Treppe hoch, immer drei Stufen auf einmal nehmend. Der Flur war leer. Keuchend stolperte er weiter und stieß mit der Hand die Zimmertüren auf.

Nichts.

Niemand.

Auch das Badezimmer. Leer. Keiner da.

Das Blackout hatte höchstens ein paar Sekunden gedauert. Der einzige noch mögliche Fluchtweg wäre die Terrassentür, vor der er gestanden war.

»Axel? Wo bist du?« Poppi war mittlerweile hellwach und aufs Höchste alarmiert. Schnell lief er zurück zu ihr ins Wohnzimmer. Noch auf dem Weg beschloss er aber, die Begegnung mit der blutenden Frau für sich zu behalten. Das fiel ihm zwar unendlich schwer, aber er wollte Poppi nicht in Panik versetzen.

So betrat er das Wohnzimmer und zwang sich zu einem kleinen Grinsen. Es war das typische Axel-Grinsen, das er immer aufgesetzt hatte, wenn er zu weit gegangen war oder etwas ausgefressen hatte. Es hieß: Ich bin unschuldig, und früher hatte es gut funktioniert.

»Sorry, Poppi, ich … ach, ich musste einfach noch einmal nach oben und alles ansehen.«

Poppi schluckte die Ausrede dankbar. Vielleicht ahnte sie, dass etwas anderes dahintersteckte, aber sie ließ es sich nicht anmerken.

Wieder bezog Axel Stellung im Fauteuil. An Schlaf war jedoch nicht mehr zu denken, denn sobald er die Augen schloss, stand sofort wieder die blutüberströmte Frau vor ihm. Also beschloss er, wach zu bleiben. Dann konnte sich Poppi ausruhen, und er würde sie bewachen.

Als es draußen hell wurde, wachten beide fast gleichzeitig auf. Das heißt, Poppi eine halbe Minute vor Axel, und als er die Augen öffnete, sah sie ihn vorwurfsvoll an.

»Das hat aber nicht nach leichtem Schlaf ausgesehen.«

Axel richtete sich auf und streckte Arme und Beine. Sein Rücken tat höllisch weh, weil er so verdreht gesessen war. Um sich wieder zu lockern, stand Axel auf und machte Rumpfbeugen und Streckübungen.

»Ich bin unschuldig. Der Schlaf hat mich k. o. geschlagen.«

»Wenigstens war es eine ruhige Nacht«, sagte Poppi.

Da konnte Axel nicht zustimmen, aber noch immer behielt er die grausige Begegnung für sich.

Nachdem sie beide die Toilette benutzt hatten, stellte Poppi die Kaffeemaschine an. Sie hatten großen Durst und leerten beide zwei große Gläser Wasser.

»Was tun wir jetzt?«, fragte Poppi.

Ja, was nur?

Ihr erster Weg führte die beiden in das obere Stockwerk, in dem aber alles unverändert schien.

Zum Duschen hatte keiner von ihnen Lust. Sie wollten nicht das gleiche Schicksal wie Dominik erleiden. Also schlüpften sie nur in frische Sachen. Dann kehrten sie nach unten zurück und tranken Kaffee. Er war heiß und stark und tat gut. Ihr Frühstück bestand aus zwei trockenen Toastscheiben.

Ohne sich irgendeine Hoffnung zu machen, zog Poppi am Griff der Terrassentür.

Die Tür leistete nur geringen Widerstand und glitt dann bereitwillig zur Seite. Von draußen schlug ihnen die frische, kühle Meeresluft entgegen. Möwen kreischten über ihnen und zogen Kreise am Himmel. Auf dem felsigen Boden vor ihnen standen noch einige Pfützen, sonst aber wirkte alles wie frisch gewaschen.

Ohne viel zu reden, traten Axel und Poppi ins Freie und blieben auf dem Felsplateau vor dem Haus stehen, das wie eine natürliche Terrasse angelegt war.

Weit, sehr weit am Horizont zog ein langer Lastenkahn dahin. Doch von dort würde sie niemand sehen, ganz egal wie sehr sie auch winkten und sprangen.

Sonst war weit und breit kein Schiff zu entdecken. Auch kein Motorboot. Nichts. Einfach nichts. Nur Wasser.

Der Himmel war wolkenverhangen. Das dunkle Grau kündigte noch mehr Regen an.

»Wir müssen diese Insel erkunden«, beschloss Axel. »Dominik und Lilo sind hier sicher irgendwo. Anders ist das gar nicht möglich.«

30) VERWUNDERUNG

Sie gingen nebeneinander. Poppi spielte die Unerschrockene, aber am liebsten hätte sie Axels Hand genommen. Natürlich tat sie es nicht, was hätte er sich denken sollen? So ging Poppi einfach dicht neben ihm und berührte manchmal wie zufällig seinen Arm mit der Schulter, um sich beschützt zu fühlen.

Axel und Poppi gingen einfach immer geradeaus, bis sie zu der Spitze der Insel gelangten, die am weitesten von der Villa entfernt war. Sie drehten sich um und sahen zum Haus zurück. Stolz ragte es zum Himmel auf, sein unschuldiger Anblick täuschte.

Die ganze Insel war nicht einmal so groß wie ein Fußballplatz, schätzte Axel. Vielleicht hatte sie auch nur die Größe einer Spielfeldhälfte. Er erinnerte sich an die Beschreibung, die ihm Jenny gegeben hatte: wie ein Glatzkopf mit Pickeln.

Ein wenig traf diese Beschreibung sogar zu: Der Fels war leicht gewölbt, und die zerzausten Büsche und das Seegras, das an den steilen Hängen wuchs, hatten Ähnlichkeit mit einem Haarkranz. Ein paar Felsbrocken, die nahe der Villa lagen, erinnerten an Pickel.

Der Wind frischte wieder kräftig auf und wirbelte Poppis Haare durcheinander. Sie fröstelte und schimpfte im Stillen mit sich, keine wärmere Jacke mitgenommen zu haben. Aber wie hätte sie wissen sollen, wo sie landen würde …

Mit der Villa stimmt etwas nicht, dachte Axel. Es war mehr ein Gefühl, das er nicht genau begründen konnte. Das Äußere war frisch hergerichtet und zeigte noch keine Spuren von Möwendreck oder Regenschlieren. Im Glas der Terrassentür und der Bullaugen spiegelten sich die grauen Wolken.

Poppi deutete zu der Stelle, wo die steinernen Stufen von der Anlegestelle zu sehen waren. Sie gingen hin und blickten hinunter zum Steg.

»Alles so wie gestern, glaube ich, es hat sich nichts verändert«, sagte Poppi.

»Bei dem Sturm kann kein Boot gekommen sein.« Axel deutete auf die Wellen, die gegen die Poller krachten, und das Wasser, das hoch aufspritzte. Selbst jetzt, nachdem sich das Unwetter weitgehend beruhigt hatte, war die See noch sehr rau und wild.

Weil sie sich nichts davon erwarteten, stiegen die zwei die Treppe nicht hinunter.

»Ich will sehen, was hinterm Haus ist«, sagte Axel und steuerte die Villa an. Der Felsboden vor und neben ihr war ziemlich kahl, da dort nur kräftige Halme wachsen konnten, die sich in feinen Ritzen mit den Wurzeln festklammerten. Der Platz zwischen Hausmauer und Abhang war breit genug, dass zwei Leute dort nebeneinander gehen konnten. Axel inspizierte die Wände auf beiden Seiten. In einer war das Fenster des Esszimmers, in der anderen das der Küche. Sonst gab es hier keine Öffnungen.

An der Rückseite des Hauses war das Gestrüpp der Hänge bis nach oben vorgedrungen. Es war deutlich zu erkennen, wo Ranken und Äste vor nicht allzu langer Zeit geschnitten worden waren. Einige zeigten noch Spuren von weißem Verputzmaterial. Axel blickte an der langen und hohen Mauer hoch. Sie war glatt und wirkte sehr solide.

Im oberen Stockwerk waren die Bullaugen der Zimmer und des Bades zu sehen. Im unteren Stockwerk war nur ein schmales Fenster, durch das Licht in die Diele und zum Treppenhaus fiel.

Axel blickte über das Gestrüpp hinweg den steilen Hang hinunter. Er fiel ab ins Meer, wo zwischen den tosenden Wellen immer wieder ein paar schroffe Steine zum Vorschein kamen. Es schien nicht ratsam, an dieser Stelle ins Wasser zu gehen, da die Strömung reißend sein musste und die Felsen scharfe Kanten besaßen.

Poppi und Axel kehrten zur Vorderseite der Villa zurück. Als Nächstes nahmen sie sich den Hang vor, der in einen kleinen Strand mündete, zu dem Dominik am Tag zuvor hinunterklettern wollte. Sein Jackett hing noch immer wie eine müde Fahne in den Dornen. Es war triefend nass und hatte nichts Edles mehr an sich. Axel wollte es losreißen, aber Poppi hinderte ihn daran. Vorsichtig und mit Geschick befreite sie das Jackett von den Dornen, und es blieb fast unbeschadet.

Die zwei hatten mehr Erfolg als Dominik und gelangten bis hinunter zu dem schmalen Streifen Kieselstrand. Der größte Teil wurde von Felsen begrenzt, die an einigen Stellen vorsprangen. Sie wirkten dort, als hätte jemand den Stein in scharfe Falten gelegt.

Nichts als Stein, fester, grauweißer Stein.

»Pflanze möchte ich hier keine sein. Die haben sicher kein einfaches Leben«, sagte Poppi, um das Schweigen zu unterbrechen. Axel pflichtete ihr bei.

Sie gingen auf dem kleinen Strand ein Stück auf und ab und mussten einige Male den ausrollenden Wellen ausweichen. Schaumkronen blieben auf den Kieseln zurück und zerplatzten.

»Mit einem Boot kannst du an dieser Stelle nicht landen«, sagte Axel. Poppi stimmte ihm zu. Die Gefahr war zu groß, dass das Boot auf Grund lief.

Als sie alles erkundet hatten, machten sie sich wieder an den Aufstieg. Zum Schluss blieb nur noch das schmale Ende der Insel zu untersuchen, von dem aus sie vorhin über das Meer geblickt hatten. Axel ging ganz nahe an die Felskante heran und blickte in die Tiefe. Die Felswand fiel fast senkrecht nach unten.

»Hier kommt allerhöchstens ein Extremkletterer hoch«, stellte Axel fest. »Klettern ist zwar mein Hobby, aber ich kenne keinen Kameraden, der das schaffen würde. Dabei sind einige von ihnen ziemlich wagemutige Kerle.« Axel zeigte über die Insel wie ein Fremdenführer. »Wir stehen hier auf einem massiven Felsen. Boote können bei nicht zu stürmischer See unten am Steg anlegen, aber nur dort. Das Haus hat einen einzigen Zugang, und das ist die Terrassentür.«

Poppi verstand langsam, worauf er hinauswollte. »Sind wir völlig allein hier auf der Insel?«

»Auch wenn es sehr unwahrscheinlich klingt, es sieht danach aus.« Noch immer erwähnte Axel nichts von der blutüberströmten Frau, die er in der Nacht gesehen hatte. Wo war sie hergekommen und wo befand sie sich jetzt?

»Ist was mit dir? Du machst so ein komisches Gesicht?« Poppi war noch immer die Alte und hatte nichts von ihrem Feingefühl eingebüßt. Ihr konnte man nur sehr schwer etwas vormachen.

»Trotzdem können Lilo und Dominik sich nicht in Luft aufgelöst haben«, sagte Axel schnell, um alle weiteren Fragen von Poppi im Keim zu ersticken. »Sie müssen sich irgendwo auf der Insel befinden. Anders ist das nicht möglich.«

»Und wo bitte?«

Darauf hatte Axel keine Antwort. Weil langes Nachdenken nicht seine Sache war, sondern er immer etwas tun musste, begann er, die Insel erneut abzusuchen. Poppi blieb diesmal in der Nähe der Villa und beobachtete ihn von dort aus. Zum

Glück war Canon Island klein genug, um ihn immer im Auge zu behalten.

Jede Stelle, die er nur irgendwie erreichen konnte, nahm sich Axel vor. Fast eine Stunde kletterte er herum, und Poppi stockte manchmal der Atem, wenn sie ihm dabei zusah. Axel schaffte es, sich an winzigen Felsvorsprüngen festzuklammern und an noch winzigeren mit den Füßen Halt zu finden.

Er hoffte, irgendetwas zu finden, das ihnen weitere Hinweise geben konnte, aber seine Hoffnung erfüllte sich nicht.

Poppi ging unruhig auf und ab. Über ihr schaukelte eine Möwe in der Luft. Da sie sich weit vom Festland entfernt hatte, musste sie hier mit Futter rechnen. Hatte hier jemand Abfälle ins Meer geworfen?

Die Möwe kreischte laut und sauste wie ein Stein vom Himmel. Sie landete im Wasser und erhob sich Sekunden später mit einem Fisch in den Krallen. Bewundernd blickte ihr Poppi nach, wie sie wieder zum Himmel aufstieg. Ihre Augen streiften dabei die Villa, von der sie nur zehn Schritte entfernt stand. Sie sah die Bullaugen im oberen Stock, und ihre Augen wanderten zuerst weiter zur Möwe, um dann aber zurück zu den runden Fenstern zu zucken.

Sie irrte sich wahrscheinlich, aber dunkel hatte sie die Zimmer noch in Erinnerung. Irgendetwas irritierte sie. Ohne Axel etwas zu sagen, lief sie um das Haus herum und blickte zu den Fenstern im ersten Stock hoch.

Jetzt war sie sich ziemlich sicher. Das war eine Spur. Eine heiße Spur.

Vom Westen kam ein Motorengeräusch. Poppi sah in die Richtung und konnte einen weißen Punkt erkennen, der über die Wellen hüpfte.

Ein Motorboot!

Sie winkte mit beiden Armen und schrie so laut, wie sie nur konnte, um Hilfe. Damit der Lenker des Bootes sie auch sicher sah, sprang sie auf und nieder.

Axel kam über eine Felskante hoch. Er war schmutzig und hatte Kratzer an Händen und Füßen. Auch er winkte und brüllte aus Leibeskräften. Er zog seinen Pullover aus und schwenkte ihn über dem Kopf wie eine Flagge.

Als das Boot nicht näher kam, sondern in größerer Entfernung an der Insel vorbeizog, hätte ihre Enttäuschung nicht größer sein können.

»Nicht locker lassen«, feuerte Axel Poppi an. »Knickerbocker lassen niemals locker!«

Wie lange hatte er diesen Spruch nicht mehr gesagt. Gedacht hatte er ihn einige Male in seinem Leben, wenn es für ihn eng wurde, und geholfen hatte er jedes Mal.

Poppi und Axel liefen vor zur Felsnase neben dem Anlegesteg und setzten das Winken und Rufen fort.

Das Boot wurde kleiner und würde bald außer Sichtweite sein. Das Motorengeräusch war kaum noch zu hören.

Entmutigt ließen sie die Arme sinken.

Da fiel Poppi ein, was ihr vorhin aufgefallen war. »Axel, das Haus … die Villa …«

Aber Axel hörte nicht zu. Er deutete auf das Boot. Es zog einen Bogen und kam zurück. Waren sie doch bemerkt worden? Sofort begannen sie erneut zu winken und zu rufen.

31) DIE FALLE

Watanabe stand auf dem Display. Albert Weller konnte spüren, wie die Ader an seiner Schläfe anschwoll, wenn er den Namen las. Er ließ das Handy vibrieren und hob nicht ab.

Mit der Hand fuhr er sich über die Bartstoppeln und erzeugte ein schabendes Geräusch. Zum Rasieren hatte er keine Zeit. Er musste in ein paar Minuten eine Informantin treffen.

Zuerst hatte am Heliport niemand Auskunft geben können. Wie er erst später herausfand, war es der Heliport der Politiker, Milliardäre und Stars. Sie wollten auf schnellstem Weg zu ihrem Helikopter und ohne jede Störung in die Londoner Innenstadt gelangen.

Aufgrund der Prominenz ihrer Klientel herrschte bei den Mitarbeitern und Piloten, die dort verkehrten, die stille Übereinkunft zur Diskretion.

Albert hatte versucht, die Charmekarte auszuspielen. Er kannte seine Wirkung auf manche Frauen und nutzte sie ungeniert, wenn es ihm bei einer Ermittlung weiterhalf. Leider hatte er nicht den Eindruck gehabt, erfolgreich gewesen zu sein. Einer Pilotin, zwei Piloten und drei missmutigen Mitarbeiterinnen des Bodenpersonals hatte er seine Karte mit Name und Telefonnummer gegeben. Für einen kurzen Anruf, falls jemandem doch noch etwas einfiel.

Dieser Anruf war kurz nach Mitternacht gekommen, die Rufnummer war unterdrückt gewesen: Die Anruferin sprach leise und erkundigte sich, wieso er an dem Flug so interessiert wäre.

Mit dieser Frage hatte Weller gerechnet und eine Antwort vorbereitet.

»Der Passagier benötigt ein Medikament, das er im Flugzeug vergessen hat. Daher setzen wir alles daran, ihn ausfindig zu machen. Es handelt sich um ein spezielles Präparat.«

Die Leute, die Dominik fortgebracht hatten, würden diese Erklärung bestimmt nicht schlucken. Aber falls jemand anderes einen Hinweis geben konnte, dann würde eine solche Begründung vielleicht Zweifel und Zögern beseitigen.

»Ich weiß, wo sich der Passagier befindet.«

Albert Weller war schlagartig hellwach gewesen. Mit dem Handy am Ohr war er im Hotelzimmer herumgelaufen.

»Das ist großartig. Ich muss ihm auf dem schnellsten Weg das Medikament überbringen, und zwar unbedingt persönlich.«

»Bis morgen früh müssen Sie warten. Dann können wir uns treffen.«

»Wo?«

»Wo sind Sie gerade?«

Weller hatte den Namen des Airporthotels genannt.

»Ich treffe Sie in der Lobby. Um sechs Uhr.«

Danach hatte die Anruferin aufgelegt.

Jetzt war es drei Minuten vor sechs Uhr am Morgen. Albert Weller vermied den Lift, weil er ihm nicht vertraute, und jagte die Treppen hinunter. Sein Zimmer lag im siebten Stock, und er geriet ziemlich außer Atem.

Die Uhr über der Theke der Rezeption zeigte genau sechs, als er in die Lobby stolperte und sich suchend umsah.

Die kleine Halle war leer. War er zu spät gekommen?

Nein, es war natürlich umgekehrt: Er war rechtzeitig hier, aber seine Informantin verspätete sich.

Erleichtert ließ er sich in einen der Polstersessel sinken. Kaffee wäre jetzt gut, aber es sah nicht so aus, als würde er hier einen bekommen.

An der Rezeption arbeiteten zwei junge Leute. Sie tippten konzentriert auf ihren Laptops, als gäbe es keine andere Welt.

Die Zeiger der Uhr rückten vor. Fünf nach sechs. Zehn nach sechs. Halb sieben?

Weller kontrollierte sein Handy. Kein Anruf, nur eine Nachricht von Watanabe. Er wollte sie schon wegschieben, öffnete sie dann aber doch.

Fliege heute nach London. Erwarte mir Treffen mit den vier Leuten morgen, spätestens übermorgen. Sonst beauftrage ich anderen Ermittler.

Das hatte Weller noch gebraucht: Ihm blieben im besten Fall noch achtundvierzig Stunden, sonst konnte er seine Erfolgsprämie abschreiben.

Wo blieb die Anruferin von gestern? Hatte sie es sich anders überlegt?

Ob sie vielleicht nicht sechs Uhr am Morgen gemeint hatte, sondern am Abend, überlegte Weller fieberhaft.

Nein, das war nicht möglich, weil sie davon gesprochen hatte, er müsse sich bis in der Früh gedulden.

Die eine der beiden Rezeptionistinnen, eine sehr gut aussehende Japanerin, blickte zum ersten Mal auf. Als sie Weller sah, verschwand ihr professionelles Lächeln und wich einer nachdenklichen Miene.

»Mr Weller?«

»Ja.« Weller stand auf und ging zu ihr. Wieso kannte sie seinen Namen, er hatte nicht bei ihr eingecheckt?

Aus einem Fach unter der Theke holte die Rezeptionistin einen Umschlag und reichte ihn Weller. »Das wurde in der Nacht für Sie abgegeben. Sie würden heute auf jemanden warten …«

Ohne Danke zu sagen, entriss Weller der Frau den Umschlag. Etwas mehr Achtung für Gäste würde ihr nicht schaden. Mit dem Finger schlitzte er das Papier auf. Die Nachricht war ein Ausdruck von Google Maps. Ein Ort war mit Filzstift eingekreist. Es war ein Punkt mitten im Meer, Kilometer von der Südküste Englands entfernt. Ein zweites Blatt war ein gezoomter Ausschnitt der Karte, auf dem der Name der Insel zu lesen war: Canon Island.

Albert Weller zögerte, da diese Nachricht auch eine Finte sein könnte, eine falsche Spur, um ihn abzulenken.

Wieso war die Frau nicht persönlich gekommen? Warum wollte sie ihm nicht gegenübertreten?

Watanabes Warnungen über die Gefährlichkeit des Gegners fielen ihm ein, und schlagartig wurde ihm klar, wieso die Frau diesen Weg gewählt hatte.

Prüfend blickte er sich in der Lobby um. Wurde er beobachtet? Aber noch immer war außer ihm und den beiden hinter der Rezeption niemand da.

»Wie komme ich am schnellsten nach …«, er warf einen Blick auf die Karte, »… nach Brighton?«

»Der schnellste Weg ist mit einem Leihwagen, Sir«, erklärte die Rezeptionistin. Als er zustimmend nickte, griff sie bereits zum Telefon, um einen Wagen für ihn zu reservieren.

32) ANGEBISSEN

Die Nachricht an die *Sokratina* lautete schlicht und knapp: *Angebissen.*

Hermes war zufrieden mit Belladonnas Arbeit. Albert Weller war unterwegs nach Brighton und würde von dort ein Boot nach Canon Island nehmen. Dort würde ihn der Fluch der Insel treffen. Lebendig sollte er sie nicht mehr verlassen.

Bevor er sein Ende auf der Unglücksinsel fand, musste aber aus ihm herausgekitzelt werden, ob Watanabe tatsächlich sein Auftraggeber war. Der Verdacht lag nahe, aber Hermes wollte sichergehen.

Nach all den Jahren durfte Watanabe ihm nicht in die Quere kommen. Schon ein paarmal hatte Hermes den Verdacht gehegt, er würde herauszufinden versuchen, an welchen Personen er die Substanz testete. Die Geheimhaltung war aber immer so streng und so lückenlos gewesen, dass er sich bisher keine Sorgen hatte machen müssen, er könnte ihnen jemals auf die Spur kommen.

War es jetzt doch geschehen?

Unter keinen Umständen, nie, niemals durfte es einen Kontakt zwischen den Testpersonen und Watanabe geben. Das würde seine jahrelange Arbeit zunichtemachen.

Aber vielleicht hatte dieser kleine Schnüffler auch etwas anderes im Sinn. In jedem Fall wurde er nicht benötigt, und daher musste er verschwinden.

Belladonna 14 hatte noch eine Neuigkeit: Die Objekte gaben auf der Insel ein Notzeichen und winkten ihr. Sie bekam die Order, sofort hinzufahren und auszuführen, was für diesen Fall vereinbart war.

33) AUS DEM NEBEL

Er hatte nichts getrunken. Keinen Tropfen Alkohol hatte er angerührt, da war sich Dominik sicher. Trotzdem fühlte er sich total verkatert. Sein Kopf hatte das Gewicht eines Betonblocks, und in seinem Hirn hämmerte es wie verrückt.

»Ich habe nichts getrunken«, murmelte er immer wieder.

Aber so ganz sicher war er sich dann doch nicht. Seine Zunge fühlte sich pelzig und dick an. Er hatte entsetzlichen Durst, aber er schaffte es nicht, die Lider zu heben.

Es roch so seltsam um ihn herum. Wenn er den Geruch nur erkennen könnte. Waren das feuchte Ziegel ...?

Wo war er überhaupt? Seine Erinnerung war eine einzige große Lücke. Langsam, nur sehr langsam kam wieder Ordnung in seine Gedanken. Bilder kehrten zurück. Zuerst verschwommen und unscharf, langsam aber deutlicher.

Da war ein Mann gewesen. Weißes Jackett und weiße Hose, dunkle Haare und ein Vollbart. Sehr gepflegt, war Dominik aufgefallen. Nur Dominik fiel so etwas auf, wenn einem Menschen das Blut über das Gesicht rann, die Augen in tiefen dunklen Höhlen lagen und die Lippen schwarz waren. Die weiße Kleidung war voll Blut gewesen, wie bei einem Metzger, der gerade geschlachtet hatte.

Dieser Mann war völlig unerwartet aus dem Zimmer gegenüber aufgetaucht. Dominik erinnerte sich vage daran, dass er beim Anblick des Mannes vor Schreck gestolpert und gestürzt war.

Aber wo war er jetzt? Was war mit ihm geschehen? Noch immer schaffte er es nicht, die Augen zu öffnen.

Dominiks Mund bewegte sich. Er versuchte wieder zu schreien, aber er brachte nur ein Krächzen heraus. Seine Kehle brannte.

Er hörte ein Geräusch. Seine Ohren waren aber genauso schwerfällig wie seine Augen und lieferten keine klaren Signale.

Ein übler Geruch stieg ihm in die Nase. Stinkender Atem, was er besonders hasste. Es musste jemand knapp vor ihm stehen, das Gesicht ganz nahe.

Dominik wollte nach dem Unbekannten schlagen, schaffte es aber nicht.

Diese Schwere. Seine Arme und Beine versagten ihm den Dienst. Was war nur los mit ihm?

Gelähmt, war sein erster Gedanke. Das Entsetzen darüber jagte Adrenalin durch seinen Körper, aber es half auch nichts. Er blieb bleiern und schwer in diesem fremden Raum.

Nicht lockerlassen, machte er sich selbst im Stillen Mut.

Nicht lockerlassen. Knickerbocker lassen niemals locker, fiel ihm plötzlich ein.

Das Motto der Bande von früher hatte er schon fast vergessen gehabt, aber in diesen schrecklichen Minuten drängte es sich wieder vor.

Nicht lockerlassen. Die Augen öffnen. Es musste ihm gelingen, die Augen zu öffnen. Ein wenig zumindest. Einfach nur alle Energie ins Gesicht schicken und die Lider in die Höhe zwingen. Dominik glaubte zu spüren, wie sich seine Wimpern voneinander lösten. Ein winziger Spalt entstand, durch den ein grünlicher Lichtschimmer drang.

Da fiel ihm wieder das Zimmer in der Villa ein. Das Licht in seinem Zimmer war anders gewesen, sicher nicht so grünlich wie an dem Ort, wo er sich jetzt befand. Über sich sah er eine Zimmerdecke. Sie erschien ihm niedrig.

Dominik fühlte noch etwas anderes. Er lag nicht auf dem Rücken, sondern saß halb aufrecht gegen eine Wand gelehnt. Mit viel Konzentration schaffte er es, seinen Brustkorb zu bewegen, leicht zu wippen.

Er saß halb zurückgelehnt, und sein Kopf war nach hinten gekippt. Daher ging sein Blick zur Decke.

In dem schmalen Schlitz, durch den er sehen konnte, tauchte ein Gesicht auf.

Es war eine Frau. Blut rann an ihr herab. Ihre Augen waren leblos und dunkel. Sie beugte sich zu ihm und hielt etwas in der Hand, das sie auf ihn zubewegte.

Das war das Letzte, was Dominik mitbekam.

34) RÜCKKEHR DES GEISTES

Axel lief einfach los und achtete nicht auf Poppi, die ihm dicht folgte und etwas sagen wollte. Das Auftauchen des Bootes war aber auch ihr in diesem Moment wichtiger, und sie begann, laut zu rufen und mit beiden Armen zu winken.

Als das Boot auf den Landungssteg zusteuerte, erkannte Axel, dass es eines dieser Speedboote war, die extrem hohe Geschwindigkeiten auf dem Wasser erreichen konnten.

Poppi wollte nur fort von hier. Wie es aussah, konnten Axel und sie allein nichts erreichen. Sie mussten dringend Hilfe organisieren.

Der Fahrer des pfeilförmigen Bootes drosselte die Geschwindigkeit, als er sich der Insel näherte. Auf den Wellen schaukelte das Boot wie eine Nussschale. Es besaß kein Dach, zum Schutz vor Spritzwasser hatte es nur eine niedrige Windschutzscheibe. Alles an dem Boot war auf Spitzengeschwindigkeit ausgelegt, und jeder unnötige Luftwiderstand sollte verhindert werden.

Gelenkt wurde das Boot von einer sehr schlanken Person, die eine große verspiegelte Sonnenbrille, einen leichten Sturzhelm, einen Schal um Hals und Mund und eine schwarze Windjacke mit grellgrünen Streifen anhatte.

Unter dem hinteren Rand des Sturzhelms schaute ein blonder Pferdeschwanz hervor.

»Haben Sie Empfang? Handyempfang?«, rief Poppi der Frau entgegen.

Der Motor des Bootes schnurrte, als es längsseitig zum Steg gelenkt wurde.

Axel wurde steif und atmete tief ein. Er griff nach Poppis Arm. Sie drehte sich zu ihm und sah ihn fragend an.

»Hier gibt es keinen Empfang. Aber was ist los?«

Die Stimme war dieselbe. Da bestand kein Zweifel.

»Sie haben mich doch gestern hergeflogen. Sie wissen ganz genau, was hier los ist«, sagte Axel laut und energisch.

Die Frau überging den Vorwurf einfach.

»Einen von Ihnen kann ich mitnehmen. Am besten Sie.« Die Fahrerin deutete auf Poppi.

So gerne Poppi auf dem schnellsten Weg von hier fortwollte, würde sie unter keinen Umständen Dominik und Lilo allein zurücklassen.

Die Bootsführerin streckte Poppi eine Hand entgegen, um ihr an Bord zu helfen.

»Schnell, ich kann mit dem Boot hier nicht liegen bleiben, der Rumpf ist zu empfindlich.« Geschickt ließ sie das Boot auf den Wellen tanzen und vermied den Zusammenstoß mit dem Holz des Steges. »Kommen Sie, ich bringe Sie ans Festland.«

»Nein, Poppi. Nicht einsteigen. Tu es nicht«, warnte Axel.

»Ich muss von hier weg. Kommen Sie jetzt.«

Poppi machte einen Schritt nach hinten, um der Hand der Frau auszuweichen. »Nein. Sie müssen die Polizei alarmieren. Sie soll herkommen.«

Ausdruckslos sah die Frau zu Axel und Poppi. Sie spiegelten sich in den großen Gläsern ihrer Sonnenbrille. Wortlos zog sie sich das Tuch vom Gesicht.

Entsetzt schlug Poppi die Hand vor den Mund.

Die Frau nahm auch noch die Sonnenbrille ab.

Axel griff instinktiv nach Poppi und legte ihr den Arm um die Schulter. Das war nicht nur eine fürsorgliche Geste, mit der er Poppi schützen wollte, sondern sie gab ihm auch selber Halt.

»Verrottet?«, sagte die Frau in eisigem Tonfall.

Blut rann ihr von der Stirn in die Augen und über die Wangen. Blut kam auch aus ihrem Mund.

Poppi presste das Gesicht in Axels Ärmel.

Das Letzte, was die Frau den beiden schenkte, war ein böses, hartes Lachen. Danach lenkte sie das Boot weg vom Steg und hinaus auf das Meer. Schon nach einigen Metern zog sie den Gashebel durch und ließ den Motor aufheulen. Der Bug hob sich aus dem Wasser, und das Boot raste davon.

Axel befand sich in Schockstarre. Schon wieder ein blutüberströmter Mensch, genauso wie in der vergangenen Nacht vor der Terrassentür. Es war, als kehrten die Toten von damals zurück.

Nein, nein, nein, das war unmöglich. Das konnte es nicht geben, ermahnte er sich.

»Axel?«

Poppi sah ihn von der Seite mit großen Augen an.

»Axel, was war das? Wieso blutet die Frau? Warum bringt sie dich her und will mich dann abholen?«

Er wusste keine Antwort, aber jetzt konnte Axel seine nächtliche Begegnung auch nicht länger für sich behalten. Poppi und er setzten sich auf den Steg. Stehen war in diesem Moment nicht möglich, aber sie wollten auch nicht gleich zurück in die Villa gehen. Der Wind wurde immer kräftiger und kälter.

»Poppi, ich muss dir etwas erzählen. Da war etwas in der Nacht.«

Erst jetzt bemerkte Axel, dass er seinen Arm noch immer um ihre Schultern gelegt hatte. Er zog ihn schnell zurück. Sie lächelte in einer Mischung aus Verlegenheit und Dankbarkeit.

Mit der kleinstmöglichen Portion an Dramatik schilderte Axel die Begegnung mit der blutenden Frau. Außerdem erzählte er Poppi in einer Kurzfassung, was er in Brighton von Jenny über Canon Island erfahren hatte.

Vor lauter Schreck öffnete Poppi beim Zuhören den Mund ein wenig und schloss ihn nicht, bis er fertig war. Sie fror, und Axel schlug vor, jetzt doch ins Haus zurückzukehren, aber Poppi zögerte nach dem, was sie gerade gehört hatte.

»Alte Geister ruhen unsanft«, sagte sie leise.

Der Zettel auf Lilos Bett. Axel hatte ihn fast vergessen. Die Botschaft passte genau zu dem, was sie gerade erlebten: Alte Geister kehrten zurück. Auch wenn keiner der beiden an Geister glaubte und sie überzeugt waren, es müsse eine »natürliche« Erklärung geben, blieb bei jedem ein Gefühl von ratlosem Grusel.

»Vielleicht habe ich was herausgefunden«, fiel Poppi ein. Sie würden dafür zum Haus zurückkehren müssen, aber das mussten sie in Kauf nehmen. »Ich kann es dir zeigen. Oben, komm.«

Der Wind hatte die Richtung geändert und peitschte die Gischt in ihr Gesicht. Wasser spritzte, und bald würden die Wellen den Steg überspülen. Die steinernen Stufen waren nass und an einigen Stellen rutschig. Um nicht zu stürzen, legten Axel und Poppi ein Stück sogar auf allen vieren zurück. Als sie sich auf dem Platz vor der Villa aufrichteten, war Axel sehr gespannt, was Poppi ausfindig gemacht hatte. Nachdem sie es ihm gezeigt hatte, gingen sie zurück ins Haus, beide sehr aufgeregt über Poppis Entdeckung.

35) DIE RÜCKKEHR

Lilo hob den Kopf.

Es war hell. Das Kissen unter ihr roch feucht und muffig. Überhaupt hatte sie ein sehr klammes, kaltes Gefühl in allen Gliedern. An ihr klebte eine Feuchtigkeit, als wäre sie länger durch dichten Nebel spaziert.

Nebel beschrieb auch ganz gut, was in ihrem Kopf herrschte. Sie stützte sich auf die Ellbogen und blickte um sich.

Langsam schaffte sie es, sich zu orientieren. Es kam ihr vor, als würde sie das Zimmer kennen. Es war ihr nicht sehr vertraut, aber sie war hier schon einmal gewesen. Als sie die beiden Bullaugen erblickte, kehrte die Erinnerung schlagartig zurück.

Canon Island. Die Villa. Poppi, Axel und Dominik. Streit und Wut. Sie war auf ihr Zimmer gegangen und dann …?

Neben dem Bett stand ihr Koffer. Lilo öffnete ihn und suchte ihr Waschzeug heraus. Der Geschmack in ihrem Mund war schrecklich, und sie wollte sich die Zähne putzen.

Wie spät war es überhaupt? Als sie ihr iPad mini aufklappte und auf die Zeit sah, runzelte sie die Stirn.

Es war neun Uhr am Morgen. Sie war doch schon früh am Abend auf ihr Zimmer gekommen. Hatte sie wirklich so lange geschlafen? Wie konnte das sein?

Als sie das Zimmer verließ, fühlte sie ein leichtes Pochen hinter den Schläfen. Kopfschmerzen kündigten sich an, und die konnten bei ihr heftig ausfallen.

Als sie die anderen Zimmertüren sah, wurde sie an Dominiks Verschwinden erinnert. Wie hatte sie schlafen können? Sie hätten ihn doch suchen müssen. Sie konnten nicht einfach nur abwarten.

Was war nur los mit ihr? Wieso war sie so benebelt?

Die Tür rechts von ihr flog auf. Lilos Herz machte einen Sprung und hämmerte dann so stark, als wollte es durch ihre Rippen brechen.

In der Tür stand ein bleicher Dominik, der tiefe Schatten unter den Augen hatte. Er trug nur Boxershorts und starrte Lilo verschlafen an.

»Du …? Wo warst du? Wann bist du zurückgekommen?«, stammelte Lilo herum.

»Ich habe … da war ich … mir ist schlecht.« Dominik wankte an ihr vorbei in Richtung Toilette und schlug die Tür hinter sich zu.

Was sie aus dem Badezimmer hörte, klang nicht sehr gut. Lilo klopfte.

»Brauchst du Hilfe?«

»Nein.«

Trotzdem blieb Lilo stehen und wartete. Sicher war sicher.

Unten redeten Poppi und Axel.

»Hallo«, rief Lilo.

Ihre Freunde kamen die Treppe heraufgerannt und starrten sie an, als wäre sie ein Geist.

»Wo warst du?«, fragte Poppi atemlos.

»Wo soll ich gewesen sein?«

»Du warst weg!«

»Weg, wieso sollte ich weg gewesen sein? Ich habe doch nur geschlafen.«

»Nein, dein Zimmer war leer. Genauso leer wie Dominiks Zimmer. Ihr wart beide einfach fort. Beide. Spurlos verschwunden.« Aus lauter Freude über Lilos Auftauchen lief Poppi zu ihr und drückte sie fest an sich. Zuerst sträubte sich Lilo kurz, dann aber erwiderte sie die Umarmung.

»Ist Dominik auch wieder da?«, wollte Axel wissen.

Lilo deutete mit dem Daumen auf die Badezimmertür. Dahinter rauschte Wasser. Als Dominik aus dem Bad trat, waren seine Haare klatschnass. Er musste den Kopf unter den Wasserhahn gehalten haben.

»Mir ist so schlecht«, stöhnte er.

»Wo warst du?«, bestürmten ihn alle.

»Ich … ach.« Mehr brachte Dominik fürs Erste nicht heraus.

»Zieh dich an«, schlug ihm Axel vor. Zu Lilo sagte er: »Kommt runter. Wenn ihr Hunger habt, mache ich euch was. Ihr müsst uns alles erzählen.«

Lilo verzog das Gesicht. »Was soll ich erzählen? Ich habe geschlafen. Sonst nichts. Oder doch?«

»›Oder doch‹ trifft eher zu«, sagte Axel. Für lange Erklärungen war keine Zeit. Poppi und Axel hatten jetzt etwas Wichtiges zu untersuchen. Sie öffneten Zimmertür nach Zimmertür und zählten.

»Vier in den Zimmern«, meldeten sie gleichzeitig. Als Letztes gingen sie ins Bad. Als sie wieder heraustraten, waren sie noch aufgeregter als vorher. »Nur eines an jeder Seite«, hörte Lilo Axel sagen.

Poppi klatschte in die Hände. »Dann habe ich richtig gesehen.«

Lilos Blick wanderte zwischen ihnen hin und her. »Sagt mir endlich jemand, worum es hier geht?«

»Gleich. Mach dich fertig. Wir brauchen nicht mehr lange.«

Weil sie noch leicht benommen war, zuckte Lilo nur mit den Schultern und ging in ihr Zimmer zurück.

»Meinst du, es kann wirklich so sein?«, wollte Poppi von Axel wissen.

Axel nickte langsam. »Gut möglich. Es wäre eine Erklärung, wieso wir Lilo in der Nacht rufen gehört haben.«

»Aber wir haben keine Geheimtür und keine Klappe finden können. Wie soll dort jemand rein- oder rauskommen?«

Auch damit hatte Poppi recht, aber wahrscheinlich mussten sie einfach nur länger suchen.

Lilo kam mit Kleidung im Arm aus ihrem Zimmer. Sie ging an Axel vorbei, der noch beim Bad stand und durch die offene Tür nachdenklich die Wand musterte.

»Rein oder raus?«

Axel winkte ab. »Am besten nicht hinein.«

»Wieso? Bleibst du lieber dreckig?«

»Nein.«

Sollte er jetzt schon erläutern, was Poppi entdeckt hatte?

»Kannst du klar denken?«, fragte er Lilo.

»Ich habe einen doppelten Master in Mathematischer Physik und Technischer Chemie. Das sollte reichen. Oder nicht?«

Abwehrend hob Axel die Hände. »Ich habe doch nur gemeint, ob du wieder ganz bei dir bist?«

»Ach so.« Lilo atmete tief aus. Es ging ihr von Minute zu Minute besser, aber ganz die Alte war sie noch nicht. »Tut mir leid. Ich bin wohl noch nicht hundertprozentig wieder da.«

Axel drückte verlegen herum. »Lilo, kannst du die Tür vielleicht offen lassen, wenn du ins Bad gehst?«

»Was?« Lilo sah ihn an, als wäre er verrückt geworden.

»Es wäre besser. Ich erkläre dir, warum, aber dazu musst du wieder zu dir kommen.«

»Kannst du mich selbst entscheiden lassen, was ich aushalte und was nicht?«

»Kannst du aufhören, mich ständig anzufauchen, sobald ich irgendetwas sage?«

Sie standen einander gegenüber wie zwei Streithähne. Poppi eilte herbei und stellte sich zwischen die beiden. »Schluss damit. Hört auf. Wir müssen jetzt alle zusammenhalten.«

»Echte Knickerbocker eben«, hörte sich Lilo sagen. Es war ihr einfach so entschlüpft.

Axel und Lilo entspannten sich. Beide grinsten sogar einen Moment schwach.

»Kurze Erklärung, damit du mich verstehst: Poppi ist aufgefallen, dass das Haus an der Frontfassade sechs Bullaugen hat, innen aber nur fünf. Auf der Rückseite ist es genauso: außen sechs Bullaugen, innen aber auch nur fünf, in jedem der beiden Zimmer zwei und ein Bullauge im Bad.«

Lilo, die aus alter Gewohnheit und vielleicht auch infolge einer Berufskrankheit, grundsätzlich nichts glaubte, beugte sich durch die Badezimmertür und schaute in jedes Zimmer. Sie zählte halblaut und konnte Poppis Beobachtung nur bestätigen. Es gab vier Zimmer. Zwei gingen nach vorne raus, zwei nach hinten. Das Badezimmer erstreckte sich über die gesamte Querseite. Jedes Schlafzimmer besaß zwei Bullaugen, im Badezimmer gab es nach vorne und hinten je ein Bullauge. Machte fünf Bullaugen auf der Vorderseite und fünf auf der Rückseite.

Lilo lief aus dem Haus und fand dasselbe heraus wie Poppi und Axel vor ihr.

Außen an der Hausmauer waren aber jeweils sechs Bullaugen zu sehen. Das konnte nur bedeuten … Lilo, die ihre Nasenspitze heftig massierte, folgerte das Gleiche wie Axel und Poppi. »Hinter dem Bad muss es noch einen Raum geben.«

Sie trat ins Badezimmer und begann, die Hinterwand abzutasten.

»Hier habe ich schon gesucht«, erklärte Axel.

Lilo öffnete den Mund, um zu sagen, dass er ja etwas übersehen haben könnte, verkniff es sich dann aber.

Als Lilo die Wand abklopfte, klang es nicht hohl. Es schien sich um eine echte Mauer zu handeln, hinter der sich aber trotzdem noch ein schmaler Raum befinden musste. Weil sie im Augenblick nicht weiterkam, beschloss Lilo, zuerst einmal zu duschen.

»Poppi kann ja hierbleiben und aufpassen.«

»Das mache ich.« Poppi war einverstanden. Sie würde nahe der Treppe bleiben und sofort um Hilfe rufen, falls es nötig wäre.

Dominik kam aus seinem Zimmer. Er war gekleidet, als wäre er unterwegs zu einer noblen Party. Auf die verwunderten Blicke der anderen murmelte er: »Ich war nicht darauf vorbereitet, wie Robinson Crusoe auf einer einsamen Insel zu stranden.«

»Du siehst richtig gut aus«, stellte Poppi fest.

»Danke.« Dominik deutete Lilo, ihn kurz ins Badezimmer zu lassen.

»Tür nicht schließen, zu gefährlich«, sagte Lilo knapp.

Nach den Erlebnissen in der vergangenen Nacht war es Dominik fast recht. Seine Freunde warteten auf dem Gang, während er sich die Zähne putzte und rasierte.

»Was tut man in Mathematischer Physik und Technischer Chemie?«, wollte Axel von Lilo wissen.

»Rätsel lösen auf wissenschaftlich«, lautete ihre Erklärung. »Statt Experimente zu machen, rechne ich das Ganze aus.«

»Du bist also ein Superhirn geblieben«, sagte Poppi und spielte auf Lilos Spitznamen von früher an.

»Rätsel bleibt Rätsel. Auch wenn es grau und sehr theoretisch klingt, mir macht es Spaß.«

»Wo lebst du jetzt?«, fragte Axel.

»In Innsbruck.«

»Also nicht weit von deinen Eltern«, bemerkte Poppi.

Schlagartig veränderte sich Lilos Miene. Sie schwieg.

»Habe ich was Falsches gesagt?«

»Nein, nein. Das kannst du ja nicht wissen.«

Nun war es an Poppi, still zu bleiben. Sie ahnte, es würde etwas Trauriges kommen.

»Meine Eltern sind bei einem Autounfall tödlich verunglückt.«

Axel und Poppi wussten nicht, was sie sagen sollten. Lilo spürte es und setzte schnell fort: »Bitte kein Mitleid, bitte kein ›Es tut mir so leid!‹. Es war vor zwölf Jahren, und ich will nicht viel darüber reden. Ein betrunkener Autofahrer ist ihnen auf einer Landstraße entgegengekommen und hat ihren Wagen gerammt.«

Poppi presste beide Hände vor den Mund. Das Natürlichste für sie wäre gewesen, Lilo zu trösten, aber Lilo gab ihr energisch zu verstehen, dass sie es bleiben lassen sollte. Leise ergänzte sie: »Ich bin eine dieser schrulligen Frauen geworden, die jede Woche zu einem Grab geht und mit den Verstorbenen redet.«

In diesem Moment wusste Poppi einfach nicht, was sie sagen sollte. Ihre Rettung war Dominik, der das Badezimmer verließ.

»Es liegt mir fern, mich zu beschweren, aber es wundert mich schon, wieso mein Zustand sich in so kurzer Zeit so dramatisch verbessert hat.«

Lilo meinte nach einer Sekunde, in der sie in sich hineingehorcht hatte: »Bei mir ist es so ähnlich. Ich war völlig vernebelt, aber jetzt bin ich wieder sehr klar. Dabei habe ich nichts dafür getan.«

»Kannst du dich erinnern, uns in der Nacht gerufen zu haben?«, fragte Axel.

»Gerufen? Euch? Ich habe da was geträumt. Ich war wie in einer riesigen Dose. Aber meine Augen wollten nicht richtig aufgehen. Also habe ich nach euch gerufen. Aber dann war da …« Sie brach ab, weil sie an ihrer eigenen Erinnerung zweifelte.

»Ich kann mich an jemand erinnern, der schrecklichen Mundgeruch hatte, und …« Dominik hörte mitten im Satz zu reden auf.

»Und was?«, drängten Axel und Poppi zu erfahren.

»Da war ein Mann.«

»Und eine Frau.«

»Voller Blut.«

»Blut überall.«

»Die alten Geister«, flüsterte Poppi.

Lilos Bewachung musste doch Axel übernehmen. Er saß auf dem Boden des Ganges mit dem Rücken zum Bad und wartete, bis sie fertig war. Poppi hatte der Mut verlassen. Sie ging mit Dominik in die Küche.

»Meine Zunge fühlt sich an wie ein trockener Schwamm«, erklärte Dominik.

Poppi füllte ein Glas mit Wasser aus dem Wasserspender, und Dominik leerte es mit gierigen Schlucken. Zwei weitere mussten folgen, bis sein Durst halbwegs gestillt war.

»Hast du Stichwunden?«, fragte Poppi auf einmal.

Dominik sah sie zweifelnd an. »Hast du mich gerade nach Stichwunden gefragt?«

»Ja. Nadelstiche. Einstiche von einer Injektionsnadel.«

»Wieso sollte ich so etwas haben?«

»Kann ich deine Arme sehen?«

»Glaubst du vielleicht, ich fixe?«

»Nein.« Poppi winkte heftig ab. »Natürlich glaube ich das nicht. Aber ich habe da einen Verdacht, und dafür müsste ich dich absuchen. Deine Arme und vielleicht sogar dein Hinterteil.«

»Das ist nicht dein Ernst.«

Aber Poppi war es sehr ernst. »Ich bin Ärztin und habe ein Auge für so etwas.«

»Tierärztin«, korrigierte sie Dominik.

»Das ist jetzt egal. Die Humanmedizin und die Veterinärmedizin haben ihre Ähnlichkeiten.«

Widerstrebend begann Dominik, sein Hemd auszuziehen. Poppi beugte sich sehr nahe über ihn und betrachtete prüfend jeden Zentimeter Haut.

»Jetzt noch hinten, bitte.«

»Ich kann nicht glauben, dass ich das tue.« Dominik drehte sich so, dass er Poppi seinen Allerwertesten zuwandte, und ließ seine Hose hinunter. Weil er zögerte, half Poppi bei den Boxershorts nach. Ein kurzer Blick genügte.

»Mir ist jetzt einiges klar«, meldete sie sich. Sofort zog sich Dominik wieder an.

»Bist du wie die Forensiker in den Krimis? Oder wie eine Pathologin?«

»Ich bin besser«, sagte Poppi mit einem kleinen Lächeln.

Dominik lächelte zurück. Er spürte jetzt auch seinen Hunger, und Poppi wärmte für ihn die Reste der Spaghetti in der Mikrowelle. Gierig machte sich Dominik darüber her.

Sie setzte sich ihm gegenüber an den Tisch und sah ihm beim Essen zu. Weil sie aber nicht nur schweigend dasitzen wollte, redete sie über die Serie *Bad Boys,* in der sie Dominik gesehen hatte. »Gratulation. Ist sehr spannend. Ich mag auch deine Rolle als Nikolaus Kramer, obwohl du ziemlich fies bist.«

»Hättest du mir nicht zugetraut, was?«

Poppi schmunzelte. »Na ja, früher hast du nie die Bösen gespielt. Ich kann mich noch daran erinnern, wie du den kleinen Mozart gespielt hast oder den Gavroche in *Les Miserables.*«

»Das habe ich schon verdrängt.« Es war Dominik anzusehen, wie er sich genierte.

»Hast du nicht, Blödsinn!«, entgegnete Poppi. »Wieso schämst du dich dafür? Meine Mutter hat dich immer bewundert. Ich glaube, sie hätte mich auch gerne auf der Bühne oder im Fernsehen gesehen.«

»Ach, ich will nicht mehr ständig an früher erinnert werden.«

»Wieso nicht? Was war so schlecht?«

Dominik sah Poppi lange an und zögerte mit der Antwort.

»Erwachsene haben mich immer so süß gefunden. Und ihr habt mich nie ernst genommen. Ich war immer nur Dominik, der so kompliziert redet.«

Poppi runzelte die Stirn. »Das finde ich gar nicht. Du warst nur manchmal so altklug, und das hat uns genervt, aber nur ein bisschen. Wir haben vielleicht manchmal über dich gelacht und auch über deine Rollen am Theater und im Fernsehen gewitzelt. Aber ganz ehrlich: Ich habe dich auch immer bewundert.«

Dominik ließ die Gabel sinken, auf die er gerade wieder ein dickes Knäuel Spaghetti gewickelt hatte.

»Meinst du das ernst?«

»Was denn sonst?«

»Hm. Na ja, ich habe das so nicht gesehen.«

»Deine Eltern müssen riesig stolz auf dich sein. Du hast Karriere in den USA gemacht.«

Ein kurzes Schnauben war die Antwort.

»Sind sie nicht stolz?« Poppi konnte das nicht glauben. Dominiks Eltern waren beide Schauspieler.

»Meine Eltern sind geschieden. Meine Mutter hat einen unglaublich reichen Mann geheiratet, der mit Spezialschrauben für Autos handelt, und spielt die feine Lady. Am liebsten würde sie ihre Vergangenheit als Schauspielerin löschen. Ich bin nur dann gut, wenn sie mit mir bei ihren neuen ›Freundinnen‹ angeben kann.«

»Und dein Vater?«

Dominik grinste bitter. »Mein Vater findet, dass ich ›den Beruf entehre‹ und das bisschen Talent, das ich habe, an schwachsinnige Rollen vergeude. Für ihn müsste ich ›ernsthaftes‹ Theater spielen und tolle Kritiken bekommen.«

»Nicht sehr nett«, sagte Poppi.

Es war Dominik anzusehen, wie sehr ihn die fehlende Anerkennung seiner Eltern kränkte.

»Dafür lebe ich in den USA und habe eine Wohnung in New York am Central Park«, fuhr er fort. »Ich bin zu den coolsten Partys eingeladen und treffe viele andere Stars.«

»Macht das glücklich?«, wollte Poppi wissen. Sie stellte die Frage mehr nebenbei, aber Dominik explodierte.

»Natürlich macht mich das glücklich. Ich habe mein Apartment, und mein Vertrag ist gerade wieder verlängert worden. Wir drehen eine vierte Staffel und sechsundzwanzig neue Folgen. Klar bin ich glücklich.«

»Entschuldige, ich wollte dich nicht so aufregen.«

Dominik atmete tief durch. Er war über sich selbst erstaunt. Wieso war er so in die Luft gegangen?

Poppi wechselte schnell das Thema. »War sicher nicht einfach, in Amerika so Fuß zu fassen.«

»Das war es tatsächlich nicht.« Dominik erinnerte sich an seine Anfangszeit in Hollywood: »Ich bin für eine kleine Rolle nach Hollywood gekommen. Mein Traum war natürlich zu bleiben, mich in Hollywood zu etablieren, aber bis dahin war es ein langer Weg. Zwei Jahre lang habe ich mich als Privatlehrer für Deutsch über Wasser halten müssen. Meine Schülerinnen waren gelangweilte reiche Damen … Aber dann habe ich eine Rolle in *Class Reunion* bekommen.«

Poppi erinnerte sich an den Film. Es war ein Horrorfilm über das Treffen von Männern, zehn Jahre nachdem sie ihren Abschluss gemacht hatten. Dominik hatte einen deutschen Austauschschüler gespielt, der sich am Ende als Killer entpuppte. Poppis Mann hatte sich den Film mit seiner »Buben-Bande«, wie er die alten Freunde aus Schultagen nannte, angesehen. Für Poppi war Horror nichts, aber Klaus fand Dominik in dem Film »ganz nett«. Das war die höchste Stufe an Begeisterung, die er zeigen konnte.

»Wieder sind zwei Jahre verstrichen«, fuhr Dominik fort, »doch mittlerweile habe ich nicht mehr jobben müssen, sondern habe mich mit ein paar kleinen Auftritten in Serien über Wasser halten können. Als ich dann die Rolle in ›Bad Boys‹ bekommen habe, bin ich nach New York übersiedelt, wo die Serie gedreht wurde, und habe das erlebt, was man als Durchbruch bezeichnet.«

In seine Erzählung rutschte unbeabsichtigt eine Bemerkung über Liz hinein.

»Wenn ich mit Liz in Restaurants gegangen bin, haben andere Gäste sie manchmal scherzhaft vor mir gewarnt.«

»Liz? Deine Frau?«, fragte Poppi.

Dominik sank in sich zusammen. Er schob den Teller von sich, obwohl er noch nicht aufgegessen und eigentlich noch Hunger hatte.

»Meine Freundin. Oder ich sollte wohl besser sagen: meine Ex-Freundin.«

»Oh. Das tut mir leid.« Poppi meinte es ehrlich.

»Mir auch. Das kannst du mir glauben. Liz ist eine Klassefrau, aber wahrscheinlich bin ich eben kein Klassemann für sie. Ich war so stolz auf sie. Für mich war es einfach ein großartiges Gefühl, eine tolle Frau wie Liz erobert zu haben.«

Poppi verzog wieder das Gesicht. »Dominik, du redest wie ein Ritter im Mittelalter. Liebst du sie?«

Zum zweiten Mal hatte Poppi einen Treffer bei Dominik gelandet. Er strauchelte wie in einem Boxkampf. »Äh, natürlich.

Natürlich liebe ich sie, aber das ist doch egal. Sie will ohnehin nichts mehr von mir wissen.«

»Darf ich fragen, wieso?«

Dominik sah Poppi stumm an. So wie mit ihr redete er in Amerika nur mit seinem Therapeuten, und den hatte er schon längere Zeit nicht mehr gesehen.

»Ach, sie behauptet, ich hätte was gesagt … Ach, ich … also … es ist manchmal alles so anstrengend. Und dann …« Es war sonst nicht Dominiks Art herumzustottern.

»Lass mich raten: Du trinkst manchmal zu viel, manchmal nimmst du vielleicht auch Drogen zum Aufputschen, und wenn du zu viel getrunken hast, wirst du aggressiv.«

»Keine Drogen, aber alles andere stimmt leider. Wieso weißt du das?«

Poppi wollte nicht zugeben, dass sie ihr Wissen aus den Fernsehserien bezog, die sie so liebte.

»Schon einmal daran gedacht, einfach nicht mehr zu trinken?«

»Du hast keine Ahnung von meinem Leben. Du hältst ein paar Hunden die Pfote, und das ist dann auch schon Stress für dich.«

»Das ist völliger Quatsch, und du solltest dich entschuldigen.« Poppi ließ ihn spüren, dass er sie beleidigt hatte.

»Tut mir leid. Aber dein Beruf ist im Vergleich zu meinem ein Kinderspiel.«

»Wir können gerne tauschen. Du kannst gerne einmal um das Leben eines Hundes kämpfen, der von seinen Besitzern über alles geliebt wird.«

Dominik grinste verlegen, sagte aber nichts.

»Du solltest vielleicht einmal zur Entspannung ein paar Dinge ausprobieren: tief durchatmen, lange Spaziergänge im Wald unternehmen, singen, tanzen, und das Wichtigste: Freude an dem haben, was du hast und was du tust.«

»Bist du im Nebenjob Kummertante oder Hobbypsychologin?«

Wieder schwieg Poppi, denn auch diese Weisheiten hatte sie aus Filmen und aus ihren beiden Lieblingsbüchern, die andere als »triefenden Schmalz« abgetan hätten.

Von oben kam Axel, gefolgt von Lilo, die noch feuchte Haare hatte.

»Gibt's was zu essen?«, fragte Lilo.

Von den Spaghetti war nur übrig, was Dominik stehen gelassen hatte. Axel bot ihr einen Schinken-Käse-Toast an, und Lilo war sofort einverstanden. So hungrig wie vorhin Dominik verschlang Lilo den Toast, und Axel machte ihr noch einen zweiten. Danach trank auch sie Wasser, durstig wie ein Kamel nach einem Ritt durch die Wüste, wie Poppi bei sich dachte.

Die vier setzten sich im Wohnzimmer zusammen. Es war der erste ruhigere Moment, seit sie einander getroffen hatten.

Poppi blickte in die Runde und fragte: »Könnt ihr es fassen, dass wir hier wieder so sitzen wie früher?«

»Und wieder sitzen wir ziemlich tief in der Patsche«, ergänzte Dominik.

Lilo leckte die Krümel vom Teller. Als es über ihnen knackte, hielt sie inne und blickte nach oben. Sie deutete den anderen, weiterzureden und so zu tun, als hätten sie nichts gehört. Dominik verstand und begann, belangloses Zeug über New York zu erzählen. Lilo flüsterte: »Redet lauter. Es soll klingen, als wären wir alle hier.« Lilo signalisierte ihnen stumm, dass sie nach oben schleichen wolle, um nachzusehen, wer dort war.

Es gab keinen Zweifel. Es musste außer ihnen noch jemand hier sein. Aber wer konnte das sein?

Poppi fand Lilos Idee, allein hinaufzugehen, nicht sehr gut. Doch als Axel ihr folgen wollte, zeigte Lilo energisch auf das Sofa. Er sollte sitzen bleiben und sich an dem Gespräch beteiligen. Axel konnte nichts anderes tun, als Lilos Wunsch nachzukommen. Früher hatte sie fast immer gewusst, was sie tat. Hoffentlich hatte sich das nicht geändert.

Die besorgten Blicke von Dominik, Poppi und Axel folgten Lilo, als sie im Esszimmer verschwand.

37) EINE VILLA ALS GRUFT

Brighton Marina stand auf dem Schild. Albert Weller folgte dem Pfeil und fuhr die schneckenförmige Abfahrt hinunter. Die modernen Hochhäuser, die hier errichtet worden waren, schienen so gar nicht zu den romantischen weißen Gebäuden zu passen, an denen er auf der Uferstraße vorbeigefahren war.

Der Hafen für Segelboote und Motorboote war nicht schwierig zu finden. Die vielen Masten erinnerten an die Finger von Kindern, die in der Schulklasse aufzeigten, weil sie die Antwort wussten.

Weller stellte den Mietwagen auf dem kleinen Parkplatz beim Hafen ab und stieg aus.

Irgendwie musste er jetzt zu einem Boot kommen. Am liebsten wäre es ihm gewesen, ein Boot zu mieten, das er selber lenken konnte. Dann müsste er niemandem Rechenschaft darüber ablegen, wohin er wollte. Aber da er keinen Führerschein für Motorboote besaß, würde er hier wahrscheinlich keines bekommen.

Entlang der Marina reihte sich ein Restaurant an das nächste. Dazwischen gab es Realitätenbüros, die Wohnungen in den gerade erst erbauten Hochhäusern anboten, Läden für Bade- und Tauchsachen und auch ein Büro für Bootscharter.

Es war geschlossen.

Die Öffnungszeiten beschränkten sich auf nachmittags von fünfzehn bis achtzehn Uhr.

Weller warf die Arme in die Höhe und ärgerte sich. Wie sollte er jetzt von hier nach Canon Island kommen? Gab es niemand anderen, der Boote vermietete?

Am Vormittag, noch dazu in der Vorsaison, waren im Hafen kaum Menschen unterwegs.

Sein Handy vibrierte. Es war eine Nachricht von Watanabe.

Landung morgen Samstag 06.10 Uhr. Heathrow. Wo treffen wir uns?

Natürlich würde Weller ihm antworten, aber nicht jetzt, denn nun gab es Wichtigeres. Zuerst musste er ein Boot finden, das ihn nach Canon Island brachte. Er sah über den Wald aus Masten der Segelboote.

»Sorry!«

Jemand war in ihn hineingelaufen.

»Alles okay«, sagte er.

Eine junge Frau mit dunklem Krauskopf und Stirnband sah ihn prüfend an.

»Sind Sie vielleicht Mr Simons?«

»Nein.«

Die Frau blickte über seine Schulter zum Hafen hinunter. Dort aber war niemand zu sehen.

»In Zukunft lasse ich mir alles im Voraus bezahlen.«

»Probleme?«

»Ach! Ein Tourist wollte mein Boot chartern, und jetzt warte ich schon seit einer Stunde auf ihn. Weil er es gleich für den ganzen Tag mieten wollte, habe ich alle anderen Anfragen abgelehnt. Jetzt verdiene ich gar nichts.«

»Ist es ein Motorboot?«

»Ja. Wieso?«

»Ich brauche eines. Dringend.«

»Nehmen Sie meines.« Sie nannte den Preis, der Weller aber ohnehin egal war.

»Ich brauche nur Ihren Pass, und Sie müssen im Voraus zahlen.«

Hocherfreut über sein Glück war Weller mit allem einverstanden. In wenigen Minuten war der Handel abgeschlossen, und die Frau führte ihn zu einem Speedboot für zwei Personen. Weller staunte, als er es sah. Boote dieser Art zu mieten kostete in Miami mindestens zweimal oder sogar dreimal so viel.

»Kennen Sie sich aus?« Die Frau reichte ihm den Zündschlüssel.

Zur Sicherheit ließ sich Weller das Wichtigste erklären. Er war schon öfter Motorboot gefahren, aber jedes Boot hatte seine Eigenheiten. Eine Panne auf dem Meer konnte er sich nicht leisten.

»Wo finde ich Ihr Büro, wenn ich zurückkomme?«

Die Frau deutete zu den Restaurants. »Erster Stock. Über dem *Brighton Speed*. Nicht zu verfehlen.«

Albert Weller verabschiedete sich und ließ den Motor an. Das Boot schoss los, als er den Gashebel betätigte. Um ein Haar hätte er gleich ein Segelboot gerammt. Mit einem entschuldigenden Blick drehte er sich zur Kaimauer um, auf der er gerade noch mit der Frau geredet hatte.

Sie stand nicht mehr dort.

So unbeobachtet, wie er sich glaubte, war er aber nicht. Die Frau war nur in einen Durchgang zwischen den Restaurants getreten und sah ihm von dort aus nach. Sie fürchtete einen Augenblick, der Plan könnte schiefgehen, weil dieser ungeschickte Amerikaner das Boot mit einem Autodrom verwechselte. Als Weller dann aber sicher aus der Mole steuerte, war sie erleichtert. Sie zog sich die Perücke vom Kopf und lockerte ihre blonden Haare, die feucht am Kopf klebten. Als Nächstes nahm sie das abhörsichere Handy aus ihrer Jackentasche und drückte die Kurzwahl.

»Er hat das Boot und ist unterwegs. Und ich habe seinen Pass.«

An Bord der *Sokratina* war man zufrieden. Belladonna 14 hatte soeben alle Voraussetzungen erfüllt, um den lästigen Ermittler spurlos verschwinden lassen zu können.

Weniger zufrieden war Hermes aber mit den Ereignissen auf Canon Island. Dort lief nicht alles nach Plan. Dabei war die Aufgabe so einfach und hätte von jedem halbwegs intelligenten Menschen ausgeführt werden können. Hermes hasste jede Form von Unfähigkeit und Dummheit und hätte am liebsten vor Wut die teure Teakeinrichtung der Jacht zertrümmert. Durch tiefes Durchatmen gelang es ihm aber, sich selbst zu beruhigen.

Der Plan hatte vorgesehen, Dominik, Axel, Lilo und Poppi mit den blutenden Geistern von früher zu konfrontieren. Mehr war nicht gefordert gewesen. Wichtig wäre nur gewesen, dass die vier den Geistern jeweils allein, also nacheinander, begegneten, um die individuellen Reaktionen und die anschließenden Diskussionen beobachten zu können.

Aber dann hatte dieser eingebildete Bursche seinen Mitarbeiter überrascht, als der sich gerade die Maske aufsetzte. Noch dazu war dieser Schnösel, dessen Nerven dünn wie Seidenfäden sein mussten, auch noch gestürzt. Mögliche Verletzungen kümmerten Hermes nicht, dass der Bursche durch seine Beobachtung aber den Plan stören könnte, schon. Daher hatte er sich entschlossen, ihn über Nacht beiseiteschaffen zu lassen, um den geplanten Ablauf des Experiments weitgehend unverändert lassen zu können. Die hohe Dosis Betäubungsmittel sollte seine Erinnerung trüben und ihn stark verwirrt erscheinen lassen.

Seine Kollegin, die früher immer »Superhirn« genannt worden war, hatte Hermes zur Sicherheit auch über Nacht wegbringen lassen. Sie hätte bestimmt wie verrückt überall zu suchen begonnen und wäre möglicherweise zu früh auf Dinge gestoßen, die sie nicht sehen sollte.

Den anderen zwei hätte er nicht zugetraut, dass sie so schnell hinter eines der alten Geheimnisse von Canon Island kommen. Es war eine ziemliche Überraschung für Hermes, was er in der Mitschrift der Gespräche las.

Nun war er gespannt, wie die nächsten Stunden verlaufen würden. Um diesen Privatdetektiv würden sich seine Mitarbeiter auf Canon Island kümmern. Im Gegensatz zu Lilo und Dominik war nicht geplant, dass er die Insel wieder verließ.

Für ihn würde die Villa zu einer Gruft werden.

So war es geplant, und Hermes empfand kein bisschen Mitleid für ihn. In den Jahren seit seinem tragischen Unfall war jedes Mitgefühl einer eisigen Kälte im Kampf um Gewinn und zum Nutzen seiner Forschungen gewichen.

Die Ergebnisse der nächsten Tage könnten der Schlüssel zu ungeheuren neuen Einnahmen sein. Das Material, das über so viele Jahre lang gesammelt worden war, und die Ergebnisse der laufenden Testreihe waren – wenn alles weiter so gut verlief – ein Vermögen wert.

Der Markt für diese Art von »Produkt« war nicht groß, dafür waren die Profitmöglichkeiten umso größer. Wenn es darum ging, wer in Krieg und Terror die Oberhand behielt, standen Budgets zur Verfügung, deren Höhe nach oben kein Limit zu kennen schien.

In die alles beherrschende geschäftliche Kälte mischte sich aber eine Sorge: Die vier auf der Insel durften unter keinen Umständen den Grund für ihren Aufenthalt auf der Insel erfahren. Wenn sie auch nur im Geringsten Wind davon bekamen, blieb nur eine einzige Lösung: Sie müssten sich die Gruft mit Weller teilen.

38) SKRUPELLOS

Prot presste die beiden Kopfhörer fester auf die Ohren. Er lauschte dem Gespräch der vier im Wohnzimmer. In der Diskussion ging es um die Kriminalität in New York.

En behauptete, Cyberkriminalität wäre heute in New York ein wesentlich größeres Problem als Diebstähle, Raubüberfälle, Einbrüche oder sogar Mord. Die anderen hielten dagegen. Sie redeten aufgeregt und fielen einander immer wieder ins Wort.

Aber irgendetwas gefiel Prot an der Diskussion nicht. Es hatte ihn ein Verdacht beschlichen, der sich immer mehr erhärtete. Mit der Hand deutete er über den Tisch zu Tin, die eifrig tippte. Sie blickte nur widerwillig auf.

»Können Sie Mo hören?«, fragte Prot.

Tin, die einen Kopfhörer gelüftet hatte, ließ ihn zurückklappen und lauschte angestrengt in das Stimmengewirr. Auch ihr erschien die Unterhaltung künstlich, aber ihre Gedanken waren mehr bei einer Warnung, die sie den vier zukommen lassen wollte. Sie schrieb und schickte derzeit nur das Nötigste an ihren unbekannten Auftraggeber.

Nach zwei Minuten war Tin sicher, dass Mo nicht zu hören war. Prot hatte denselben Eindruck gehabt. Wieso diskutierte sie nicht mit? Das war untypisch für sie.

Prot entschied sich dafür, eine Warnung an den Boss zu senden. Dafür gab es einen eigenen Übertragungskanal.

Mo schweigt. Gespräch der anderen klingt gezwungen. Mo unter Umständen nicht mehr im Raum.

Von der *Sokratina* wurde sofort ein Warnruf nach Canon Island gefunkt.

Tin versuchte so weiterzuarbeiten, dass ihr nicht anzumerken war, wie sehr sie mit ihren Gedanken woanders war. Sie hatte einen Plan gefasst: Die Schlafpause, die ihnen zustand, wollte sie nutzen, um herauszufinden, wie sie sich mit den vier in Verbindung setzen konnte. Eines stand für Tin fest: Sie konnte hier nicht mehr sitzen und tun, als wäre alles nur ein wichtiges wissenschaftliches Projekt. Mittlerweile war ihr klar geworden, dass völlig andere Interessen dahinterstecken mussten.

39) ERSTE ENTDECKUNGEN

Lilo war inzwischen auf allen vieren die Treppe nach oben gekrochen und hatte über die letzte Stufe in den Gang gespäht.

In dieser nicht sehr bequemen Position hatte sie gewartet und gewartet. Aber nichts war geschehen. Niemand war gekommen. Keine Tür hatte sich bewegt. Es machte den Eindruck, als hätte sie sich getäuscht, doch das glaubte sie nicht. Um Gewissheit zu haben, schlich sie die Treppe ganz hinauf und warf einen Blick in jedes Zimmer.

Es gab dort nichts Verdächtiges zu sehen.

Dem Badezimmer widmete sie mehr Zeit. Der geheime Raum, den sie dahinter vermuteten, musste einen Zugang haben, den sie unbedingt finden wollte. Sie inspizierte zuerst die Badewanne und die mit Kacheln bedeckten Wände darüber, dann warf sie einen Blick in die ebenfalls gemauerte und verflieste Duschkabine. Duschvorhang oder Glastür gab es keine, nur einen leicht verengten Einstieg, der verhindern sollte, dass zu viel Wasser herausspritzte. Bei dem dünnen Rinnsal, das die Dusche abgab, bestand da aber ohnehin keine Gefahr.

Lilo stieg in die Dusche und untersuchte den engen gekachelten Raum. Die Bodenfläche mit dem Abfluss war quadratisch. Mit den Fingerspitzen befühlte sie die Fugen an den Wänden, die sehr fein und säuberlich gefüllt worden waren. Die Abstände zwischen den Kacheln betrugen etwa drei Millimeter und waren wie mit dem Lineal gezogen. Das verwendete Material war nicht rau, sondern fühlte sich an wie Silikon.

Als Lilo aus der Duschkabine stieg, hatte sie einen Verdacht, dem sie unbedingt nachgehen wollte. Vorerst aber würde sie ihn für sich behalten. Sie hatte das Gefühl, als hätte diese Villa überall Augen und Ohren.

Als sie ins Wohnzimmer zurückkehrte, zuckte sie mit den Schultern. »Ich muss mich geirrt haben. Nichts.«

Die anderen waren enttäuscht, aber irgendwie auch wieder beruhigt. Was hätten sie tun sollen, wenn Lilos Vermutung gestimmt hätte?

»Poppi hat vorhin verlangt, dass ich mich vor ihr halb nackt ausziehe«, berichtete Dominik bewusst scherzhaft.

»Lilo, dich würde ich auch noch gerne ansehen. Arme und Hintern.«

»Darf ich wissen, wozu das gut sein soll?« Lilos Verwunderung war nicht geringer als die von Dominik.

»Erkläre ich euch gleich. Aber bitte zuerst deine Arme und dann dein Hinterteil.«

»Könnt ihr kurz in die Küche gehen«, sagte Lilo zu Axel und Dominik. Die zwei standen auf und gingen. Ein Grinsen konnten sie dabei nicht unterdrücken.

Poppi begutachtete mit professionellem Blick Lilos Haut und schien gefunden zu haben, wonach sie gesucht hatte.

Axel und Dominik durften zurückkommen, und alle setzten sich.

»Ich glaube, bei euch wurde ein ähnliches Mittel eingesetzt wie das, das wir Hunden bei Kaiserschnitten verabreichen.«

»Was?« Keiner verstand, was sie meinte.

»Ihr seid beide betäubt worden.«

Dominik stöhnte. »Das war dann das zweite Mal an einem Tag.«

»Das Mittel ist nicht sehr stark und zum Glück ungefährlich. Außerdem gibt es ein Gegenmittel, das die Betäubung sehr schnell wieder aufhebt. Bei einem Kaiserschnitt müssen wir die Hundemutter betäuben, und dabei gelangt das Narkotikum auch in das Blut der Welpen. Sobald wir sie aber herausoperiert haben, können wir sie sofort aufwecken, damit sie atmen oder auch husten und niesen und nicht an Resten von Fruchtwasser ersticken.«

»Klingt sehr professionell«, gab Dominik zu.

»Ihr seid beide so schnell wieder zu euch gekommen, weil man euch auch so ein Gegenmittel verabreicht hat.«

Lilo stand auf und ging Kreise um das Sofa. »Das bedeutet aber auch, es hat uns jemand betäubt, fortgetragen und irgendwo …«, sie suchte nach dem richtigen Wort.

»Zwischengelagert«, half ihr Axel weiter.

Sie verzog missbilligend das Gesicht. »Eine ziemlich rohe Formulierung, aber sie trifft zu.«

»Während wir draußen waren, seid ihr zurückgebracht worden, und jemand hat euch eine Injektion mit diesem Mittel verpasst«, fuhr Poppi fort.

»Aber warum und wozu?«, rief Dominik. »Kann mir das einer von euch erklären? Das ist doch alles total verrückt. Wir werden unter Vortäuschung falscher Tatsachen nach England gelockt, auf diese Insel gebracht und dann in der Nacht verschleppt.«

»Vergiss die blutenden Gestalten nicht«, warf Axel ein. »Sie müssen so aussehen wie damals die vier Leute, die hier Silvester gefeiert haben und ums Leben gekommen sein sollen.« Für Lilo und Dominik erzählte Axel die Geschichte, die er von Jenny in Brighton gehört hatte.

»Die Sache liegt Jahre zurück. Wie es scheint, sogar Jahrzehnte. Keiner kümmert sich mehr darum, und die Polizei hat die Sache abgehakt. Aber wir werden hierher ›eingeladen‹, und jemand spielt uns den ganzen Spuk von früher vor«, fasste Lilo zusammen.

»Aber das ergibt doch keinen Sinn.« Poppi konnte nicht verstehen, warum jemand so etwas tun sollte.

Dominik deutete um sich. »Habt ihr euch schon einmal überlegt, was das hier alles kostet? Die Villa riecht frisch renoviert. Die Helikopterflüge. Dieses Motorboot, das Lilo und Poppi gebracht hat.«

»Wir müssen herausfinden, wem die Insel gehört, dann wissen wir mehr«, sagte Lilo.

»Ich will nur von hier weg!«, erklärte Poppi nachdrücklich.

»Das wollen wir alle.« Axel sprang auf und trat an die Terrassentür. Draußen ballten sich schon wieder graue Wolken zusammen, und die ersten Tropfen fielen bereits. Das nächste Unwetter kündigte sich an.

Lilo baute sich vor den anderen auf und begann, eine kleine Ansprache zu halten. »Ab jetzt bleiben wir immer zusammen.«

»Immer? Du meinst, wir vier für immer, als Freunde?«, fragte Poppi hoffnungsvoll.

»Ich meine, hier im Haus«, schränkte Lilo ein, was Poppis Begeisterung etwas dämpfte. »Wer sich mehr als einen Raum von den anderen entfernt, der meldet sich ab.«

Diesem Vorschlag konnten alle zustimmen.

Lilo hatte von oben ihr iPad mini mitgebracht. Sie öffnete es und wählte die Funktion, die es ihr ermöglichte, mit dem Finger auf dem Bildschirm zu schreiben, als wäre es Papier. Auf diese Weise teilte sie den anderen ihren Verdacht mit, der ihr vorhin gekommen war.

Wir sind hier nicht allein.

Axel, Poppi und Dominik nickten heftig.

Es versteckt sich mit größter Wahrscheinlichkeit jemand in dem geheimen Raum hinter dem Bad.

Wieder allgemeines Nicken.

Redet darüber nicht!

Daumen wurden in die Höhe gestreckt als Zeichen, dass Lilo verstanden wurde.

In der Dusche vermute ich eine versteckte Tür. Ich glaube nicht, dass wir sie öffnen können. Aber wer auch immer sich hier versteckt, kann nicht ewig dortbleiben.

Das sahen die anderen auch so. Poppi beunruhigte die Vorstellung, Unbekannte, die noch dazu mit blutenden Köpfen herumliefen, könnten jederzeit vor ihr stehen.

Wir müssen ein Notsignal setzen!

Axel sprach leise murmelnd, und Lilo, Poppi und Dominik konnten ihn nur verstehen, wenn sie die Köpfe eng zusammensteckten.

»Wir müssen wachsam sein und dürfen keinem vertrauen. Auch niemandem, der vorgibt, uns retten zu wollen.« Er erinnerte sich an die Frau im Schnellboot, die die blutige Maske getragen hatte. Hier schien alles genau geplant zu sein. Die Fragezeichen wurden immer größer, weit und breit war keine vernünftige Erklärung für die rätselhaften Vorkommnisse in Sicht.

40) TODESANGST

Der Auftrag von Hermes an das Team auf Canon Island war kurz und klar:

Objekte schlafen lassen
Ermittler ausschalten und unten verschwinden lassen
Boot zurück zum Hafen
Objekte in Todesangst versetzen

41) SAM UND LOTTA

Poppi bereitete in der Küche ein Mittagessen zu. Sie hatte sich für Palatschinken mit Gemüsefülle entschieden. Dafür waren alle Zutaten vorhanden, und es ging schnell. Dominik hatte sich bereit erklärt, ihr zu helfen. Erstens würde ihn das ablenken, und zweitens redete er gerne mit Poppi, wie er vorhin festgestellt hatte. Vielleicht ergab sich eine Gelegenheit, ihr Gespräch fortzusetzen.

Lilos Vorschlag war gewesen, vorerst so zu tun, als hätten sie sich ihrem Schicksal ergeben. Sie hoffte, wer auch immer sich vor ihnen versteckte und für die Vorgänge in der vergangenen Nacht verantwortlich war, würde sich zeigen oder verraten. Sie wollte aber auch darüber nachdenken, wie diese Person – oder waren es sogar zwei oder drei – aus ihrem Versteck gelockt werden könnte.

Axel stand in der offenen Terrassentür und blickte auf das Felsplateau hinaus. Einzelne dicke Tropfen klatschten auf den Boden.

Im Wohnzimmer konnte Lilo nicht aufhören, um das Sofa zu laufen und unablässig ihre Nasenspitze zu massieren.

»Ich will ja nichts sagen, aber dein Laufen nervt«, meldete sich Axel.

»Ich kann nicht anders. Es ist eine alte Gewohnheit. Du kannst es auch gerne Tick nennen. Ob zu Hause oder im Büro, überall muss ich herumlaufen, wenn ich nachdenke.«

»Und keiner hat was dagegen?«

Lilo überlegte kurz. »Auf der Uni sieht mich keiner, weil ich ein Büro für mich allein habe. Und Sam macht es nichts aus. Ich glaube, er findet es sogar lustig.«

»Ach so«, sagte Axel knapp. Es gab also einen Sam in Lilos Leben. Er fragte nicht weiter. Der dünne Goldring an ihrem rechten Ringfinger war ihm nicht entgangen. Er kannte sich mit diesen Dingen nicht so genau aus, aber ein Ring am linken Ringfinger bedeutete verlobt. Oder verheiratet? Ach, das war eigentlich egal. Für Axel gab es wichtigere Dinge, die ihn beschäftigten. »Meine Lotta wird sich schreckliche Sorgen machen, wenn sie immer nur auf meine Mobilbox kommt.«

»Hm.« Das war die einzige Reaktion von Lilo. Sie stand auf und verließ wortlos den Raum.

Wahrscheinlich ging sie zu Poppi und Dominik in die Küche, aber das hätte sie ihm wirklich sagen können. Sie hatte ihn einfach stehen gelassen, obwohl sie jetzt immer mindestens zu zweit bleiben sollten. Wollte sie ihm unbedingt demonstrieren, wie egal er ihr war?

»Das regt mich wirklich auf«, rief er Richtung Küche.

»Was ist los?«, fragte ihn jemand. Die Stimme hallte, als stünde die Person in einem sehr großen kahlen Raum. Es war die Stimme von Lilo.

»Wo bist du?«, rief Axel.

Die Möbel lösten sich auf. Die Stoffbezüge des Sofas und der Sessel zerfielen zu Staub, der wie eine lange Rauchfahne an Axel vorbei ins Freie flog.

»Die Möbel …« Axel sah hektisch um sich. Das Wandregal, in dem eine leere grüne Flasche und einige große Muscheln lagen, brach zusammen. Das Holz zersplitterte, und die Flasche zerbrach.

»Ein Erdbeben?« Axel konnte kaum noch sprechen, weil seine Kehle auf einmal so wehtat.

»Hör auf, beruhige dich, setz dich nieder«, verlangte die Stimme, die nach Lilo klang.

Aber worauf sollte er sich setzen, wenn es im Zimmer keine Möbel mehr gab? Er musste hier raus. Er brauchte Luft, weil er das Gefühl hatte zu ersticken. Er wollte auf die Terrasse, aber der Durchgang wurde ihm versperrt: Ein schwarzhaariger Mann stand da und hatte die Hände zur Seite gestreckt, damit er nicht vorbeikonnte. Blut rann in vielen dünnen Linien sein Gesicht herab. Blut lief auch aus seinen Mundwinkeln. Er öffnete die blassen Lippen und zeigte schwarze, verfaulte Zähne.

Mit einem Schrei drehte sich Axel um und wollte zum Esszimmer flüchten. Er brauchte einen schweren Gegenstand, um sich gegen den Mann zu verteidigen.

Wie kam er auf einmal vor die Villa?

Axel machte ein paar stolpernde Schritte und drehte sich um. Aus dem Esszimmer trat ihm eine Frau entgegen. Es war die gleiche Frau, die er in der Nacht gesehen hatte. Nur war die Haut ihres Gesichtes jetzt rissig, und darunter kam ein blanker Schädel zum Vorschein. Sie streckte eine Hand vor, von der Fleisch und Haut abfielen.

In Axels Kopf war nur ein Gedanke: Er musste Poppi und Dominik warnen.

Und wo war Lilo? Was war mit ihr geschehen? Hatte sie das Wohnzimmer gar nicht freiwillig verlassen?

»Stirb. Es ist genug. Ihr alle werdet hier sterben.«

Jetzt endlich konnte Axel die Luft mit voller Kraft durch seine Stimmbänder schicken.

»Nein!«, brüllte er. »Nein, wir leben. Wir wollen leben. Verschwinde. Hau ab. Verschwinde.«

Etwas Glühendes traf ihn im Gesicht. Er stolperte zurück und fiel hart. Sein Kopf schlug auf den Boden, und er glaubte ohnmächtig zu werden.

Nun klatschte etwas Kaltes in sein Gesicht. Über ihm schlugen die Wellen zusammen. Er war ins Meer geworfen worden und versank. Er würde ertrinken. Obwohl es gegen jede Vernunft war, musste er einatmen. Wasser drang in seine Nase und seine Luftröhre. Axel hustete. Brennen. Eine Strömung packte ihn. Er wurde herumgerissen. Fortgerissen. Aus.

42) KIEFERZANGEN

Poppi hörte ein Atmen. Es war ein langsames, tiefes, rasselndes Atmen, das sie an einen alten Mastiff, eine Dogge oder einen Dobermann erinnerte. Das Atmen dieser Hunde klang gegen Ende ihres Lebens auch so.

Aber sie war auf einer einsamen Insel, und hier gab es keine Hunde. Woher also kam das Rasseln?

Vor ihr in der Pfanne war die Butter geschmolzen. Sie schlug kleine Bläschen und brutzelte. Ein angenehmer Duft stieg auf. Poppi musste jetzt den Teig in die Pfanne gießen und die erste Palatschinke backen.

Doch das Atmen in ihrem Rücken versetzte sie in Panik. Ihr Herz raste und pochte wie wild, als sie sich langsam umdrehte. Erleichtert atmete sie auf, als sie dort nur Dominik stehen sah. Er verzog fragend den Mund.

»Was hast du?«, wollte Poppi wissen.

Dominik setzte an zu sprechen, als plötzlich Käfer zwischen seinen Lippen herauskrabbelten. Poppi wich vor Schreck einen Schritt nach hinten zurück und stieß dabei die Pfanne vom Herd. Krachend landete sie auf dem Boden, auf dem die zerlassene Butter herumspritzte.

Immer mehr Käfer quollen aus Dominik, sie kamen nicht nur aus seinem Mund, sondern auch aus den Nasenlöchern. Sie fielen zu Boden und erzeugten dort ein Geräusch wie Eiswürfel. Es waren eklige Käfer mit großen Kieferzangen, die sich auf Poppis Beine zubewegten. So sehr sie Tiere liebte, so wenig konnte sie diese Wesen leiden, die immer mehr und mehr zu werden schienen. Poppi fasste nach dem Stiel der Pfanne, hob sie hoch und begann, nach den Käfern zu schlagen. Traf sie einen, waren sofort drei weitere zur Stelle.

»Hilfe«, rief sie. Aber hörte sie jemand? Poppi konnte ihre eigene Stimme nicht wahrnehmen.

Wild schlug Poppi mit der Pfanne um sich, auf den Boden und auf die Käfer, die nun zu fliegen begonnen hatten.

»Halt, hör auf, nein, Poppi!«

Da rief jemand nach ihr, und die Stimme war ihr vertraut. Nur konnte sie niemanden sehen, dem sie gehörte, denn in der Küche war außer ihr nur Dominik, und der konnte mit den Käfern im Mund doch nicht sprechen. Er starrte sie mit weit aufgerissenen Augen an, verzweifelt, geschockt und völlig hilflos.

Das Schrecklichste aber kam erst jetzt. Dominiks Schädel wurde an der höchsten Stelle gespalten, und ein riesiges Insekt bohrte sich seinen Weg in die Freiheit. Ob Dominik noch lebte, konnte Poppi nicht mehr erkennen. Regungslos stand er da, das Gesicht zu einer Fratze des Schreckens und der Verzweiflung erstarrt.

Der Käfer musste getötet werden. Poppi holte weit aus, um ihn mit der Pfanne zu erschlagen. Aber ihre Arme versagten ihr den Dienst. Sie war genauso erstarrt wie Dominik. Unfähig, sich zur Wehr zu setzen. Das grässliche Getier sprang von Dominiks Haaren direkt auf ihr Gesicht und drückte ihr die Nase ab. Sie bekam keine Luft mehr.

43) DAS LEERE HAUS

Das Speedboot flog fast über das Meer. Der Seegang war rau, die Wellen streckenweise sehr hoch. Wenn Weller nicht aufpasste, stürzte er genau in ein Wellental, und der Aufprall traf ihn mit einer Wucht wie bei einem Sturz aus dem ersten Stock.

Seine Beine schmerzten von der dauernden Anspannung seiner Muskeln, und auch seine Hände spürte er kaum noch, weil er das Steuer so fest umklammert hielt.

Weller fuhr immer schneller, obwohl in seinem Kopf die Warnung schrillte, wie gefährlich das war. Ein unachtsames Manöver, und das Boot würde kippen oder kentern, dann würde er im kalten Wasser landen und vielleicht sogar vom Boot erschlagen werden.

Über ihm hingen dunkelgraue Wolken, und es war leicht zu erahnen, welche Regenmengen nur darauf warteten, endlich auf die Erde zu prasseln.

Er wollte Canon Island unbedingt erreichen, bevor das Unwetter losbrach. Dummerweise hatte er Gegenwind, was die Fahrt schwieriger und länger machte.

Weller verwendete sein Handy zum Navigieren. Der Akku war nur noch zu dreißig Prozent voll, und er betete insgeheim, er möge halten, bis er die Insel erreicht hatte. Die Rückfahrt stellte er sich leichter vor, da er dann nach Kompass fahren konnte und nur immer Richtung Norden steuern musste.

Tropfen schlugen ihm ins Gesicht. Er trug seine Sonnenbrille als Schutz gegen den Fahrtwind, der nicht von der niederen Windschutzscheibe abgelenkt wurde. Doch der einsetzende Regen nahm ihm schnell die Sicht, und er musste die Brille absetzen.

Links vor sich konnte er eine kleine Insel sehen. Oben drauf leuchtete etwas Weißes. Es konnte sich um ein Haus handeln. Albert Weller warf einen kurzen Blick auf sein Handy und stieß ein triumphierendes »*Yes!*« aus. Er hatte Canon Island gefunden und konnte das Handy abdrehen, um den Akku zu schonen.

Je näher er kam, desto mehr konnte er von dem Haus erkennen. Leute sah er aber keine, was ihn nicht besonders wunderte. Bei diesem Wetter hielten sie sich natürlich drinnen auf.

Hoffentlich war der Tipp seiner Informantin richtig und er fand Dominik Kascha und seine Freunde hier. Wenn es so war, dann hatte er seinen Auftrag fast erfüllt, und sein Honorar und damit sein finanzielles Überleben waren gesichert.

Er konnte einen Landungssteg sehen und drosselte die Geschwindigkeit. Der hohe Wellengang würde es schwierig machen anzulegen, aber er musste es wagen. Auf dem Nebensitz lagen Taue und Fender. Allein war ein Anlegemanöver noch schwieriger, aber jetzt war nicht der richtige Zeitpunkt zum Jammern.

Der Regen wurde immer stärker und klatschte ihm ins Gesicht. Durch den scharfen Wind und die Feuchtigkeit war es hier auf dem Meer kälter als an Land. Weller fuhr in kurzen Abständen immer vor und zurück, in kleinen Rucken, und lenkte das Boot gleichzeitig näher an den Steg. Er schaffte es, die Leine über einen Holzpfosten zu werfen und einen Knoten zu schlagen. Der Bug war damit fixiert, und Weller warf die Fender über die Bootskante. Sie waren an der Innenseite angebunden und bildeten wie ein Kissen einen Stoßschutz zwischen Holz und Bootsrumpf. Weller kletterte auf den Steg und vertäute das Heck.

Das Schnellboot wurde von den Wellen wild auf- und abgeworfen, und die Seile ächzten. Er konnte nur hoffen, dass sie halten würden und das Boot nicht zu Schaden kam.

Vom Steg blickte er die Felswand hinauf. Was würde ihn dort oben erwarten? Er begann, die Treppe hinaufzugehen. Die Stufen waren von der hochspritzenden Gischt und dem Regen glitschig. Eine Sturmböe versetzte ihm einen Stoß, der ihn das Gleichgewicht verlieren ließ. Sein linker Schuh rutschte ab, und er stürzte mehrere Stufen zurück.

Knie, Knöchel und Schienbein waren ein einziger Schmerz und brannten höllisch. Weller begann den zweiten Versuch auf allen vieren. Wenn er sich vorne mit den Händen abstützte, hatte er mehr Halt und Stabilität.

Der Himmel über ihm öffnete alle Schleusen. Der Regen kam jetzt als ein gewaltiger Schwall, und er konnte kaum noch seine Finger sehen, wenn er die Hand ausstreckte. Seine Hose klebte kalt an seinen Beinen.

Endlich hatte er die letzte Stufe hinter sich gebracht und das Plateau erreicht. Vor ihm erhob sich das Haus wie ein grauweißer Würfel. Die Schultern hochgezogen, ging Weller auf die Glasfront zu. Das Wasser rann an den Scheiben herunter und machte es unmöglich, einen Blick ins Haus zu werfen.

Weller trat zur Schiebetür. Er klatschte mit der Hand dagegen und hoffte, es würde ihn jemand hören. Aber niemand öffnete. Vielleicht hatte das Haus noch eine andere Eingangstür, war sein nächster Gedanke. Er lief an der Mauer entlang und gelangte zur Rückseite.

Kein Eingang.

Also lief er zur anderen Seite und suchte dort.

Auch kein Eingang.

Es gab keinen anderen Zutritt in das Haus als über die Terrassentür. Wenn ihm niemand öffnete, dann musste er wohl einfach eintreten.

Als Ermittler waren ihm solche Situationen nicht unbekannt. Diesmal aber war es anders: Er befand sich an einem Ort, den er nicht aufgrund eigener Recherchen gefunden hatte, sondern zu dem er geschickt worden war, ohne irgendeinen Beweis zu haben, dass er hier richtig war.

Er spürte, wie sein Körper Adrenalin ins Blut pumpte. Seine Anspannung wuchs, und er schaltete in den Verteidigungsmodus.

Mit den Fingern griff er in die Aussparung an der Tür. Er drückte dagegen und schaffte es, sie zur Seite zu schieben.

Vor ihm lag ein Wohnzimmer, mit einem großen Sofa und zwei Fauteuils samt Couchtisch in der Mitte. Niemand hielt sich darin auf.

»Hallo? Mein Name ist Albert Weller, und ich suche Mr Dominik Kascha«, rief er in den Raum.

Im Haus blieb es still.

Weller schloss die Schiebetür hinter sich. Das Wasser tropfte von seiner Kleidung und bildete eine kleine Pfütze auf dem Steinboden.

»Hallo? Ist hier niemand?«

Was für eine dumme Frage, dachte er. Wenn keiner da war, wer sollte ihm antworten?

Langsam durchquerte Weller das Wohnzimmer. Er wünschte, er hätte seine Waffe in der Tasche. Es war eine alte Pistole, aber sie hätte ihm Sicherheit gegeben. Nach Europa hatte er sie aber nicht mitbringen können, weil sie ihm am Flughafen abgenommen worden wäre.

Die Stille im Haus gähnte ihn an. Von draußen drang das Rauschen des Regens ins Zimmer, und er hörte das Klatschen der Tropfen, die der Sturm gegen die Fenster peitschte.

»Hallo!«

Weil er kein Lebenszeichen erhielt, nahm Weller sein Handy heraus. Es war zum Glück wasserfest und hatte keinen Schaden genommen. Das Empfangssignal verschwand vor seinen Augen.

Vielleicht ein Störsender, ging es Weller sofort durch den Kopf. Er hatte eindeutig Empfang gehabt, aber der war jetzt schlagartig weg.

Sollte er das Haus absuchen oder besser umkehren? In diesem Regen zurück zur Küste zu gelangen, erschien ihm jedoch fast unmöglich. Also konnte er sich genauso gut die Zimmer vornehmen.

Der nächste Raum war das Esszimmer, in dem ihm nichts Ungewöhnliches auffiel. Anders in der Küche, in der ein ziemliches Chaos herrschte. Eine Pfanne lag vor seinen Füßen, eine Pfütze Fett daneben, und hellgelber Teig tropfte von der Arbeitsfläche.

Aber noch immer keine Spur von Menschen.

Trotzdem konnte Weller etwas schlussfolgern, was ihn hoffen ließ: Der flüssige Teig sah frisch aus. Da er sich selbst manchmal Waffeln zubereitete, wusste er, wie schnell die Teigmasse antrocknete, verkrustete und unansehnlich wurde. Es konnte also noch nicht lange her sein, dass sich hier Leute aufgehalten hatten.

»Wo sind Sie?«, rief er energisch. »Ich weiß, dass Sie sich hier verstecken.«

Weller hatte die Treppe in das obere Stockwerk erreicht. Er hielt die Fäuste kampfbereit vor sich. So konnte er blitzschnell einen Schlag setzen, wenn nötig. Seine Reaktionszeit betrug knapp mehr als eine Zehntelsekunde.

Am Ende der Treppe angekommen, blickte er in einen schmalen Gang. Die Türen auf der linken und der rechten Seite waren alle geschlossen. Ebenso die Tür, die am Ende des Ganges lag.

»Hallo?«, rief er noch einmal.

Kein Laut.

Albert Weller drehte den Knauf der ersten Tür auf der rechten Seite. Er stieß sie auf und blieb zurück, falls sich jemand auf den Eintretenden stürzen wollte.

Im Zimmer aber war niemand. Es lag dort nur ein offener Koffer, in dem jemand herumgewühlt hatte.

Lautlos öffnete sich die Tür auf der anderen Gangseite, direkt hinter Weller. Ein Arm in einer weißen, blutbespritzten Jacke wurde herausgestreckt. Zwischen den Fingern kam eine Spritze mit einer dünnen Injektionsnadel zum Vorschein. Von der Spitze der Nadel hing ein goldgelber Tropfen.

44) FLUCHT

Sie waren nass bis auf die Haut. Alle vier froren, ganz besonders aber Poppi. Lilo legte einen Arm um ihre Schultern und drückte sie tröstend. Poppi ließ mit sich alles willig geschehen.

Axel klapperte mit den Zähnen. Sein Atem ging flach und stoßweise. Er fühlte sich schutzlos und ausgeliefert.

»Hallo, Axel, geht es dir besser?« Dominik rüttelte ihn leicht an der Schulter. Noch war Axel zu keiner Antwort fähig. Seine Lippen zitterten nur.

»Wir können nicht hierbleiben«, sagte Lilo leise über die Köpfe von Poppi und Axel hinweg zu Dominik.

»Ins Haus können wir aber auch nicht.« Keine zehn Pferde würden Dominik dorthin zurückbringen.

Die Ereignisse hatten sich in der vergangenen halben Stunde überschlagen und dazu einige neue Erkenntnisse gebracht. Lilo und Dominik versuchten, das alles zu verarbeiten, und Axel und Poppi mussten sich von den Halluzinationen erholen, unter denen sie gelitten hatten.

Es war ein wenig wie damals vor dem Lawinenunfall, dachte Lilo. Axel hatte ständig dieses Eismonster gesehen, das Menschen ihr Leben nehmen wollte. Diesmal hatte er von zerfallenden Möbeln gefaselt und von blutigen Gesichtern, hatte geschrien, er wolle leben, und sich auf jemanden gestürzt, der gar nicht im Raum war.

Lilo hatte Axel eine Ohrfeige versetzt, damit er wieder zu sich kam, und als das nichts genützt hatte, hatte sie ihm einen Krug Wasser über den Kopf geleert.

Das Wasser hatte geholfen, und es hatte so ausgesehen, als wäre Axels Anfall vorüber. Er hatte sich auf den Boden fallen lassen, wo er einfach nur dasaß und vor sich hinstarrte.

»Sie dürfen uns nicht kriegen«, hatte er mehrere Male gemurmelt. »Die blutenden Geister wollen uns holen.« Lilo war bei ihm geblieben, weil schwer zu übersehen gewesen war, dass er Hilfe benötigte. Sie musste auf ihn aufpassen, er durfte sich nicht verletzen, wenn er einen weiteren Anfall dieser Art bekam. Außer ihm hatte keiner blutende Geister gesehen. Lilo war mit ihm allein im Wohnzimmer gewesen, als Axel sie auf einmal angesehen hatte wie eine Fremde und der Panikanfall eingesetzt hatte.

Die Ähnlichkeit zu damals war frappant.

Lilos Erinnerungen überschlugen sich, plötzlich konnte sie das Phantom am Sessellift wieder vor sich sehen. Obwohl der Sitz neben ihr sicherlich frei gewesen war, war es in ihrer Einbildung da.

Wie oft war Lilo in den Jahren danach aus dem Schlaf hochgeschreckt, schweißnass und mit rasendem Herzen. Sie hatte über viele Jahre Albträume gehabt, in denen sie dem Phantom begegnete, aber auch dem Eismonster. Aus diesem Grund hatte sie auch die Therapie bei Dr. Fried angefangen. Sie war an manchen Tagen wie gerädert gewesen und hatte verzweifelt nach Wegen gesucht, zur Ruhe zu kommen.

Es waren aber nicht nur die Spukgestalten von damals, die sie durch ihre Träume verfolgt hatten. Sie war auch Panikattacken ausgesetzt gewesen und der ständigen Angst um ihren Vater, an dem sie so sehr hing und den sie damals fast verloren hätte. Nicht lange nachdem alles wieder in Ordnung gewesen war, hatte er dann diesen fürchterlichen Unfall erleiden müssen, und Lilos Befürchtung hatte sich erfüllt.

Aber noch etwas von damals kam wieder in ihr hoch. Ein Gefühl, das sie von Anfang an gehasst hatte. Es hatte aus ihr ein unruhiges und ständig reizbares Wesen gemacht, das zugleich so überaus hilflos und verletzlich war.

Sie hatte nie geschafft, Dr. Fried davon zu erzählen. Sie schämte sich für diese Schwärmerei, die an ihr genagt hatte und die Lilo mit allen Kräften zu verdrängen versucht hatte. Bestimmt wäre es für sie die größte Befreiung gewesen, der Therapeutin alles anzuvertrauen, denn bei ihr war es sicher, und Lilo hätte es endlich ausgesprochen. Doch es war nie dazu gekommen.

In der Küche hatte Dominik mit Poppi Ähnliches erlebt wie Lilo mit Axel. Dominik hatte nach Lilo gerufen, weil er nicht wusste, wie er mit Poppi umgehen sollte. Sie hatte von Käfern geredet und mit der Pfanne, in der sie Palatschinken hatte backen wollen, nach nicht vorhandenen Krabbeltieren geschlagen. Lilo hatte sie an den Schultern genommen und gerüttelt, danach aber war sie zu Axel zurückgestürzt, der einen ähnlichen Anfall erlitten hatte. Dominik war auf die Idee gekommen, beiden kaltes Wasser ins Gesicht zu spritzen.

Lilo war kurz darauf aus dem Wohnzimmer zurückgekommen.

»Wie geht es Poppi?«

»Ein wenig besser. Und Axel?«

»Auch. Er ist noch immer nicht ganz bei sich. Dominik, damals, als Axel dieses Eismonster gesehen hat, hattest du da auch solche Erlebnisse?«

Zuerst hatte Dominik so getan, als könnte er sich an nichts Ungewöhnliches erinnern, hatte aber sofort gewusst, was sie meinte. Es war an der Zeit gewesen, die Wahrheit zu sagen, und das hatte Dominik in diesem Moment getan. Lilo war von seiner Schilderung der roten Mumie, die ihm an allen möglichen Orten aufgelauert hatte, nicht im Geringsten überrascht gewesen.

»Halluzinationen über Dinge, die uns Angst machen. Wie jetzt bei Axel und Poppi.«

Mit der Hand hatte Dominik in der Küche auf Poppi gedeutet, die noch immer ihr Gesicht in seiner Brust vergraben hatte und leise schluchzte.

»Was machen wir mit ihr?«

Lilo hatte nach oben gezeigt. »Ich habe Tropfen mit. Ein Beruhigungsmittel. Rein pflanzlich. Das kann auch Axel helfen.« So leise wie eine Katze war sie die Treppe hochgelaufen. Es war eine ihrer kleinen Leidenschaften, lautlos schleichen zu können.

Der Gedanken an das, was dann passiert war, erfüllte Lilo noch immer mit Schaudern. In ihrer Erinnerung liefen die gruseligen Ereignisse noch einmal ab: Als sie den ersten Stock erreichte, hörte sie das Scharren. Es war durch die Geräusche, die Regen und Wind machten, kaum wahrzunehmen, aber Lilo hatte ein feines Ohr dafür.

Sie schluckte und fühlte ihren Pulsschlag am Hals.

Das Scharren kam aus dem Bad und konnte nur eines bedeuten: Jemand verwendete gerade die geheime Tür, die sie unbedingt finden wollten.

Lilos Hände waren leer. Sie hatte nichts, womit sie sich notfalls verteidigen konnte. Aber wenn sie jetzt zögerte, verpasste sie die Chance zu sehen, wie dieser Zugang funktionierte. Sie atmete tief ein und fasste einen blitzartigen Entschluss: Es blieb keine Zeit, um Dominik zu holen. Sie musste allein handeln.

In ihrem Katzengang huschte sie den Gang hinunter zur Badezimmertür, die eine Handbreit offen stand. Für Lilo war das genug, um einen Blick auf die Dusche werfen zu können. Im

Bad brannte keine Lampe, aber aus dem schmalen Einstieg der gemauerten Duschkabine fiel ein Lichtschein. Was in der Kabine vor sich ging, konnte Lilo nicht ausmachen. Sie musste dafür näher heran, auch wenn es sehr riskant war.

Egal. Nur wer viel wagte, konnte auch viel gewinnen.

Die Badezimmertür war eine gute Verbündete und gab keinen Laut von sich, als Lilo sie nach innen drückte. Nur drei Schritte trennten sie jetzt von der Duschkabine.

Im Einstieg tauchte ein blutverschmiertes weißes Gewand auf. Es handelte sich um den Rücken eines schwarzhaarigen Mannes. Er war wohl gerade im Begriff, das geheime Versteck zu verlassen und wieder zu verschließen. Dummerweise verstellte er Lilo dabei den Blick.

In der Spiegelung der weißen Wandkacheln nahm sie eine Bewegung hinter sich wahr. War ihr Dominik nachgekommen?

»Tranx!«, rief jemand.

Der Schatten war viel zu groß für Dominik. Jemand sprang sie an. Reflexartig duckte sich Lilo, und der Angreifer verfehlte ihre Schultern. Lilo beförderte ihn mit einer heftigen Bewegung zur Seite, wodurch er fiel und gegen die gemauerte Einfassung der Badewanne schlug.

Vor sich sah Lilo eine Frau mit langen schwarzen Haaren. Ihr Gesicht war weiß geschminkt und von dunkelroten Blutspuren überzogen. Diese Spuren waren künstlich, die Wunde an ihrer Schläfe aber war echt, das Blut glänzte frisch und rot. Neben der Hand der Frau sah Lilo eine Spritze mit dünner Nadel liegen. Sie dürfte für Lilo bestimmt gewesen sein.

Die Frau war jung. Sehr jung.

Aus dem schmalen Einstieg der Duschkabine zwängte sich ein Mann. In seiner Hand hielt er, wie Dominik es beschrieben hatte, an den Haaren einen Kopf. Als er sich zu ihr drehte, bohrte sich sein Blick förmlich durch Lilo. Halb entsetzt, halb zornig verzog er das Gesicht.

Lilo erkannte, was der Kopf in der Hand des Mannes war: eine Gummimaske, ein schlaffes bleiches Gesicht mit aufgemalten Blutspuren.

Bevor der Mann sich noch auf sie stürzen konnte, schaffte es Lilo bis zur Tür. Der Mann schleuderte die Gummimaske nach ihr. Sie klatschte gegen die Wand und fiel zu Boden.

Schon war Lilo auf dem Gang. Sie riss die Tür hinter sich zu und hatte die Geistesgegenwart, den Knauf mit beiden Händen fest zu umklammern und sie zuzuhalten. Als sie spürte, wie der Mann von innen zog, warf sie sich, so fest sie nur konnte, mit der Schulter gegen die Tür.

Sie hatte den Moment gut gewählt. Die Tür traf den Mann mit voller Wucht im Gesicht. Er ächzte vor Schmerz. Im Wegrennen warf Lilo einen Blick über die Schulter und sah, wie er auf den Gang taumelte und sich dabei die Nase hielt. Blut rann über sein Kinn. Diesmal war es echt.

Schon hatte Lilo die Treppe erreicht und sprang – mehrere Stufen auf einmal nehmend – hinunter. In der Küche angekommen, fiel ihr erster Blick auf die Pfanne. Dominik hatte sie aufgehoben und in die Spüle gelegt. Lilo packte sie, drückte sich an die Wand dicht neben dem Eingang zur Küche und wartete. Dominik, der im Durchgang zum Esszimmer stand, sah sie fragend an.

»Raus hier«, formte Lilo tonlos mit den Lippen.

Der Mann kam mit schweren Schritten die Treppe herunter, sah Dominik durch die offene Küchentür und wollte sich auf ihn stürzen. Kaum hatte er seinen Fuß in die Küche gesetzt, da traf ihn die Pfanne mit voller Wucht an der Stirn. Das Geräusch des Schlages erinnerte an einen kaputten Gong.

Für einen Augenblick war der Mann benommen, er torkelte und sah ins Leere. Aber er riss sich zusammen, und ein zorniger Laut drang aus seiner Kehle. Er stolperte in die Küche, wo ihn der nächste Schlag traf, dann ein dritter und schließlich ein vierter. Er ging in die Knie. Lilo war überzeugt, er hätte bereits das Bewusstsein verloren, und machte einen Schritt auf ihn zu. Da schnellte seine Hand vor, griff nach ihrem Bein und zerrte daran, um sie zu Fall zu bringen.

»Tranx«, rief die Frau von oben. Sie klang benommen.

Lilo spürte, wie in ihr Kräfte und eine Härte erwachten, die sie sich selbst nicht zugetraut hätte. Sie knickte mit einem Bein ein, und als die Augen des Mannes triumphierend aufleuchteten, verpasste sie ihm einen weiteren Schlag mit der Pfanne genau auf die Schädeldecke. Das reichte aus, um ihn zu Boden sacken zu lassen. Nachdem sie ihren Knöchel aus seinem Griff befreit hatte, stolperte Lilo weiter Richtung Wohnzimmer.

Sie mussten aus dem Haus, das stand für sie fest. Die zwei Leute hier waren gefährlich, und Lilo hatte Angst um Axel und Poppi. Vielleicht verbargen sich noch weitere Komplizen in dem Versteck hinter dem Badezimmer, die dem Mann und der Frau zu Hilfe kamen?

Mit steifen Schritten flüchtete Lilo ins Esszimmer und ließ Tranx dabei nicht aus den Augen. Er lag auf dem Bauch und bewegte sich nicht, aber wie lange würde dieser Zustand anhalten?

Lilo und Dominik rissen Poppi hoch, die sich im Esszimmer auf einen Stuhl hatte sinken lassen und vor sich hinstarrte. Sie zitterte immer noch und war verwirrt. Im Wohnzimmer trafen sie auf Axel, der ebenfalls durcheinander war, aber hell genug, um die Situation zu erfassen.

»Raus«, flüsterte Lilo ihm zu. »Raus. Sofort raus.«

Axel konnte alleine gehen, Poppi brauchte Unterstützung. Die vier drängten durch die Terrassentür. Der Regen prasselte auf sie nieder, aber sie fühlten nicht einmal, wie sie nass wurden.

Der einzige Platz, an dem sie sich verstecken konnten, war der schmale Strand. Dominik erinnerte sich an eine flache Nische in der Felswand, wo sie Deckung finden konnten.

Die Dornenranken zerkratzten ihre Arme und Hände. Dominik spürte, wie sie an seinen Haaren rissen, und als er sich befreite, ließ er ein Haarbüschel zurück. Ihre Finger waren wund und bluteten, als sie unter dem Felsvorsprung Schutz fanden.

Der Wind peitschte den Regen unerbittlich, und auch in der Nische waren sie davor nicht geschützt. Sie lehnten sich gegen die raue Wand, keuchend und mit einem Brennen in der Brust.

Und jetzt? Es war nur eine Frage der Zeit, bis der Mann und die Frau die Insel nach ihnen absuchen würden. Sie war zu klein, um sich hier wirklich verstecken zu können.

Waren die zwei bewaffnet?

Wer waren die Leute, die sie hier gefangen hielten und ihnen diese schmierige Komödie vorspielten?

Den vier wurde kälter und kälter. Das Unwetter war nur teilweise schuld daran, vor allem aber waren es die Angst und die Ungewissheit, die sie frieren ließen.

45) ENTWICKLUNGEN

Prot kam die Unterbrechung willkommen. Nach all den Jahren erkannte Tin, wie abgebrüht und kalt er war.

Sie waren Ohrenzeugen der Ereignisse im Haus gewesen. Sie hatten die Anfälle von Bax und Que aufgezeichnet. Beide hatten unter schrecklichen Halluzinationen gelitten, deren Ursachen Tin und Prot sich vorstellen konnten.

Die zwei führten ein sehr kurzes Gespräch über die Qualen, denen die vier auf der Insel ausgesetzt waren. Prot meinte dazu, man müsse das alles von einem streng geschäftlichen Standpunkt aus betrachten. So etwas wie Mitgefühl war ihm unbekannt.

Tin lauschte weiter den Gesprächen der zwei Personen, die im Haus zurückgeblieben waren. Sie redeten leise, wissend, dass hier alles überwacht wurde, und sprachen sich als Tranx und Ann an.

Tranx musste eine leichte Gehirnerschütterung erlitten haben, Ann hatte eine Platzwunde an der Schläfe, die Tranx mit Heftpflastern zu verarzten versuchte.

Beide standen enorm unter Druck. Eigentlich hätten sie die vier betäuben müssen, was ihnen nicht gelungen war. Nun mussten sie trotzdem irgendwie verhindern, dass die vier dem Ermittler begegneten. Er würde in Kürze hier eintreffen, und es ging darum, ihm den entsprechenden Empfang zu bereiten. Tin konnte sich vorstellen, wie das zu verstehen war.

Sie hörte weiter mit und erfuhr, dass Tranx und Ann hinaus in das Unwetter wollten, um die vier zu suchen. Beide fürchteten die Möglichkeit, sie könnten dem Detektiv begegnen, ihn warnen oder von ihm Informationen erhalten. Als sie aufbrechen wollten, sahen sie aber das Boot kommen. Sie hatten keine andere Wahl, als im Haus zu bleiben und ihm aufzulauern.

Hätte Tin doch nur die Möglichkeit gehabt, den Mann zu warnen. Als sie ihn im Haus rufen hörte, spürte sie die Schmerzen, die er in Kürze erleiden würde, fast körperlich.

Wo war der Überfall geplant? Ihre Spannung stieg mit jedem Raum, den der Detektiv durchquerte.

Ihr gegenüber verschlang Prot einen weiteren Schokoriegel und spülte ihn mit Cola hinunter. Tin wurde übel, wenn sie ihm dabei nur zusah.

Tin richtete sich gespannt auf. Die Geräusche, die sie aus der Villa empfing, ließen auf einen Kampf schließen. Sie glaubte, die Stimme von Tranx zu erkennen, Ann schrie seinen Namen, ein Dritter – es musste der Ermittler sein – stöhnte und ächzte. Es polterte, als jemand zu Boden ging. Dann folgte der sehr schrille Schrei einer Frau. Ein kurzes Ächzen, als wäre jemandem nach einem Schlag die Luft weggeblieben.

Wieder fiel jemand zu Boden. Danach blieb es eine Weile ruhig.

»Tranx«, sagte Ann schwach. »Tranx?«

»Wo ist Dominik Kascha? Wo sind die anderen?«

»Fahr zur Hölle«, fauchte Ann.

»Dorthin lasse ich Ihnen gerne den Vortritt. Ist Dominik Kascha hier? Sagen Sie die Wahrheit.«

Er bekam keine Antwort.

»Ich frage jetzt zum letzten Mal: Befindet sich Dominik Kascha auf dieser Insel?«

Wieder keine Reaktion.

»Das nehme ich als ein Ja, und ich werde ihn finden.« Ann protestierte schläfrig, als Weller ging.

»Wir müssen das dem Boss melden«, sagte Prot.

Das sah Tin anders, aber das behielt sie lieber für sich. Sollte Prot machen, was er für nötig hielt. Sie sammelte alle Hinweise, die sie benötigte, um den vier zu helfen.

Tin hörte, wie der Ermittler wieder in das untere Geschoss zurückkehrte. Er rief erneut nach Dominik und trat dann hinaus ins Freie.

Von nun an konnte Tin nicht mehr mithören. Es gab zwei Mikrofone außen, aber das Rauschen des Regens übertönte alles.

46) DER UMSCHLAG

»Meine Damen und Herren, haben wir einen Arzt an Bord? Er möge sich bitte sofort beim Kabinenpersonal melden.« In der Stimme der Flugbegleiterin schwang Panik mit. Obwohl in dem Airbus A380-800 jeder die Durchsage gehört haben musste, wiederholte die Frau sie nur zwei Minuten später.

Eine Japanerin in einem Trainingsanzug eilte von einer der hinteren Reihen durch den Gang nach vorne.

»Ich bin Ärztin. Internistin. Dr. Asari. Braucht jemand Hilfe?«

Die Flugbegleiterin, eine erfahrene Stewardess kurz vor dem Ruhestand, nickte und zog den Vorhang zur Businessclass zur Seite. Sie führte die Ärztin zu Platz 10C. Ein etwa achtzigjähriger Mann hing schief im Sitz, sein Kopf war zur Seite gefallen, die Haut aschfahl.

»Er hat den Knopf gedrückt, um uns zu rufen, und als ich bei ihm angekommen bin, hat er sich an den Hals gegriffen und die Augen aufgerissen.« Die Flugbegleiterin hatte bereits eine Befürchtung, was geschehen war, aber sie flehte zu allen Göttern, dass sie sich täuschte.

Dr. Asari beugte sich zu dem Mann und befühlte seine Halsschlagader.

Über den Gang wurde sie von einer Frau beobachtet, die ihre Hand auf den Mund presste.

»Sauerstoff! Und den Defibrillator. Schnell!« Dr. Asari winkte einem in der Nähe stehenden Steward, ihr zu helfen, den Passagier auf den Boden des Ganges zu legen. Sie begann sofort mit der Herzmassage und der Mund-zu-Mund-Beatmung. Als die Stewardess den Defibrillator brachte, öffnete die Ärztin Watanabes

Hemd, brachte die beiden Klebeelektroden unter dem rechten Schlüsselbein und der linken Achselhöhle an und betätigte die Schocktaste.

Die Frau, die auf dem Gangplatz 10D saß, sah auf den alten Mann hinab. Er durfte nicht sterben. Er musste leben, um in London seinen wichtigen Auftrag zu erledigen, von dem er ihr erzählt hatte.

Einfach so hatte er kurz nach dem Start ein Gespräch mit ihr über den Gang hinweg begonnen. Er hatte den Eindruck gemacht, als wollte er unbedingt etwas loswerden. Dann hatte er ihr geschildert, wie wichtig seine Reise war und dass er für einige Leute streng vertrauliche Informationen hätte.

Im Gegensatz zu ihrem eigenen Leben, das ihr wenig aufregend vorkam, hatte sie die Dringlichkeit des Mannes und seine Aufregung amüsant gefunden. Sie hatten sich schließlich miteinander bekannt gemacht. Ihr Name hatte ihm sehr gefallen: Roberta Watson, wie der Helfer von Sherlock Holmes. Er hatte sich ihr als Akito Watanabe vorgestellt.

Nachdem sie die Reiseflughöhe erreicht hatten, begann er zuerst in seinem Jackett, danach in seiner Handtasche zu suchen. Als er dort nicht fündig geworden war, hatte er einen Trolley aus dem Fach über dem Sitz nehmen wollen. Der Trolley war zu schwer gewesen, und Roberta hatte den Steward gerufen, um zu helfen.

Auch im Trolley war Akito Watanabe nicht fündig geworden. Schließlich hatte er sich wieder gesetzt und kurz vor sich hingestarrt. Roberta hatte sich erkundigt, ob sie ihm helfen könne, doch er hatte das verneint.

Ihm war deutlich anzusehen gewesen, dass etwas nicht stimmte. Zu Kurzatmigkeit kam ein ständiges Vor- und Zurückwippen mit dem Oberkörper. Mr Watanabes Augen waren immer größer geworden. In dem Moment, als Roberta den Rufknopf für die Flugbegleiter hatte drücken wollen, hatte Watanabe nach seiner Handtasche gegriffen und etwas herausgenestelt. Seine Hände hatten gezittert, als er ihr einen festen, nicht sehr dicken A4-Umschlag reichte.

»Bringen Sie das hier zu Dominik Kascha. Hören Sie. Sie müssen es persönlich überbringen. Geben Sie es niemand anderem. Dominik muss das erfahren und den anderen mitteilen. Es geht um ihr Leben.«

Roberta hatte nicht gleich zugegriffen, worauf er ihr den Umschlag an die Brust gedrückt und losgelassen hatte. Danach war Watanabe in seinen Sitz gesunken. Roberta hatte um Hilfe gerufen.

»Tabletten … vergessen …« Das war das Letzte gewesen, was er herausbekommen hatte.

Die Ärztin richtete sich auf. Sie schwitzte und schüttelte stumm den Kopf.

Roberta Watson starrte den Umschlag an, den sie in die Sitztasche vor sich gesteckt hatte.

Was enthielt er? Wie sollte sie die Person finden, von der Watanabe geredet hatte? Da der Umschlag nicht beschriftet war, suchte Roberta einen Kugelschreiber aus ihrer Handtasche und schrieb den Namen an der Seite darauf. Dominique Kashew.

Das war doch der Name, den der Mann genannt hatte. Es musste sich um eine Frau handeln.

47) WAS JETZT?

Sie konnten hier nicht bleiben.

Lilo blickte hinaus in den Regen und auf das Meer. Die Wasseroberfläche hatte die Farbe von geschmolzenem Blei. Der Sturm peitschte die Wellen hoch und warf sie gegen den schmalen Strand, wo sie schäumend brachen und ausliefen.

Sie konnten hier nicht bleiben, weil sich die Kälte durch ihre Kleidung in ihre Haut und in ihre Muskeln fraß. Ein anderer Grund war das Fehlen eines Fluchtweges. Es würde nicht mehr lange dauern, bis dieser Tranx und die Frau beginnen würden, sie zu suchen. Das Versteck unter dem Felsvorsprung würde dann zu einer Falle werden, aus der sie nicht entkommen konnten.

Fort von dieser Insel! Zurück auf das Festland. Das war das Ziel. Aber wie um alles in der Welt sollten sie das erreichen? Sie waren von der Umwelt abgeschnitten, ohne Handykontakt oder die Möglichkeit zu funken.

Lilo musste wieder an Tranx denken. Tranx und diese Frau saßen eigentlich auch hier fest. Fort kamen sie nur, wenn ein Boot sie abholte. War das vielleicht schon vereinbart? Oder besaßen sie Funkgeräte?

Der einzige Weg, das herauszufinden, war, ins Haus zurückzukehren und danach zu suchen. Aber bei dieser Vorstellung wurde Lilo übel.

Axel wischte sich mit den Händen immer wieder über das Gesicht, als könnte er die schrecklichen Vorstellungen und Einbildungen auf diese Weise wegwischen.

»Wie geht's dir?«, wollte Lilo wissen. Sie klang sehr mitfühlend.

»Das war grässlich vorhin. Schaurig. Und so echt.«

Lilo sah ihn schweigend an. Schließlich sagte sie: »Wie damals das Eismonster?«

Axel nickte. »Nur noch schlimmer.«

»Ich bin durchgefroren«, meldete Dominik.

Poppi war jetzt auch wieder ansprechbar. »Ich spüre meine Finger kaum noch.« Sie begann, sie probeweise abzubiegen und zu strecken und auf dem Stand zu springen.

»Im Haus könnte es Funk geben. Oder Handys, die hier Empfang haben«, erklärte Lilo. »Bevor wir aber wieder ins Haus gehen, müssen wir diese Verrückten aus dem Weg schaffen.«

Axel rieb sich die Haare und schnitt Grimassen. »Wie sollen wir das anstellen?«

Nachdenklich knetete Lilo ihre Nasenspitze. Dominik schlang seine Arme um die Brust und versuchte, sich selbst warm zu rubbeln. Seine Lippen waren, wie Lilo bemerkte, blau vor Kälte.

»Dominik, du und ich sind am fittesten. Wir haben beide keine dieser grauenvollen Anfälle und Visionen gehabt«, begann Lilo langsam. »Deshalb sollten wir beide auch zum Haus zurückgehen und sehen, wie wir Tranx und diese Frau außer Gefecht setzen können.«

»Und wir sollen hierbleiben?« Poppi war nicht sicher, ob sie das freuen oder beunruhigen sollte.

»Ich habe den braunen Gürtel in Karate und bin ziemlich fit«, sagte Axel.

»Es gibt nur den einen Abstieg, über den auch wir heruntergekommen sind«, sagte Dominik. »Wir werden den Hang im Auge behalten.«

»Das machen wir«, stimmte ihm Lilo zu. »Falls jemand herunterwill, werden wir euch warnen, damit ihr nicht überrumpelt werdet.«

Um keine Zeit zu verlieren, gab Lilo Dominik ein Zeichen, ihr zu folgen. Er zupfte aus Gewohnheit Hemd und Hose zurecht, womit er sich einen schiefen Blick von Axel einhandelte. Dominik musste einen Augenblick über sich selbst grinsen. Dann trat er hinaus in den Regen.

Für Lilo war es kein Problem, über den steilen Felshang hinaufzuklettern, obwohl sie in den letzten Jahren wegen ihrer Arbeit an der Universität wenig Zeit für die Berge gehabt hatte.

Für Dominik war der Aufstieg noch beschwerlicher als am Tag zuvor. Er rutschte mehrere Male von den nassen Steinen ab und landete dreimal im Dornengestrüpp. Leise fluchend kämpfte er sich weiter. Es würde dauern, bis alle Wunden verheilt waren und er wieder vor die Kamera treten konnte.

Wie lächerlich, jetzt darüber nachzudenken, schimpfte er mit sich selbst. Nach den Ereignissen der letzten zwei Tage und angesichts der Grausamkeit, mit der die Leute auf der Insel mit ihnen umgingen, gab es für Dominik kaum Zweifel, dass die vier Freunde auf dieser Insel um ihr Leben kämpften.

Weil Panik in ihm aufstieg, wischte er diese Vorstellung schnell beiseite und versuchte sich einzureden, dass es so schlimm schon nicht werden würde.

Lilo, die einen kleinen Vorsprung hatte, ließ sich den Hang zu ihm hinunterrutschen und deutete ihm, sich zu ducken.

Keuchend kauerten sie unterhalb der Kante des Plateaus, auf dem sich die Villa erhob.

»Da ist jemand«, flüsterte Lilo. »Ein Dritter.«

Dominik verzog fragend den Mund.

»Er könnte bewaffnet sein«, fuhr Lilo fort. »Wir müssen ihn k. o. setzen.«

Auch so eine Aktion kannte Dominik nur von Dreharbeiten. Wie sollten sie das anstellen?

Lilo spähte vorsichtig über die Kante, zog aber schnell wieder den Kopf ein.

Unerbittlich prasselte der Regen auf sie herab. Die Wolken über ihnen wirkten noch schwerer und voller als zuvor. Auf eine Besserung des Wetters bestand keine Hoffnung.

Suchend blickte sich der breitschultrige, hochgewachsene Mann vor dem Haus um.

Wie konnten sie ihn nur vom Eingang fortbekommen? Was taten seine Komplizen im Haus?

48) UNGLÜCKSTAG

Hermes presste die Handflächen auf die polierte Oberfläche des Mahagonitisches, der einen großen Teil der Kajüte einnahm, die er als Arbeitsplatz benutzte.

Auch wenn die Besatzung auf der Jacht genauso verschwiegen war wie seine anderen Mitarbeiter, vermied Hermes jedes Risiko. Fenster und Türen waren schalldicht, die Wände elektronisch gegen jede Form des Abhörens geschützt. Außer den Signalen der codierten Handys kam hier nur noch seine Internetleitung herein. Sie erreichte ihn über einen eigenen Satelliten, war viele Male verschlüsselt und ebenfalls absolut sicher vor jedem unerwünschten Zugriff.

Das Abstützen auf der Tischplatte und das Zählen beim Atmen hatte ihm sein Mentalcoach beigebracht. Die Methode hatte der Mann bei seinem Einsatz in einer führenden militärischen Position entwickelt, die ihn zu den schrecklichsten Krisengebieten der Erde geführt hatte. Er musste damals immer Ruhe und einen klaren Kopf bewahren, um jederzeit und sehr schnell Entscheidungen über den Einsatz von Flugkörpern zu treffen. Hermes hatte diesen Experten mehrere Jahre als persönlichen Coach beschäftigt.

Auf Canon Island war mittlerweile alles schiefgelaufen, was nur hatte schieflaufen können. Die Protokolle von Prot und Tin zeugten von einem Debakel, wie es Hermes noch nie erlebt hatte.

Ann und Tranx, die offensichtlich nicht einmal als Taschendiebe in der U-Bahn zu gebrauchen waren, meldeten sich nicht mehr. Laut Prots akustischen Protokollen hatte der Ermittler sie beide außer Gefecht gesetzt. Er schien dabei die Betäubungsinjektionen verwendet zu haben, die für die vier Testobjekte und ihn selbst bestimmt gewesen waren.

Weller dagegen lief frei herum. Die Testobjekte ebenfalls. Sie hatten sich aus dem überwachten Bereich entfernt, was die Angelegenheit deutlich komplizierter machte. Wenigstens konnten sie keine Hilfe rufen oder die Insel verlassen.

Wenn sie allerdings die Handys fanden, die Ann und Tranx benutzt hatten, sah die Sache anders aus. Dann wären sie nicht völlig chancenlos. Es waren Satellitengeräte, die auch auf der Insel Empfang hatten.

Immer wieder zwang sich Hermes, tief durchzuatmen, beim Einatmen bis drei zu zählen, dann eine Pause einzulegen und bis fünf zu zählen und beim Ausatmen bis sieben.

Die Feuchtigkeit seiner Hände hinterließ einen Rand auf der Tischpolitur rund um die Finger. Beim Aufrichten rieb er sich den schmerzenden Rücken. Er trug eine lose weiße Hose und eine Jacke, wie sie Judokämpfer verwendeten. Eigentlich hatte er seine Yogaübungen machen wollen, aber die immer schlimmeren Meldungen von Canon Island hatten ihn daran gehindert.

Das Wichtigste jetzt war die Fortführung des Projektes. Das Experiment musste zu Ende gebracht werden. Das Kapitel auf Canon Island bildete den Höhepunkt einer langen Versuchsreihe, die er vor vielen Jahren gestartet hatte und deren Ergebnisse die Bestätigung für die Wirkung des Präparates sein sollten.

Er musste die Kontrolle über die Ereignisse auf der Insel zurückgewinnen. Notfalls würde er die Angelegenheit selbst in die Hand nehmen.

Er kehrte an den riesigen Tisch zurück, der bis auf seine Handys, einen aufgeklappten Laptop und einen Teller mit Ananasstücken und einer Gabel leer war.

Mit einem tiefen Ausatmen senkte Hermes den Kopf. Sofort schrak er wieder hoch.

Auf dem gesamten Schiff fehlte etwas, was den meisten Mitgliedern der Crew nicht oder erst spät auffiel.

Es gab keinen einzigen Spiegel an Bord der *Sokratina*.

Die Oberfläche des Tisches aber war vorhin unter den wachsamen Augen von Hermes von einem Matrosen poliert worden. Er hasste Fingerabdrücke und jede Form von Schmutz.

Der Tisch war dadurch zu einem großen Spiegel geworden, aus dem ihn nun sein eigenes Gesicht anstarrte.

Das hatte noch gefehlt an diesem Unglückstag. Mit einem zornigen Schrei warf er den Teller auf sein Spiegelbild.

Der Teller zerbrach in viele Scherben.

Das Gesicht aber, das blieb.

49) GROSSE ROLLE

»He, Schauspieler, zeig, was du kannst«, flüsterte Lilo Dominik ins Ohr.

Im ersten Moment fühlte sich Dominik verspottet, aber als Lilo ihn mit dem Ellbogen stieß und dabei das Gesicht verzog, grinste er zurück.

»Ich schleiche dort hinüber zum Haus.« Lilo zeigte am Hang entlang nach links. »Du wartest hier. Wenn ich winke, kriechst du auf das Felsplateau hinauf und spielst den Verletzten.«

»Spinnst du?«, zischte Dominik.

»Bleib unten und lass den Kerl kommen. Er soll sich zu dir bücken, dann ramm ihm den Kopf in den Bauch. Ich komme von hinten und helfe dir.«

»Ich will einen Stuntman«, brummte Dominik.

»Gibt's hier nicht. Pech gehabt.«

»Aber was ist, wenn der Typ eine Waffe bei sich hat?«

»Umso besser. Auf dich wird er nicht schießen, weil du auf dem Boden kriechst. Ich kann sie ihm abnehmen, und dann können wir hier vielleicht das Kommando übernehmen.«

Die Rolle, die er gleich spielen sollte, machte Dominik mehr Sorgen als irgendeines seiner bisherigen Castings, bei denen er vor den kritischen Augen von abgebrühten Fernsehleuten vorsprechen musste. Hier galt es, den Charakter voll und ganz zu treffen und den Kerl zu überzeugen.

Dominik warf noch einen Blick auf ihn. Er war einer jener Männer mit breiten Schultern, aber auch einigem Speck an der Hüfte. Auf Dominik machte er keinen sehr gefährlichen Eindruck, aber das konnte auch täuschen. Die wirklich fiesen und gefährlichen Bösewichte in TV-Serien waren heute völlig »normale« Leute, oft sogar echte Schönlinge, die eiskalt killten.

Es gab in diesem Moment aber auch eine gute Nachricht: Der Regen ließ nach.

Der Mann vor dem Haus wühlte in den Taschen seiner Jacke und zog ein Handy heraus. Hatte er Empfang? Dann mussten sie ihm das Handy abnehmen.

Lilo war auf der Höhe des Hauses angelangt und verbarg sich knapp unterhalb der Kante des Plateaus. Dominik hatte mit ihr Sichtkontakt. Ein letzter prüfender Blick von Lilo, dann winkte sie ihm, mit der Vorführung loszulegen.

50) ERSCHRECKENDE NEUIGKEITEN

Das Wetter an diesem Freitag hätte nicht besser sein können. Keine Wolke am Himmel, die Frühlingssonne war sehr warm, aber noch nicht so heiß wie im Hochsommer.

Durch das offene Fenster drang der leicht faulige Geruch des Kanals. Den Bewohnern der Stadt war er vertraut, für sie war es ein ganz eigener Duft, der Teil ihres Lebens geworden war und der ihnen fehlte, wenn sie verreisten. Ein Motorboot glitt mit tuckerndem Motor draußen vorbei, der Ruf eines Gondolieres war zu hören, mit dem er Kollegen vorwarnte, dass er gleich um die Ecke kommen würde.

Ihr Leben hier hatte etwas von einem ruhig fließenden Fluss. Es plätscherte dahin, ohne allzu große Ereignisse, trotzdem war es niemals langweilig.

Arianna nahm ihr Handy und öffnete den Kalender. Am Nachmittag hatte sie einen Termin mit einem Kunden, der vielleicht eine ihrer Bronzen kaufen wollte. Sie öffnete den winzigen Laden nahe der Accademia nur auf Terminvereinbarung. Aus der Musicaldarstellerin Liliana von einst war die Künstlerin Arianna geworden, die geflügelte Löwen in allen möglichen Posen formte.

Alberto kam aus dem Schlafzimmer im oberen Stock, umgeben von einer Wolke herben Männerparfüms.

»Darling, du benutzt etwas zu viel davon«, ermahnte ihn Arianna.

»Hör auf, mich zu kritisieren«, knurrte Alberto. Seinen Namen hatte er von Raymond auf Alberto ändern können, sein Geburtsdatum leider nicht, und das ärgerte ihn. Er hatte vor zwei Wochen seinen sechzigsten Geburtstag gefeiert und Probleme mit seinem Alter. Egal, was Arianna zu ihm sagte, er empfand es derzeit als einen Angriff.

Der Frühstückstisch war liebevoll gedeckt. An ein italienisches Frühstück, das nur aus trockenen Brötchen, etwas Marmelade und ein paar Scheiben Parmaschinken bestand, hatten sich Arianna und Alberto nie gewöhnen können. Sie bevorzugten nach wie vor Toast mit Orangenmarmelade, dazu Spiegeleier, gebratenen Speck und an manchen Tagen sogar weiße Bohnen in Tomatensoße aus der Dose.

So sehr ihr die Bühne anfänglich gefehlt hatte, so sehr genoss es Arianna, nicht mehr auf ihre schlanke Linie und ihr Gewicht achten zu müssen. Sie ließ sich nicht gehen, aber Hungerkuren wie früher unternahm sie auch nicht mehr.

»Was hast du heute vor?«, fragte sie Alberto.

»Ich werde mein Ruderzeug anprobieren und hoffe, dass ich in die enge Hose und das T-Shirt noch hineinpasse.«

Am Sonntag stand die Vogalonga, der große Ruderevent in Venedig auf dem Programm, an dem Alberto gemeinsam mit seinen vier besten Freunden jedes Jahr teilnahm. Dabei ruderten Venezianer und Gäste aus aller Welt eine dreißig Kilometer lange Strecke rund um die Stadt – den Canal Grande herunter und unter der Rialtobrücke durch.

Nachdem er wieder einmal mehr gegessen hatte, als er eigentlich beabsichtigt hatte, ging Alberto nach oben und kramte hinten aus dem Kleiderschrank seine Sportsachen heraus. Im Spiegel der Schranktür betrachtete er sich kritisch und mit sehr wenig Gefallen.

»Du bist ziemlich fett geworden, Raymond!«, schimpfte er sein Spiegelbild.

Als er sich in die elastische Sporthose gezwängt und mit viel Kraft das T-Shirt über seinen Kopf und den Bauch gezogen hatte, wurde er noch wütender auf sich. Er sah aus, als würde er beim nächsten Atemzug aus den Sachen platzen, und deshalb beschloss er auf der Stelle, neue Rudersachen besorgen zu gehen.

»Lil?« Wenn sie allein waren, rief er sie immer noch mit ihrem alten Namen. Er hatte sich nie daran gewöhnen können, die neuen Namen privat zu verwenden. Sie erschienen ihm fremd, und alles in ihm hatte sich dagegen gewehrt. »Liliana?«

Seine Frau kam von dem kleinen Steinbalkon herein, der kaum Platz für zwei Sessel bot. Sie genoss zu jeder Tageszeit den Blick hinaus auf das Wasser des Kanals.

»Schrei nicht so.« Sie schloss die beiden Flügel der Balkontür. »Es könnte uns jemand hören.«

»Na und?«

»Raymond, ganz ehrlich, hast du dich jemals völlig sicher gefühlt?«

Ohne nachzudenken antwortete ihr Mann: »Ja.«

»Ich nicht.«

»Bitte fang jetzt nicht wieder damit an. Es sind mehr als dreißig Jahre vergangen.«

»Trotzdem. In letzter Zeit muss ich wieder öfter daran denken. Ich weiß auch nicht, was das ausgelöst hat.«

»Du wirst eben nicht jünger«, erwiderte Raymond hart. »Solche Ängste werden im Alter schlimmer. Also tu was dagegen.«

»Bin ich schon ›im Alter‹?«

»Ach, du weißt genau, was ich meine. Vergiss es. Denk einfach nicht daran.«

Das sagte sich so leicht. Sie wusste, es hatte wenig Zweck, länger darüber zu reden. Raymond war ein Meister im Verdrängen und hasste es, an Dinge erinnert zu werden, die er mit aller Macht aus seinem Kopf verjagt hatte.

Etwas wollte Liliana aber doch noch wissen.

»Hat Archie sich in letzter Zeit bei dir gemeldet?«

Ray zögerte. Mit Archie hatte er einige Male gesprochen, aber er hatte Liliana bewusst nichts davon erzählt.

»Ja, hat er. Er schickt Grüße.«

»Geht es ihm gut?«

»Jaja, sehr gut.«

Obwohl sie es zu vermeiden versuchte, weil es Falten machte, runzelte Liliana nun die Stirn. »Was verschweigst du mir?«

Sie durchschaute ihn sofort, wie sie es jedes Mal tat, wenn er zu flunkern versuchte.

»Versprich, dass du dich nicht aufregst?«

»Das entscheide ich, wenn ich gehört habe, was Archie gesagt hat.«

Nach einer kleinen Pause sagte Ray: »Canon Island ist vor einem Jahr verkauft worden. Wie es scheint, hat jemand die Villa renoviert.«

Die Nachricht traf Liliana schlimmer, als er gedacht hatte. Entsetzt sah sie ihn an.

»Was heißt das? Was heißt ›renoviert‹?«

»Mehr weiß er auch nicht. Die Arbeiter sind alle aus dem Ausland geholt worden. Es war niemand aus Brighton oder der Umgebung beteiligt.«

»Ihr hättet das Haus damals sprengen sollen.«

»Ich bitte dich, Liebling, du weißt genau, das wäre unmöglich gewesen.«

»Aber wenn sie etwas herausgefunden haben? Wenn sie wissen, was wir getan haben und dass wir am Leben sind?«

Liliana zog die Netzgardinen bei der Balkontür zu. Sie fühlte sich auf einmal beobachtet.

»Was hat Archie sonst noch gesagt?«, wollte sie wissen.

»Nicht viel. Der neue Besitzer scheint eine Firma zu sein. Er konnte nichts über sie herausfinden. Firmensitz auf den Bahamas, und wahrscheinlich sogar nur eine Briefkastenfirma.«

»Wieso kauft so jemand Canon Island?«

»Schwarzgeld weißwaschen.«

»Bist du da sicher?« Liliana spielte nervös mit der Serviette, die sie gerade vom Frühstückstisch genommen hatte.

»Anzunehmen. Wieso sonst sollte jemand Geld für diesen Felsen mitten im eiskalten Meer ausgeben, wo sich nicht einmal die Möwen Gute Nacht sagen?«

Die Erklärung klang für Liliana glaubwürdig, aber ihre Unruhe blieb.

Es durfte nicht passieren, dass sie nach all den Jahren doch noch gefunden wurden. Nicht nachdem sie so viel unternommen hatten, um neue Namen anzunehmen und andere Persönlichkeiten zu werden.

Die nächsten Tage würde sie das Haus nicht verlassen, beschloss sie. Den Termin mit dem möglichen Kunden würde sie absagen. Das Geld brauchte sie ohnehin nicht. Sie hatten davon mehr als genug auf geheimen Konten in der Schweiz und an anderen Orten der Welt.

Es war Geld, an dem Blut klebte.

51) SCHNEEGESTÖBER

An der Schauspielschule hatte Dominik gelernt, sich jedes Gefühl, das er darstellen sollte, zu verinnerlichen. Er versetzte sich in eine Situation, in der er dieses Gefühl selbst erlebt hatte, ließ sich davon ganz erfüllen und sprach dann den Text, den das Skript vorgab.

Diesmal aber gab es kein Drehbuch, er musste improvisieren. Verletzung und Schmerz zu spielen fiel ihm inzwischen leicht, seit er vor drei Jahren stockbetrunken bei einer Party auf ein Klavier gesprungen war und dort oben lauthals gesungen hatte. Beim Runterspringen hatte er sich die Achillessehne eingerissen und das Knie schwer geprellt.

Zuerst hatte er die höllischen Schmerzen durch den Schock nicht gefühlt. Als sie dann aber schließlich doch spürbar wurden, war er ohnmächtig geworden.

Mit diesen Erinnerungen im Kopf kroch er auf allen vieren auf den Mann zu. Dominik musste einen Anblick des Jammers bieten und vor allem völlig geschwächt wirken.

Der Mann sah ihn kurz an, zögerte aber nicht und kam auf ihn zu.

Aus den Augenwinkeln sah Dominik Lilo, wie sie sich von hinten in einem Bogen an den Mann heranschlich.

»Dominik Kascha?«, fragte der Mann. Er hatte einen amerikanischen Akzent, und Dominik war überrascht, dass er seinen Namen kannte.

Weil er Lilos Plan nicht durchkreuzen wollte, tat Dominik, als hätte er den Mann nicht gehört. Er schleppte sich weiter voran und schickte dem Mann grimmige Gedanken, sich endlich zu bewegen.

»Sind Sie Dominik Kascha?«

Verdammt, was sollte Dominik antworten? Und sollte er überhaupt antworten? Der Mann war endlich bei Dominik angekommen und beugte sich zu ihm herunter. Lilo war dicht hinter ihm und machte sich bereit, ihn zu Boden zu reißen. Sie nickte Dominik auffordernd zu, worauf er sich mit den Händen vom Boden abstieß und alle Kraft in seine Schultern pumpte. Mit voller Wucht rammte er dem Mann den Kopf in den Bauch.

Dominiks unerwarteter Angriff presste dem Mann alle Luft aus den Lungen. Beim Zusammenstoß gab es ein grässliches Knacksen in seiner Brust. Der stechende Schmerz ließ seine Beine einknicken. Schon landete Lilo von hinten auf seinem Rücken und presste ihn zu Boden.

»Wir brauchen etwas zum Fesseln. Hol etwas aus dem Haus«, rief sie Dominik zu. Dominik starrte ungläubig auf sein Opfer. Er hatte den Mann tatsächlich überwältigt, etwas, das er sich niemals zugetraut hätte. »Renn! Beweg dich!«, schrie ihn Lilo an.

Dominik richtete sich auf und stolperte Richtung Villa.

Lilo kniete auf dem Rücken des Mannes, der wimmerte und nach Luft rang.

»Ich heiße Weller, bin … Ermittler …«, brachte er mühsam heraus. Lilo verstand ihn kaum und hielt seine Worte auch nicht für wichtig.

»Ich suche … Dominik Kascha … im Auftrag von Mr Watanabe … Er hat eine Warnung …«

Der Sturm frischte auf, und die Luft brauste in Lilos Ohren. Sie hatte Mühe, den Mann zu verstehen. Ihr angeborenes Misstrauen warnte sie heftig davor, ihm zu glauben. Er könnte zu den Leuten gehören, die sich hier auf der Insel versteckt hielten und mit ihnen ein höchst seltsames Spiel trieben.

Wo waren aber die anderen zwei? Lilo erschrak. Dominik war allein in die Villa gegangen und könnte ihnen direkt in die Arme laufen. Noch immer auf dem Mann kniend, blickte sie zurück zum Haus.

Keine Spur von Dominik.

Hoffentlich hatten sie ihn nicht geschnappt und warteten jetzt nur darauf, dass auch Lilo kam. Dann wäre es natürlich ein Leichtes, auch noch Axel und Poppi zu holen. Lilos Herz raste mit einer Heftigkeit, die sie zum Schwitzen brachte.

»Dominik Kascha … Ich soll ihn warnen …«

Weller meldete sich erneut zu Wort, fand aber genauso wenig Gehör wie zuvor.

Mit den Händen tastete Lilo die Jacke des Mannes ab. Sie befühlte die Taschen und suchte nach einer Waffe, fand aber keine. Mehrere Male versuchte der Mann erneut, ihr etwas zu sagen.

Noch immer keine Spur von Dominik? Sollte sie ihn rufen? Lilo öffnete den Mund, schloss ihn dann aber wieder, weil sie befürchtete, so auch Tranx und die Frau auf sich aufmerksam zu machen. Vielleicht war bei Dominik alles in Ordnung und er suchte nur so lange. In diesem Fall mussten sie wirklich nicht erfahren, wo er sich gerade aufhielt.

Das Stechen in Lilos Gesicht kam sehr unerwartet. Der Regen hatte doch aufgehört. Wieso flogen auf einmal Eiskristalle durch die Luft? Wo kamen sie her? Sie befand sich auf dem Meer, und trotz der Nässe und der Kälte war es zu warm für Eis.

Vor Lilos Augen stoben dicke Schneeflocken, die sie einhüllten und die immer dichter und dichter wirbelten. Der Schnee blieb auf dem Felsen liegen und bildete dort in Sekunden eine dicke weiße Decke.

Flocken fielen auf die dunklen Haare des Mannes und die fahle Haut, aus der alle Farbe gewichen war.

»Aaaaaaaaaah!«

Lilo brüllte aus Leibeskräften. Sie schrie, bis ihre Lunge brannte.

Aus dem Schneegestöber war ein Gesicht aufgetaucht, das zur Hälfte von einer weißen Maske verdeckt wurde. Der Mund, der frei lag, verzog sich breit, und Zähne wurden gebleckt. Die Lippen öffneten sich.

Das Phantom war wieder da.

Seine Maske fiel herab. Was darunter zum Vorschein kam, war überraschend und schockierend.

»Aaaaaaaaaah!«

Lilo schrie, bis es in ihrer Brust brannte, als würden dort Flammen lodern.

52) LIZ

Dominik war zuerst richtig froh, ins Haus laufen zu können. Er hatte keine Ahnung, wie schwer er den Mann verletzt hatte, und wollte so weit wie möglich fort von ihm. Lilo war eindeutig besser geeignet, sich um ihn zu kümmern.

Als er das Wohnzimmer betrat, empfing ihn das gleiche Chaos, das sie hinterlassen hatten. Bei der Sitzgruppe und in dem Wandregal entdeckte er nichts, das man zum Fesseln hätte verwenden können. Dominik ging weiter ins Esszimmer und suchte dort. Er sah in den Schrank, in dem das Geschirr aufbewahrt wurde, fand aber neben den Tellern und Tassen nur Papierservietten.

Erst als er in die Küche ging, fielen ihm die anderen beiden Leute ein, die irgendwo im Haus sein mussten. Er zog das längste Messer aus dem Messerblock und hielt es als Verteidigung über den Kopf. Lauschend blieb er stehen, die Luft angehalten.

Bis auf das Brausen des Windes war nichts zu hören.

Halt, doch. Da war etwas. Es kam von oben. Dort stöhnte jemand, und es klang nicht sehr gesund.

Weil er auch in der Küche weder Schnur noch Kabel finden konnte, lief er auf Zehenspitzen zur Treppe. Das Messer noch immer drohend in die Höhe haltend, stieg er Stufe für Stufe nach oben.

Gleich am Ende der Treppe, oben im Flur, lag eine junge Frau mit langen schwarzen Haaren, den Kopf gegen die Wand gelehnt. Sie stöhnte, und ihr ganzer Körper wirkte kraftlos und schlapp. Dominik sah, wie ihre Lider flatterten und sie Laute von sich gab, als hätte sie einen Albtraum.

Schlief sie?

Die Augen öffneten sich leicht. Dominik wich zurück. Die Frau blinzelte in seine Richtung. Unter großen Anstrengungen versuchte sie, die Lider weiter zu heben. Ihr Blick war stumpf und schien durch Dominik hindurchzugehen. Ihr Kopf sackte zur Seite, und das Wimmern und Ächzen verstummte. Erleichtert sah Dominik, wie sich ihr Brustkorb hob und senkte. Sie war also nicht tot, sondern nur außer Gefecht gesetzt.

Aber wo war der Mann, den er am Abend mit dem Kopf in der Hand gesehen hatte?

Mit der Schneide des Messers klopfte Dominik an das obere Geländer des Treppenaufgangs. Falls sich der Mann hier versteckte, lockte ihn das vielleicht und er ließ sich blicken.

Es blieb still. Kein verräterischer Laut. Dominik wartete noch ein wenig. Sein Ziel war das Zimmer, in dem sein Koffer stand. Er hatte einen Leinengürtel mit, der sicher gut als Fessel dienen konnte, und den wollte er holen.

Dominik streckte das Messer schützend vor sich. Sehr bedacht setzte er Fuß vor Fuß. Er musste das hinterste Zimmer erreichen, gleich neben dem Bad.

Du schaffst das, du schaffst das, beruhigte er sich im Stillen.

Der Gang schien immer länger zu werden. Dominik spähte durch die offenen Türen der Zimmer, stets bereit, sich sofort zu verteidigen, falls er angegriffen wurde.

Der Mann war in Dominiks Zimmer und lag auf dem Rücken. Seitlich an seinem Hosenbein steckte eine Spritze, die Nadel noch in seinem Muskel. Er war also betäubt worden. Möglicherweise mit dem gleichen Mittel, mit dem auch Dominik betäubt worden war. Um aber sicherzugehen, pikste Dominik mit der Spitze des Messers prüfend in die Wade des Mannes und danach sogar in die Wange.

Keine Reaktion. Er war wirklich ohne Bewusstsein.

Dominik fühlte einen Hauch von Erleichterung. Er riss Kleidungsstücke aus seinem Koffer und warf sie einfach auf das Bett. Den Gürtel fand er ganz unten. Als er damit das Zimmer verließ, fiel ihm das Bad ein und der Zugang, den Lilo dort vermutete. Er wollte die Gelegenheit nutzen und einen Blick hineinwerfen. Auf diese paar Sekunden kam es jetzt auch nicht mehr an.

Das Blut an der gemauerten Wanne war mittlerweile eingetrocknet. In dem Raum selbst war sonst alles wie zuvor. Dominik näherte sich der gemauerten Duschkabine und blickte durch den Einstiegsspalt. Er stellte sich leicht seitlich, damit genügend Licht durch den Spalt fallen konnte.

Die Tür zu dem geheimen Raum war eine dünne Metallplatte, die vom Boden bis zur Decke reichte und genau wie die Wände an der Außenseite gekachelt war. An den Kanten oben, unten und an den Seiten war Silikon angebracht, das die Fugen vollständig ausfüllte, und deshalb war auch kein Spalt zu erkennen gewesen.

Die geheime Tür stand halb offen. An der Innenseite war ein kleines Kästchen angebracht, aus dem ein Riegel ausfahren konnte. Für Dominik sah es wie ein Verschluss aus, der mit einer Fernbedienung betätigt werden konnte.

Er steckte den Kopf durch die Öffnung und sah rohe Betonmauern eines Schachts, die senkrecht nach unten fielen. Eine Treppe mit Stufen aus Metallgitter führte in die Tiefe. Von dort kam ein bläulicher Lichtschimmer.

Allein wollte Dominik nicht hinuntersteigen. Das verschob er auf später, wenn er sicher sein konnte, dass einer seiner Freunde die Gauner im Auge behielt. Also zog er den Kopf wieder aus dem Einstiegsspalt der Dusche.

Beim Umdrehen bemerkte er die Bewegung in der Tür. Das Messer noch immer in den Händen, wirbelte er herum. Er konnte sich nicht erinnern, zugestochen zu haben, trotzdem sackte jemand vor ihm zu Boden, den Mund zu einem überraschten O geöffnet, die Augen voller Unglauben und Vorwurf.

Zu Dominiks Füßen lag Liz gekrümmt in einer Blutlacke, die schnell größer wurde.

Der Schock war so groß, dass Dominik schlecht wurde. Er schaffte es gerade noch zur Toilette, bevor er sich übergab.

53) GEHEIMER ABGANG

»Lilo!«

Axel kniete neben ihr und fühlte sich hilflos.

»Er lebt«, meldete Poppi. »Aber er muss ins Haus. Hier ist es zu kalt.«

Poppi hatte den bewusstlosen Mann so gut sie konnte untersucht. Er atmete, aber sehr flach und kurz, was auf starke Schmerzen im Brustraum schließen ließ.

Lilo kauerte auf dem Felsboden und starrte ins Leere. Ihr Schrei hatte Axel und Poppi alarmiert. Sie waren sofort aus dem Versteck gekommen und den Hang hochgeklettert. Lilos Rufe und der Mann, der ohne Zweifel ärztliche Hilfe benötigte, hatten bei Poppi ungeahnte Energien geweckt.

Axel dagegen stand unter Schock. Er rüttelte Lilo an den Schultern und redete ihr zu, sich zu beruhigen. Sie aber schluchzte weiter, und ihre Augen starrten aufgerissen irgendwo ins Leere.

»Lilo, hörst du mich?«

»Sie hat das Gleiche wie wir vorhin«, stellte Poppi fest.

»Aber was soll ich tun, ich kann sie doch nicht ohrfeigen«, sagte Axel.

»Hilf ihr auf und führ sie ins Haus. Sie soll sich auf das Sofa im Wohnzimmer legen.«

Mit diesem Vorschlag war Axel einverstanden. Er zog Lilo am Arm, und sie stand auf. Um sie beim Gehen zu stützen, legte er sich ihren Arm über die Schultern und hielt sie am Handgelenk fest.

Als sie im Haus angekommen waren und er sie auf dem Sofa absetzte, schlang sie plötzlich ihre Arme um ihn und riss ihn mit sich. Axel landete halb auf und halb neben ihr. Lilo umklammerte ihn mit einer für ihn völlig überraschenden Heftigkeit, als wollte sie ihn nicht wieder gehen lassen.

Jetzt fühlte sich Axel noch hilfloser. Steif lag er da und versuchte, sich aus Lilos Umarmung zu befreien.

Von draußen rief Poppi nach ihm. Axel löste Lilos Arme energischer, als er es beabsichtigt hatte. Sie griff erneut nach ihm, aber er konnte ins Freie entkommen.

Gemeinsam mit Poppi gelang es ihm, den Mann aufzurichten. Er war wach und half mit. Auf die zwei gestützt, schaffte er es ins Haus, und die beiden setzten ihn in einem der Polstersessel ab.

»Wir fesseln ihn aber«, entschied Axel. Der Mann war vielleicht einer der Verbrecher, und er wollte kein Risiko eingehen.

Axel rief nach Dominik.

»Bin oben!« Dominiks Stimme klang eigenartig. Da er nicht herunterkam, ging Axel nachsehen. Zur Sicherheit nahm er die schmale Glasvase zu seiner Verteidigung mit.

Aus dem Badezimmer wankte ihm ein leichenblasser Dominik entgegen.

»Sie kann nicht hier sein. Es kann nur Einbildung gewesen sein.«

Axel verstand im Moment nicht, was er meinte. Er wurde nicht schlau aus Dominiks Worten.

»Liz, ich habe geglaubt, sie zu sehen.« Er wischte sich mit den Händen über das Gesicht. Stumm deutete er dann auf die betäubte Frau bei der Treppe und den Mann in seinem Zimmer.

»Beide k. o. Im Moment jedenfalls. Aber ich habe keine Ahnung, wie lange es anhält.«

Dann zeigte er ins Bad. Mit wenigen Worten – zu vielen war er ausnahmsweise einmal nicht fähig – berichtete er von dem Abgang in der Dusche.

Axel sah den Stoffgürtel in Dominiks Händen. »Bring den hinunter zu Poppi. Wir müssen den Mann fesseln.«

Das Wort »fesseln« brachte bei Dominik die Erinnerung zurück, wieso er überhaupt ins Haus gekommen war. Mit ziemlich steifen Schritten stakste er in Richtung Treppe, vorbei an Axel, der sich das Bad vornahm.

Prüfend blickte er den Schacht hinunter. Die Treppe verlief so, dass er das Ende von oben nicht sehen konnte. Im Raum, in den sie führte, brannte Neonlicht.

Auf der Höhe des Badezimmers war vor und hinter Axel je ein Bullauge in der Mauer. Das waren die zusätzlichen Bullaugen, die Poppi von außen aufgefallen waren und die sie auf die Spur des versteckten Raumes gebracht hatten.

Ob dieser Geheimgang immer schon bestanden hatte? Hatte ihn Raymond Hilgard einbauen lassen?

Axel wollte diese Frage mit seinen Freunden besprechen, aber im Augenblick hatte er etwas Dringenderes vor.

Der Zeitpunkt konnte nicht besser sein: Die Gauner waren alle außer Gefecht gesetzt. Was auch immer sich dort unten befand, war unbewacht. Axel begann, die Stufen hinunterzusteigen. Die Treppe war eine Metallkonstruktion und zeigte deutliche Rostspuren, ein deutlicher Hinweis darauf, dass es diesen Teil des Hauses schon länger gab.

Jeder Schritt erzeugte ein metallisches Geräusch. Axel musste den Kopf einziehen, weil die Treppe unter der vorspringenden Decke verschwand. Leicht gebeugt setzte er den Abstieg fort, bis er sich wieder aufrichten konnte.

Er befand sich in einer Art Kellerraum unter der Villa, der von einer Neonröhre an der Wand beleuchtet wurde. Als Axel sich umsah, fühlte er sich wie in einer Höhle: Die Wände bestanden aus rauem Stein und waren nur an einigen Stellen mit Beton gestützt und gefestigt.

Axels Schätzung nach musste der unterirdische Raum fast die gesamte Grundfläche der Villa einnehmen. Die Decke bildete eine flache Kuppel, wie das bei einer Höhle eben war.

Die Einrichtung war sehr karg: zwei Matratzen auf dem Boden mit zwei Schlafsäcken und Kissen, ein Tisch, zwei Stühle. Rucksäcke waren an die Wand gelehnt, Kleidungsstücke lagen daneben, die meisten schmutzig.

Zwei Rucksäcke, aber oben waren drei Gauner. Interessant, stellte Axel fest.

Vom Hauptraum führten drei Gänge weg. Zwischen zwei von ihnen stand eine Metalltruhe, die mit mehreren schweren Vorhängeschlössern versperrt war.

Was konnte dort drinnen sein, wunderte sich Axel. Was musste so sehr gesichert werden? Er rüttelte an dem Deckel der Truhe, der sich aber – wie eigentlich erwartet – keinen Millimeter bewegen ließ. Einen Versuch war es aber wert gewesen.

Auf dem Tisch lagen mehrere Lampen, wie sie beim Camping benutzt wurden. Axel nahm die größte und schaltete sie ein. Der Lichtkreis war stark und selbst in dem hellen Neonlicht deutlich an der Wand zu sehen. Axel lenkte das Licht in den ersten Gang. Dort standen zahlreiche Zehn-Liter-Kanister, die laut Beschriftung mit Wasser gefüllt waren. Außerdem stapelten sich hier Konservendosen, und ein halbvoller Müllsack lehnte an der Wand. Im zweiten Gang stieß Axel auf ein tragbares Camping-WC, das er von Sportferienlagern her kannte. Daneben fand er noch zwei Kanister mit Wasser und einen kleinen Tisch mit Zahnputzzeug, Haarbürsten und Schminksachen, wie sie am Theater verwendet wurden.

Der dritte Gang endete an einer Stahltür mit einem Drehgriff in der Mitte. Sie erinnerte an die Tür eines Tresors.

Was lag dahinter? Axel hielt kurz inne. Er fühlte ein leichtes Vibrieren des Bodens unter seinen Füßen. Hinter der Tür war ein ganz leises Stampfen zu hören. Oder täuschte er sich da?

Kalte Luft strich über seinen Kopf, und er wich erschrocken nach hinten. Als er aufsah, erblickte er über sich die Öffnung eines Rohres. Der Luftstrom kam von dort.

War das vielleicht eine Klimaanlage? Oder einfach nur eine Belüftung?

Während er überlegte, sah Axel zurück zum großen Raum. Von hier aus erkannte er unter dem Tisch in der Mitte einen Würfel, wie er als Ladenschrank oft bei Schreibtischen in Büros stand.

Er befand sich in einem gut eingerichteten Unterschlupf mit einem sehr gut getarnten und versteckten Zugang. Wer auch immer diesen Ort eingerichtet hatte, schien auf praktisch alles geachtet zu haben.

Aber was befand sich hinter der Stahltür? Das wollte er noch unbedingt herausfinden. Axel packte das Rad in der Mitte der Tür mit beiden Händen und versuchte es zu drehen. Doch es klemmte und ließ sich nicht bewegen. Aber so schnell gab Axel nicht auf. Er packte fester zu und hängte sich mit seinem ganzen Gewicht daran. Mit zusammengepressten Lippen zog er immer weiter.

Endlich bewegte sich das Rad ein klein wenig, leistete aber weiterhin großen Widerstand.

54) WELLERS WARNUNG

Lilo hatte sich wieder erholt. Das Bild von dem Phantom mit der Maske war nur noch eine ferne Erinnerung und verblasste immer mehr, nur das Gesicht, das sie unter der Maske gesehen hatte, war nicht so einfach zu vergessen.

In der Küche schenkte sich Lilo ein großes Glas Wasser aus dem Wasserspender ein. Sie leerte es mit gierigen Schlucken. Dominik, der sich zu ihr gesellt hatte, tat das Gleiche.

Gefesselt saß der Mann, den sie draußen überwältigt hatten, in einem der Fauteuils im Wohnzimmer. Er war noch benommen, sein Atem ging aber wieder ziemlich normal. Poppi blieb zur Sicherheit in seiner Nähe. Sie vermutete einen Bruch des Brustbeins oder einiger Rippen. Das war eine höchst schmerzhafte, aber nicht lebensbedrohende Angelegenheit.

»Wieso geschieht uns das?« Dominik klopfte sich an den Kopf. »Wieso bekommen wir diese schrecklichen Anfälle?«

Lilo überlegte, hob dann aber nur die Schultern und ließ sie wieder sinken. Sie hatte auch keine Erklärung.

Damals vor zwanzig Jahren, als die Bande zerbrochen war, hatten sie etwas ganz Ähnliches erlebt. Damals war ein fürchterlicher Unfall geschehen, und Lilo hatte daraufhin mit ihren drei besten Freunden nichts mehr zu tun haben wollen. Heute kam ihr das wie der größte und schlimmste Fehler ihres Lebens vor.

Wie lange waren sie schon auf dieser verlassenen Insel? Lilo erschien es wie eine halbe Ewigkeit. War sie nicht erst vor zwei Tagen bei Dr. Fried in der Praxis gesessen? Sie erinnerte sich an das Gespräch und ihre widerstrebenden Gefühle beim Gedanken an das Treffen mit Dominik, Poppi und Axel.

Seit ihrer Begegnung aber hatte sich viel verändert. Es war, als hätte Lilo die schweren Gewichte, die ihr auf den Schultern gelegen waren, abgeworfen.

»Kommt schnell!«, rief Poppi aus dem Wohnzimmer. Lilo riss sich aus ihren Gedanken und stürzte zusammen mit Dominik ins Wohnzimmer.

Poppi stand hinter dem gefesselten Mann und deutete stumm auf ihn. Sie schlich zu Lilo und Dominik und flüsterte: »Er kennt dich mit vollem Namen. Er sagt, er wäre dir von New York aus gefolgt, weil er eine wichtige Nachricht für dich hätte und wir jemand treffen müssten.«

»Wieso Nachricht?« Lilos Misstrauen meldete sich sofort wieder. »Er bleibt gefesselt«, sagte sie leise und energisch.

Dominik fuhr sich durch die Haare und trat vor den Mann.

»Wer sind Sie?«

Weller hatte Mühe beim Atmen, das war ihm anzusehen.

»Dominik Kascha?«

»Wer sind SIE?«

»Weller. Albert Weller. Privater Ermittler.«

»Wieso soll ich Ihnen das glauben? Wollen Sie uns weismachen, dass Sie nicht zu den Leuten gehören, die uns hierher entführt haben?«

Mehr als die Andeutung eines Kopfschüttelns schaffte Weller nicht, weil die Schmerzen in seiner Brust zu groß waren.

Lilo trat neben Dominik. »Wer sind Sie wirklich? Was geht hier vor sich? Wieso sind wir auf Canon Island?«

»Linke Brusttasche. Ausweis«, sagte Weller leise.

Bevor Lilo in seine Tasche griff, kontrollierte sie zur Sicherheit die Fesseln. Erst dann zog sie eine abgegriffene Lederbrieftasche heraus. Sie enthielt Bargeld, Kreditkarten und einen Führerschein.

»Er heißt wirklich so«, bestätigte Lilo den anderen.

Weller erklärte so knapp wie möglich, wer sein Auftraggeber war und wie er Dominik nach Europa gefolgt war. Dabei erwähnte er auch den Tipp über den Aufenthaltsort von Dominik auf der Insel und erzählte, wie er hergekommen war.

Poppi, Lilo und Dominik interessierten sich vor allem für eines. »Sie sind mit einem Boot hier?«

Weller nickte schwach.

»Dann kommen wir weg von hier«, sagte Poppi hoffnungsvoll. »Meine Fahrt von Brighton hat nicht einmal vierzig Minuten gedauert.«

»Sie müssen mich mitnehmen«, verlangte Weller.

»Ist genug Platz auf dem Boot?« Noch immer glaubte Lilo dem Mann nicht recht.

»Knapp.«

Dominik fiel auf, dass sie in aller Aufregung etwas vergessen hatten. »Was ist das für eine Nachricht, die Sie für mich haben?«

»Für Sie alle. Nichts essen. Nichts trinken. Nichts, was für alle da ist.«

»Wieso nicht?«, wollte Poppi wissen.

»Weil etwas im Essen ist, das wir nicht zu uns nehmen sollen«, folgerte Lilo.

»Aber wir haben schon gegessen. Und getrunken.«

In Lilos Kopf stieß ein Gedanke den anderen an, wie Dominosteine, die in einer langen Schlange aufgestellt worden waren, und schlagartig wurde ihr klar: Es war kein Zufall, dass sie diese Halluzinationen bekommen hatten. Axel und Poppi hatten als Erste etwas aus der Küche gegessen und getrunken und Stunden später schreckliche Dinge gesehen, die nicht real waren. Bei

Dominik und Lilo hatte es länger gedauert, aber sie hatten auch erst später gegessen.

Sie erschrak. Dominik und sie hatten gerade Wasser getrunken. Würden sie einen neuen Anfall mit Halluzinationen bekommen? Wenigstens war sie jetzt darauf vorbereitet.

Weller hatte ihnen noch mehr mitzuteilen. »Watanabe kommt morgen an. Spätestens. Er muss mit euch sprechen.«

Natürlich wollten sie wissen, wer dieser Mr Watanabe war, aber Weller war erschöpft vom vielen Sprechen und krümmte sich vor Schmerzen.

»Los, wir nehmen das Boot und fahren zum Festland zurück«, entschied Lilo.

»Wo ist Axel?«, wollte Poppi wissen.

Dominik rief nach ihm, aber es kam keine Antwort.

»Sie müssen ihn geschnappt haben. Die, die im Haus sind. Sie haben Axel.« Poppi musste sich setzen.

»Die oben ... die zwei, sie wollten mich betäuben. Denke, sie sind noch betäubt.« Weller hielt inne und ließ seine Ankunft im Haus noch einmal vor seinem inneren Auge vorbeiziehen. »Ich glaube, sie wussten ... dass ich komme ...«

Lilos Verdacht erhärtete sich: Sie alle waren in eine ziemlich große, ziemlich ausgekochte und ziemlich gefährliche Sache geraten. Es mussten noch viele andere beteiligt sein, und sie hämmerte sich ein, niemandem – wirklich absolut niemandem – zu vertrauen. Die nächste Falle konnte bereits gestellt sein.

55) ICH SCHEITERE NIE

Hermes las die Protokolle von Prot und Tin auf seinem Laptop mit.

Das Scheitern seines Experiments schien kaum noch aufhaltbar. Das größte Langzeitprojekt, das er jemals betrieben hatte, war zerstört, die Arbeit von vielen Jahren plötzlich wertlos. Schon einmal waren alle seine bis ins kleinste Detail durchdachten Pläne durchkreuzt worden. Die Trennung der vier war völlig unerwartet gekommen und hatte für ihn einen herben Rückschlag bedeutet. Er hatte deshalb das Unternehmen ruhend gestellt. Allerdings hatte es ihn niemals losgelassen. Aus diesem Grund hatte er auch – als er wieder einmal mit Wehmut und Bedauern die alten Unterlagen und Ergebnisse durchgesehen hatte – beschlossen, die vier wieder zu vereinen und sie erneut in einen ungeklärten Kriminalfall zu stürzen. Ihre Reaktionen und Schlussfolgerungen sollten getestet werden, wie damals, dazu ihre Widerstandsfähigkeit unter Stress und in einer Schocksituation.

Aber das alles stand nun an der Kippe zum Scheitern.

Um seinen Zorn zu zügeln, zwang sich Hermes wieder zu langsamen, tiefen Atemzügen. Diese nutzlosen Figuren, die er für den Spezialeinsatz auf Canon Island engagiert hatte, waren überwältigt worden. Die vier Testobjekte übernahmen gerade das Kommando.

Mittlerweile stand für ihn auch fest, wer den Schnüffler auf die vier angesetzt hatte: Es konnte nur Watanabe sein, der vom Bedürfnis getrieben wurde, sie über alles aufzuklären. Watanabe war alt und krank, und Hermes kannte ihn und seine Beweggründe gut. Eine Begegnung der vier mit ihm würde alles restlos zerstören.

Watanabe würde ihnen von der Versuchsreihe erzählen und sie vor allem auch darüber informieren, dass Hermes der Drahtzieher hinter der ganzen Sache war. Natürlich gab es keine Beweise, aber vielleicht konnten Watanabes Informationen trotzdem dazu führen, dass sein Projekt aufflog.

Wann kam Watanabe in Europa an? Ein Privatjet war für ihn unerschwinglich, also musste er einen Linienflug gebucht haben. Es war sicherlich möglich herauszufinden, welchen. Er musste unbedingt abgefangen werden.

Hermes nahm das Telefon und rief Belladonna 14 an.

»IQ 236.«

»Wo sind Sie gerade?«

»Wo brauchen Sie mich?«

»Die Fragen stelle ich.«

Die Mitarbeiterin schwieg. Es schien zwar nicht ratsam, einen so gut zahlenden Auftraggeber zu verärgern, gleichzeitig aber war sie auch nicht seine Sklavin. Außerdem war sie derzeit offiziell nicht im Dienst, wenn es so etwas wie Dienstzeiten bei so einem Job überhaupt gab.

»Ich benötige Sie auf der Stelle.«

»Was ist der Auftrag?«

»Nehmen Sie den Helikopter. Fliegen Sie nach Canon Island. Wir müssen die vier fortbringen.«

»Werden sie freiwillig mitkommen?«

»Nein. Sie müssen sie zwingen.«

»Und wohin soll ich sie bringen?«

Darüber war sich Hermes noch nicht ganz im Klaren. Er musste Zeit gewinnen, um eine wirklich gute Entscheidung zu treffen.

»Außerdem brauche ich Sie dann, um auf der Insel aufzuräumen.«

»Was soll das heißen?«

»Ihre Kollegen arbeiten nicht so präzise wie Sie.«

Belladonna 14 ahnte, was er damit meinte. Langsam entwickelte sie eine Abneigung gegen diesen Auftrag. Das Problem bestand aber darin, dass man bei so einem Job nicht so einfach kündigen konnte.

56) DIESELDAMPF

»Axel?«

»Ich bin hier unten! Komm runter.« Axel klang, als würde er aus einer riesigen Blechtonne rufen.

Vorsichtig kontrollierte Lilo den Zustand der betäubten Frau und checkte dann den Mann im hinteren Zimmer. Beide reagierten nicht, als Lilo sie in den Arm kniff. Von ihnen dürfte momentan keine Gefahr ausgehen.

Die Geheimtür in der Dusche war Maßarbeit und von wirklichen Experten angefertigt worden, das stand für Lilo sofort fest. Sie war praktisch unmöglich mit bloßem Auge zu entdecken. Der Verschluss – Lilo gelangte zu einer ähnlichen Vermutung wie Dominik – dürfte nur über eine Fernsteuerung oder einen Magneten geöffnet werden können, da nirgendwo in der Dusche ein Riegel oder ein Hebel zu sehen war.

Lilo kletterte durch die Öffnung und stieg die Metalltreppe hinunter in die Höhle.

»Hilf mir. Vielleicht schaffen wir es gemeinsam.« Axel war aus dem kleinen Seitengang getreten und winkte Lilo zu sich. In dem Gang brannte eine schwache Glühbirne, die an einem Kabel aus einem dünnen Rohr an der Wand hing. Er führte sie zu der verschlossenen Tür, und gemeinsam zerrten sie an den Streben des Rades, mit dem das Tor geöffnet werden konnte. Sie erschraken, wie laut ihr Stöhnen von den kahlen Wänden widerhallte.

Völlig unerwartet gab das Rad nach. Lilo und Axel verloren das Gleichgewicht und landeten eng aneinander gepresst an der Höhlenwand.

Durch den plötzlichen Ruck drückte Lilo Axel mit ihrem ganzen Körpergewicht fest an die Mauer. »Entschuldige«, murmelte Lilo automatisch und wollte sich sofort wieder von Axel lösen. Etwas ließ sie zögern – und als ihr klar wurde, dass sie die plötzliche Nähe zu ihm genoss, verstand sie sich selbst nicht mehr.

Auch Axel war völlig überrumpelt. Es war lange her, dass ihm eine Frau so nahe gekommen war, und jetzt ausgerechnet Lilo, was er in seinen kühnsten Träumen nicht für möglich gehalten hätte. Das Blut stieg ihm in den Kopf, und ihm wurde heiß. Dann schob Lilo sich doch von ihm weg … ein wenig widerstrebend, wie ihm schien.

Beide waren peinlich berührt und konnten einander nicht in die Augen sehen. Auch Worte fanden sie nicht, und das Schweigen zwischen ihnen begann, in ihren Ohren zu dröhnen.

So sachlich und gleichzeitig locker wie möglich fragte Lilo schließlich: »Was ist das für ein Tor?«

»Äh, ich habe keine Ahnung.« Axel zog mit beiden Händen an dem Griff, der rechts angebracht war. Unter Aufbietung aller seiner Kräfte schaffte er es nun, das Tor zu bewegen. Zentimeter für Zentimeter schwenkte es nach außen auf. Es war mindestens zehn Zentimeter dick und hätte von einem Tresor stammen können.

Rauch wehte ihnen entgegen, und sie machten drei Schritte zurück.

Lilo schnupperte. »Diesel! Das sind Abgase.«

»Abgase? Hier unten?«

Das Brummen, das er vorhin schon bemerkt hatte, kam von weiter hinten. Es erinnerte an ein Moped oder einen Benzinrasenmäher, klang aber gedämpfter.

Lilo hatte einen Verdacht. »Das könnte ein Generator sein. Ein Dieselgenerator, der den Strom für das Haus erzeugt.«

»Durchaus möglich«, stimmte ihr Axel zu. Er hob die Lampe wieder auf, die er beiseitegelegt hatte, und hob sie hoch über seinen Kopf. »Ich leuchte hinein. Oder willst du?«

»Nein, mach du das. Aber wir müssen uns beeilen, die Dämpfe sind giftig.«

Sie verständigten sich mit einem kurzen Nicken. Axel ging auf die Tür zu und richtete den Strahl der Lampe in den Raum dahinter. Die Dämpfe lagen wie eine dünne Nebelschicht über dem Boden.

Axel ließ den Lichtstrahl der Lampe herumwandern.

»Eine Grotte«, stellte Lilo leise fest.

Sie standen in einer weiteren Höhle, die zwar kleiner war, dafür aber nach oben eine hohe Kuppel bildete.

Die Wände waren schroffer grauer Fels, der Boden war uneben, aber trocken. Vor ihnen, am gegenüberliegenden Ende der Höhle, fiel etwas Tageslicht durch eine bogenförmige Öffnung.

Ihre Stimmen hallten in dem hohen Raum, und durch die Öffnung war das Rauschen des Meeres zu hören.

Axel leuchtete den Boden ab, der nur grob mit Beton eingeebnet und befestigt war. Sie machten ein paar vorsichtige Schritte weiter auf den Lichtschein zu. Der Grottenboden fiel leicht nach unten ab und verschwand im Wasser. Sie standen vor einer Art kleinem See, dessen Oberfläche in Bewegung war.

»Das ist das Meer«, stellte Lilo fest. »Wir sind in einer Grotte auf Meereshöhe. Das Wasser muss durch die Öffnung da drüben eingedrungen sein.«

Sie befanden sich ungefähr einen Meter über dem Wasserspiegel.

»Ist Ebbe oder Flut?«, wollte Axel wissen. Er deutete auf den Boden, auf dem sie standen. »Hier sehe ich keine Pfützen«, kombinierte Axel. »Es steigt also nicht bis hier herauf.«

Lilo überlegte. »Und da es jetzt nur wenig tiefer liegt, müsste Flut sein.«

Von der Seite kam ein Brummen, das sie bisher nicht beachtet hatten. Axel lenkte den Lichtstrahl auf eine grüne Metallkiste mit mehreren Steckdosen und Auslässen, die auf einem etwa einen Meter hohen Podest stand. Von ihr führte ein dickes Kabel zur Höhlenwand und verschwand dort in einem Loch, das zweifellos gebohrt worden war.

Lilo zählte aus alter Gewohnheit alles, was sie sah. An der Höhlenwand beim Generator befand sich ein Tank, der die Form eines kleinen Metallfasses hatte. Rundherum standen fünfzehn Zehn-Liter-Kanister. Sie vermutete, dass sie Diesel enthalten würden. Als sie den Generator genauer betrachtete, entdeckte sie auf der anderen Seite einen Auspuffstutzen, an den ein Schlauch angeschlossen war, der über den Höhlenboden zum Wasser verlief. Lilo nahm Axel die Lampe ab, um sich das genauer anzusehen, und folgte mit dem Licht dem Schlauch. Er verschwand im Wasser, da aber keine Luftblasen aufstiegen, vermutete Lilo, dass er nach draußen verlegt war, um die Abgase ins Freie abzuleiten.

Sie kehrte zum Generator zurück und untersuchte ihn genauer. Am Auspuff, an der Stelle, an der der Schlauch angeschlossen war, traten Abgase aus, weil die Dichtungsklemme nicht ganz festgeschraubt war.

Lilo, die sich den Ärmel an die Nase presste und nur durch den Stoff ihrer Jacke atmete, spürte ein Kratzen im Hals und in den Augen, das immer stärker wurde. Sie deutete Axel umzukehren, und er folgte ihr sofort.

Nachdem sie die Stahltür wieder zugedrückt hatten, war ihnen einiges klarer.

»Eine Höhle mit direktem Zugang zum Meer«, fasste Axel zusammen. »Die Öffnung müsste breit genug sein, dass ein kleines Boot durchfahren kann. Jedenfalls bei Ebbe.«

»Boot« war das Stichwort für Lilo.

»Lass uns wieder raufgehen. Wir haben ein Motorboot, mit dem wir endlich von hier wegkommen.«

»Boot, wieso Boot?«, wollte Axel wissen.

»Erkläre ich dir gleich.« Bevor sie aber den unterirdischen Raum verließen, durchsuchten sie noch schnell die herumliegenden Sachen von den beiden, die bewusstlos oben im Haus lagen. In einem der Schlafsäcke stieß Axel auf ein Gerät, das aussah wie ein sehr altmodisches Handy. Er drückte auf den Tasten herum.

»Codewort«, schnarrte es barsch aus dem Lautsprecher.

»Hallo?«, sagte Axel.

Stille. Lilo war zu ihm zurückgekehrt und starrte auf das Gerät. Da die Stimme am anderen Ende schwieg, gab Lilo Axel ein Zeichen, das Handy mitzunehmen. Er steckte es in die Tasche seiner Jacke und suchte schnell weiter. Andere nützliche Sachen konnte er aber keine finden.

Gemeinsam kehrten sie nach oben zurück und durchquerten den Gang. In Stichworten berichtete Lilo Axel, was Weller gesagt hatte.

»He, halt!« Dominik trat plötzlich aus dem Zimmer neben dem Bad. Er deutete auf den Boden, auf dem der bewusstlose Mann lag.

»Ich habe mir gedacht, es wäre besser, ihn zu fesseln. Und die Frau auch.« Es war Dominik anzuhören, wie stolz er auf seine Idee war. Lobheischend sah er Axel und Lilo an.

Lilo tat ihm den Gefallen und sagte: »Ausgezeichneter Einfall, Dominik.«

»Wenn wir hier wegkommen, dann können uns die zwei aber ohnehin egal sein«, sagte Axel.

»Wir müssen warten.« Dominik deutete auf die runden Luken. »Es zieht gerade wieder ein Gewitter über uns hinweg.«

Im Wohnzimmer stand Poppi an der Terrassentür und blickte hinaus in den Regen. Die Tropfen waren groß, und der Wind fegte sie gegen die Scheiben.

»Nichts essen oder trinken«, erinnerte Dominik die anderen.

»Ich habe aber Hunger und Durst«, knurrte Axel.

Lilo erklärte ihm den Grund für Dominiks Warnung. Axel verzog überrascht und sehr verwundert das Gesicht.

Weller hatte die Augen geschlossen, war jedoch wach.

»Kommt!« Lilo gab ihnen mit dem Kopf ein Zeichen, ins angrenzende Esszimmer mitzukommen. Dort setzten sie sich an den Tisch. Poppi deutete ihnen, leise zu reden. Weller musste nicht unbedingt mithören, was sie zu besprechen hatten.

57) BLUTIGE PUBLICITY

»Hoffentlich sind uns die Götter gnädig und wir können diesen unwirtlichen Ort baldigst verlassen«, sagte Dominik und ließ einen kleinen Seufzer folgen.

Axel grinste und schüttelte den Kopf. »Du hast dich wirklich nicht verändert, Dominik.«

»He, ich habe Karriere in Amerika gemacht, davon träumen ...«

»Reg dich ab«, unterbrach Axel Dominiks Redeschwall.

»Mach du dich nicht über mich lustig«, fauchte Dominik zurück.

»Mache ich doch gar nicht. Aber du redest noch immer so kariert.«

»Das ist eine Unterstellung, die ich auf das Heftigste zurückweise.« Dominik stutzte, als ihm auffiel, was er gerade gesagt hatte. Er gab sich geschlagen und grinste schief.

»Dein Kariert-Quatschen hat mir richtig gefehlt«, bemerkte Axel. Poppi und Lilo ging es ähnlich.

»Wir haben uns alle verändert, aber irgendwie sind wir auch die Gleichen geblieben wie früher«, stellte Lilo fest.

»Du hast keine Zöpfe mehr«, merkte Poppi an. Sie druckste herum. »Diesen Pferdeschwanz finde ich langweilig.«

»Das ist mir egal«, sagte Lilo, doch es war ihr anzusehen, wie sehr sie sich Poppis Bemerkung zu Herzen nahm. Schnell wechselte sie das Thema. »Ich will wirklich wissen, wer uns das hier angetan hat. Und vor allem, warum?«

»Wenn wir im Hafen sind, gehen wir sofort zur Polizei«, schlug Poppi vor.

Axel schnaubte durch die Nase. »Und was sollen wir denen sagen? Ist euch klar, wie verrückt die Geschichte hier klingt?«

Lilo stimmte ihm zu. »Die zwei Leute dort oben könnten behaupten, wir hätten sie überfallen.«

»Aber der Mann, der mich im Boot gefahren hat, kann bezeugen, dass er den Auftrag hatte, mich herzubringen. Er kann sicher auch angeben, wer ihn bezahlt hat.« Poppi war von den bedauernden Blicken ihrer Freunde überrascht.

»Das wird er wohl kaum tun«, sagte Dominik. »Wieso sollte der Mann seinen Auftraggeber verraten, einen Mann, der Geld genug besitzt, Axel und mich im Helikopter herbringen zu lassen, und ihn sicher gut bezahlt hat.«

Da musste Poppi ihm recht geben.

Axel fiel die Geschichte von dem niemals aufgeklärten Massaker auf Canon Island ein.

»Es ist kein Zufall, dass die Leute sich hier so verkleiden. Sie sollen so ausschauen wie die ›Geister‹ von damals: weiße Kleidung, blutverschmiert, blass. Auf mich wirkt das, als wollten sie uns etwas vorspielen.« Weil Dominik und Lilo die Geschichte noch nicht kannten, erzählte Axel, was er alles von Jenny in Brighton erfahren hatte.

»Die Leute in den weißen Kleidern und mit den blutenden Schädeln, die haben damals angeblich ausgesehen wie Geister«, wiederholte Lilo nachdenklich. Sie stand auf, knetete ihre Nasenspitze und wanderte herum. »Dieses plötzliche Auftauchen und Verschwinden. Es sollte wirken wie ein Spuk.«

»Aber wozu? Wieso tut das jemand? Wozu dieser enorme Aufwand?« Dominik sah von einem zum anderen.

Lilo kam ein Gedanke, den sie lieber nicht glauben wollte.

»Was denkst du?« Poppi ließ Lilo nicht aus den Augen.

»Die Sache ist verrückt«, begann Lilo langsam.

Dominik machte eine große Geste. »Und lebensgefährlich.«

»Wirklich?«, fragte Poppi erschrocken.

»Wir sollen glauben, dass es lebensgefährlich ist«, schwächte Lilo ab. »Wisst ihr, wie es auf mich wirkt?«

Alle warteten gespannt.

»Als wollte uns jemand in den Wahnsinn treiben. Wir sollen an unserem Verstand zweifeln. Und jemand schaut uns dabei zu!«

Poppi erinnerte sich an den Zettel, den sie auf Lilos Bett gefunden hatten, nachdem sie verschwunden war. »Alte Geister ruhen unsanft«, wiederholte sie.

Warnend hob Dominik die Hand. »Stopp! Das riecht nach schlechter Publicity. Stellt euch vor, wir würden vor einer Kamera sagen, dass wir eine Art Spuk auf dieser Insel erlebt hätten, in dem es um alte Geister ging, die unsanft ruhten.« Er winkte abwehrend. »Das wäre ein gefundenes Fressen für YouTube-Videos mit Millionen Views. Ich würde mich total lächerlich machen, und meiner Karriere könnte das sehr schaden. TV-Star sieht Gespenster!«

»Wir sollen das also alles für uns behalten?« Logisch erschien Poppi das nicht. Wer auch immer hinter der rätselhaften Einladung an sie stand, musste doch entlarvt werden.

Axel ging zurück ins Wohnzimmer und warf einen prüfenden Blick ins Freie. Der starke Regen erlaubte noch immer nicht, mit dem Boot abzulegen. Weller bat um etwas Wasser, das Axel ihm brachte. Da sie ihm aber die Fesseln nicht abnehmen wollten, hielt Axel das Glas an seine Lippen. Weller stutzte, bevor er den ersten Schluck nahm. »Das ist doch das Wasser, das ihr nicht trinken sollt.«

»Das ist das einzige Wasser, das wir hier haben«, sagte Axel.

»Regenwasser ist besser. Ich will nichts zu mir nehmen, was schon hier war. Watanabe hat ausdrücklich davor gewarnt.«

Die Idee mit dem Regenwasser fand Axel brauchbar. Er holte aus der Küche alle Schüsseln, die er finden konnte. Lilo half ihm dabei. Sie stellten sie vor der Glastür im Freien auf. Der heftige Regen begann sie zu füllen.

Lilo und Axel sahen zu, wie die Tropfen aufklatschten.

»Alte Geister ruhen unsanft«, murmelte Lilo mehrere Male.

Plötzlich fiel ihnen etwas ein. Fast gleichzeitig sagten Axel und sie: »Vielleicht waren sie nie tot.«

Sie wechselten einen Blick, überrascht, den gleichen Gedanken zur selben Zeit gehabt zu haben.

»Diese Grotte unter dem Haus, dieser Keller, die Geheimtür, das könnte es damals schon alles gegeben haben«, begann Lilo.

Axel stimmte zu. »Dort unten kann man sich wunderbar verstecken.«

»Und während oben nach Leichen gesucht wird, warten die gar nicht Toten unten, bis die Luft wieder rein ist.«

»Aber das Blut und der abgetrennte Finger?« Axel sah Lilo fragend an und bekam sofort Erklärungen.

»Sie können sich selbst verletzt haben, absichtlich oder unabsichtlich. Sie könnten sogar – was extrem und ziemlich grausig wäre – Blutkonserven von sich selbst hergebracht haben.«

Um zu zeigen, wie eklig er diese Vorstellung fand, verzog Axel das Gesicht.

Lilo fuhr fort. »Leichenteile kannst du aus Seziersälen bekommen. An der Uni hat man Medizinstudenten dabei erwischt, wie sie Teile von Leichen vom Sezierkurs mitgenommen und an irgendwelche Perverslinge verkauft haben.«

»Interessante Art, Geld zu machen«, stellte Axel fest.

Lilo gab ihm recht. »Auf Unis geht es anders zu, als man so denken würde.« Sie kehrte zu ihren Überlegungen zurück. »Die

Frage ist, wieso und wozu jemand seinen Tod auf diese spektakuläre Weise vortäuscht? Die Leute gelten als tot, nach dem, was du gehört hast.«

Axel nickte. »Vielleicht wollten sie genau das erreichen: für tot erklärt zu werden. In dieser kleinen Höhle, in der der Generator steht, könnte man ein Boot verstecken. Bei Ebbe ist der Höhleneingang frei, um damit rauszufahren.«

»Du meinst, dass sie schließlich aus ihrem Versteck gekommen und abgehauen sind?«

»Wäre doch möglich. In Krimis tauchen Leute öfter unter und leben unter einem anderen Namen irgendwo weiter.«

»Wie in diesen Zeugenschutzprogrammen«, fiel Lilo dazu ein.

»Dass sie ihre eigenen blutigen Geister gespielt haben, muss einen Grund haben«, meinte Axel.

»Es hat Aufsehen erregt. Großes Aufsehen.« Lilo und Axel konnten sich vorstellen, dass genau das das Ziel der Aktion gewesen sein könnte.

Axel und Lilo hatten immer schneller geredet und gerieten ganz außer Atem vor Aufregung.

Dominik und Poppi kamen zu ihnen, weil sie nicht länger allein im Esszimmer warten wollten.

»Was ist los?«, wollte Poppi wissen.

»Wir haben eine Theorie zu den ›alten Geistern‹«, sagte Axel.

»Sie ruhen nicht unsanft, sondern vielleicht gar nicht«, setzte Lilo fort und schilderte ihre Überlegungen.

Dominik fiel sofort etwas dazu ein. »Die Angelegenheit klingt nach gründlicher Planung und Vorbereitung.«

Eine Erklärung, wozu jemand diesen Aufwand betrieben haben könnte, fand keiner der vier.

»Das ist genauso mysteriös wie bei demjenigen, der hier keine Kosten und Mühen gescheut hat, um uns in Angst und Schrecken zu versetzen«, meinte Poppi.

Lilo zuckte mit ihren Augenbrauen und sah die anderen auffordernd an. »Wir decken die ganze Sache auf. Alle dabei?«

»Klar!«, kam es im Chor zurück.

Aus der Ferne drang das Knattern eines Helikopters zu ihnen. Er schien auf die Insel zuzusteuern. Kam endlich jemand, um ihnen zu helfen? Oder ...?

»Wir müssen uns zeigen!«, rief Axel, und bevor ihn jemand zurückhalten konnte, war er schon ins Freie gelaufen.

58) WAHNSINN

Wie gerne hätte Tin das Gespräch, das sie auf Canon Island belauscht hatte, abgeändert. Wie gerne hätte sie etwas getippt, wodurch Hermes das Interesse verlor.

Erst jetzt, viele Jahre später, war ihr das volle Ausmaß des Vorhabens bewusst geworden, das Hermes verfolgte. Es grenzte an Wahnsinn, und sie war alles andere als stolz darauf, so lange daran teilgehabt zu haben.

Damals, vor zwanzig Jahren, hatte sie es mehr als Spiel empfunden. Allerdings fragte sie sich inzwischen immer öfter, wie gut die vier während ihrer damaligen Fälle und Abenteuer gesichert gewesen waren. Es hatte immer geheißen, dass es sich nur um ein Experiment handle, unter strengen Vorsichtsmaßnahmen, und den vieren nie etwas geschehen könne, doch daran zweifelte sie mittlerweile.

Auf Canon Island jedenfalls wurde mit den vieren gespielt, als wären sie keine Menschen mit Gefühlen, sondern reine Testobjekte.

Wenn sie doch nur endlich diese Insel verlassen würden. Tin wollte daran glauben, dass die Geschichte damit ein Ende hätte. Ihr größter Wunsch war derzeit, die Mikrofone im Haus in Lautsprecher umzuwandeln, um den vieren eine Warnung zukommen zu lassen.

Da das aber nicht möglich war, hatte sie einen anderen Plan gefasst, den sie in Kürze umsetzen wollte. Sie würde das Büro während ihrer Schlafpause verlassen.

Niemand, ganz besonders nicht Hermes, durfte jemals erfahren, was sie vorhatte.

59) HÄNDE HOCH

Das vorherrschende Wetter war für einen Flug mit dem Helikopter eigentlich zu schlecht. Belladonna 14 beschönigte es zu ihrer eigenen Beruhigung leicht, indem sie für sich formulierte, es wäre FAST zu schlecht, aber gerade noch möglich.

Unter ihr erstreckte sich das düstere Grau des Meeres, auf dem weiße Gischtkrönchen aufblitzten. Sie flog tief und achtete drauf, den Kurs zu halten, damit sie die winzige Insel nicht verfehlte. Vor ihr lag ein Job, auf den sie sich nicht freute, aber für solche Skrupel war es zu spät.

Als Belladonna 14 Canon Island erreichte, war ihr klar, dass sie sehr schnell handeln musste. Je größer der Überraschungseffekt, desto einfacher war die Aktion. Sie hatte keine Lust auf Komplikationen.

Bereits aus der Luft sah sie, wie der athletische Mann, den sie gestern zur Insel geflogen hatte, aus dem Haus trat. Der Lärm des Helikopters dürfte ihn angelockt haben, und er winkte ihr mit beiden Armen. Gleich darauf wurde er aber von einer Frau mit Pferdeschwanz hektisch wieder ins Haus zurückgezogen. Vielleicht würde alles einfacher verlaufen, als sie gedacht hatte!

Belladonna war eine erfahrene Pilotin, und da der Sturm zum Glück abgeflaut war, verlief die Landung auf dem Felsplateau ohne gröbere Probleme. Nach dem *Touchdown* stellte sie den Motor ab und griff nach ihrer Pistole, die auf dem Nebensitz lag.

Als sie die Helikoptertür öffnete, hielt sie die Pistole in der Hand. Sie streckte sie vor, stützte das Handgelenk mit der anderen Hand ab und stürmte auf das Haus zu.

Die Terrassentür war noch immer geöffnet, und sie sah drei Leute, die ihr entsetzt entgegenblickten.

Verdammter Mist! Es sollten doch vier sein, hatte Hermes gesagt. Vier Leute Anfang dreißig, außerdem zwei andere, die für ihn arbeiteten und deutlich jünger waren, und der Mann, dem sie das Boot vermietet hatte. Belladonna sah aber nur die beiden Männer, die sie hergeflogen hatte, und eine mädchenhafte Frau, die sie entsetzt anstarrte – mit großen Augen, aus denen nackte Angst sprach.

»Hände in die Höhe«, befahl sie laut. Hinter ihr lief der Rotor des Helikopters aus. Der Regen hatte fast aufgehört.

Gehorsam hoben die drei die Hände.

»Los, ihr geht vor mir. Hinauf!«

»Ihnen ist klar, dass es strafbar ist, was Sie hier tun«, sagte einer der Männer. Er sprach Englisch mit amerikanischem Akzent.

»Wo ist eure Freundin?«, schrie ihn Belladonna an. »Ruft sie, sonst schieße ich einem von euch ins Bein.«

»Nein!«, protestierte die mädchenhafte Frau.

Die Männer schwiegen trotzig. Erst als Belladonna den Lauf der Pistole auf Axels Schuhe richtete, rief er den Namen: »Lilo!«

Langsam trat aus dem angrenzenden Zimmer eine Frau mit Pferdeschwanz, die widerstrebend die Hände in die Höhe hielt. Sie musste sich entweder aus Feigheit versteckt oder vielleicht vorgehabt haben, die anderen zu retten. Aber dieser Plan war wohl nicht aufgegangen!

»Vorwärts!« Mit gezückter Pistole trieb Belladonna die vier durch das Esszimmer ins Treppenhaus. »Los, rauf! Keine Tricks, sonst drücke ich ab. Außerdem bekomme ich gleich Verstärkung.« Das war zwar gelogen, aber sie hoffte, sich so die nötige Überzeugungskraft zu verschaffen.

Belladonna traute den vier nicht im Geringsten. Sie ging mit drei Schritten Abstand hinter ihnen, weil sie das für am sichersten hielt. Zuerst würde sie sich der vier entledigen, danach würde sie die Kollegen suchen und diesen Weller.

»Deine Schuld«, hörte sie die Frau mit Pferdeschwanz zu dem athletischen Typ sagen. Sie klang ziemlich wütend.

»Du hast auch keine bessere Idee gehabt«, feuerte der zurück. Die zwei waren zweifellos nicht sehr gut aufeinander zu sprechen.

Im oberen Stockwerk scheuchte Belladonna die vier durch den Gang zum Badezimmer und dort den geheimen Abgang hinunter in die Grotte. Es entging ihr nicht, wie vor allem Frau Pferdeschwanz und Herr Athlet ständig die Augen nach allen Seiten wandern ließen und nach einem Ausweg suchten, aber eine Waffe war eben eine Waffe – und gegen die konnten sie nichts ausrichten.

Der nächste Befehl war, das Stahltor zu öffnen. Der Athletische protestierte, deshalb feuerte sie in der Grotte einen Schuss ab. Der Knall tat in den Ohren weh, das Projektil wurde von der Felswand abgelenkt und schlug in der Platte des Tisches ein.

Die vier beeilten sich, ihren Befehl auszuführen. Wie es aussah, waren zwei von ihnen mit der Tür vertraut. Sie öffneten sie mit gekonnten Griffen und kämpften mit ihr, weil sie beim Aufziehen viel Widerstand leistete.

»Rein!«, sagte Belladonna.

Die Frau mit dem Pferdeschwanz war die Letzte der vier. Hinter ihnen presste Belladonna unter Aufbietung aller Kräfte die schwere Tür zu und verriegelte sie mithilfe des Drehrades. Das heißt, sie wollte sie verriegeln, aber das Drehrad war kaum zu bewegen. Daher gab sie es sehr bald auf, da es nun darum ging, die zwei Kollegen zu holen, um sie zu den anderen in den Raum dahinter zu sperren. So lautete jedenfalls Hermes' Auftrag.

Belladonna hatte keine weiteren Fragen zu diesem Auftrag gestellt. Sie wollte gar nicht wissen, was mit den Leuten geschehen würde.

»Spinnst du? Das ist verrückt!«

»Nein, ich schaffe das.«

»Das Wasser ist eiskalt.«

»Kein Problem. Ich war schon einmal eistauchen.«

»Aber sicher mit Neoprenanzug. Und nicht nackt!«

»Legt meine Sachen irgendwo ins Trockene.«

»Du kannst dich doch nicht einfach ausziehen!«

Es gab in diesem Moment wenige gute Neuigkeiten, aber es gab sie wenigstens. Die beste betraf den Generator, der brummte, aber dessen Abgase nicht mehr als dichte Nebelschwaden über den Boden krochen. Vieles von dem, was durch die undichte Stelle am Auspuff entwich, gelangte durch den Ausgang der Grotte, der jetzt zum größten Teil frei lag, weil der Wasserspiegel noch weiter gesunken war, ins Freie.

Zuvor hatte es einen kurzen Streit gegeben. Lilo war auf Axel losgegangen, weil er aus dem Haus gestürzt war, um dem Piloten zu winken. Dabei hatte Lilo die anderen ausdrücklich gewarnt, dass sie niemandem mehr trauen könnten.

Axel aber hatte angenommen, es könnte sich um einen Rettungshubschrauber handeln, der sie von der Insel wegbringen würde, und deshalb war er rausgestürzt.

Sobald er im Freien gestanden war und zu winken begonnen hatte, war ihm sein Fehler bewusst geworden. Axel hatte den Helikopter wiedererkannt, der ihn auf die Insel gebracht hatte.

Aber die Erkenntnis war viel zu spät gekommen, und dass er auf sich selbst wütend war, half keinem.

Nachdem die Stahltür hinter ihnen eingerastet war, hatte Lilo ihrer Wut Luft gemacht, und Axel hatte sich nicht einmal verteidigt.

Dann aber war Poppi energisch dazwischengetreten und hatte sich wie eine Wand zwischen den beiden aufgebaut.

»Hört sofort auf. Das nützt uns doch jetzt nichts.«

Lilo verzog den Mund und blieb still. Axel aber begann, sich seiner Schuhe und seiner Jacke zu entledigen. Er zog das Hemd über den Kopf und öffnete seinen Gürtel.

Er wollte sich ins Wasser gleiten lassen und durch den Höhlenausgang der Grotte hinausschwimmen. Sein Ziel war das Boot, das am Steg vertäut lag und mit dem er dann zum Höhleneingang zurückkommen wollte. Wenn der Wasserspiegel noch weiter fiel, konnte er das Boot vielleicht sogar durch die Öffnung im Fels lenken und die anderen von drinnen abholen.

Dazu musste er den Steg aber erst einmal erreichen und das Boot starten. Das konnte sich als schwierig erweisen. Sie wussten nicht, ob der Zündschlüssel steckte oder Weller ihn bei sich trug.

Lilo wollte Axel nicht schwimmen lassen, weil sie sein Vorhaben für viel zu riskant hielt.

»Denk an die Strömungen, du Sturkopf!«

»Ich mache Triathlons«, sagte Axel. »Ich hab mit Strömungen kein Problem.«

Wie gut trainiert Axel war, konnte Lilo sehen, als er sein Hemd abgelegt hatte. Sie drehte den Kopf auch nicht weg, als er aus seinen Jeans schlüpfte. Ohne weitere Worte ließ er sich vorsichtig ins Wasser gleiten und tastete dabei mit den Füßen den Fels ab, der aber fast senkrecht hinabfiel. Schließlich stieß sich Axel ab und fiel rücklings ins dunkle Wasser, wo er sofort unterging.

Die anderen hielten die Luft an.

»Wo ist er?«, rief Poppi.

Lilo wollte noch ein paar Sekunden warten, wenn sie dann kein Zeichen von Axel hatten, würde sie auch springen und nach ihm suchen. Ihr Herz pochte, und sie machte sich Vorwürfe, ihn nicht aufgehalten zu haben.

Als die Zeit, die sie sich selbst gesetzt hatte, um war, hielt sie es einfach nicht mehr aus.

»Ich muss ihm nach«, sagte sie zu Dominik und Poppi und begann sich auszuziehen.

Da sauste Axels Kopf ein Stück weiter vorne beim Ausgang aus dem Wasser. Er schnaubte und spuckte, streckte den Daumen in die Höhe als Zeichen, dass alles in Ordnung war, und schwamm dann mit kräftigen Tempi ins Freie.

Poppi streckte ihre Nase prüfend in die Luft und roch. »Machen euch die Abgase keine Sorge? Es könnte hier drinnen zu einer Überkonzentration an Kohlenmonoxid kommen.«

»Dann müssen wir das Gerät abstellen«, meinte Dominik. Poppi und er begannen, an der grünen Kiste nach einem Ausschaltknopf zu suchen.

Lilos Gedanken waren die ganze Zeit bei Axel. Würde er es wirklich schaffen durch das eiskalte Meer und die ziemlich hohen Wellen bis zum Landungssteg zu schwimmen? Die Strecke war nicht sehr lang, aber unter diesen Bedingungen konnte sie sich trotzdem ziehen.

Sie machte sich Sorgen. Große Sorgen. Sorgen, wie um jemand, den …

»He, Lilo!«, rief Poppi. »Was ist mit dir?« Lilo stand da und starrte ins Leere.

»Nichts.« Sie riss sich aus ihren Gedanken und half bei der Untersuchung des Generators.

Im eiskalten Meer konzentrierte sich Axel währenddessen nur auf seine Bewegungen. Er zwang sich, Kälte und Schmerz keine Beachtung zu schenken. Er war vielleicht noch immer so spontan und manchmal unüberlegt wie früher, aber in den letzten Jahren hatte er nicht nur seinen Körper trainiert, sondern auch an seinen mentalen Kräften gearbeitet. Deshalb war Axel geübt darin, seine volle Konzentration auf ein Ziel auszurichten. Er musste den Landungssteg unbedingt erreichen und bot dafür alle Willenskraft auf.

Er kraulte mit kräftigen, langen Zügen durch die Wellen. Da ihm das Wasser ins Gesicht schlug, hatte er Schwierigkeiten, Luft zu holen. In Gedanken sah er das Boot schon vor sich und stellte sich vor, wie er an Bord kletterte, es startete und zur Höhle lenkte.

Unerbittlich fraß sich die Kälte durch seine Haut und in seine Knochen. Die Bewegungen fielen ihm immer schwerer, seine Muskeln schmerzten, aber Axel biss die Zähne zusammen und ignorierte es.

Immer wieder bekam er Salzwasser in den Mund. Er verschluckte sich, spuckte und hustete und musste mehrmals kurz Wasser treten, um sich oben zu halten.

Die Wellen packten ihn und drückten ihn Richtung Insel. Er entkam ihnen nicht mehr, ihre Kraft war einfach zu groß. Axel warf sich herum und streckte die Arme vor, um einen Aufprall abzufangen. Eine schäumende Woge hob ihn hoch, und als sie ihn wieder fallen ließ, landete Axel hart auf den Felsen. Instinktiv packte er zu und klammerte sich an einem Vorsprung fest. Seine Finger schmerzten, er schnitt sich an einer scharfen Kante, aber es gelang ihm, sich festzuhalten und nicht zurück ins Meer zu rutschen.

Axel erkannte, wie viel Glück in diesem Unglück steckte. Zwar war er bis auf die Boxershorts nackt und fror entsetzlich, seine Zähne klapperten, und sein ganzer Körper schüttelte sich vor Kälte, aber in Sichtweite ragten bereits die Holzpfosten des Stegs empor, und er konnte das Boot sehen, das auf und nieder hüpfte.

Er richtete sich auf und tastete mit den bloßen Füßen über den Felsboden. Er musste sehr genau darauf achten, wo er hintrat, um nicht abzurutschen.

Die Felsnase, die direkt neben dem Steg steil von oben herabfiel, verstellte Axel kurz die Sicht. Er legte sich flach gegen den senkrechten Stein und streckte die Arme von sich wie Spinnenbeine. Zentimeterweise schob er sich weiter. Er schaffte es kaum noch, das Zittern, das seinen Körper erfasst hatte, unter Kontrolle zu bringen und sicheren Halt zu finden.

Axel umarmte den Felsvorsprung, so gut er nur konnte, und drückte die Wange gegen den kalten Stein. Stückchen für Stückchen schob er sich weiter. Aus den Augenwinkeln nahm er endlich den Steg wahr, hatte den Teil der Felsnase also überwunden, der am weitesten vorsprang, und würde gleich die festen Holzbretter unter sich spüren. Wieder fokussierte er sich nur auf das Ziel, um neue Kräfte zu sammeln.

Auf dem Steg würde er erst einmal kurz stehen bleiben, dann springen und mit den Armen um sich schlagen, um sich aufzuwärmen, nahm er sich vor.

Lilo! Ihr Gesicht erschien vor seinen Augen. Sie hatte ihn vorhin so seltsam angesehen. Jedenfalls nicht mehr so hart und ohne Zorn.

Retten, war sein einziger Gedanke.

Axel musste Lilo, Poppi und Dominik aus der Grotte retten. Sie mussten von der Insel fort, und sie würden das schaffen. Er hämmerte sich die Gedanken ein.

Schaffen!

Retten!

Sicherheit!

Seine liebe Lotta! Er wollte endlich zu ihr. Sie würde sicher halb verrückt sein vor Angst um ihn, weil sie ihn nicht erreichen konnte. Zum Glück hatte er sie vorgewarnt, dass er während des Treffens mit den alten Freunden vielleicht nicht immer das Handy eingeschaltet haben würde.

Geschafft.

Axel sprang auf den Steg. Er griff nach dem Pfosten und umklammerte ihn, weil ihm schwindlig war.

Wenn er es bis hierher geschafft hatte, dann würde er auch noch die Schlüssel für das Motorboot kriegen können und seine Freunde befreien.

Seine Freunde!

Sie waren seine Freunde.

Er hatte sie in all den Jahren sehr vermisst.

Als er sich umdrehte, sah er einen Pistolenlauf auf sich gerichtet.

61) VATERS WORTE

»Mir ist schlecht«, meldete Poppi. Hoffentlich war es nur der Gestank der Abgase und nicht wirklich Kohlenmonoxid.

Die dünne Säule Rauch, die aus der kaputten Verbindung zwischen Schlauch und Auspuff austrat, verpestete die Luft schlimmer, als Lilo angenommen hätte. Außerdem war Poppis Befürchtung bezüglich des Kohlenmonoxids nicht von der Hand zu weisen. Den Schalter zum Abdrehen des Generators hatten sie noch nicht finden können, und daher ratterte er immer weiter vor sich hin.

Sie mussten hier raus. Axel würde vielleicht bald zurück sein, vielleicht würde es aber auch länger dauern. Lilo wollte die Sache selbst in die Hand nehmen, Untätigkeit machte sie nervös.

Aber wie kamen sie aus dieser Grotte raus, ohne zu schwimmen?

In solchen Momenten fielen Lilo oft die Worte ihres Vaters ein. Er war bei seinen Bergtouren immer wieder in fürchterliche und scheinbar ausweglose Notlagen geraten. Da er Leute führte, musste er für alle Verantwortung übernehmen und Auswege finden.

Als Erstes, das hatte er Lilo oft erzählt, probierte er es mit dem einfachsten Weg, der zunächst meist völlig unmöglich erschien. Einige Male hatte sich dieser Weg als durchaus gangbar erwiesen.

Was wäre in ihrem Fall der einfachste Weg? Lilo sah sich um.

Der einfachste Weg war die Tür, durch die sie gekommen waren. Dieser Weg erschien tatsächlich unmöglich, da die Frau mit der Pistole die Tür abgeriegelt hatte. Also war es wohl sinnlos, einen Versuch zu unternehmen und ihre Kräfte zu verschwenden.

Wieder hörte sie ihren Vater zu ihr sprechen. »Du würdest staunen, wie oft dieser einfache Weg unsere Rettung gewesen ist.«

Sollten sie doch …? Nein, es hatte keinen Zweck. Lilo suchte nach anderen Auswegen, weil ihr die Worte ihres Vaters aber einfach nicht aus dem Kopf wollten, winkte sie Poppi und Dominik doch zu der mächtigen Stahltür.

»Kommt!« Die Innenseite der Stahltür war glatt und eiskalt. Mit aller Kraft stemmten sie sich dagegen. Poppi und Dominik stellten keine weiteren Fragen, da sie aus Erfahrung von früher wussten, dass es manchmal das Beste war, Lilo einfach zu folgen.

Aber diesmal erschien der einfachste Ausweg nicht nur unmöglich, er war es auch. Die Tür bewegte sich keinen Millimeter. Sie wollten schon aufgeben, aber Lilo wurde das Gefühl nicht los, ihr Vater würde sie von dort, wo er jetzt war, tadelnd ansehen.

»Noch einmal«, verlangte sie. Poppi drückte mit beiden Händen, Lilo und Dominik stemmten sich mit den Schultern gegen die Tür. Sie schoben und pressten, ihre Schuhe rutschten auf dem Betonboden.

Da geschah das Wunder: Die Tür gab nach.

Sie konnten es selbst kaum fassen.

Nach der ersten Überraschung drückten sie weiter und schafften es, die Tür gerade weit genug zu öffnen, um durchzuschlüpfen. Poppi und Dominik retteten sich in die Höhle, in der sich die Gauner versteckt gehalten hatten.

Danke, Papa, dachte Lilo. Sie wollte auch hinaus, aber da fielen ihr Axels Kleidungsstücke ein. Sie hatte sie auf dem Betonpodest beim Generator abgelegt. Schnell ging sie zurück, um sie zu holen. Als sie die Jeans aufhob, fühlte sie sein Portemonnaie in der Gesäßtasche. Lilo überkam ein starker Drang, schnell einen Blick hineinzuwerfen. Viele Leute hatten Fotos ihrer Lieben in der Geldtasche, und vielleicht fand sie eines von Axels »Süßer«. Sie wollte wissen, wie seine Freundin aussah.

»Lilo? Ist was?«, rief Poppi aus dem anderen Raum und riss sie aus ihren Gedanken. Also musste Lilo ihrer Neugier widerstehen.

Im Kellerraum stand Dominik bereits auf den ersten Stufen der Metalltreppe. Er wartete nur, bis er Lilo aus dem Gang treten sah, dann lief er nach oben. Lilo schlug sich das Schienbein an der Metallkiste mit den Vorhängeschlössern an und fluchte ein bisschen.

Nach einem schnellen Blick durch den Raum sagte sie: »Wir sollten die Handtücher für Axel mitnehmen. Und die Jacken auch.« Poppi schnappte alles, und dann folgten die zwei Dominik nach oben. Auf halbem Weg machte Lilo aber noch einmal kehrt. Sie brauchten unbedingt irgendetwas, das sie als Waffe einsetzen konnten. Gegen eine Pistole waren sie natürlich machtlos, aber vielleicht konnten sie verhindern, dass sie überhaupt bedroht wurden.

Poppi folgte Lilo zurück in die Höhle, weil sie nicht allein auf der Treppe stehen bleiben wollte. Auch Dominik, der schon im oberen Stockwerk bei der Geheimtür stand, wurde es mulmig, so allein im Badezimmer.

»Wo bleibt ihr?«, wollte er leise wissen.

Lilo erklärte ihm das Problem der Verteidigung.

Poppi entdeckte eine verpackte Einwegspritze und eine Phiole, die neben einem der Rucksäcke lagen, und griff danach.

»Das ist garantiert das Betäubungsmittel, und wie wir wissen, wirkt es«, erklärte sie.

Bevor sie sich wieder auf den Weg hinauf machten, setzte Poppi die Nadel auf die Spritze, brach die Kappe der Phiole ab und zog das goldgelbe Betäubungsmittel auf. So bewaffnet fühlte auch sie sich wesentlich sicherer.

Als sie aus der Duschkabine traten, fanden sie das Badezimmer leer vor. Auch im Gang war niemand, und von unten drang kein Geräusch zu ihnen herauf. Auf Zehenspitzen schlichen die drei zur Treppe. Als sie an Axels Zimmer vorbeikamen und Lilo die geöffnete Sporttasche auf dem Bett stehen sah, huschte sie hinein und nahm frisches Gewand für ihn heraus.

Am besten wäre es, wenn sie alle ihr Gepäck mitnehmen würden, aber das würde sie zu lange aufhalten. Sie mussten endlich von der Insel verschwinden. Ihre Pässe und Geld würden fürs Erste reichen.

Lilo fand Axels Pass in der Seitentasche seiner Reisetasche. Der Reißverschluss war offen, was typisch für ihn war. Auch früher hatte er seinen Pass dort aufbewahrt, und sie konnte sich an mindestens drei Fälle erinnern, bei denen er ihn ausgestreut und verloren hatte.

Lilo schnappte auch ihren eigenen Pass und flüsterte Poppi und Dominik zu, dass sie ebenfalls ihre Pässe und Geld holen sollten. Dominik klaubte ein paar Sachen aus seinem Zimmer zusammen, Poppi fiel ein, dass ihre Handtasche, auf die sie so stolz war, noch in der Küche stand.

Keiner der drei atmete richtig. Sie waren viel zu angespannt und wollten nichts überhören.

Im Haus lag wieder diese gespenstische Stille.

Lilo hoffte inständig, Axel würde den Steg heil erreicht haben. Es war eine verrückte Aktion, in dem eisigen Wasser zu schwimmen.

Als sie den Gang durchquerten, schoss Dominik plötzlich ein Gedanke durch den Kopf. Schon vorher – auf dem Weg zu dem geheimen Gang – hatte ihn hier irgendetwas irritiert. Er flüsterte: »Der Mann und die Frau … Sie sind fort.«

Fort konnten sie kaum sein. Sie mussten zu sich gekommen sein und waren jetzt vielleicht unten im Haus. Oder sie suchten draußen. Dann könnten sie Axel finden. Er war fast nackt und schutzlos. Lilo vergaß alle Gefahren und schlich eilig weiter. Sie lief auf Zehenspitzen die Treppe hinunter und in die Diele, die leer war. Sie spähte um den Türstock in die Küche, wo sich auch niemand aufhielt. Poppi griff nach ihrer Handtasche, öffnete sie und streckte sie den anderen hin, damit sie ihre Pässe reingeben konnten. Dominik tat es sofort, Lilo zögerte kurz, folgte dann aber seinem Beispiel. Sie hätte den Pass lieber bei sich behalten, das aber hätte Poppi gekränkt.

Von der Küche warf Lilo einen Blick in das Esszimmer, aber auch dort war keiner. Weiter ging es durch das Esszimmer, bis sie den Durchgang ins Wohnzimmer erreichte. Die beiden anderen folgten ihr. Auf den ersten Blick erkannte sie die Veränderung.

Wellers Kopf ragte nicht mehr über die Rückenlehne des Fauteuils. Hatte er sich befreien können oder war er ohnmächtig in sich zusammengesackt? Da der Raum sonst leer erschien, lief Lilo zu dem Fauteuil. Sie beugte sich vor, und im gleichen Moment schnellte jemand aus dem Polstersessel hoch.

Es war die Frau aus dem Helikopter. Sie packte Lilo an der Schulter, riss sie herum und legte ihr den Arm um die Kehle.

Im Durchgang stand Dominik, starr und ratlos.

»Lassen Sie Lilo los«, stammelte er lahm.

Die Frau gab einen knurrenden Laut von sich. Sie deutete mit einer ruckartigen Geste an, dass sie Lilo das Genick brechen würde, wenn …

Ja, wenn? Was wollte sie?

Dominik und die Frau standen einander gegenüber, Auge in Auge. Lilo griff nach dem Arm und versuchte, sich zu befreien. Die Frau schien Muskeln aus Stahl zu besitzen.

»Alle her … alle hier in diesen Raum, sonst ist eure Freundin tot.«

»Wir … wir sind nicht alle hier«, sagte Dominik. Er hasste sich dafür, wie lahm er klang. Wenigstens aber hatte die Frau ihre Pistole nicht mehr in der Hand.

»ALLE her«, befahl die Frau. Sie klang weniger kalt als leicht panisch. »Alle. Sonst …« Wieder deutete sie an, was sie Lilo antun würde. Lilo schnappte nach Luft und gab den Kampf gegen den Arm auf, weil sie ihn nicht gewinnen konnte. Allerdings drückte die Frau so fest, dass Lilo kaum atmen konnte. Ihr wurde ganz schlecht.

Dominik sah hinter sich.

Keine Poppi. Wo war sie? Sie war doch gerade noch dicht bei ihm gewesen.

»Hierher. Alle!« Die Frau fauchte wütend.

»Aber ich habe doch schon gesagt …«

Die Frau drückte noch etwas kräftiger zu. Es musste zu stark gewesen sein, denn Lilos Knie knickten ein.

62) NOTRUF

Paul Whiting blickte aus dem Fenster hinaus in das Grau des Tages.

So etwas nannte sich Frühling? Bisher waren die Temperaturen erst einmal über zwanzig Grad Celsius geklettert und auch nur für wenige Stunden. In genau diesen Stunden hatte er aber Dienst gehabt und hatte nicht an den Strand gehen können. Daher fand der sommerliche Tag ohne ihn statt.

Wie eine Horde Ameisen fielen die Touristen und Sprachschüler bereits wieder in Brighton ein, und sie sorgten wie jedes Jahr für einigen Ärger. Es waren lauter Kleinigkeiten – Trunkenheit, Randalieren, Raufereien, Beschimpfungen –, aber trotzdem mussten Paul und seine Kollegen ausrücken und ihren Dienst tun.

Im Sommer fühlten sie sich oft mehr als Kindergärtner, die die Streitereien im Sandkisten zu schlichten hatten, und nicht als Polizisten.

Wie er das hasste. Dafür war er nicht Polizist geworden.

Der heutige Tag war aber sogar noch schlimmer. Es tat sich nämlich nichts, absolut nichts. Auch seine beiden Kollegen, die Streife gingen, hatten von einem Brighton erzählt, das mehr oder minder ausgestorben war. Der Regen und der Sturm hatten die Leute in die Häuser getrieben.

Das Klingeln des Telefons war eine willkommene Unterbrechung der Öde. Paul hob ab und meldete sich.

Der Anrufer flüsterte oder versuchte, seine Stimme zu verstellen. Er redete zuerst schnell, als er aber auf die Details zu sprechen kam langsam und deutlich. Paul erkannte einen amerikanischen Akzent.

»Sie müssen nach Canon Island fahren. Dort befinden sich vier Leute in einer ernsten Notlage und kommen nicht fort. Ihre Namen lauten Dominik Kascha, Lieselotte Schroll, Poppi Monowitsch und Axel Klingmeier. Holen Sie die vier so schnell wie möglich von dieser Insel, um sie in Sicherheit zu bringen. Die Leute könnten verfolgt werden. Bewachen Sie die vier. Nehmen Sie diesen Hinweis ernst. Er ist es nämlich.«

Paul Withing kam nicht dazu, eine Frage zu stellen, weil der Anrufer wieder aufgelegt hatte. Aber der Anruf war, wie alle Anrufe, mitgeschnitten worden und konnte noch viele Male angehört werden.

War das gerade ein Mann gewesen oder eine Frau?

Die Nummer war, wie er auf dem Display seines Standapparates sehen konnte, unterdrückt worden.

Den Namen Canon Island hatte Whiting schon einmal gehört. Wenn er sich nur erinnern würde, in welchem Zusammenhang?

Da fielen ihm die ausländischen Sprachstudenten ein, die seine Frau im Sommer aufnahm. Sie hatten zwei unbenutzte Zimmer im Haus, die sie an Studenten vergaben, um sein nicht gerade berauschendes Gehalt aufzubessern.

Einer der Studenten hatte im Vorjahr an dieser Geistertour durch Brighton teilgenommen und danach von einer Schauergeschichte rund um eine Insel draußen im Meer erzählt.

Wie witzig, dachte Paul. Es musste sich wohl um einen Studentenscherz handeln. Studenten wetteten manchmal, wer die Polizei zum Ausrücken bringen konnte. In diesem Fall müssten sie sogar das Polizeiboot nehmen, und mit größter Wahrscheinlichkeit lauerten die Studenten irgendwo, um ein Beweisfoto zu machen. Danach würden sie die gewonnene Wette im Pub feuchtfröhlich feiern.

Nein, diesen Gefallen würde Paul Whiting den Studenten nicht tun.

Eine Fliege, die auf die Scheibe kackte, zog seine ganze Aufmerksamkeit auf sich.

63) BELLADONNA IM PECH

Belladonna 14 spürte einen Stich an ihrem Bein. Er fühlte sich an wie ein Wespenstich. Als sie hinuntersah, war dort aber keine Wespe, sondern diese junge Frau, die auf sie einen so mädchenhaften und harmlosen Eindruck gemacht hatte.

Die Frau hielt noch die Spritze in der Hand, die sie ihr in die Wade gerammt hatte. Sie musste sich ihr auf allen vieren kriechend genähert und dabei das Sofa als Deckung genutzt haben, sodass Belladonna sie nicht hatte sehen können. Außerdem war sie auch viel zu sehr damit beschäftigt gewesen, die Frau in den Griff zu bekommen und wilde Drohungen auszustoßen.

Es war wirklich kein guter Tag für sie! Aber ihr größter Fehler war es gewesen, den Auftrag überhaupt anzunehmen. Zuerst war scheinbar alles nach Plan gelaufen. Ihre Pechsträhne hatte begonnen, als sie es nicht geschafft hatte, dieses Rad unten an dem Stahltor zu drehen.

Aber dann war es noch schlimmer gekommen!

Noch einmal durchlebte sie die Ereignisse in ihren Gedanken: Auf dem Rückweg sprang sie beim Durchqueren des Ganges eine Frau an, die niemand anders sein konnte als die Kollegin, die sie selbst gerade suchte. Ein Mann kam der Frau zu Hilfe, und sie nahmen Belladonna die Schlüssel zum Helikopter ab. Die Pistole übersahen sie zum Glück. Sie ließ ihnen absichtlich einen kleinen Vorsprung, um sie in Sicherheit zu wiegen. Dann aber nahm sie die Verfolgung auf.

Die zwei Leute verließen fluchtartig das Haus und bestiegen den Helikopter. Vom Wohnzimmer aus sah Belladonna, wie sie dort aufgeregt werkten, aber gewann den Eindruck, als könnten die zwei das Ding nicht starten. Wenn sie keine Erfahrung besaßen, wie man einen Hubschrauber steuerte, würden sie damit abstürzen. Mit gezückter Waffe wollte Belladonna hinter ihnen her, aber plötzlich stolperte sie. Jemand hatte den Fuß vorgestreckt, und sie war über ein Bein gefallen. Die Pistole fiel ihr dabei aus der Hand und rutschte über den Boden. Ein Mann, der die Größe und Breite eines Kleiderschranks hatte und rasselnd atmete, hob sie auf.

Plötzlich hatte sich die Situation umgekehrt und der Lauf war auf sie gerichtet. Dem Gesichtsausdruck des Mannes nach zu schließen würde er notfalls abdrücken. Belladonna hob langsam die Hände.

Der Mann dirigierte sie in den Polstersessel, in dem er vorhin noch selbst gesessen hatte, und ließ sie die Hände vorstrecken. Mit einem schnellen Griff packte er zu, und mit einer noch schnelleren Bewegung schlang er einen Gürtel um ihre Hände, den er fest zuzog. Er ließ sie gefesselt zurück, schob die Glastür zur Terrasse auf und trat ins Freie. Was er danach tat, wusste sie nicht, denn sie war nur damit beschäftigt, die Handgelenke zu verdrehen und den Gürtel wieder loszuwerden.

Es dauerte viel länger, als sie gedacht hatte. Als es ihr endlich gelang, ihn abzustreifen, und sie aufsprang, hörte sie oben Geräusche, die sie alarmierten.

Die zwei im Helikopter hatten den Flieger noch immer nicht starten können. Sie würden es auch nie schaffen, davon war Belladonna mittlerweile überzeugt. Sie schlich zur Treppe in das erste Stockwerk und huschte die Stufen hinauf. Oben sah sie, ohne selbst bemerkt zu werden, drei von ihren Gefangenen aus dem Badezimmer kommen.

Wo war Nummer vier, fragte sie sich.

Sie durften diese Insel nicht verlassen. Sie, Belladonna, musste sie in dieses Verlies zurückbringen. Ohne Pistole würde das aber schwierig werden.

In Stresssituationen arbeitete ihr Gehirn am besten. So kam sie auf die Idee, sich im Wohnzimmer in einem Sessel zu verstecken, der mit der Lehne zum Durchgang aus dem Esszimmer stand.

Alles klappte. Sie bekam die Frau zu packen und sah das Entsetzen dieses Mannes, dem die Eitelkeit aus den Augen sprühte.

Ihre weichen Knie brachten sie zurück in die Gegenwart. Sie schwankte, ihre Beine knickten ein, und sie ging zu Boden. Vornüber gebeugt kauerte sie da, und als sie einen Stoß bekam, rollte sie zur Seite.

»Die schläft«, sagte Poppi mit einigem Stolz. Lilo, die das plötzliche Loslassen überrascht hatte, stand hustend und noch immer würgend auf. Dominik kam zu den Freundinnen. Er gratulierte Poppi mit hochgestrecktem Daumen.

»Wir müssen zum Boot«, trieb Lilo die anderen an, als sie sich halbwegs wieder beruhigt hatte.

Kaum trat sie zur offenen Glastür, schoss diese von der Seite zu. Beim Zufallen war das Klicken eines einrastenden Schlosses zu hören.

Wie am Vortag ließ sich die Tür nicht mehr öffnen.

Lilo sah sich um. Gab es hier Kameras? Es konnte kein Zufall sein, dass die Tür in diesem Moment geschlossen worden war. Jemand hatte den Auslöser gedrückt, um sie hier festzuhalten.

Dominik hatte genug von dem ganzen Theater. Bei einem seiner Ausbrüche, als er zu viel getrunken hatte, war ihm ein teures Missgeschick passiert. Daran erinnerte er sich jetzt und holte einen Sessel aus dem Esszimmer. Er hob ihn über den Kopf und schleuderte ihn mit voller Wucht gegen das Glas der Tür. Es knackte, und die Scheibe war von Sprüngen überzogen, aber noch immer intakt. Daher griff Dominik erneut nach dem Stuhl und begann, damit auf das Glas einzudreschen. Es gelang ihm schließlich, ein Loch in das Sicherheitsglas zu schlagen, das groß genug war, um durchzusteigen.

»Wie im Film«, stellte Lilo trocken fest.

Nacheinander kletterten sie durch das entstandene Loch und liefen zu der Stelle, an der die Steintreppe zum Steg begann. Unten sahen sie Axel. Er war nur mit der Jacke bekleidet, die Weller vorhin getragen hatte. Weller saß im Boot und werkte an der Steuerung. Die Art, wie entspannt Axel bei ihm stand, ließ vermuten, dass Weller keine Gefahr für sie darstellte.

»Axel«, rief Lilo und winkte mit beiden Armen. Sie hielt die Kleidung hoch, die sie für ihn hatte.

»Kommt!« Axel winkte zurück. Die steinernen Stufen waren nass und rutschig, der Abstieg verlangte alle Konzentration von Poppi, Dominik und Lilo.

»Geht es dir gut?«, fragte Lilo.

»Her mit dem Zeug!« Axel riss ihr die Kleidungsstücke aus der Hand. Poppi warf ihm das Handtuch zu. Am ganzen Körper zitternd trocknete sich Axel notdürftig ab und begann sich anzuziehen. Es war nicht so einfach, Hose und Pulli über die feuchten Beine und Arme zu bekommen.

Mit dem Kopf deutete Axel auf Weller. »Wir haben uns hier getroffen. Ich durfte in den Lauf seiner Pistole blicken.«

»Weil ich mit einem neuen Angreifer gerechnet hatte«, erklärte Weller.

»Er bringt uns zurück«, sagte Axel.

»Wenn ich das verdammte Boot in Gang bekomme«, meldete sich Weller. Die wenigen Laute, die der Motor von sich gab, klangen sehr entmutigend.

64) KEINE SPUREN

Natürlich war Hermes über alle Vorgänge auf Canon Island unterrichtet.

Eigentlich hätte er sich freuen müssen und die Champagnerkorken knallen lassen, doch es war ihm nicht nach Feiern zumute. Das Experiment auf der Insel hatte einen völlig anderen Verlauf genommen, als er geplant hatte.

Zwar hatten die vier Testobjekte mit ihrer Reaktionsfähigkeit, ihrer Kombinationsgabe und ihrem Teamgeist – alles Eigenschaften, an deren Entwicklung und Schärfung er wesentlich beteiligt war – den Erfolg seiner Versuchsreihe bewiesen und seine höchsten Erwartungen übertroffen, doch zugleich bestand zum ersten Mal die Gefahr, dass seine Tätigkeit aufflog.

Als wäre es gestern gewesen, erinnerte er sich daran, wie er die vier in Tirol zum ersten Mal gesehen hatte. Schon damals hatte er die gleiche Intuition gehabt wie früher bei der Auswahl von Soldaten für militärische Einsätze. Nachdem er in der Zeitung gelesen hatte, dass die vier den Fall »Schneemonster« gelöst hatten, war sein Entschluss festgestanden, mit ihnen die Testreihe durchzuführen.

Es war nicht immer einfach gewesen, ihnen die Substanz in ihr Essen oder ihre Getränke zu mischen, aber Hermes hatte alles drangesetzt, die Dosis immer stabil zu halten. Köche und Kellner waren bestochen worden, Schokolade, Kaugummi oder Chips präpariert worden, und in Cola und Limos waren unauffällig ein paar Tropfen des Mittels per Spritze injiziert worden. Hermes und seine Helfer waren auch in diesem Fall sehr erfinderisch gewesen.

Enttäuscht hatten die vier Hermes nur ein einziges Mal, nämlich damals, als sie sich zerstritten und getrennt hatten. Als er erkannt hatte, dass die Trennung unwiderruflich war und die Versuchsreihe daher abgebrochen werden musste, war sein Zorn so groß gewesen, dass er stundenlang auf den Sandsack in seinem privaten *Gym* eingeboxt hatte. Erst viel später hatte er diese Wendung akzeptiert, die zahlreichen Unterlagen von damals abgelegt und die aufwendige Testreihe vorerst abgeschrieben.

Insgeheim hatte er immer auf den richtigen Augenblick gewartet, um sie fortsetzen zu können. Es hatten ihm nur noch wenige Daten gefehlt, um den Projektbericht abschließen zu können, der potenzielle Käufer vom Wert seiner Entwicklung überzeugen würde.

Zwanzig Jahre später war es so weit gewesen, er hatte die vier aufspüren lassen, verschiedene Szenarien durchgespielt, und Canon Island war ihm als idealer Ort für die Vollendung seines Projektes erschienen. Die einsame Insel war einfach zu kontrollieren, und die vier konnten nicht entkommen. Bei der Renovierung der Villa auf Canon Island waren seine Bauarbeiter auf den Geheimgang gestoßen, der die Ereignisse von damals unter einem neuen Licht erscheinen ließ. Das war wie ein Geschenk für ihn gewesen: Die Insel war dadurch sogar noch besser für die Fortsetzung seines Projektes geeignet.

Er hatte einen Plan entwickelt, mit dem er die vier auf die Insel locken würde. Dort würde er die Geister auferstehen lassen und die vier in Angst und Schrecken versetzen. Hermes war gespannt, wie sie mit diesen Situationen umgehen würden, wie stressresistent sie waren und wie scharfsinnig sie reagieren würden. Um diesen Test genau zu protokollieren, engagierte er seine ehemaligen Mitarbeiter Tin und Prot.

Die vier hatten den Test bravourös bestanden. Trotzdem konnte er seinen Triumph nicht genießen, weil er befürchten musste, man könnte eine Spur zu ihm finden, und das musste er mit allen Mitteln verhindern.

In weiser Voraussicht hatte Hermes bereits beim Umbau die ferngesteuerte Terrassentür einbauen lassen. So konnte er steuern, wann und wie lange sich die Testobjekte im Haus aufhalten mussten.

Um sie aufzuhalten, hatte er die Terrassentür per Knopfdruck von der Jacht aus geschlossen, aber Dominiks Gewaltakt hatte seine Pläne völlig zunichtegemacht. Nun waren sie alle aus dem Haus, und laut der Abhörprotokolle wollten sie mit dem Schnellboot zurück zur Küste. Es würde Meldungen bei der Polizei geben, und Watanabe würde es womöglich auch noch gelingen, in Kontakt mit den vieren zu treten.

Nein, das musste er verhindern. Ein wahres Genie wusste, wann es die Zeugnisse seiner Genialität zerstören musste.

In der Metalltruhe, die sorgfältig verschlossen in der Höhle unter der Villa stand, steckte genug Sprengstoff, um die halbe Insel in die Luft zu jagen. Das würde ausreichen, um sämtliche Spuren zu beseitigen.

Also setzte sich Hermes an seinen Laptop und begann zu tippen. Es war an der Zeit, die Sache selbst in die Hand zu nehmen.

Hermes beabsichtigte, alle Mitarbeiter, die an dem Projekt noch beteiligt waren, sofort zu feuern. Dazu musste er nur eine SMS abschicken. Allen voran Prot und Tin, die am meisten wussten. Von ihnen musste er sich vielleicht überhaupt endgültig verabschieden. Zum Glück hatte er da Leute in den USA, die für ein völliges und spurloses Verschwinden sorgen konnten.

Das Projekt war zu Ende. Er begann, die Codes einzugeben, die zur Zündung nötig waren. Canon Island würde zum zweiten Mal in seiner Geschichte eine Explosion erleben.

65) SONST VERNICHTE ICH SIE!

Die kalte Luft, die durch die zerbrochene Scheibe wehte, strich über Belladonna hinweg. Sie schwebte irgendwo in einem Nebelmeer dahin, aus dem die Füße des Sofas und des Polstersessels immer wieder auftauchten.

Das Betäubungsmittel erzielte seine Wirkung, doch Poppi war zu früh mit der Spritze abgerutscht, weil Belladonna so heftig gezuckt hatte. Daher reichte die Dosis, die in ihre Blutbahn gelangt war, nicht aus, um sie für eine längere Zeit außer Gefecht zu setzen, und Belladonna kam schneller zu sich als geplant. Sie zog sich an der Sofakante hoch und blickte wirr um sich.

Sie musste von dieser verdammten Insel fort. Einfach weg. Sollte ihr Auftraggeber doch die Fotos weitergeben, die er von ihr besaß und mit denen er sie erpresste. Nichts konnte schlimmer sein, als weiter für ihn zu arbeiten.

Belladonna schwankte beim Gehen und musste ihre ganze Konzentration aufbieten, um unverletzt durch den Türrahmen zu klettern, aus dem Scherbenstücke wie spitze Reißzähne ragten.

Der silberblaue Helikopter erschien ihr wie ein rettender Engel, der nur auf sie wartete. Sie wankte darauf zu und steckte die Hand in ihre Jackentasche. Einen Finger vorgestreckt tat sie so, als wäre eine Pistole unter dem Stoff.

Von oben konnte sie das Speedboot sehen, das gerade ablegte. An Bord waren die vier Leute und der Mann, der sie gefesselt hatte. Die beiden Frauen standen vorne neben dem Bootsführer, die Männer hockten im Heck.

Das Boot war viel zu stark beladen und entfernte sich nur langsam von Canon Island, in den hohen Wellen schwankte es heftig auf und nieder.

Belladonna riss die Tür des Helikopters auf. Diese zwei Amateure mit den schwarzen Haaren und dem Blut im Gesicht erschraken heftig. Die angedeutete Pistole in der Jacke beeindruckte sie, und sie räumten bereitwillig den Pilotensitz.

»Ich werde das Ding selber fliegen. Keine dummen Sachen«, drohte Belladonna. Sie redete lallend, und Ann und Tranx bekamen es mit der Angst, ob sie überhaupt flugtauglich war.

Doch als sie sahen, wie Belladonna mit sicheren Griffen den Helikopter zum Laufen brachte und gekonnt startete, beruhigten sie sich einigermaßen.

Der Hubschrauber erhob sich in die Luft, und Belladonna überlegte, wohin sie ihn lenken sollte. Ihr Plan war es, ihn auf einem Feld oder einer Wiese an der Küste zu landen und zu verschwinden.

In diesem Moment klingelte das Handy, auf dem nur Hermes sie anrufen konnte. Sie ging nicht ran. Das Klingeln verstummte, begann dann aber erneut. Als sie wieder nicht abhob, hörte sie hinter sich das Knacken eines Funkgerätes, das eine der beiden Vogelscheuchen eingesteckt hatte.

Aus dem Gerät krächzte die Stimme von Hermes.

»Vernichten Sie das Boot! Sonst vernichte ich Sie!«

»Leck mich«, fauchte Belladonna.

»Vernichten Sie das Boot, bevor es in Küstennähe kommt, sonst vernichte ich Sie«, wiederholte Hermes. »Nicht nur auf der Insel habe ich Sprengstoff versteckt …«

Hinter dem Helikopter knallte etwas.

Die Explosion verwandelte die Villa in einen Feuerball, der sich rot glühend und mit viel schwarzem Qualm zum grauen

Himmel erhob. Ein Regen aus Mauerstücken ging über der Insel und in dem umliegenden Meer nieder. Dem schwarzen Qualm folgten grauer Rauch und Dampf.

Die Druckwelle breitete sich nach allen Seiten aus und erfasste den Hubschrauber. Belladonna hatte Mühe, das starke Schwanken abzufangen. Sie umklammerte den Steuerknüppel und versuchte unter Aufbietung all ihres Könnens und ihrer ganzen Konzentration, die Neigungen der Rotoren und die Lage des Helikopters in der Luft zu regeln, obwohl sie in ihrem Körper noch immer die Nachwirkungen des Betäubungsmittels spürte.

Hinter ihr schrie Ann, Tranx keuchte heftig.

Die Sekunden, die es dauerte, erschienen allen drei wie Stunden, schließlich aber hatte Belladonna den Hubschrauber wieder unter Kontrolle und drehte ihn in der Luft, sodass sie auf Canon Island zurückblicken konnten. Sie drehte eine kleine Runde, um das Ausmaß der Explosion erkennen zu können.

Rauch stieg über den Felswänden auf und wurde vom Wind zerteilt und weggeblasen. Dort, wo noch vor Minuten die Villa gestanden hatte, waren nur noch schwarze Mauerreste und Trümmer zu sehen. Im Boden klaffte ein riesiges Loch.

Die Explosion machte leider auch klar, dass Hermes es ernst meinte. Belladonna hielt es für möglich, dass er auch im Helikopter Sprengstoff versteckt hatte.

Sie sah durch die Scheibe in der Helikoptertür hinunter auf das Meer. Wie ein müder Delfin glitt das überladene Speedboot dahin. Sie musste es zum Kentern bringen.

Die Küste war weit entfernt, trotzdem blieb nicht viel Zeit. Je weiter draußen auf See der Unfall geschah, desto zufriedener würde Hermes sein.

Er brauchte sie. Er würde sie überleben lassen.
Hoffte sie zumindest.

66) ANGRIFF AUS DER LUFT

Keiner sagte ein Wort. Axel, Poppi, Dominik und Lilo sahen zurück zu der Verwüstung, die die Explosion auf Canon Island angerichtet hatte. Eine hohe Welle rollte an, und Weller versuchte, das Boot so zu stellen, dass es von ihr hochgehoben wurde, aber nicht umgeworfen. Trotzdem schwankte es gefährlich, und alle umklammerten, was immer sie nur zu greifen bekamen. Das Schaukeln dauerte lange, und über ihnen kreiste der Helikopter, der von der Druckwelle durch die Explosion gerüttelt wurde. Kurz hatten sie die Befürchtung, er könnte auf sie stürzen. Weller lenkte das Boot voran, so gut es ging.

»Dort waren wir …«, flüsterte Poppi, die den Blick nicht vom Rauch auf der Insel wenden konnte.

»Wir hätten noch dort sein können«, sagte Dominik leise.

»Haben Sie sehr große Schmerzen?« Poppi fiel auf, dass Weller sich immer heftiger krümmte. Er presste eine Hand auf den Bauch und nickte, das Gesicht verzerrt. »Ihre Rippen sind angeknackst, das muss höllisch wehtun«, sagte Poppi wenig beruhigend.

»Ich … schaffe das nicht mehr«, stöhnte Weller.

»Wer kann Motorboot fahren?«, rief Dominik.

»Ich nicht«, sagte Poppi.

»Ich auch nicht«, sagte Lilo.

»Ich versuche es«, sagte Axel. »Ein Freund von mir hat ein Motorboot und hat mich ein paarmal ans Steuer gelassen.« Er kam von hinten vorgeklettert. Lilo und Poppi zogen Weller auf den Nebensitz und sich nach hinten zu Dominik zurück. Er biss die Zähne zusammen, aber man sah ihm die Verzweiflung an.

Axel drosselte das Gas ein wenig und machte sich mit dem Boot vertraut. Er probierte behutsam, wie stark die Steuerung reagierte. Schließlich zog er den Gashebel wieder zu sich, bis er schließlich auf Anschlag stand. Das Boot kämpfte sich schwerfällig durch das Wasser dahin, Lenkmanöver verliefen träge, von Speed keine Spur.

Egal. Hauptsache, das Boot brachte sie zurück zur Küste.

»Der Helikopter«, rief Lilo und deutete zum Himmel. Wie ein dunkler Riesenkäfer brummte der Hubschrauber dahin. Sie beobachtete ihn misstrauisch, und ihr leiser Verdacht erhärtete sich schnell.

»Der Helikopter folgt uns … er steuert uns an.«

»Wozu?«, schrie Dominik durch den Lärm des Motors.

Auch Lilo gab das zu denken. Es handelte sich doch um den Helikopter, in dem diese Frau gekommen war, und sie würde wohl kaum die vier Freunde und Weller retten wollen. Das hieß …

Der Helikopter stieß aus geringer Höhe herab und steuerte auf das Boot zu. Sein Bug hatte etwas von einem stumpfen Vogelschnabel. Er war direkt auf das Boot gerichtet.

Die Rotoren zerrissen die Luft. Sturmböen gingen von ihnen aus und wühlten das Meer auf. Der Luftwirbel presste die Menschen im Boot zu Boden oder zur Seite. Er drückte das Boot, das wegen der schweren Beladung bereits viel zu tief lag, noch tiefer ins Wasser.

Die erste Welle schwappte über die Bordkante. Poppi spürte die Nässe und schrie warnend. Axel drehte das Steuer energisch zur Seite.

»Festhalten«, rief er.

Es gelang ihm, das Speedboot scharf nach links zu lenken und aus dem Bereich des Luftstroms herauszukommen.

Von unten sah Lilo die Frau, die sie in der Grotte hatte einsperren wollen. Ihr Gesicht war eine entschlossene, harte Maske, steinern und kalt. Sie ließ sich von Axels Wendemanöver wenig beeindrucken, änderte den Kurs und ging zum nächsten Angriff über.

»Sie ist gleich wieder über uns«, warnte Lilo.

»Haltet euch fest, so gut ihr könnt.« Axel begann, mit dem Boot weit gezogene Schlangenlinien zu fahren. Der Helikopter versuchte erneut, sich über das Boot zu stellen, aber so einfach war das nicht. Die Kufen tauchten zweimal in die Wellen ein, und die Pilotin musste sofort wieder hochziehen. Sie hatte sichtlich Mühe, den Helikopter unter Kontrolle zu bekommen.

Im Boot standen, saßen und lagen alle geduckt, die Köpfe eingezogen. Axel umklammerte mit aller Kraft das Steuerrad. Er warf immer wieder prüfende Blicke zum Helikopter und versuchte, genau das Gegenteil von dem zu tun, was sich die Pilotin erwarten konnte. Er gab ihr das Gefühl, nur noch in eine Richtung zu lenken, riss aber das Steuer herum, als sie wieder sturzflugartig auf ihn losging, und sie verfehlte ihn.

Es war unübersehbar, was ihr Plan war: Sie wollte das Boot zum Kentern bringen.

Die Küste war noch immer nicht am Horizont auszumachen.

Obwohl Axel nicht mehr Gas geben konnte, schienen ihnen Wellen und Strömung gnädig zu sein. Das Boot gewann an Geschwindigkeit. Lilo deutete auf den kleinen Kugelkompass, der am Armaturenbrett angebracht war.

»Fahr immer nach Norden, dann müssten wir ankommen.« Sie meinte damit, dass sie irgendwo auf die Küste treffen würden und sich an Land retten konnten. Hauptsache, sie entkamen dem Hubschrauber und hatten wieder festen Boden unter den Füßen.

Der Bug des Boots hob sich leicht, was ein gutes Zeichen war.

Hinter ihnen zog der Helikopter eine enge Kurve, um wieder Jagd auf das Boot zu machen. Wie ein grimmiger dunkler Vogel steuerte er auf sie zu, die Nase leicht nach unten geneigt. Axel lenkte scharf nach rechts, aber diesmal ließ sich die Pilotin nicht mehr ablenken. Sie folgte ihm und holte auf.

Das Rattern der Rotoren peitschte durch die Seeluft. Es hörte sich an wie Maschinengewehrsalven. Diesmal würde der Helikopter sie einholen. Auch die nächsten beiden Ablenkmanöver von Axel gingen ins Leere. Der Hubschrauber war wieder nahe genug, um seinen gefährlichen Luftstrom auf sie zu lenken.

Bei einem seiner Manöver übersah Axel eine hohe Welle, und das Wasser schwappte ins Boot. Bis zu den Knöcheln standen sie nun im Nassen. Der Luftdruck von oben presste das Boot gnadenlos tiefer ins Wasser. Die Pilotin lenkte den Helikopter ein kleines Stück zur Seite, damit die größte Kraft nur auf Steuerbord wirkte. Das Boot bekam Schieflage.

»Auf die andere Seite, alle auf die andere Seite«, brüllte Lilo aus Leibeskräften. Im Sturmwind, den der Helikopter erzeugte, flogen ihre langen Haare und peitschten ihr ins Gesicht. Sie zog Dominik am Ärmel und Poppi an der Jacke. Alle drei lehnten sich über die Bordkante und bildeten so ein Gegengewicht auf Backbord. Wieder unternahm Axel ein riskantes und rasantes Wendemanöver, bei dem Dominik zur Seite geschleudert wurde. Lilo konnte ihn gerade noch festhalten, sonst wäre er über Bord gegangen.

»Axel … nicht zu wild«, beschwerte sich Poppi.

Darum aber konnte sich Axel nicht kümmern.

Weil sie ihr Ziel noch nicht erreicht hatte, ging die Pilotin tiefer, als wollte sie mit den Kufen das Boot unter Wasser drücken.

Alle an Bord schrien und versuchten, sich so klein und flach wie nur möglich zu machen. Axel riss am Gashebel, was keinen Sinn machte, da er schon lange auf Anschlag stand. Er warf einen suchenden Blick auf das Armaturenbrett, als hoffte er, dort eine rettende Lösung zu finden.

Es gab nichts. Außer einer Tankanzeige. Und die stand bedrohlich weit unten. Bei dieser Geschwindigkeit hätten sie in Kürze allen Treibstoff verbraucht.

67) MELDEN SIE SICH!

Über Funk meldete sich Hermes wieder bei Belladonna. Er verlangte zu erfahren, ob sie das Boot schon versenkt hatte.

»Ich bin dabei.« Sie klang angestrengt, und das beruhigte Hermes. Er ließ sie weiterarbeiten und verhielt sich still.

Ann und Tranx hatten mit zitternden Händen ihre Sicherheitsgurte angelegt. Es waren Gurte, die über die Schultern und von der Seite kamen und in einer Schnalle am Brustkorb eingeklinkt werden mussten, doch die entpuppte sich als ein störrisches und kompliziertes Ding.

Ann hatte für Hermes schon einige Aufträge ausgeführt, aber keiner war so schiefgelaufen. Tranx, der zum ersten Mal dabei war, wünschte, er wäre im Pub mit seinen Kumpels geblieben, wo die größte Aufregung das Werfen auf eine Dartscheibe war. Ihm wurde übel, und er musste sich übergeben, was bei Belladonna eine Schimpfkanonade auslöste.

»Du fliegst wie eine Irre«, schrie Ann sie an. »Willst du uns umbringen?«

»Nein, aber die dort unten«, sagte Belladonna mit zusammengebissenen Zähnen.

Wären Tranx und Ann gläubig gewesen, hätten sie in diesem Moment wohl zu beten begonnen. So aber blieb ihnen nur, ihrer Angst mit lauten Schreien ein Ventil zu verschaffen und sich an Innenwänden und Vordersitzen abzustützen und festzuhalten, um sich bei den irrsinnigen Flugbewegungen nicht die Köpfe blutig zu schlagen.

Als Belladonna den Helikopter steil nach unten neigte und den Rotor wie das Messer eines Rasenmähers einsetzen wollte, schlossen Tranx und Ann mit ihrem Leben ab. Ein Absturz schien unvermeidlich.

Durch die gebogene Vorderscheibe sahen sie das Entsetzen und die Angst der Leute auf dem Boot, die sich verzweifelt festklammerten und versuchten, das Schwanken auszugleichen, doch es war ein Kampf, den sie nicht mehr gewinnen konnten.

Ein Gedanke hämmerte unablässig in Belladonnas Kopf: Was würde Hermes tun, wenn sie das Boot versenkt hatte? Waren sie dann nicht alle unliebsame Zeugen, die man loswerden musste?

Dann würde Hermes den Helikopter auf jeden Fall explodieren lassen, wurde ihr klar. Wahrscheinlich hielt er sich nur so lange zurück, bis sie das Boot zerstört hatte.

»Melden Sie sich«, krächzte seine Stimme aus dem Funkgerät.

»Es dauert noch«, rief Belladonna ausweichend. Sie war als Pilotin sehr geübt und konnte einen tonnenschweren Helikopter in der Luft tanzen lassen wie eine Feder.

»Beeilen Sie sich!«

»Ich bin dran.«

Ann deutete zur Seite. »Vorsicht!«, rief sie warnend.

Ein schmales, schnittiges Motorboot schoss wie ein Pfeil über das Meer. Die Scheinwerfer am niederen Aufbau waren groß und erinnerten an Augen. Solche Scheinwerfer setzte nur die Küstenwache bei ihren nächtlichen Suchaktionen ein.

Die Polizisten hatten wahrscheinlich die Explosion gehört, und als Erstes würden sie gleich die Nummer im Rumpf des Helikopters sehen, über die der Hubschrauber identifiziert werden konnte.

Belladonna drehte schwungvoll ab, und Ann krachte gegen die harte Innenwand.

»Ist es vollbracht?«, wollte Hermes wissen.

»Fast … fast!«, log Belladonna und steuerte in einem großen Bogen hinaus auf das offene Meer. Sie wollte das Polizeiboot weiträumig umfliegen und dann die Küste ansteuern. Hermes musste sie irgendwie hinhalten, jedenfalls so lange, bis sie gelandet war und flüchten konnte. Was auch immer er gegen sie hatte, würde ihm nichts nützen, wenn er sie nicht mehr fand.

»Was ist mit dem Boot … ist es zerstört?«, fragte Hermes schon wieder. Belladonna antwortete nicht mehr, sondern stellte das Funkgerät einfach ab.

Sie glaubte nicht mehr an den Sprengstoff an Bord des Helikopters. Wieso sollte Hermes ihn hier versteckt haben?

Als die Küste in Sichtweite kam, dauerte es noch immer eine gefühlte Ewigkeit, bis sie endlich eine weitläufige Wiese erreichten. Es musste sich um eine der Wiesen der sogenannten Downs handeln, der sanften Hügel rund um Brighton.

Belladonna landete, stellte den Motor ab, ließ den Schlüssel stecken, griff nach ihrer Tasche, die sie im Fußraum des Nebensitzes gelassen hatte, und sprang ins Freie. Sie stolperte und rollte durch das nasse Gras. Es fühlte sich einfach nur herrlich an.

Hinter ihr kämpften sich Ann und Tranx aus dem Helikopter. Sie liefen in Belladonnas Richtung und warfen ängstliche Blicke zurück.

Der Rotor lief aus, der Hubschrauber stand einfach still da. Es gab – wie erwartet – keine Explosion.

Alle drei keuchten heftig.

»Was sollen wir jetzt tun? Du hast das Boot nicht versenkt. Hermes wird uns alle jagen.« Ann konnte die Worte nur rausstoßen, und es klang wie ein Bellen.

»Kommt mit mir. Ich hau ab nach Argentinien. Dort habe ich Freunde, bei denen ich mich verstecken kann. Sie leben in einsamen Gegenden Argentiniens und können uns eine neue Identität verschaffen, mit Pass und allem, was dazugehört.«

»Ich bin dabei«, sagte Tranx. Er hatte seinen Pass und ein paar Sachen bei einer Freundin versteckt, die auf dem Weg nach Heathrow wohnte. Sein voller Name lautete Fabian Trannacher, aber von dem würde er sich in Kürze verabschieden müssen. Tranx würde es verkraften. Zum Glück hatte er in einem seiner alten Sportschuhe ein bisschen Geld versteckt, es würde ihm helfen, die erste Zeit zu überbrücken.

Auch Ann nahm Belladonnas Angebot gerne an. Wie lange es wohl dauern würde, bis sie sich nicht mehr als Anna Schauer fühlte, wie sie derzeit hieß? Sie schwor sich selbst, nie wieder einen Auftrag dieser Art anzunehmen und nun endlich ein normales Leben zu führen. Es stellte sich nur die Frage, ob das durch eine Flucht nach Argentinien gelingen konnte.

Egal. Sie hatten keine andere Wahl. Alle drei mussten sie aus den Fängen dieses Wahnsinnigen entkommen, und es würde ihnen gelingen.

Hermes' Geschädigte mussten zusammenhalten.

68) TAUCHEN SIE UNTER!

»Er zieht ab!«

Lilo richtete sich ein wenig auf. Der Helikopter flog einen weiten Bogen und steuerte Richtung Norden.

Alle im Boot blickten ihm schweigend hinterher, und mit jeder Sekunde, die verstrich, wuchs ihre Hoffnung, er würde nicht zurückkommen. Axel drosselte die Geschwindigkeit und erkannte, wie wenig zusätzlichen Schub das Vollgas gebracht hatte.

Poppi zeigte auf ein Schnellboot, das mit einer mächtigen Bugwelle in geringer Entfernung vorbeizog. Keiner traute sich zu winken, weil sie nicht wussten, ob das Boot nicht auch zu ihren Gegnern gehörte. Als es den Kurs änderte und auf sie zukam, stockte ihnen für einen Moment der Atem, bis Weller Entwarnung gab.

»Küstenwache. Das ist die Polizei.«

Dominik war sofort alarmiert. »Was sagen wir denen?«

Axel zuckte mit den Schultern und verzog das Gesicht. »Da ist eine Insel in die Luft geflogen. Wie wäre das? Das stimmt und bringt uns nicht damit in Verbindung.«

Lilo grinste schief. »Klingt cool. Es muss niemand wissen, dass wir dort waren. Spuren gibt es keine mehr.«

»Aber wieso sind wir hier draußen?« Dominik wollte auf alle Fragen der Polizei vorbereitet sein.

Für weitere Beratschlagungen blieb keine Zeit, da das Boot der Küstenwache schon zu nahe war. An Bord stand Paul Whiting, klein, gedrungen, mit einem Bierbauch, den er ohne großen Erfolg einzog. Whiting hatte es sich anders überlegt und den Anruf doch noch ernst genommen. Es lag mehr daran, dass er aus dem Büro hinauswollte und seine Kollegen von der Küstenwache schon längere Zeit nicht gesehen hatte. Seit der Explosion, die sie aus großer Distanz beobachtet hatten und über die schon die Nachrichten berichteten, war er aber heilfroh, die Meldung beachtet zu haben. Andernfalls hätte er sich riesigen Ärger bei seinen Vorgesetzten eingehandelt. Die Anrufe wurden alle aufgenommen, und früher oder später wäre herausgekommen, dass eine Warnung bei ihm eingegangen war.

Axel stellte den Motor ab. Ein Tau wurde ihm zugeworfen. Er fing es, und zwei Männer der Küstenwache zogen das Speedboot heran.

Whiting grüßte und fragte: »Befinden sich auf diesem Boot Leute mit den Namen …« Er versuchte sich zu erinnern, was die Anruferin gesagt hatte. »Poppi Monowitsch …«, war ihm in Erinnerung geblieben. »… und Axel Klingmeier?«

Dominik begann zu schreien und um sich zu schlagen. »Dort ist eine Insel explodiert … diese kleine Insel mitten im Meer! Und Sie fragen nach einer Poppi? Eine Insel ist in die Luft geflogen!«

Poppi musste im Stillen zugeben, dass Dominik ein ausgezeichneter Schauspieler war. Seine Vorführung war absolut überzeugend. Whiting hob beschwörend die Hände.

»Waren Sie auf der Insel?«

»Wir wollten sie uns nur mal anschauen. Weil doch dort vor vielen Jahren seltsame Dinge geschehen sein sollen. Das haben wir auf dieser Geistertour in Brighton gehört«, erwiderte Lilo.

»Haben Sie Treibstoff für uns? Wir sind knapp!«, meldete sich Axel zu Wort.

Die Küstenwache hatte immer ein paar Kanister Treibstoff an Bord, da sie Booten, denen der Sprit ausgegangen war, öfter helfen musste. Ein blasser Mann in einer zu weiten Uniform ging unter Deck und kehrte mit zwei Kanistern zurück. Axel spielte den Aufgeregten, der aufgrund des Schocks nicht einmal mehr wusste, wo sich der Tankdeckel des Bootes befand. Einer der Polizisten half ihm geduldig und durchschaute Axels Trick nicht.

»Könnten wir Ihre Ausweise sehen«, verlangte Whiting.

»Ausweise?« Dominik sah ihn an, als wäre das die unpassendste Frage überhaupt.

Weller meldete sich stöhnend. »Sind im Bootsverleih. Als Pfand.«

»Unser Onkel ist auf die Bordkante gefallen und hat sich die Rippen gebrochen. Wir müssen ihn zum Arzt bringen«, flunkerte Lilo. »Dann kommen wir zu Ihnen. Wohin?«

Whiting nannte die Adresse der Polizeistation im Zentrum von Brighton. Die Küstenwache verabschiedete sich und zog das Tau wieder ein. Weller half Axel, den Motor zu starten, und zum Abschied winkten die vier den Beamten auf dem anderen Boot zu.

Zügig, aber nicht mit Vollgas, setzten sie die Fahrt fort. Die Angst vor einer Rückkehr des Helikopters begleitete sie noch eine Zeit lang, bis Lilo sagte: »Jetzt verstehe ich, warum der Hubschrauber abgedreht hat. Die Pilotin hat die Küstenwache schon früher aus der Luft gesehen.«

Endlich konnten sie aufatmen, denn nun war eine Rückkehr höchst unwahrscheinlich.

Eine Frage beschäftigte sie jedoch alle: Hätten sie der Polizei nicht doch Meldung über die Ereignisse auf Canon Island erstatten sollen?

Weller schien ihre Gedanken erraten zu können. Er hing im vorderen Sitz und versuchte, sich so gut es ging zu stützen. Jeder

Sprung des Bootes verursachte ihm höllische Schmerzen. Er redete japsend.

»Nach allem, was ich in den vergangenen Tagen erlebt habe, kann ich Ihnen nur dringend raten: Tauchen Sie unter. Verstecken Sie sich. Bleiben Sie für ein paar Tage unsichtbar.«

»Wie sollen wir das tun?« Dominik hatte für Montag seinen Rückflug gebucht, konnte ihn aber notfalls verschieben. Ausnahmsweise standen keine Termine in New York an, und er hatte bis Ende der Woche frei.

»Keine Kreditkarten verwenden. Keine Flüge unternehmen. Nichts tun, was eine elektronische Spur hinterlässt«, riet Weller.

»Wann können wir Mr Watanabe treffen?«, wollte Poppi wissen. Dieser Mann erschien ihr als Schlüssel zu einigen großen Fragen.

»Er landet erst morgen. Ich werde versuchen, ihn zu kontaktieren und ein Treffen zu arrangieren. Bis dahin gehen Sie kein Risiko ein. Setzen Sie sich mit mir in Verbindung und verwenden Sie ein Codewort.« Weller überlegte. Was konnte das für ein Codewort sein?

»Knickerbocker-Bande«, schlug ihm Lilo vor.

»Knickerbocker-Bande?« Weller wiederholte den Namen langsam und fragend.

»Zu lang, vielleicht nur Knickerbocker«, sagte Poppi.

»He, die Handys können wir aber schon benutzen, oder? Ich muss meine Lotta anrufen«, sagte Axel.

»Rufen Sie vom Festnetz an. Ihre Handys könnten abgehört werden.«

Aber von wem? Diese Frage hatte sich insgeheim jeder von ihnen gestellt. Der Helikopter war abgezogen, aber die Bedrohung war geblieben. Irgendwo lauerte jemand, der keine Kosten und Mühen gescheut hatte, die vier nach Canon Island zu locken und schließlich das Haus mitsamt der halben Insel in die Luft zu jagen.

Hätten sie die Opfer sein sollen?, schoss es Lilo durch den Kopf. Wollte man sie loswerden?

69) DIE ALTE KASSETTE

Das Boot mit den fünf Insassen setzte zügig den Weg zur Küste fort. Weller reichte Axel sein Handy, damit er die Navigation verwenden konnte. Lilo stellte ihm die Marina von Brighton ein. Der Akku würde hoffentlich durchhalten.

Als endlich die Küste als langer Strich in Sicht kam, musste Axel den Kurs stark nach Osten korrigieren. Ein kleiner Leuchtturm auf der Kaimauer diente ihm zur Orientierung, als das Handy den Geist aufgab. Axel steuerte darauf zu und erreichte schließlich den Hafen der Segel- und Motorboote. Als er das Boot durch die breite Einfahrt steuerte, spürte er seine Erschöpfung.

Sie suchten einen freien Platz, ohne sich darum zu kümmern, ob er jemandem gehören könnte.

Lilo kletterte auf den Holzsteg, schlang das Tau um den Poller und zog gekonnt einen doppelten Palstek, damit sich das Tau nicht lösen konnte. Danach half sie Poppi an Land, Axel und Dominik schafften es allein. Albert Weller, der stoßweise atmete, kroch auf allen vieren vom Boot auf die Kaimauer und wäre um ein Haar abgerutscht und ins Wasser des Hafenbeckens gefallen. Lilo und Axel konnten ihn gerade noch am Hosenbund festhalten und an Land ziehen. Weller musste dringend in ein Krankenhaus, damit seine Schmerzen gestillt werden konnten.

Der Boden unter ihnen schien zu schwanken. »Landkrank« nannte man das, wusste Axel von einem Segeltörn. Es war die Folge vom ständigen Auf und Ab, das man auf einem Schiff bei hohem Seegang durchmachte. Auf Lilo und Dominik gestützt, schleppte sich Weller über die langen Stege, bis sie endlich die Zeile von Restaurants und Läden erreichten.

Ein Durchgang führte hinaus auf die Straße, auf der gerade ein Taxi hielt, aus dem ein fröhliches Paar stieg. Lilo winkte der Fahrerin zu warten, und Axel hielt Weller die hintere Wagentür auf. Sobald er auf die Rückbank gesunken war, bat er die Fahrerin, die ihn kritisch musterte, mit ihm ins nächste Krankenhaus zu fahren.

»Melden Sie sich«, sagte Weller. »Mit Codewort … nicht vergessen.«

»Aber wir haben Ihre Handynummer nicht«, fiel Lilo ein.

Weller nickte. Lilo lieh sich Zettel und Kugelschreiber von der Fahrerin und notierte, was Weller ihr diktierte.

Dann fuhr das Taxi mit ihm weg.

»Und wir? Wohin gehen wir?«

»Ich muss telefonieren.« Axel sah sich suchend um und entschied sich für ein Fischrestaurant.

Poppi kam mit ihm. Klaus machte sich bestimmt schon Sorgen um sie.

Lilo und Dominik blieben zurück. Durch die große Scheibe konnten sie die anderen zwei sehen, die mit einer fröhlichen Kellnerin redeten, die ihnen ein Schnurlostelefon von hinter der Theke reichte. Es versetzte Lilo einen Stich, beobachten zu müssen, wie Axel fröhlich mit seiner Freundin redete.

»Klaus muss den Tiger im Zoo operieren. Er hat einen entzündeten Zahn«, berichtete Poppi, als sie zurückkam. »Ich konnte nur ganz kurz mit ihm reden.«

Dominik hob eine Augenbraue. »Hast du ihm nicht erzählt, was uns alles zugestoßen ist?«

Poppi lächelte. »Nein. Das hätte ihn viel zu sehr aufgeregt. Er muss doch ruhig sein für die Operation.« Sie lächelte in sich hinein. »Vor allem, damit er mit dem Narkosepfeil trifft.

Das Blasrohr habe normalerweise ich, weil ich besser zielen kann.«

Lilo klopfte ihr bewundernd auf die Schulter. »Du bist nicht so ungefährlich, wie du auf den ersten Blick wirkst.« Beide mussten sie lachen, und es tat gut.

Axel kam zurück und nickte. In seinem Gesicht stand etwas sehr Glückliches. Lilo schluckte.

»Rufst du Sam gar nicht an?«, wollte Axel von Lilo wissen.

Lilo grinste nur kurz schief. Es gab jetzt Wichtigeres. »Wir brauchen ein Dach über dem Kopf und ein bequemes Bett. Aber wir können nur in bar bezahlen. Habt ihr Geld eingesteckt?«

Axel hatte nur hundert Pfund bei sich, Poppi einhundertfünzig, Lilo zählte einhundertsechsundfünzig Pfund. Viel war das nicht, wenn sie Wellers Rat folgen und sich für zwei oder drei Tage irgendwo einquartieren sollten.

Dominik drückte verlegen herum. »Kein Problem, da kann ich helfen.« Er zog ein Bündel Banknoten aus der Tasche.

»Wieso hast du so viel Geld bei dir?«, wollte Poppi wissen.

»Ach, das ist ein Tick von mir. Weil ich gerne spüre, dass ich …« Er redete nicht weiter.

Lilo wusste, wie der Satz weitergehen sollte. Poppi auch. Nur Axel machte ein fragendes Gesicht.

»… dass er eine Menge Geld hat«, erklärte ihm Poppi.

Nichts hätte Axel weniger beeindrucken können. »Schön für dich. Ich bin immer knapp bei Kasse.«

Halb verlegen, halb ertappt begann Dominik zu grinsen.

»Na, so bin ich eben«, sagte er entschuldigend.

Axel schlug Dominik auf den Rücken. »Warst immer schon ein bisschen schräg. Das ist auch gut so. Bist eben der echte Dominik geblieben. Das heißt, Dominik 2.0.«

In diesem Moment war alles andere vergessen. Lilo, Poppi und Axel begannen zu lachen, Dominik stimmte nach einem kurzen Zögern ein.

Schlagartig erinnerte er sich, was er damals zu Liz gesagt hatte, bevor sie ihn verlassen hatte. Sie hatte durchblicken lassen, dass sie nicht besonders interessiert an seinen alten Freunden sei.

»Im Wein liegt die Wahrheit« lautete eine alte Redensart. Dominik fiel wieder der Zorn ein, der in ihm aufgestiegen war. Er hatte Liz an den Kopf geworfen, er wünschte, sie hätte die Klasse von Lilo, das Herz von Poppi und den Elan und den Humor von Axel.

Liz hatte ihn schweigend angesehen und danach die Beziehung für beendet erklärt. Nach zwei Jahren war sie einfach aufgestanden und gegangen. Dominik war damals der Vergleich mit einer Eiskönigin eingefallen. Liz' Kälte war ihm schon früher aufgefallen, aber er hatte sie nicht wahrhaben wollen.

Ihm war sogar der Verdacht gekommen, sie hätte ihn benutzt, um durch ihn Leute aus der New Yorker Schickeria kennenzulernen. In diesem Augenblick waren Dominiks Wut und Enttäuschung über Liz' Abgang schlagartig verschwunden. Mit einem lächelnden Blick auf seine wiedergefundenen Freunde war Dominiks nächster Gedanke: Es ist gut so! Sie war ohnehin die Falsche. Danach fühlte er so etwas wie Erleichterung. Als er die fragenden Blicke der anderen spürte, die seine Nachdenklichkeit bemerkt hatten, sagte er schnell, um das Thema zu wechseln: »Wohin jetzt?«

Axel hatte einen Vorschlag. »Ich kenne da ein B&B in Brighton, sehr klein und wahrscheinlich auch sehr bescheiden …« Er sah in Dominiks Richtung.

»Schau mich nicht so an! Wahrscheinlich denkst du, für mich käme nur ein Luxushotel infrage …«

»Ist es so?«

»Ich will eine Dusche und ein Bett und etwas Gutes und nicht allzu Ungesundes zu essen.«

»Dann versuchen wir unser Glück dort.« Axel ging in das Fischrestaurant und erkundigte sich nach dem Weg und der Entfernung zu dem Bed and Breakfast, an das er dachte. Es war das Haus, in dem Jenny wohnte. Im Fenster war ein Schild gestanden, dass Zimmer frei wären.

Sie mussten ein Taxi nehmen, weil es zu Fuß zu weit war. Gedankenverloren sahen alle vier aus den Fenstern. Auf einer Seite sahen sie die lange Reihe weißer Fassaden vorbeiziehen, auf der anderen erstreckte sich das Meer bis zum Horizont. Irgendwo dort draußen lag eine Insel mit den Trümmern eines Hauses und seinen Geheimnissen. Sie sprachen es nicht aus, aber jeder musste an sie denken.

Lilo konnte nicht aufhören, ihre Nasenspitze zu massieren. In ihrem Kopf ordneten sich langsam die Gedanken, wie auf einer großen Magnettafel, auf der sie Schilder mit verschiedenen Begriffen herumschieben konnte. Sinn ergaben sie aber noch immer keinen.

Das Taxi setzte die vier am Beginn der schmalen Gasse ab, in der sich das B&B befand. Axel fand das Haus auf Anhieb und drückte den Klingelknopf. Es dauerte nur Sekunden, bis Jenny öffnete.

»Wenn ich wieder Pizza und Eis kriege, erzähle ich dir noch mehr«, sagte sie gleich zur Begrüßung.

»Daraus wird heute nichts«, sagte Axel und schaffte es trotz der Müdigkeit, die ihn immer mehr überfiel, sie anzulachen.

Hinter Jenny tauchte wieder die ältere Dame auf. Sie nahm im Gehen eine fleckige Kochschürze ab und fuhr sich mit den Fingern durch die Dauerwelle. »Jenny, sofort in dein Zimmer.«

»Ich kenne den Mann. Er hat gesehen, wie sie den alten Charles abtransportiert haben.« Mit gesenkter Stimme sagte sie zu Axel: »Er ist gestorben. Herzinfarkt.«

»Schluss jetzt, Jenny.« Die Frau scheuchte das Mädchen die Treppe hinauf. Jenny gab sich geschlagen und tat, was von ihr verlangt wurde.

»Entschuldigen Sie bitte das Benehmen meiner Enkeltochter. Sie ist auf Besuch bei mir.«

»Ach, das ist schon in Ordnung«, sagte Axel. »Wir suchen … vier Zimmer? Ist bei Ihnen noch etwas frei?«

Bedauernd schüttelte die Frau den Kopf. »Ich habe leider nur zwei Zimmer, und die sind seit gestern belegt.«

Dominik trat zu Axel und blickte zwischen Lilo, Poppi und der Frau hin und her. Es war ein eindeutig zweideutiger Blick, den Axel nicht ganz verstand.

»Wir suchen etwas Diskretes«, raunte Dominik der Frau zu. »Nur für ein oder zwei Nächte.«

Die Frau runzelte die Stirn. »Diskret?«

»Nichts Großes. Etwas Gemütliches«, sagte Lilo schnell, um die Situation zu retten. Dominik hatte mit seinem kleinen Schauspiel versucht, die Adresse einer Absteige zu erfahren, in der keine Fragen gestellt wurden. Das aber war bei Jennys Granny nicht richtig angekommen.

»Romantisch ist ein kleines B&B in der Nähe von Beachy Head. Mein verstorbener Mann und ich haben dort unseren Honeymoon verbracht. Das Hotel gibt es noch immer. Nur vier Zimmer. Meine Freundin Rose betreibt es. Ich habe heute erst mit ihr gesprochen, und sie hat geklagt, weil ihr aufgrund des Schlechtwetters so viele Gäste abgesagt haben. Soll ich sie fragen, ob sie etwas frei hat?«

»Nur vier Zimmer? Das klingt ideal!« Lilo stimmte zu. Die Frau kramte ein Handy aus der Tasche ihrer Strickjacke. Hinter ihr kam ein alter Mann aus einem Zimmer. Es war Orson, bleich sah er aus, die Schultern hängend.

»Hallo, Mr Orson«, rief Axel, der ihn sofort erkannte.

Orson war überrascht, angesprochen zu werden. Er trat näher.

»Es tut mir sehr leid wegen Ihres Bruders.«

»Danke. Charles war nicht mein Bruder, nur ein sehr guter Freund.« Orson bestätigte, was Jenny Axel am Pier erzählt hatte. Charles und Orson hatten den Touristen ein kleines Schauspiel vorgespielt.

»Tut mir trotzdem leid. Ich habe an Ihrer letzten Tour teilgenommen, damals, als es passiert ist …« Axel meinte Charles' Herzanfall.

Orson nickte abwesend.

»Wissen Sie … wissen Sie noch mehr über Canon Island? Mehr als Sie auf der Tour erzählen?«, meldete sich Lilo.

Die Art, wie Orson sie entsetzt ansah, war ein eindeutiges Ja.

»Die Insel … das Haus, das ist in die Luft geflogen«, berichtete Axel. »Wir waren dort … jemand hat uns die Geister vorgespielt.«

»Pssst!« Poppi stieß ihn von hinten an, damit er nicht so viel erzählte.

Das Entsetzen in Orsons Augen wurde noch größer.

»Ist das Ihr Ernst?«

Granny, die im Hintergrund telefoniert hatte, kam zurück. »Rose hat mir erzählt, dass im Fernsehen gerade eine Meldung über eine Explosion vor der Küste gekommen ist. Irgendeine kleine Insel …«

Orson holte tief Luft.

»Rose hat alle vier Zimmer frei«, fuhr die Frau fort. »Ich habe sie für Sie reserviert. Ich hoffe, das ist recht so?«

»Danke«, sagte Poppi schnell.

»Kommen Sie.« Orson zog seinen klimpernden Schlüsselbund an der Kette aus der Hosentasche. Er überquerte die Gasse und schloss die olivgrüne Tür zu Charles' Haus auf. Ungeduldig winkte er Axel, ihm zu folgen. Lilo, Poppi und Dominik kamen natürlich auch mit.

Noch immer roch es säuerlich und schlecht gelüftet in dem niederen Flur. Wohnzimmer und Küche waren durch einen bogenförmigen Durchbruch verbunden und mit allerhand Zeug bis zur Decke vollgestopft.

Orson deutete auf die beiden kleinen gestreiften Sofas, die im Wohnzimmer einander gegenüberstanden. Als sich die vier setzten, sanken sie tief ein. Die Polsterung musste alt und sehr durchgesessen sein.

»Wieso waren Sie auf Canon Island?«, wollte Orson wissen.

»Das können wir derzeit nicht erklären«, erwiderte Lilo sehr sachlich. »Aber wieso haben Sie uns in dieses Haus geführt?«

»Weil ich …« Orson brach ab und verließ den Raum. Sie hörten am Knarren, wie er die Treppe nach oben stieg. Über ihnen knackte die Decke unter seinen Schritten. Es klang, als könnte er gleich durchbrechen, und Poppi sah besorgt nach oben.

Minuten verstrichen. Wo blieb der Mann?

»Gehen wir«, drängte Poppi leise zum Aufbruch.

Da polterte Orson die Stufen herunter und trug eine graue Metallkassette bei sich, die genauso aussah wie jene, die manchmal zum Aufbewahren von Geld verwendet wurden. Ohne Erklärung nahm er einen kleinen Schlüssel von seinem Schlüsselbund und sperrte die Kassette auf. Er warf einen Blick hinein, fingerte kurz herum und holte ein Bündel Geldscheine heraus, außerdem einen flachen, länglichen Gegenstand, der seitlich eingekerbt war. Ratlos sah er ihn an und streckte ihn dann den vieren hin.

»Was soll das sein? Kennen Sie so etwas?«

Dominik hatte eine Idee. »Solche Schlüssel werden bei Schließfächern verwendet, die man in einer Bank mieten kann. Im Tresorraum.«

Orson drehte den Schlüssel in der Hand. Als er aufblickte, fragte er: »Wieso sind Sie zur Insel gefahren?«

»Darüber können wir nicht reden«, sagte Lilo schnell, bevor vielleicht einer der anderen etwas verriet.

»Haben Sie etwas mit dieser Insel zu tun? Wissen Sie etwas? Charles hat mir kurz vor seinem Tod diesen Schlüssel zur Geldkassette gegeben. Er trug ihn immer an einer Kette um den Hals. Er hat immer behauptet, es wäre ein Glücksbringer, den er von seiner Mutter geschenkt bekommen hatte. Aber das ist nicht wahr.«

Alle vier horchten auf und sahen Orson mit Spannung an.

»Charly hat kaum noch sprechen können. Trotzdem wollte er mir unbedingt etwas erzählen. Von Canon Island und was er dort gefunden hat.« Orson zögerte. »Aber ich weiß nicht, wem ich das anvertrauen kann. Daher meine Frage, welche Verbindung Sie zu der Insel haben?«

Nach kurzem Nachdenken redete Lilo. »Wir haben einen Verdacht zur Bluttat von damals. Reicht das, damit Sie uns mehr erzählen?«

70) WIE EIN NACKTMULL

Es war eigentlich eine traurige Nachricht, aber Hermes freute sie. Am liebsten hätte er eine Flasche Champagner geköpft und sich mehrere Gläser gegönnt. Er hatte soeben erfahren, dass Watanabe auf dem Flug nach Europa einem Herzversagen erlegen war.

Mit Watanabes Tod war eine der größten Bedrohungen für ihn verschwunden, denn nun würde er den vier Testobjekten niemals erzählen können, was er wusste. Wie er überhaupt auf ihre Spur gekommen war, blieb Hermes nach wie vor ein Rätsel, aber das war jetzt bedeutungslos.

Watanabes Herz schlug nicht mehr. Das war das Beste, was Hermes passieren konnte. Jahrelang hatte Watanabe viel Geld von ihm erhalten, mit dem sich Hermes sein Schweigen gesichert hatte. Der Chemiker hatte eine Tochter, die er über alles liebte und die an einer sehr seltenen Lungenkrankheit litt. Ihre Behandlungen kosteten Millionen, die Watanabe nie gehabt hätte, außerdem brauchte sie ein besonderes Klima, das nur in einer bestimmten Gegend im tropischen Regenwald zu finden war. Und dort zu leben war keine billige Angelegenheit!

Vielleicht hatte Watanabe etwas geahnt von den Absichten, die Hermes mit seinen Forschungen verfolgte. Um aber das Leben seiner Tochter zu schützen und ihr eine gute Versorgung bieten zu können, hatte er nie etwas erwähnt. Dabei verdankte Watanabes Tochter auch ihre Krankheit Hermes. Er hatte sich den Erreger aus einem biochemischen Labor besorgt, das sich auf die Produktion von Waffen für die biologische Kriegsführung spezialisiert hatte. Dann hatte er es geschickt eingefädelt, dass Watanabes Tochter sich den Erreger beim Genuss von infizierter Eiscreme einfing, um ihren Vater von sich abhängig zu machen.

Nun aber war Watanabe völlig unerwartet und plötzlich verschieden. Hermes überlegte einen Moment, ob er die Zahlungen damit einstellen konnte, verschob die Entscheidung aber auf einen späteren Zeitpunkt.

Es hatte sich natürlich niemals Sprengstoff an Bord des Helikopters befunden. Er hatte Belladonna 14 damit nur unter Druck setzen wollen.

Ihr Codewort war sein Traum: IQ 236, der höchste Intelligenzquotient, der weltweit aber noch nie erreicht worden war.

Oder vielleicht doch? Hatten seine Testobjekte diese Marke vielleicht sogar überschritten?

Belladonna war untergetaucht, Ann und Tranx ebenfalls. Es war nutzlos, nach ihnen zu suchen. Sie kannten seine wahre Identität nicht und waren daher auch nicht in der Lage, ihn zu verraten. Da er sie alle drei erpresst hatte und Material gegen sie besaß, würden sie ihm auch keine Schwierigkeiten machen und bestimmt damit beschäftigt sein, ihre Namen und Identitäten zu ändern.

Eine Nachricht, die Hermes erhalten hatte, gefiel ihm aber gar nicht. Sie kam von Prot. Er hatte ihn darüber informiert, dass Tin das Büro verlassen hatte und nicht zurückgekehrt war. Hermes hatte beide ohnehin entlassen wollen, aber er hasste es, wenn ihm Leute zuvorkamen. Doch auch dieses Problem musste warten.

Die vier Testobjekte konnten gerade einmal das Festland erreicht haben. Interessanter war die Frage, was sie nun vorhatten. Sie waren wesentlich raffinierter und mutiger, als Hermes vermutet hätte. Im Grunde war er froh über Belladonnas Versagen, denn so war er auf die Idee gekommen, selbst mit ihnen in Verbindung zu treten.

Er wollte sie alle vier sehen. Von Angesicht zu Angesicht. Sie waren seine Geschöpfe, er hatte sie zu dem gemacht, was sie waren. Es hatte ihm schon einige Genugtuung gegeben, Dominik das Betäubungsmittel zu verabreichen. Er war vor ihm gestanden, und Dominik hatte keine Ahnung gehabt, welchen Einfluss Hermes auf sein Leben gehabt hatte und nun wieder haben würde.

Hermes liebte es, die Kontrolle zu haben. Die Dinge mussten nach seinen Vorstellungen verlaufen. Normalerweise taten sie das auch.

Doch nun wurde seine Geduld auf eine harte Probe gestellt. Er hatte keine Ahnung, wo die vier sein konnten. Trotzdem musste er sie unbedingt finden und eine Begegnung inszenieren. Sein Plan war ein letzter Test auf Kaltblütigkeit und Entscheidungsfähigkeit, der mit ihrer aller Tod enden sollte. Natürlich würde es aussehen wie ein bedauerlicher Unfall, und wie immer würde es nicht die geringste Spur zu ihm und seinem Unternehmen geben.

Hermes lief in seinem Büro auf der *Sokratina* herum. Sokrates, der antike griechische Denker und Philosoph, war eines seiner größten Vorbilder. Da Schiffe aber immer weibliche Namen haben mussten – da waren Seeleute sehr abergläubisch –, hatte er seine Jacht *Sokratina* taufen lassen.

Sein Büro hatte ein eigenes Bad mit Toilette. Daneben befand sich ein kleinerer Raum – in normalen Wohnungen wahrscheinlich von der Größe eines Wohnzimmers –, zu dem keiner der Besatzung Zutritt hatte.

In diesen Raum wollte sich Hermes jetzt zurückziehen und einiges durchsehen. Neben der Tür war ein Fingerabdruckscanner, der nur auf Hermes' Daumen reagierte und die Tür öffnete.

Es surrte kurz, und die Tür sprang auf. Ein leicht muffiger Geruch schlug ihm entgegen. Vielleicht sollte er hier mehr lüften.

Der Raum besaß einen Wandspiegel, der ihn ganz zeigte. Normalerweise war er von einem Theatervorhang verdeckt, den Hermes per Knopfdruck bewegen konnte.

Beim letzten Mal hatte er vergessen, ihn zu schließen, und so starrte ihn nun sein Spiegelbild an und zeigte ihn so, wie er war. Ohne Perücke, ohne Make-up, ohne Plastikhaut oder Sonnenbrille, die verdeckten, was zu verbergen war.

Aus dem Spiegel starrte ihm jemand entgegen, der aussah wie ein Nacktmull in Hemd und Hose. Ein Nacktmull war ein Tier, das in Zoos niemals prominent gezeigt wurde. Die fingergroßen Tiere besaßen keine Haare, waren blind und krochen durch Röhren von Bauten. Sie waren sehr soziale Wesen mit einer Königin, wie Bienen, aber es gab wohl keinen Menschen, der einen Nacktmull als »liebes Tier« bezeichnet hätte.

Der Hass auf sich selbst war das, was sein Leben so schwer erträglich machte. Er hatte kein einziges Haar auf dem Kopf, keine Wimpern, keine Augenbrauen, kein Barthaar. Sein Schädel war deformiert und die Haut an einigen Stellen schuppig, als wäre er ein Reptil. Das eine Auge, das er noch besaß, tränte meistens, das andere war nur eine leere Höhle.

Der Unfall war nicht seine Schuld gewesen, sondern die Schuld seines Vorgesetzten bei einem Einsatz im Vietnamkrieg. Seine letzte Erinnerung war sein Befehl zum Sturm, den er gab, weil die Lage angeblich so günstig erschienen war. Dabei hatte er den Vorgesetzten immer schon für einen Idioten gehalten. Die

Bestätigung dafür trug er bis heute im Gesicht: Sie waren direkt in einen Hinterhalt gejagt worden. Hermes war von einem Schrapnellgeschoss getroffen worden, das an seinem Kopf explodierte, ihn zwar nicht umbrachte, aber völlig entstellte. Mehr als ein Jahr hatte es gedauert, bis er zum ersten Mal wieder feste Nahrung hatte zu sich nehmen können.

Plastische Chirurgie war bei seinen Verletzungen und seiner Entstellung kaum noch möglich gewesen. Die Resultate waren enttäuschend gewesen, und die ständigen Eingriffe und anschließenden Schmerzen hatten ihn schließlich darauf verzichten lassen. Daher musste er auf Perücken, künstliche Haut und Gesichtsteile und Schminke zurückgreifen.

Er hatte aus dem Erbe seiner Eltern viel gemacht. In aller Stille, mit viel Konsequenz und in größter Einsamkeit hatte er ein angesehenes Kosmetikimperium aufgebaut, das Milliardengewinne erzielte. Die Menschen bezahlten viel Geld, um ihren Wunsch nach ewiger Jugend zu erfüllen, und sie fielen auf so ziemlich jeden Werbegag herein. Hermes hatte festgestellt, dass die Begeisterung der Leute stieg, je teurer die Produkte waren. Ob sie wirkten oder nicht, spielte dabei keine große Rolle. Was viel kostete, das musste gut sein, so funktionierte das menschliche Gehirn. Auch wenn das völlig falsch war, brachte ihm diese Überzeugung jedes Jahr einen beträchtlichen Zuwachs seines Vermögens.

Hermes hatte in seinen Labors einigen Forschern Möglichkeiten geboten, die sie nirgendwo sonst gehabt hätten. Er ließ Substanzen entwickeln, deren Inhaltsstoffe zum Teil illegal waren, die dafür aber eines Tages bahnbrechend auf dem Gebiet der Psychopharmaka und leistungssteigernden Mittel sein könnten.

Sein wichtigstes Projekt, das Herzstück aller Entwicklungen, hatte Hermes selbst betrieben und überwacht. Watanabe hatte ihm damals nur die chemische Verbindung vorgeschlagen, aber Hermes hatte die Versuchsreihe zu ihrer Erprobung geleitet.

Bei einem Skiurlaub in Tirol war er mehr durch Zufall auf die Idee gekommen, wie er die Substanz auf noch niemals da gewesene Weise testen konnte.

Die Tests entwickelten sich immer mehr zu seinem größten Vergnügen. Die Hoffnung wurde im Laufe der Zeit immer größer, sie könnten Ergebnisse bringen, die er Leuten vorlegen konnte, die seinen Hunger nach Macht teilten und mit einem Gut handelten, das eines der größten Geschäfte der Welt war: Waffen.

Trotz atomarer Sprengköpfe und biologischer Waffen blieb der Mensch ein wichtiges Mittel auf dem Weg zur Macht. Mit Hermes' Entwicklung konnten Menschen gezielt zu viel gefährlicheren Waffen gemacht werden. Angriffe würden nicht mehr über altmodische Vernichtungsgeräte stattfinden. Sie würden durch Menschen geschehen, die über höchste Intelligenz verfügten und daher schnell und einfach auszubilden waren. Sie konnten an wichtigen Stellen im öffentlichen Leben oder in Unternehmen eingeschleust werden und würden auf diese Weise Schaden anrichten, der weit über herkömmliche Waffen hinausging.

Energisch riss sich Hermes von seinem Spiegelbild los. Er drückte einen schwarzen Knopf, und der Vorhang schloss sich.

Wie sollte er den vier entgegentreten? Auf langen Regalen reihte sich ein Perückenkopf an den anderen. Auf Stangen hingen Uniformen, Anzüge, Damenkleider und Hosenanzüge, aber auch traditionelle Kleidungsstücke verschiedener Länder.

In der Werkstatt von Dr. Frankenstein musste es so ähnlich ausgesehen haben wie auf seinem Schminktisch. Es lagen dort lebensecht aussehende Nasen, Ohren, Lippen, aber auch Augenbrauen, Wimpern, Bärte und sogar mehrere künstliche Doppel- und Dreifachkinne.

Die vier hatten keine Ahnung, wie oft sie ihm früher schon begegnet waren. Er hatte es jedes Mal genossen, sich unerkannt in ihrer Nähe aufzuhalten, da er sie für seine Geschöpfe hielt, für Wesen, die nur dank seiner Gnade über das verfügten, was sie besonders machte.

Aber wie sollte er sie jetzt finden, ohne neue Leute anzusetzen? Er wollte keine weiteren Mitwisser haben und musste die Sache allein abhandeln.

Während er noch überlegte, kehrte er an den langen Tisch im Büro zurück, setzte sich an den Laptop und tippte darauf herum. Immer wieder nahm er einen Schluck von dem Mangoeistee, den sein Koch stets frisch für ihn zubereitete. Hermes hatte noch einige Verbindungen zu kappen und Daten zu löschen. Da waren zum Beispiel die Satellitentelefone, die er für die Gespräche mit Ann und Tranx benutzt hatte. Von einem war er angerufen worden, und der Anrufer hatte nicht nach einem der beiden Stümper geklungen. Was war mit den Geräten geschehen? Waren sie auf der Insel zurückgeblieben und in die Luft geflogen? Oder …?

Seine Finger flogen über die Tasten und gaben Codes ein. Eine Karte der Küste erschien auf dem Bildschirm und darauf ein roter Punkt. Er war in Brighton, unweit des Piers. Der Punkt blinkte, was bedeutete, das Signal hatte nicht die volle Stärke. Das Gerät musste sich in einem Haus befinden.

Ohne lange zu überlegen, drückte Hermes die Taste für einen Anruf. Es folgte ein mehrfaches Klicken, an dem Hermes erkannte, dass gewählt wurde. Danach eine Art Freizeichen.

Während er wartete, tippte er schnell eine E-Mail an seinen Kapitän, dass er nach Brighton gebracht werden wollte. Auf dem schnellsten Weg.

71) DER FUND AUF CANON ISLAND

Axel spürte ein Vibrieren in seiner Jackentasche. Er hörte Orson aufmerksam zu und nahm geistesabwesend an, dass es sein Handy wäre, das da läutete. Er hatte es auf Wellers Geheiß abgeschaltet, aber daran dachte er in diesem Moment nicht. Zu fassen bekam er dieses klobige Gerät, das er in dem Keller auf der Insel gefunden hatte. Es lag schwerer in der Hand als ein Handy von heute, und seine Form war altmodisch. Anzeige hatte es keine.

Prüfend sah Axel das Gerät an und streckte es dann den anderen hin.

»Was machen wir?«

Das Ding vibrierte unermüdlich und gab ein tiefes Summen von sich.

Poppi und Dominik hatten keine Ahnung, um was es sich bei dem Gerät handelte. Lilo bat Axel, es ihr zu reichen, und wollte wie bei einem Handy eine Empfangstaste drücken. An der Vorderseite gab es keine, aber an der Seite entdeckte sie eine, die sie betätigte.

Ein Rauschen kam aus dem Gerät.

»Hallo?«, sagte Lilo.

Noch mehr Rauschen, sonst nichts.

»Hallo?«, wiederholte Lilo.

»Das könnte der sein, der uns auf die Insel gelockt hat«, sagte Poppi.

Das Rauschen riss ab, das Gerät verstummte.

»Lilo, wer glaubst du war das?«, fragte Dominik. Er schluckte trocken.

»Vielleicht hat Poppi recht und es ist diese Person«, antwortete Lilo nachdenklich.

Die vier schwiegen und starrten das Gerät an.

»Wir sollten es wegwerfen«, schlug Axel vor.

Diesen Vorschlag fand Lilo weniger gut. Sie wollte warten, bis sich der Unbekannte erneut meldete. Schließlich war es ihre einzige Möglichkeit, mehr über diese Person herauszufinden.

Orson blickte zwischen den vieren herum.

»Es tut mir leid, ich verstehe gar nichts …«

Lilo winkte ab. Sie behielt das Gerät in der Hand und legte es in den Schoß. Nun wollten sie erfahren, was Charles seinem alten Freund gestanden hatte.

»Das ist nicht der Schlüssel zu einem Bankschließfach«, erklärte Orson und hielt den flachen Stick in die Höhe. »Das ist der Schlüssel zu einer Gruft.«

»Gruft?«, rief Poppi entsetzt. »Was für eine Gruft?«

Axel fiel auf, dass Orson in dem gleichen dramatischen Tonfall redete wie bei den Touristenführungen. Diesmal aber schien es sich um einen Tatsachenbericht zu handeln und nicht um eine Geschichte, die er stark ausgeschmückt hatte.

»Charly hat Canon Island und alles, was er dort gesehen hat, niemals zur Ruhe kommen lassen. Das Verschwinden der Leute blieb ein Mysterium, und ihr blutiger Anblick war ein Schock für ihn. Die Polizei stufte die Angelegenheit als ungeklärtes Verschwinden von vier Personen ein, und nach zehn Jahren wurden sie für tot erklärt.«

Es gab eine Frage, die Axel loswerden musste. »Sie haben bei der Führung erwähnt, dass einer von ihnen sich Baron Grimm nannte. War das sein richtiger Name?«

»Dazu komme ich gleich.« Orson schmatzte trocken. »Eine Tasse Tee wäre jetzt gut.« Er bot auch den vieren Tee an, und alle stimmten zu. Orson konnte weiterreden, während er den elektrischen Teekessel füllte. Sie sahen und hörten ihn durch den bogenförmigen Durchbruch in der Wand.

»Die Polizei ist von einer Bluttat auf der Insel ausgegangen, und die vielen Blutspuren und der abgetrennte Finger waren sehr eindeutige Hinweise darauf.« Orson löffelte Teeblätter in die Kanne. »Wer für das Massaker verantwortlich war und was dann mit den Leichen geschehen ist, blieb ungeklärt.«

Das alles wusste Axel schon, und deshalb wetzte er ungeduldig auf dem Sofa herum.

»Charly hatte damals nur ein Zimmer in einem Haus nicht weit von hier. Sein Verdienst als Bootsführer reichte nicht für mehr. Seine Mitbewohner machten sich manchmal über ihn lustig, wenn er die blutigen Geister erwähnte. Er musste sich viel Spott gefallen lassen, und das war für ihn irgendwann unerträglich. Deshalb nahm er viele Jahre nach dem Vorfall erneut das Boot und fuhr zurück nach Canon Island.«

Alle hörten jetzt mit größter Spannung und Neugier zu.

»Die Villa war schon ziemlich verfallen, die Terrassentür war mit Brettern vernagelt. Charly verschaffte sich Zugang ins Haus und fand eine ziemliche Verwüstung vor. Möwen hatten dort genistet, bevor die Bretter angebracht worden waren. Charly suchte alle Zimmer ab. Die Blutspuren von damals waren an einigen Stellen immer noch erkennbar.«

Mit einem lauten Klick schaltete sich der elektrische Kessel ab, weil das Wasser siedete. Orson goss den Tee auf.

»Im oberen Stockwerk hörte Charly ein Heulen. Es kam aber nicht aus den Zimmern, sondern von irgendwo anders im Haus.

Er stellte alles erneut auf den Kopf, fand aber die Ursache nicht. Das Heulen hatte etwas Gespenstisches, und Charly fürchtete schon, verrückt zu werden.«

Poppi half Orson beim Tragen von vier Henkeltassen, von denen keine der anderen glich, und verteilte sie an alle.

»Es hörte sich nicht so an wie das Heulen bei einem Sturm, wenn der Wind um ein Haus streicht. Es war ein Heulen, das aus den Mauern zu kommen schien. Aber Charly konnte die Ursache nicht finden. Und als er ein paar Tage später in dem Pub, in dem er einmal in der Woche mit ein paar Kumpels einige Bier kippte, davon erzählte, wurde er wieder ausgelacht.«

Lilo pustete in die gefüllte Teetasse, weil der Tee zu heiß war. Über den Rand blickte sie zu Orson.

»Charly war einige weitere Male auf Canon Island. Die Trips dorthin kosteten für seine Verhältnisse viel Treibstoff, aber er wollte nicht aufgeben, bis er den Grund für das Heulen gefunden hatte. Und er fand ihn auch.«

»Hat er die Geheimtür entdeckt? In der Dusche? Und den Abgang in diesen Grottenkeller?«, platzte Axel heraus, dem der Bericht viel zu langsam ging.

Orson konnte seine Überraschung nicht verbergen. »Wieso wissen Sie davon?«

»Später. Zuerst Sie.«

»Ihm kam die Idee, nicht IM Haus zu suchen, sondern rundherum. Dabei muss er auf eine Art Höhlenzugang gestoßen sein, der bei Flut praktisch nicht zu sehen ist.«

»Den kennen wir«, sagte Axel, und ihn schauderte bei der Erinnerung an das eisige Wasser.

»Es gelang Charly, durch diese Öffnung zu schwimmen, und er fand genau das, was Sie gerade beschrieben haben: eine Art

Grotte, einen Keller. Es gab eine Stiege nach oben, die aber an einer Tür endete, deren Schloss sich nicht öffnen ließ.«

»Wir hatten recht. Die vier haben sich dort versteckt. Sie wollten aber sichergehen, dass der geheime Keller nie gefunden wird«, sagte Lilo triumphierend.

Orson zögerte. »Charly hat erzählt, in der Grotte wäre nicht viel gewesen. Alles verrottet oder zerfallen. Aber trotzdem gab es Hinweise darauf, dass dort jemand gelebt hat.«

»Sich versteckt hat«, verbesserte ihn Lilo.

»Als Charly wieder ins Wasser kletterte, fielen ihm Metallringe im Stein auf. An einem hing noch eine Kette, und er zog sie rauf.« Wieder legte Orson eine kurze Pause ein. »Die Kette war verwickelt und schwer. Am unteren Ende hatte sie eine Art Knäuel gebildet, in dem ein Knochen lag. Ein Knochen, der von einem Menschen stammte. Es muss der Oberschenkel gewesen sein. Außerdem fand Charly in dem Knäuel eine Armbanduhr, die vom Salzwasser stark beschädigt, aber trotzdem ganz gut erhalten war.«

»Ein menschlicher Knochen?« Poppi glaubte, sich verhört zu haben.

Bekräftigend nickte Orson. »Die Uhr hat Charly erkannt.«

»Wem hat sie gehört?« Dominik hatte sich vor Spannung gerade aufgesetzt.

»Diesem Mann, den sie Baron Grimm genannt haben.«

Die vier ahnten, was der Fund zu bedeuten hatte.

»Das klingt, als wäre dort eine Leiche entsorgt worden«, begann Lilo.

»Mit Ketten ins Wasser gehängt, damit sie das Meer auflöst«, setzte Dominik Lilos Gedanken fort.

»War das ein Knochen von diesem Baron? Weil seine Uhr auch dort hing?«, stellte Poppi als Frage in den Raum.

Axel ließ sich im Sofa zurückfallen. »Oder dieser Baron hat dort jemand angekettet und dabei seine Uhr verloren.«

»Charly fuhr sofort zurück und wollte zur Polizei gehen«, fuhr Orson fort.

»Und?«

»Er hat es nie getan.«

»Wieso?«, riefen die vier.

72) DIE PERFEKTE MASKE

»Wie lange noch?«, schrie Hermes durch das Rauschen des Fahrtwindes. Die Abendluft war kalt, und er hatte einen Seidenschal fast bis zu den Augen hochgezogen. Auf dem Kopf trug er eine weite Kappe, die er mit einer Hand festhalten musste. Das Schnellboot war offen, was Hermes verärgerte. Ein größeres Boot mit Dach hätte an Bord seiner Jacht keinen Platz gehabt. Vielleicht würde er sich eine Hochseejacht leisten können, wenn er die Leute von seiner Entwicklung überzeugt hatte und dafür den Preis bekam, den er sich erhoffte.

»Zwanzig Minuten«, schrie der Kapitän zurück, der das kleine Speedboot steuerte.

Das erschien Hermes lang. Dagegen war Hermes sehr zufrieden, dass er herausgefunden hatte, wo sich das Satellitentelefon befand. Die vier hatten es bei sich, und wie es aussah, behielten sie es auch. Sie ahnten wohl nicht, dass er sie auf diese Weise orten und verfolgen konnte.

Er würde sie in Kürze treffen. Vielleicht noch an diesem Abend. Spätestens am nächsten Tag.

Für den großen Moment hatte Hermes die perfekte Verkleidung gefunden. In den Mitschriften der Gespräche, die in der Villa auf Canon Island geführt worden waren, hatte er gefunden, wonach er suchte: Die vier hatten Kenntnis von Watanabe und wussten auch, dass er mit ihnen unbedingt reden wollte. Wie viel sie über ihn erfahren hatten, war ihm nicht bekannt, daher hatte er sich – so gut er nur konnte – in Watanabe verwandelt. Sobald er an Land angekommen war, musste Hermes seine Maske kontrollieren. Er hatte sich mit den leicht verengten

Augen große Mühe gegeben, aber durch die Tränen, die der Fahrtwind in sein Auge trieb, konnten sich Teile gelöst haben.

73) WEITERE ERKENNTNISSE

»Wieso ist Ihr Freund Charles mit dieser Entdeckung nie zur Polizei gegangen?«, wollte Lilo von Orson erfahren.

»Weil er noch vor seiner Rückkehr einen Funkspruch erhalten hat. Er kam von einem Mann, der ihm gesagt hat, dass im Hafen im ersten Mülleimer nach der Anlegestelle ein Päckchen für ihn bereitliege.«

»Was war drinnen?«

»Geld.«

Dominik schüttelte den Kopf. »Geld? Von wem und wieso?«

In Lilos Kopf liefen bereits die Überlegungen, und die Ideen begannen, sich aneinanderzufügen wie die Teile eines Puzzles.

Orson schenkte allen Tee nach. Kurz darauf ging ein weiterer Funkspruch bei Charly ein. Wenn er den Mund hielte, würde er mehr Geld bekommen.

»Das klingt nach Schweigegeld«, stellte Dominik fest.

»Da kann ich Ihnen nur recht geben. Das war es sicher auch. Aber Charly war ein Fuchs und hat eine monatliche Zahlung verlangt. Und auch erhalten!«

»Was?« Poppi kam aus dem Wundern nicht mehr heraus. »Über so viele Jahre?«

Mit den Händen deutete Orson um sich. »Ich glaube, er hat dieses Haus damit gekauft. Und außerdem bei Pferdewetten gesetzt, denn das war seine Leidenschaft.«

Axel zeigte auf den Safeschlüssel in Orsons Hand. »Und dort hat er den Knochen und die Uhr aufbewahrt? In einem Banksafe?«

»So muss es wohl sein. Gewissheit werde ich erst haben, wenn ich dieses Schließfach gefunden und geöffnet habe, so das überhaupt möglich ist.« Orson betrachtete den Schlüssel mit Wehmut. »Mein lieber Freund Charly. Ruhe sanft.«

»Aber wer hat das Geld gezahlt?«, rief Poppi.

Dazu hatte Orson noch etwas zu erzählen. »Charly wollte das herausfinden. Aber das Geld war immer an anderen Orten hinterlegt. So war es für ihn unmöglich, jemandem aufzulauern. Ein paarmal ist er aber noch nach Canon Island zurückgekehrt, und bei einem seiner Besuche ist ihm etwas aufgefallen: Ein Motorboot lag in einiger Entfernung, und von dort schaute jemand durch ein starkes Fernglas direkt auf die Insel.«

»Wurde er beobachtet?«, hakte Lilo nach.

»Kann sein. Charly hat sich ebenfalls ein Spezialfernglas besorgt. Er wollte die Registriernummer des Bootes erkennen. Was schwierig war, denn sie war meistens mit einem Tuch abgedeckt. Einmal aber hat der Wind das Tuch weggerissen, und Charly konnte die Nummer sehen. Er hat damit den Besitzer des Bootes ausfindig machen können: einen Mr Irons.«

»Und? Hat er mehr über ihn erfahren?«

»Der Registrierung nach sollte er in Schottland leben. Charly hat das Boot in Brighton in der Marina gesucht, aber nie gefunden. Aber die Registriernummer ist ihm immer in Erinnerung geblieben. Als er Freunde in Eastbourne besucht hat, hat er das Boot dann dort zufällig entdeckt. Es lag im Sporthafen vor Anker. Charly hat einen lokalen Privatdetektiv beauftragt, sich auf die Lauer zu legen und ein Foto des Besitzers zu machen.«

Man konnte die Spannung in dem muffigen kleinen Wohnzimmer knistern hören.

»Er hat das Foto bekommen. Und danach mehr Geld erpresst.«

»Wieso?«, riefen alle vier Knickerbocker.

»Weil er darauf einen der Passagiere erkannte, die er in jener Silvesternacht nach Canon Island gefahren hatte: Archibald Finnigan, der einige Jahre zuvor für tot erklärt worden war. Er hatte eine andere Haarfarbe und auch an seinem Gesicht etwas verändert, aber Charly war sicher, dass er es war. Bei einem der nächsten Funkgespräche konfrontierte er ihn mit seinem Wissen und verlangte, dass seine Prämie verdoppelt wurde. Und so geschah es auch. Das Boot aber wechselte am nächsten Tag den Besitzer, wie er später herausfand.«

»Mir brummt der Kopf«, gestand Axel.

Poppi und Dominik ging es ähnlich.

Lilo aber massierte ihre Nasenspitze und nickte wissend. Die anderen sahen sie fragend an. »Ich glaube, es war so: Dieser Baron Grimm wurde umgebracht und im Meer versenkt. An diesen Ketten, damit der Körper zersetzt wird und ihn niemand findet. So ein Skelett zerfällt im Salzwasser, aber der große Oberschenkelknochen und die Uhr sind irgendwie hängen geblieben. Die anderen drei sind, wie wir schon vorher vermutet haben, untergetaucht. Sie leben mit neuen Namen und anderen Gesichtern. Dieser Archie ist wohl hier in der Nähe geblieben, was riskant ist, auf der anderen Seite auch nicht: Er wird für tot gehalten, und jeder denkt höchstens an eine traurige Ähnlichkeit, wenn er ihn sieht.«

Ein raffinierter Plan, da waren sich die vier einig.

»Bei diesem Baron Grimm muss eine Menge Geld zu holen gewesen sein, sonst hätten die drei Leute den Aufwand nie betrieben und Archie hätte an Charly nicht so viel zahlen können«, setzte Lilo fort.

»Wenn man je herausfindet, wer er wirklich war, dann wissen wir auch, warum er so reich war«, warf Dominik ein.

Axel fand nicht alles so logisch. »Aber Charles hat doch vier Leute als blutige Geister gesehen. Wenn die anderen Baron Grimm wirklich umgebracht haben, wieso stand er dann dort oben?«

Dafür hatte Lilo eine Erklärung. »Entweder war er noch am Leben, oder sie haben die Leiche einfach zwischen sich gestützt.«

Noch etwas fiel Orson ein. »Charles hat von einem Gespräch erzählt, dass Archie und Baron Grimm auf der Fahrt zur Insel geführt haben. Soviel Charles verstehen konnte, ging es dabei um Poker. Sie hatten eine sehr ›spezielle‹ Partie geplant.«

»Vielleicht haben sie falschgespielt, und er hat es durchschaut und musste deswegen sterben«, mutmaßte Dominik. Er dachte an seine eigenen Pokererfahrungen während eines Ausflugs nach Las Vegas, bei dem ihn der Spielrausch gepackt hatte. Er wäre bereit gewesen, seine Wohnung aufs Spiel zu setzen, nur um weiterzuspielen und alles zurückzugewinnen, was er verloren hatte. Zum Glück hatte ihn seine damalige Freundin zurückgehalten und aus dem Casino gebracht. Es war eine einmalige Erfahrung gewesen, und Dominik hatte danach nie wieder den Drang zum Spielen verspürt.

Lilo fand diesen Verdacht nicht so weit hergeholt.

»Wir müssten nur herausfinden, ob in dieser Zeit etwas vom Verschwinden einer besonders reichen Person gemeldet wurde, dann wissen wir, wer Baron Grimm gewesen sein könnte.«

Doch alle diese Nachforschungen mussten warten. Das Allerwichtigste für die vier war jetzt einmal, sich endlich hinzulegen und auszuschlafen. Nach all dem, was sie nun erfahren hatten, meldete sich die Müdigkeit umso heftiger. Jeder gähnte herzhaft.

»Ich bin froh, dass alles loswerden zu können«, sagte Orson. »Für mich war Canon Island bisher nur eine Geschichte auf meiner Tour, bei der Charly mitgespielt hat.«

»Ihre Geschichte wird bald ein echter Renner werden«, versprach ihm Dominik. »Die Leute werden Schlange stehen, um an Ihrer Tour teilzunehmen, wenn das alles an die Öffentlichkeit gelangt.«

Jemand klopfte an die Tür. Poppi zuckte erschrocken zusammen. Ihre Nerven waren ziemlich angespannt.

74) MÄDCHENGESPRÄCH

Es war Jennys Granny, die sich erkundigte, ob die vier noch an den Zimmern interessiert seien.

»Natürlich!«, sagte Lilo und bat sie, ein Taxi zu rufen. Die Frau bestellte einen kleinen Bus, der ein paar Minuten später eintraf. Sie verabschiedeten sich von ihr und Orson, ließen sich vorm Einsteigen aber noch seine Handynummer geben.

Das Taxi fuhr los. Die untergehende Sonne brach kurz zwischen den Wolken hervor und warf ein paar letzte rote Strahlen auf das Wasser, das sich zum ersten Mal wieder etwas beruhigte.

Sie waren zu müde zum Reden, und auch der Hunger meldete sich auf einmal mit einem bohrenden Gefühl im Bauch. Dominik wurde fast ein wenig schwindlig davon.

Die Fahrt führte auf einer gewundenen Straße durch mehrere kleine Ortschaften entlang der Küste.

»Anhalten«, bat Dominik. Er hatte das Schild *Fish & Chips* erspäht, kletterte aus dem Bus und verschwand in einem blaurot gestrichenen Laden. Wenig später kehrte er mit vier Tüten zurück, die mit gebackenen Fischstücken und großen Pommes gefüllt waren. Der Fahrer war wenig begeistert, aber Poppi versicherte ihm, sie würden keinen Schmutz machen.

Lilo, Axel und Dominik verdrückten ihre Fish and Chips bis zum letzten Krümel; Poppi – als Vegetarierin – hatte eine große Portion Pommes vor sich.

Natürlich meldete sich nun der Durst, und der nächste Stopp war ein *Off-licence*, ein Shop, in dem es alle Arten von Getränken zu kaufen gab. Lilo, Poppi und Axel leerten jeder eine große Flasche Wasser und Dominik zwei Cola Zero.

Schließlich hielt das Taxi vor einem malerischen kleinen weißen Haus mit einem Erkerfenster voller Topfpflanzen, vielen winzigen Fenstern und einem Dach, das an eine Wollmütze erinnerte. Die Straßenlampe tauchte das Haus in orangegoldenes Licht. Im Vorgarten blühten gelbe, rosa und weiße Rosen, zwischen denen spiegelnde Kugeln auf Stöcken aufgestellt waren.

In der Haustür erwartete sie eine kleine, rundliche Frau, zu der kein Name besser gepasst hätte als Rose. An ihr war so ziemlich alles rosig, inklusive ihrer Laune. Sie begrüßte die vier so herzlich, als wären sie alte Bekannte. Dominik bezahlte den mürrischen Fahrer und folgte den anderen in das Haus.

Ein angenehmer Duft empfing sie. Rose deutete auf Porzellanschalen mit gelöcherten Deckeln. Sie öffnete eine und hielt sie Poppi zum Riechen hin. »Ein Potpourri aus getrockneten Rosen und Blüten, die in den Midlands unseres schönen Englands wachsen«, erklärte sie.

Das Haus hatte etwas von einem altmodischen, romantischen Puppenhaus. Überall lagen Deckchen, auf denen Vasen standen, die Wände waren übersät von kleinen Bildern in hübschen Rahmen, und Staub schien sich hier schon lange keiner mehr hereingewagt zu haben.

Rose führte ihre Gäste nach oben. Im ersten Stock befanden sich zwei Zimmer, die von den darinstehenden Doppelbetten fast ausgefüllt wurden. Unter dem Dach gab es zwei weitere Zimmer mit schiefen Wänden, die noch kleiner waren, in denen sich aber auch nur Einzelbetten befanden.

An jedem Bettende lag ein gefaltetes Handtuch bereit und auf dem Kissen ein Papierdeckchen mit einem Keks als Willkommensgruß. Das Bad mussten sich immer zwei Zimmer teilen.

»Haben Sie noch Wünsche?«, erkundigte sich Rose.

»Schlafen, sonst nichts«, sagte Axel. Er nahm sich eines der Zimmer unter dem Dach, wünschte allen eine gute Nacht und zog sich zurück.

Dominik blieb im Zimmer neben Axel, Poppi und Lilo gingen hinunter in den ersten Stock. Verlegen druckste Poppi ein wenig herum, bevor auch sie sich verabschiedete, um in ihrem Zimmer zu verschwinden. Lilo fragte sich, ob Poppi etwas auf dem Herzen hatte.

Im Bad wurde ihr bewusst, dass sie weder Zahnbürste noch sonst irgendetwas besaß. Im Treppenhaus begegnete sie Dominik, der das gleiche Problem hatte.

In der Küche fanden sie Rose, die bereits Vorbereitungen für das Frühstück traf. Sie war von der Frage nach Zahnbürste und Co nicht überrascht.

»Das vergisst man leicht, nicht wahr?« Rose öffnete einen Schrank, in dem sie in einem Fach einen kleinen Vorrat an Toilettensachen hatte. Lilo und Dominik nahmen alles auch gleich für die anderen zwei mit.

Als Lilo endlich gewaschen und mit einem angenehmen Gefühl im Mund aus dem Bad trat, steckte Poppi den Kopf aus ihrem Zimmer.

»Lilo?«

»Ja?«

»Darf ich … Würde es dir etwas ausmachen, wenn ich bei dir schlafe?«

Lilo musste lächeln. »Nein. Aber vielleicht schnarche ich.«

»Das hast du früher schon getan. Das stört mich nicht.«

Es war wie damals, es gab wieder ein Mädchenzimmer, weil sich Poppi (und an diesem Abend auch Lilo, wie sie sich eingestehen musste) so sicherer fühlte.

Nebeneinander lagen sie in dem gemütlichen Doppelbett und atmeten genüsslich den frischen Geruch des Bettzeugs ein. Sie hatten die Vorhänge geschlossen, aber durch einen schmalen Spalt fiel der orangegoldene Lichtschein der Laterne.

»Ich freue mich auf Klaus«, gestand Poppi.

»Hmm«, machte Lilo nur.

»Trotzdem waren das die aufregendsten Tage, die ich seit damals erlebt habe, seit wir …« Poppi brach ab.

Lilo hatte die Arme unter dem Kopf verschränkt und sah zur Decke.

»Freust du dich auch auf jemanden?«, fragte Poppi vorsichtig.

Die Antwort war ein kurzer Lacher, der nicht gerade fröhlich klang.

»Auf Sam«, antwortete Lilo. Für Poppi klang etwas Bitteres in ihrer Stimme mit.

»Dein … Freund?«

»Mein Kater.«

»Wie lieb. Hauskater? Oder Rassekater?«

»Zugelaufener Streuner, der sich wie ein Prinz aufführt. Wenn ich ihn nicht entsprechend behandle, gräbt er die Topfpflanzen aus.«

Poppi fand das süß. Sie begann, sich ein wenig zu beruhigen und zu entspannen. Schon bei der Fahrt hierher hatte sie gemerkt, wie es in ihrem Kopf rundging und an Schlaf nicht zu denken war. Mit Lilo reden half, das war damals schon so gewesen …

»Lilo, geht es dir eigentlich gut, so wie du es hast? Wie du lebst, mit deinem Beruf und überhaupt?« Es entstand eine lange Pause. »Du musst nichts sagen, wenn du nicht willst«, fügte Poppi schnell hinzu.

Seit sie den Freunden von früher wiederbegegnet war, war Lilo die Frage durch den Kopf gegangen, die Poppi ihr gerade gestellt hatte. Viel Zeit, darüber richtig nachzudenken, hatte sie aber nicht gehabt.

Ging es ihr gut?

Wahrscheinlich zielte Poppi darauf ab, ob Lilo glücklich war. Aber woran konnte man Glücklichsein erkennen und wie konnte man es messen? Lilo war es gewohnt, klar messbare Werte zur Verfügung zu haben, mit denen sie arbeiten konnte.

Sie wusste jetzt, wie unnötig der Großteil ihres Zornes und ihrer Wut auf Axel und letztlich auch auf Poppi und Dominik gewesen war. Schuld an dem Fiasko in den Bergen waren diese Halluzinationen gewesen, für die keiner von ihnen verantwortlich war.

Vielleicht waren sie sich auch auf die Nerven gegangen, weil sie älter geworden waren und zu viel zusammengesteckt hatten?

War sie jemals glücklich gewesen? Lilo konnte sich die Frage nicht beantworten. Sie hatte sich während ihres langen Studiums und an all den Tagen, Wochen und Monaten danach mit Zahlen und Berechnungen betäubt.

Natürlich hatte sie auch gelebt, und es hatte ein paar Beziehungen mit Männern gegeben. Keine aber hatte lange gehalten. Lilos Ausgleich zu ihrem Beruf waren Skifahren im Winter und das Klettern und die Wandertouren im Sommer geblieben.

Lilo drehte den Kopf zu Poppi. »Bist DU glücklich?«

Poppi musste, anders als Lilo, nicht lange überlegen. »Ich habe meinen Traumberuf. Ich kann mit kleinen und großen Tieren arbeiten.« Sie lächelte in der Dunkelheit. »Ich habe einen Mann, der mich liebt und der ehrlich zu mir ist, einen Mann, auf den ich mich hundertprozentig verlassen kann. Er ist vielleicht nicht so romantisch, wie ich es mir manchmal wünschen würde, aber wir sind gerne zusammen. Wir streiten praktisch nie. Und bei unserer Arbeit sind wir ein gutes Team. Es ist nur ...« Poppi atmete tief durch. Weil sie nicht weiterredete, strich ihr Lilo über die Stirn, wie sie das früher auch gemacht hatte.

»... ist was?«

Poppi stützte sich auf den Ellbogen und sah Lilo direkt an. »Ich glaube, ich kann keine Kinder bekommen. Dabei wünschen wir uns das so sehr, wenigstens eines.«

Darüber hatte sich Lilo noch nie Gedanken gemacht. »Du bist doch noch jung«, sagte sie und hoffte, es wäre etwas Tröstendes.

»Aber wir haben schon so viel versucht.« Poppi drehte sich weg. Tränen liefen ihr über das Gesicht.

»He, Poppi«, flüsterte Lilo.

»Geht schon wieder«, schluchzte Poppi leise. Sie schnäuzte sich in das Papierdeckchen, auf dem der Keks gelegen war. Als sie sich wieder gefangen hatte, wollte sie mehr über Lilo wissen.

»Du hast nicht viel von dir erzählt. Gibt es dafür einen Grund?«

Lilo lachte kurz und leise auf. »Bei mir ist nicht so viel geschehen wie bei euch. Und Axel redet ja auch nicht. Er spricht nur von seiner ›Süßen‹.«

»Mir hat er einiges erzählt«, warf Poppi ein. »Ich glaube, er ist recht zufrieden.«

Da stimmte Lilo ihr zu, den Eindruck hatte sie auch. Eine Pause trat ein, und die beiden blickten in die Dunkelheit.

»Ich war damals nur blöd«, begann Lilo langsam.

»Wie meinst du das?«

»Damals … als das in den Bergen passiert ist. Damals habt ihr mich alle genervt. Ich habe mich irgendwie erwachsener gefühlt als ihr. Und ich habe Axel nicht geglaubt. Dabei haben wir alle Gespenster gesehen. Oder Mumien, Phantome und was weiß ich noch alles. Ich war so sauer auf ihn, weil er meinen Vater in Gefahr gebracht hatte. Aber auch weil ich … also … Ich habe noch Jahre danach diese Albträume gehabt. Vom Schneesturm auf dem Berg. Der Lawine. Und auch …«

Sie konnte nicht weitersprechen.

Poppi deutete auf den Ring an Lilos Finger. »Hast du den von jemandem bekommen?«

»Nein, Poppi, es gibt keinen Mann in meinem Leben, wenn du das meinst. Es hat natürlich ein paar gegeben, aber keiner war mir wichtig genug. Und der Ring ist der Ehering meiner Mutter. Ich trage ihn als Erinnerung.« Nach kurzem Schweigen fuhr sie fort. »Meinen Vater zu verlieren, das war für mich das Schlimmste, das ich mir vorstellen konnte. Er war nicht nur mein Papa, er war mein bester Freund. Mein Vorbild. Deshalb war ich so wütend auf Axel, dabei konnte er nichts dafür.«

Da konnte Poppi ihr nur zustimmen. »Ihr habt mir so gefehlt«, sagte sie.

»Ihr mir auch. Ich wollte es mir nicht eingestehen, aber ich hab euch alle drei sehr vermisst.«

Poppi musste grinsen. »Auch wenn alles nackter Horror gewesen ist, sollten wir demjenigen eigentlich dankbar sein, der uns auf die Insel eingeladen hat.«

Lilo stimmte zu. »Das sollten wir. Du hast recht.« Sie musste sich eingestehen, dass sie in den vergangenen zwanzig Jahren nie so glücklich gewesen war wie jetzt mit ihren Freunden.

»Lilo, darf ich dich noch etwas fragen?« Poppi kündigte behutsam eine sehr direkte Frage an. Ein Trick, den sie aus einer ihrer Lieblingsserien im Fernsehen kannte.

»Ich kann mir nicht vorstellen, dass du ein Nein akzeptieren würdest.«

»Richtig.« Poppi ließ sich Zeit. Dann aber hielt sie es nicht mehr aus. »Warst du früher in Axel verknallt?«

Viel zu schnell und viel zu ablehnend kam Lilos Reaktion, und sie war viel zu aufgebracht. »Nein!«

Für Poppi war es deshalb ein eindeutiges Ja. Sie lächelte mitfühlend. Axel hatte sein Glück ganz offensichtlich gefunden, während Lilo, davon war Poppi überzeugt, immer noch Gefühle für ihn hatte.

Das musste wehtun.

75) TIEFER SCHLAF

Prot war sauer. Stocksauer. Er hatte fest mit dem Job und dem Einkommen gerechnet. Nun war er nach nur wenigen Tagen aber wieder gefeuert worden, und schuld daran war Tin. Davon war er überzeugt. Diese blöde Kuh hatte sich davongestohlen, und deshalb konnte Hermes ihnen nicht mehr vertrauen.

Anders konnte sich Prot die plötzliche Kündigung nicht erklären. Er hatte die wenigen Dinge, die er ins Büro mitgenommen hatte, gepackt und war gegangen. Als er drei Stunden danach bemerkte, dass er seinen Lieblingskugelschreiber vergessen hatte, kehrte er zurück. Nach außen wirkte er vielleicht etwas ruppig, aber im Grunde war er ein weicher Kerl und vor allem schrecklich abergläubisch. Der Kugelschreiber war sein Glücksbringer, und er wollte ihn zurückhaben.

Die Tür zum Büro war nur angelehnt. Prot trat ein und traute seinen Augen nicht: Der Raum war völlig ausgeräumt worden, die Tische und die gesamte technische Ausrüstung waren fortgebracht worden. Nichts erinnerte mehr an ihre Arbeit.

Auf dem billigen Teppichboden lag nur sein Kugelschreiber. Er hob ihn auf und steckte ihn in die Brusttasche seines verschwitzten Hemdes. Was sollte er jetzt anstellen? Wo fand er einen Job, der so einträglich war wie die Überwachung der vier? Vielleicht sollte er bei einem Geheimdienst anheuern, bei dem er den ganzen Tag Leute abhören konnte. Es erschien ihm interessanter als ein Bürojob.

Die Arbeit für Hermes konnte er schwerlich als Referenz nennen. Einerseits hatte er keinerlei Bestätigungen, andererseits war er sich auch nicht sicher, ob sich das ganze Projekt nicht am

Rande der Illegalität bewegt hatte. Aber er würde es auch so schaffen. An der nächsten Ecke betrat Prot einen Laden, in dem Zeitschriften, Getränke und Süßigkeiten verkauft wurden, um sich mit etwas Süßem zu trösten.

Tin war zu dieser Zeit bereits in einem Zug unterwegs nach Kanada. Sie hatte das Ticket erst im Abteil gekauft und bar bezahlt. In Kanada lebte eine alte Schulkameradin, und bei der wollte Tin einige Wochen bleiben. Dort konnte sie sich sicher fühlen.

Ob Hermes jemals herausfinden würde, dass sie die Polizei in Brighton verständigt hatte? Bei allen Vorsichtsmaßnahmen, die sie getroffen hatte, war das eigentlich ein Ding der Unmöglichkeit.

Etwas hatte sie in der Angelegenheit rund um die vier noch vor: Sie musste mit diesem privaten Ermittler Kontakt aufnehmen. Es war ihr gelungen, seine Handynummer zu bekommen. Allzu schwierig war das nicht gewesen, da sie beim Abhören seinen Namen erfahren hatte und ihn nur hatte googeln müssen. Es gab mehrere Albert Wellers in den USA, und drei davon waren Detektive. Der erste hatte eine völlig andere Stimme als die, die sie mitgehört hatte. Der zweite rasselte sofort seine Tarife runter, und der dritte hob nicht ab.

Für Tin war er der wahrscheinlichste Kandidat. Es würde ihr schon noch gelingen, ihn zu erreichen. Früher oder später. Sie wollte ihm von dem Auftrag erzählen, für den sie vor zwanzig Jahren und in den vergangenen Tagen engagiert gewesen war. Er sollte die vier darüber informieren, dass sie unter permanenter Überwachung gestanden hatten. Sie hatten ein Recht, es zu erfahren. Aber sooft sie Wellers Nummer auch wählte, sie kam nur auf seine Mobilbox. Er schien nicht mehr abzuheben. Sie versuchte es immer wieder.

Sie konnte nicht wissen, dass der Grund für seine Unerreichbarkeit einfach war: Sein Akku war leer. Das Gerät lag im Krankenhaus in der Lade seines Nachtkästchens und gab keinen Mucks von sich. Die starken Schmerzmittel dämpften Weller, und er verbrachte die meiste Zeit schlafend.

Zum Glück war sein Brustbein nicht gebrochen, aber dafür drei Rippen, und das verursachte ihm schreckliche Qualen. Er war für seinen Beruf ziemlich wehleidig und hatte deshalb auch um eine höhere Dosis Schmerzmittel gebeten.

In der Nacht wachte er einmal auf und war völlig desorientiert. Es dauerte lange, bis er sich erinnern konnte, dass er im Krankenhaus war. Dabei musste er doch Watanabe auf dem Flughafen treffen. Wenn er sich nur erinnern würde, wann er ankam.

Noch während er darüber nachdachte, schlief er wieder ein.

Tin hatte ihn zu diesem Zeitpunkt wieder einmal versucht zu erreichen. Bei ihr in Kanada war es erst Nachmittag. Sie sah seine dauernde Nichterreichbarkeit als einen Wink des Schicksals und beschloss, den Anruf zu vergessen. So beruhigte sie sich mit dem Gedanken, genug für die vier getan zu haben. Sie wollte ein neues Leben beginnen.

76) PERFEKT GEPLANT

Nicht nur Poppi und Lilo lagen in dieser Nacht lange wach, sondern auch Axel und Dominik. Die Erlebnisse der vergangenen Tage wirkten heftig nach. Viele Bilder drängten sich immer wieder vor ihre Augen.

Aber es beherrschte sie noch ein ganz anderes Gefühl. Nichts war mehr wie vor einer Woche. Nichts.

Dominik spürte eine Lebendigkeit in sich, die er so lange nicht gespürt hatte, dass er schon vergessen hatte, wie sich das anfühlt. Er kam sich vor, als wäre er in den letzten Jahren innerlich erstarrt, wie in dem fürchterlichen Märchen, in dem die Leute von den Füßen aufwärts zu Stein wurden. Er hatte sich als kleiner Junge immer davor gefürchtet, wenn seine Urgroßmutter es vorgelesen hatte.

Axel erging es ähnlich. Bei ihm aber war es nicht in erster Linie die Lebendigkeit, die zurückgekehrt war, sondern ein Gefühl von Vertrautheit und Nähe. Dominik nervte wie früher, und Poppi war süß, aber manchmal immer noch wie ein kleines Mädchen, genauso wie früher, aber beide waren Menschen, die Axel schrecklich gernhatte und immer gerngehabt hatte. Ob sie auch weiter in Kontakt bleiben würden? Er hoffte es sehr. Es wäre schade, wenn alles wieder vorbei wäre, sobald sie auseinandergingen.

Irgendwann im Laufe der Nacht schlief dann einer nach dem anderen ein.

Poppi erwachte als Erste. Auf ihrer Uhr, die sie auf dem Nachtkästchen abgelegt hatte, war es bereits kurz vor zehn Uhr am Vormittag.

Lilo neben ihr atmete tief und ruhig. Um sie nicht zu wecken, blieb Poppi noch ein wenig liegen. Was würde der Tag bringen? Es war Samstag und eigentlich ihr letzter Tag, morgen hätte sie zurückfliegen sollen. Sie hatte Klaus aber schon angekündigt, dass sie ihre Reise um einen oder zwei Tage verlängern würde. Er war sofort einverstanden gewesen, ohne nach einem Grund zu fragen. Er gönnte ihr die Zeit mit ihren Freunden, so wie er sie auch sonst bei allem unterstützte.

Gespannt war Poppi auf das Treffen mit Mr Watanabe. Was war es, was er ihnen so dringend mitteilen wollte?

Vorsichtig wurde an ihre Tür geklopft.

»Moment!« Poppi schlüpfte aus dem Bett und wickelte sich in ein Handtuch. Sie öffnete. Draußen stand Rose mit zwei Tassen dampfendem Tee in den Händen.

»Ich dachte, eine Tasse Tee kann nie schaden. Außerdem hat jemand für Sie angerufen. Ein Mr Waterman. Oder so ähnlich. Er war schwer zu verstehen.«

Poppis Herz begann zu hämmern. »Watanabe?«

»Das kann sein.«

»Danke.« Poppi nahm ihr die Tassen ab und stieß die Tür mit der Schulter zu. Höflich war das zwar nicht, aber jetzt war keine Zeit für Höflichkeiten.

»Lilo, wach auf, Mr Watanabe hat angerufen.«

Verschlafen, verstrubbelt und zerdrückt hob Lilo den Kopf. »Was … wo ist er?«

In der Aufregung hatte Poppi ganz vergessen zu fragen, was er gesagt hatte. Sie lief in ihrem Handtuchsari bloßfüßig hinunter und traf Rose in der Küche an.

»Was hat Mr Watanabe gesagt?«

»Er will Sie treffen. Heute. Um fünf Uhr Nachmittag.«

»Wo?«

»Er meldet sich wieder.«

Eine halbe Stunde später saßen die vier rund um den kleinen Tisch im winzigen Esszimmer, das sich im hinteren Teil des Hauses befand. Durch die Fenster des kleinen Erkers mit vielfach unterteilten Scheiben blickten sie hinaus in einen Garten, der ungefähr die Größe eines Badetuchs hatte, aber kunstvoll mit verschiedenen bunten Blumen und vor allem ganz vielen Rosen bepflanzt war.

Es war ein grauer Tag mit Nieselregen.

Bevor sie viel reden konnten, wurde tüchtig zugeschlagen. Rose hatte Porridge gekocht. Auch Poppi, die normalerweise nur langsam aß und gründlich kaute, schlang das Essen gierig in sich hinein.

»Satt?«, fragte Rose, nachdem sie ihnen dreimal nachgebracht hatte.

Alle lehnten sich zurück und nickten dankbar. Dominik dachte an die Extrastunden im Fitnessstudio, die diese Völlerei bedeuten würde, bevor die Dreharbeiten wieder anfingen.

»Wieso ruft Watanabe hier an? Woher weiß er, dass wir hier sind?«, warf Poppi in die Runde.

»Er muss mit Weller Kontakt gehabt haben«, vermutete Dominik.

»Aber der weiß doch auch nicht, wo wir uns aufhalten.«

»Haben wir ihm nicht von der Geistertour und Jennys Haus erzählt?« Axel war nicht sicher. Es war gestern alles zu viel gewesen, und die Erinnerungen verschwammen oder waren lückenhaft.

Lilo versuchte, Weller am Handy zu erreichen, aber sie hörte immer nur die automatische Ansage seiner Mobilbox. Wieso hob er nicht ab?

Watanabes Anruf kam erst kurz vor fünf Uhr. Die vier waren zu dieser Zeit bereits sehr nervös. Sie hatten Angst gehabt, er könnte sich überhaupt nicht mehr melden.

Rose hob ab, reichte den Hörer ihres altmodischen Festnetzapparates dann aber an die bereits ungeduldig wartende Lilo weiter.

»Lilo hier!«

»Keine Namen.« Watanabe flüsterte.

»Wieso wissen Sie, wo wir sind?«, war Lilos erste Frage.

»Jetzt ist nicht die Zeit für viele Fragen.« Lilo war keine Expertin, aber sie glaubte, bei Watanabe einen asiatischen Akzent zu hören.

»Haben Sie Albert Weller beauftragt, nach uns zu suchen?«

Neben ihr krümmte sich Dominik, als hätte er schreckliche Schmerzen. Er deutete ihr, nicht so viel zu reden. Lilo verstand ihn und hätte sich für ihre Frage ohrfeigen können.

Watanabe überging ihre Frage. »Ich muss mit Ihnen sprechen. Aber ich verspäte mich.«

»Wo treffen wir uns?«

»Ich werde verfolgt. Es ist mir gelungen, die Verfolger abzuschütteln. Aber wir müssen vorsichtig sein. Kommen Sie einzeln zum Treffpunkt und passen Sie auf, dass Ihnen keiner folgt.«

»Aber wo ist der Treffpunkt?«

»Auf den Klippen von Beachy Head. Beim Aussichtspunkt. Es gibt einen Rundweg. Nach ungefähr dreihundert Metern sehen Sie einen Felsen aus der Wiese ragen. Dort warte ich. Gehen Sie einzeln. Im Abstand von mindestens fünf Minuten. Warten Sie davor nicht an der Straße. Verteilen Sie sich. Es gibt einen Parkplatz, ein Pub und eine Bushaltestelle.«

Lilo bestätigte, dass sie beim Treffpunkt sein würden und alle Anweisungen befolgen wollten. Als Zeitpunkt wurde zweiundzwanzig Uhr vereinbart.

Nachdem sie aufgelegt hatte, blickte sie nachdenklich vor sich hin.

»Ein gut geplantes Treffen, in dem einiges an Überlegung steckt!«

»Meinst du, es stimmt etwas nicht?« Poppi wurde gleich unruhig.

Lilo nickte langsam. »Genau das denke ich.«

»Aber was tun wir?«, fragte Dominik.

Für Lilo gab es da nur eine Möglichkeit: »Wir gehen hin.«

Ihre Vermieterin kam mit einem Blech kleiner Kuchen. »Das sind *Scones*. Die dürfen bei einem echten Nachmittagstee nicht fehlen. Dazu gibt es dicken Rahm und Erdbeermarmelade. Vorher aber habe ich für euch noch Sandwiches.« Sie verschwand wieder in der Küche und richtete die Sandwiches auf einem Teller zu einer imposanten Pyramide an. Zuerst hatten die vier keinen Appetit, als sie aber kosteten, um Rose eine Freude zu machen, schmeckte alles so gut, dass sie herzhaft zugriffen.

Lilos Augen wanderten über die Wände und die vielen kleinen Bilder und Fotografien, die dort hingen.

»Ist das Ihr Mann?«, fragte sie Rose und zeigte auf drei Fotos.

»Ja, das war mein lieber Ross«, sagte Rose und lächelte wehmütig.

»Entschuldigung, ich wollte Sie nicht traurig stimmen«, sagte Lilo schnell.

»Tun Sie nicht, Kindchen. Aber es ist erst ein Jahr her, und der Schmerz ist noch frisch. Wahrscheinlich wird er nie ganz vergehen, wir waren immerhin sechsunddreißig Jahre lang verheiratet.«

»Ob wir das auch eines Tages sagen können?«, murmelte Dominik.

»Ich schon!«, meinte Poppi.

»Die Zimmer vermiete ich, um nicht ganz so allein zu sein. Aber meine eigenen Zimmer sind ein bisschen ein Ross-Museum«, gestand Rose verlegen.

»Haben Sie noch alles aufgehoben von Ihrem Mann?« Lilo war auf einmal sehr interessiert.

»Alles! Wieso fragen Sie?«

Axel folgte Lilos Blick und verstand den Grund.

77) DIE KLIPPEN

Gleich nach dem Tee zwängten sich alle vier in den kleinen Wagen von Rose. Lilo hatte sie gebeten, ihnen das Auto zu leihen. Auch wenn Rose keine Ahnung hatte, was die Geheimnistuerei der vier sollte und sie oft nichts von ihren Gesprächen verstand, weil sie untereinander Deutsch redeten, mochte sie die Bande, wie sie Axel, Lilo, Poppi und Dominik im Stillen nannte. Daher hatte sie Lilo schließlich auch die Wagenschlüssel gegeben.

Lilo saß am Steuer, das sich auf der rechten Seite befand. Sie war schon zweimal in England Auto gefahren und kannte sich daher im Linksverkehr halbwegs aus. Einmal fuhr sie falsch in einen Kreisverkehr hinein, und ein anderes Mal verschaltete sie sich und das Getriebe krachte, sonst aber kamen sie ohne gröbere Pannen voran.

Als sie den höchsten Punkt von Beachy Head erreichten, stellten sie das Auto auf einem Parkplatz ab, zahlten dem finster dreinblickenden Wächter die verlangte Gebühr und sahen sich den Weg an, von dem Watanabe gesprochen hatte.

Die Sicht von hier oben auf das Meer war beeindruckend. Wie eine weite Decke breitete es sich vor ihnen aus. Der Wind fegte mit enormer Geschwindigkeit über die Kante der Klippen, die sich laut einer Tafel mehr als einhundertfünfzig Meter über den Meeresspiegel erhoben.

»Seht euch den Baum an!« Dominik zeigte auf einen kleinen Baum, der sich dem ständigen Wind gebeugt hatte und fast waagerecht gewachsen war. Die Äste zeigten alle in Windrichtung.

Gemeinsam gingen die vier den Weg ab, den sie an diesem Abend benutzen sollten. Sie fanden den Felsen, der zur Straße hin Deckung bot. Es war ein idealer Treffpunkt, das mussten sie zugeben.

»Aber woher weiß Watanabe von diesem Felsblock, wenn er doch gestern erst aus Südamerika angekommen ist?« Lilo hatte die Frage laut gedacht.

»Vielleicht war er früher schon einmal hier und hat die Gegend erkundet«, schlug Axel vor.

Aber hatte Watanabe nicht behauptet, dass er verfolgt wird und sich deshalb verspätet? Es machte alles keinen Sinn, fand Lilo.

Sie gingen die Wiese weiter bis zu der Stelle, an der die Klippen senkrecht ins Meer hinabfielen. Lilo prüfte mit dem Fuß die Festigkeit des Bodens unter sich, ging dann auf die Knie und beugte sich ein wenig vor. Sie konnte nun in die Tiefe bis zum Fuß der Klippen sehen. Dort brachen sich schäumend und tobend die Wellen. Spitze Felszacken ragten aus dem Wasser. Poppi, die es Lilo gleichtun wollte, zuckte schnell wieder zurück. Die Klippen waren hoch, die höchsten in ganz England, und Poppi war nicht schwindelfrei.

Ein rotblonder Mann in einer wetterfesten dunklen Jacke näherte sich ihnen. Er hatte rote Backen und viele Lachfalten.

»Wenn euch Sorgen plagen, dann bitte sprecht mit mir darüber.«

Die vier sahen ihn halb überrascht, halb ratlos an.

»Mein Name ist Geoffrey, und ich bin einer der Freiwilligen hier auf Beachy Head. Aber heute habe ich erst meinen zweiten Tag, und mein Dienst hat auch gerade erst begonnen.«

»Dienst wofür?«, wollte Lilo wissen.

»Wir sind freiwillige Seelenretter.«

Poppi wurde misstrauisch. Konnte das einer der Verfolger sein, von denen Mr Watanabe – oder wer auch immer er war – geredet hatte?

»Seelenretter? Wieso wollt ihr unsere Seelen retten?« Axel hielt den Mann für einen dieser Leute, die von Tür zu Tür gingen und für Sekten warben.

»Bei euch muss ich anscheinend nichts befürchten, da bin ich beruhigt«, sagte der Mann in seiner salbungsvollen Stimme. »Aber leider kommen oft Leute hierher, um ihrem Leben durch einen Sprung in die Tiefe ein Ende zu setzen. Sie zu retten ist unsere Aufgabe.«

»Mach dir da bei uns keine Sorgen«, versicherte ihm Lilo lachend. Geoffrey stimmte höflich ein, verabschiedete sich und kämpfte sich weiter durch den Sturm.

Weil es anfing zu regnen, kehrten die vier zum Auto zurück. Bevor sie einstiegen, sahen sie sich vorsichtig um. Bei diesem Wetter waren sie ziemlich allein hier oben. Schließlich fuhren sie zu Rose zurück. Unterwegs hielten sie bei einem Einkaufszentrum, um sich ein paar Kleidungsstücke zu besorgen, da alle ihre Sachen in ihren Koffern und Taschen auf Canon Island zurückgeblieben waren.

Bevor sie zum nächtlichen Treffen aufbrachen, wollten sie sich alle noch eine Stunde hinlegen und ausruhen.

»Vielleicht machen wir einen Fehler?«, fragte Poppi leise, als sie mit Lilo im Zimmer war.

»Poppi, wir müssen endlich die Wahrheit erfahren. Egal wie angenehm, schön oder schrecklich sie ist. Es ist besser, Klarheit zu gewinnen und zu wissen, wo man steht, als im Ungewissen zu leben.«

»Schön gesagt, und das stimmt auch. Aber trotzdem, Lilo, mir macht das alles Angst. Ich bin doch Tierärztin und keine Superheldin.«

»Vielleicht bist du keine Superheldin, aber ein echter Knickerbocker«, erinnerte sie Lilo. Wie lange hatte sie das nicht gesagt?

Poppi musste grinsen. »Und echte Knickerbocker lassen niemals locker.«

»Genau.«

Um halb zehn Uhr versammelten sie sich in der kleinen Diele. Rose hatte Axel und Dominik mit warmen Jacken ihres verstorbenen Mannes versorgt, Poppi trug einen dicken Pullover von ihr, und für Lilo, die größer und kräftiger war, hatte sie eine Jacke bei ihrer Nachbarin ausgeborgt.

Viel redeten sie nicht, als sie auf der Landstraße zum höchsten Punkt der Klippen fuhren. Sie hatten alles besprochen, und jeder hing seinen Gedanken nach.

Am meisten aber beschäftigte alle die Frage, was sie erfahren würden. Die Ungewissheit machte sie fertig.

Dominik erinnerte die Anspannung an das Gefühl vor einer Premiere im Theater. Unsichtbar schwebte da immer die Frage über den Schauspielern, wie das Stück dem Publikum gefallen würde.

In ihrem Fall war es anders. Die Frage war: Wie würde ihnen gefallen, was sie erfuhren?

Lilo ließ Axel als Ersten aussteigen. Er würde bei der Bushaltestelle warten und sich als Letzter um 22.15 Uhr auf den Weg zum Treffpunkt machen. Poppi sollte als Dritte um 22.10 starten. Sie konnte davor in der Nähe des Pubs stehen. Aus den Fenstern fiel noch Licht, was sie ein wenig zur Ruhe kommen lassen würde.

»Es wird alles gut gehen«, versicherte ihr Lilo durch das offene Wagenfenster. Sie kniff Poppi aufmunternd in den Arm und zwinkerte ihr zu. So ganz sicher war sich Lilo aber nicht, doch das musste Poppi nicht wissen.

Dominik blieb auf dem Parkplatz, der bis auf zwei Wagen verwaist war. Als er Lilo den Daumen in die Höhe streckte, wirkte es ein wenig gezwungen. Lilo parkte das Auto ein Stück vom Parkplatz entfernt an einer Stelle mit einer kleinen Ausbuchtung, an der Leute kurz anhalten und Fotos machen konnten.

Sie stellte den Motor ab und schaltete die Scheinwerfer aus. Beim Aussteigen schlug ihr der kräftige Küstenwind ins Gesicht. Er wehte noch kälter und schärfer als am Nachmittag. Es gab hier oben keine Straßenbeleuchtung, trotzdem war es noch hell genug, um den Weg zu finden. Lilo schritt als Erste durch die letzten Reste des Tageslichts. Sie zog sich die Kapuze der Jacke über den Kopf und bohrte die Hände in die Taschen.

Langsam folgte sie dem ausgetretenen, steinigen Pfad. Sie war froh, ihn schon bei Tageslicht inspiziert zu haben. Verirren wollte sie sich um diese Tageszeit hier oben nicht. Ein falscher Schritt, und sie könnte abstürzen.

Um Punkt zweiundzwanzig Uhr erreichte Lilo den Treffpunkt beim Felsen, wo schon ein schlanker, mittelgroßer Mann wartete. Er trug einen knielangen Trenchcoat und kehrte ihr den Rücken zu. Der Mann schien sie nicht gehört zu haben.

»Mr Watanabe?«

Der Mann bewegte sich nicht.

»Mr Watanabe? Ich bin Lilo.«

Genau zur selben Zeit setzte sich Dominik in Bewegung. Er trug immer noch seine teuren Lederschuhe mit der dünnen Sohle, mit denen er angekommen war, und spürte jeden einzelnen Kiesel durch sie. Beim Felsen sah er die Silhouette eines Mannes.

»Guten Abend«, grüßte Dominik, weil ihm nichts anderes einfiel.

Dominik erhielt keine Antwort. Im Brausen des Windes war Dominiks Gruß wahrscheinlich untergegangen. Daher sprach Dominik den Mann erneut an. Diesmal reagierte er, wenn auch anders als erwartet.

Als Nächstes war Poppi an der Reihe. Sie hatte alle paar Sekunden auf die Anzeige ihres Handys geblickt. Als die Uhr auf 22.10 Uhr sprang, holte sie tief Luft und setzte sich in Bewegung. Sie zitterte am ganzen Körper, teils vor Kälte, teils vor Aufregung. Um es sich nicht anmerken zu lassen, spannte sie alle Muskeln an, bis sie schmerzten.

Poppi folgte, wie die anderen vor ihr, dem Weg zum Stein. Als sie ihn erreichte, sah sie den Mann, der dort wartete. Er beachtete sie nicht, sondern sah in die entgegengesetzte Richtung.

Wo aber waren Lilo und Dominik? Der Mann stand alleine. Sie müssten doch bei ihm sein.

»Lilo? Dominik?«, rief sie.

»Hierher!« Die Stimme war ihr fremd. Sie kam von der Kante der Klippen. Poppi drehte sich in die Richtung, aus der sie die Stimme gehört hatte. Eine starke Taschenlampe wurde eingeschaltet. Im Strahl sah sie auf eine Hand in einem weißen Lederhandschuh, die eine Pistole auf sie gerichtet hatte.

78) FÜRCHTERLICHE WAHRHEIT

Wenn die Wellen am Fuß der Klippen zerschellten, drang ihr Tosen bis zu ihnen hinauf, einhundertzweiundsechzig Meter, wie sich Lilo von der Tafel erinnerte. Die Geräusche hatten in dieser Nacht etwas Rufendes, Warnendes.

Lilo, Dominik und Poppi standen dicht beisammen, die Hände in die Höhe gestreckt. Die Kante, hinter der es so steil nach unten ging, war höchstens drei Schritte entfernt.

Sturmböen erfassten sie und rüttelten an ihnen. Es war nicht einfach, das Gleichgewicht zu behalten.

Wie hypnotisiert starrte Poppi in die Öffnung des Pistolenlaufs. Weil die Taschenlampe sie blendete, konnten sie nicht viel von dem Mann sehen, der sie hielt.

Schweigend wartete der Mann auf Axels Eintreffen. Lilo öffnete den Mund, um etwas zu sagen, wurde dafür aber drohend angezischt. Er warf einen Blick auf seine Armbanduhr. Dann noch einen. Und noch einen.

»Wo ist Axel?«, fragte er mit gesenkter Stimme.

Lilo glaubte zu wissen, wo sich Axel befand, schließlich hatten die vier vorgesorgt, aber mit jeder Sekunde, die verstrich, wurde sie unsicherer. Vor Aufregung hämmerte ihr Herz wie wild, und das Blut pumpte Adrenalin durch ihren ganzen Körper.

Axel sollte sie aus der Gewalt dieses Mannes befreien, der – da war sich Lilo bereits jetzt ziemlich sicher – nicht ganz gesund im Kopf sein konnte.

»Was … was wollen Sie?«, flüsterte Poppi. Aber der Mann schwieg.

Prüfend blickte der Mann zum Felsen, bei dem eine Schaufensterpuppe aufgestellt und mit schweren Gewichten fixiert worden war. Hermes hatte die Aufgabe einem Burschen aus Eastbourne übertragen, der dringend Geld brauchte und keine Fragen stellte.

Noch immer kein Axel. Dabei war es bereits 22.25 Uhr.

»Ruft ihn. Sonst …« Er ließ die Pistole klicken.

Lilo tat ihm den Gefallen gerne. Es war Zeit, dass Axel auftauchte und hier eingriff.

»Axel, komm her, bitte schnell!«

Er lauerte bestimmt irgendwo in der Dunkelheit – mit dem Gewehr, das sie sich von Rose geliehen hatten. Ihr verstorbener Mann war Hobbyschütze gewesen und hatte eine kleine Sammlung von Gewehren hinterlassen, die Rose alle behalten hatte.

»Ich bin hier!«

Axel stand neben der Schaufensterpuppe. Der Lichtkreis der Taschenlampe schwenkte zu ihm rüber, und Axel hielt den Arm vor die Augen, weil er geblendet wurde.

»Kommt her!«, befahl der Mann.

Der Schreck, den Lilo, Poppi und Dominik erlebten, hätte nicht größer sein können. Im Licht der Taschenlampe sahen sie seine Hände, und sie waren leer.

Mit dem Lauf der Pistole wurde Axel kurz, aber unmissverständlich gedeutet, sich zu den anderen zu stellen.

»Was ist?«, raunte ihm Dominik zu, ohne die Lippen zu bewegen.

»Kein Wort!«, fauchte der Mann.

Die Bande stand vor ihm und sah in die dunkle Fläche, die sein Gesicht sein musste. Lilo überlegte fieberhaft, ob eine Flucht nicht doch möglich wäre. Sie müssten nur in unterschiedliche Richtungen auseinanderlaufen. Allerdings verlief zu ihrer Linken die Klippenkante, sodass nur drei Richtungen übrig blieben. Die Gefahr, einer von ihnen könnte getroffen werden, war zu groß.

Der Mann kam näher, hielt aber genug Abstand, damit sie ihn nicht angreifen konnten. Ein Schimmer der Lampe fiel auf ihn und erhellte sein Gesicht, von dem die Haut in Fetzen hing. Ein Auge war schmal und asiatisch, das andere wirkte verschwollen. Dominik erkannte Teile einer Maske.

Der Sturm brauste über den Mann hinweg, und es sah aus, als risse er ihm das falsche Gesicht ab. Der Mann stieß einen schrillen Schrei aus. Eine Perücke fiel ins Gras. Darunter kam eine narbige Glatze zum Vorschein und ein Schädel, der seitlich eingedellt war.

»Wer sind Sie?«, wollte Lilo wissen. War das wirklich Watanabe, der einen Ermittler geschickt hatte, um sie zu finden?

Hermes hatte nicht geschlafen. Er war die letzte Nacht und den ganzen Tag lang mit den Vorbereitungen für diesen Moment beschäftigt gewesen. Der Schlafmangel machte Hermes gereizt, sein Vorhaben zehrte an seinen Nerven und wühlte die letzten Gefühle auf, die er noch besaß.

»Ihr gehört nur mir.«

»Wie bitte?« Hatte der Mann das tatsächlich gerade gesagt?

»Ich bin Hermes, der Bote der Götter, der euch geschaffen hat.«

Sprachlos hörten die vier dem Mann zu.

»Ohne mich wärt ihr genauso langweilig, schwach und dumm gewesen wie alle anderen eures Alters.«

Was redete dieser Mann da? Wollte er ihnen tatsächlich etwas mitteilen oder sprach der Wahnsinn aus ihm? Die vier waren teils fassungslos, teils alarmiert, dass fürchterliche Enthüllungen auf sie zukamen.

»Ihr werdet meine größte Entwicklung nicht zerstören. Das werdet ihr doch verstehen.«

Eine Sturmböe ließ Poppi stolpern. Lilo griff blitzartig zu. Ihre Reaktionsgeschwindigkeit war immer schon sehr gut gewesen, und so konnte sie Poppi auffangen und vor einem Sturz über den Klippenrand bewahren.

»Lass sie los. Haltet die Hände in die Höhe gestreckt!« Hermes fuchtelte kurz mit der Pistole herum, und die vier folgten sofort seinen Anweisungen. Poppi rückte näher zu Lilo und stellte sich breitbeinig hin, um mehr Standfestigkeit zu bekommen.

»Ich weiß nicht, ob ich euch für die Leistungen der vergangenen Tage danken oder euch dafür hassen soll?«

»Können wir etwas weiter hinaufgehen?«, fragte Axel.

»Nein. Ihr bleibt genau hier stehen.«

Die vier drängten noch näher zusammen, um sich im Sturm gegenseitig mehr Halt zu geben. Es wurde immer schwieriger, den Druck des Windes auszugleichen.

»Es sollte ein Test sein, wie hoch eure Intelligenz geblieben ist und wie ihr auf eine neuerliche Einnahme der Substanz reagieren würdet. Daher habe ich das Gleiche getan, was ich früher schon immer für euch getan habe.«

»Was soll das sein?«

»Ich habe euch mit einem mysteriösen Kriminalfall konfrontiert, mit alten Geistern, die keine Ruhe finden. Ich wollte sehen, wie gut eure Fähigkeit geblieben ist, solche Fälle zu lösen. Auch euren Stresswiderstand wollte ich erproben und messen.«

»Sie haben uns mit etwas ›konfrontiert‹? Wie Sie es früher immer getan haben?«, wiederholte Dominik, der diese Worte noch nicht ganz einordnen konnte.

»Meint ihr, es war Zufall, was ihr alles erlebt habt?« Der Mann ließ es klingen, als müsste doch jeder wissen, dass es sich um keine Zufälle gehandelt haben konnte. »Meine Mitarbeiter haben ununterbrochen nach mysteriösen, ungelösten Kriminalfällen gesucht, und ich habe euch auf sie angesetzt. Für spezielle Tests haben wir sogar Fälle erfunden und für euch inszeniert, aber das kam nur sehr selten vor.«

»Sie haben uns also auf die Spur von ungelösten Kriminalfällen gebracht, um uns zu testen?« Lilo hatte das Gefühl, Fragezeichen würden in ihrem Kopf tanzen.

»Ihr seid nichts weiter als menschliche Versuchskaninchen für meine weltbewegende neue Substanz.«

»Ihre was?«

Axel und Lilo schrien Hermes gleichzeitig an.

»Ich besitze eine Substanz, die zu einer enormen Steigerung des Intelligenzquotienten führt, Reaktionsgeschwindigkeit und Unerschrockenheit um ein Vielfaches steigert und aus Menschen lebende Roboter macht, die aber weiter über Intuition und Gespür verfügen.«

»Sie haben uns so etwas wie Aufputschmittel verabreicht? Als wir Kinder waren?« Axels Abscheu hätte nicht größer sein können.

»Als ihr damals diese Sache mit dem Schneemonster in Kitzbühel herausgefunden habt und alle Welt über euch gestaunt hat, sollte meine erste Testreihe zu einer neuen Substanz starten, die die Welt verändern würde. Die Zeitungsberichte über euch haben mich auf die Idee gebracht, sie an euch zu testen.«

»Was immer Sie uns da verabreicht haben, erzeugt Halluzinationen«, rief Dominik. »Das war damals so in den Bergen und jetzt wieder. Das Zeug macht verrückt.«

»Nein, nein, das ›Zeug‹ wird von den Mächtigen der Welt schon sehnlichst erwartet. Es wird dafür sorgen, dass selbst einfache, leicht lenk- und beeinflussbare Gemüter mit den nötigen Fähigkeiten ausgestattet werden, um Geheimdienste, Spionageabwehr und höchste politische Ämter zu infiltrieren.«

Was sie gehört hatten, war noch grauenhafter als alles, was sich die vier in ihren schlimmsten Befürchtungen vorgestellt hatten. Aber wieso erzählte ihnen Hermes das alles? Sie könnten damit doch an die Öffentlichkeit gehen, zur Polizei, überallhin und nach ihm fahnden lassen.

Lilo hatte einen leisen Verdacht, der sie in Todesängste versetzte.

79) DER LETZTE TEST

»Ihr fragt euch, wieso ich euch das alles erzähle?«, sagte der Mann, als hätte er Lilos Gedanken gelesen. Der Mann redete so sanft und lieblich, doch was er sagte, klang erschreckend und bedrohlich. »Weil ich der Meinung bin, jeder Mensch hat das Recht auf die Wahrheit. Ihr solltet wissen, wie das in eurer Jugend war und wem ihr alle diese Abenteuer zu verdanken habt.«

Noch immer konnte keiner der vier fassen, was Hermes ihnen eröffnet hatte.

»Eines muss ich euch aber zugutehalten «, fuhr er fort, »ihr wart wirklich gute Freunde, wie man sie höchst selten erlebt. Euer Zusammenhalt und Teamgeist sind beispielhaft, und es gilt noch herauszufinden, wie viel meine Substanz dazu beigetragen hat. In meiner eigenen Jugend hatte ich keine solchen Freunde.«

Hermes ließ eine längere Pause verstreichen. Lilo wollte ansetzen, etwas zu sagen, aber er ließ es nicht dazu kommen.

»Schluss jetzt. Wir haben noch etwas Wichtiges vor.« Alle streckten sich ein wenig in die Höhe, als könnten sie ihn so besser hören. »Ich habe einen letzten Test mit euch vor, danach lasse ich euch für alle Zeiten in Ruhe.«

»Was soll das bitte sehr für ein Test sein?«, brauste Dominik auf. Er erhielt sofort einen warnenden Wink mit dem Pistolenlauf und verstummte schnell.

»Ich muss herausfinden, wer von euch unter Stress am besten funktioniert.«

Keiner fragte danach, wie Hermes das herausfinden wollte. Jeder befürchtete das Schlimmste.

»Zuerst eine Warnung: Ihr habt auf Canon Island nicht nur meine Substanz zu euch genommen, sondern auch ein Gift, das zu einem grauenhaften Tod führen kann. Es gibt zwar ein Gegengift, aber das kenne nur ich, und es ist in keinem Krankenhaus oder Labor der Welt zu bekommen. Also solltet ihr immer genau das tun, was ich verlange. Sonst behalte ich mein Geheimnis für mich und ihr werdet alle innerhalb einer Woche sterben. Haben wir uns verstanden?«

Was gab es daran nicht zu verstehen? Alle vier nickten langsam.

»Die erste Aufgabe an euch lautet: Entscheidet euch, wer die oder der Schwächste von euch ist, und stoßt sie oder ihn über die Klippen!«

»Nein!« Der Schrei von allen vier war voller Empörung.

»Hört auf zu schreien!«, zeterte Hermes.

»Das verlangen Sie nicht im Ernst von uns«, meldete sich Lilo.

»Doch, es ist mein voller Ernst. Und wenn ihr keine Wahl trefft, dann kann ich sie euch gerne abnehmen.«

Axel schüttelte den Kopf. »Das werden wir niemals tun. Nie!«

Dominik konnte nur zustimmen.

Wieder trat Schweigen ein.

»Ich zähle von zehn runter, und dann will ich eure Entscheidung hören und sehen, wir ihr sie sofort umsetzt.«

Lilo wurde sehr ernst. Sie wandte sich ihren Freunden zu, sodass Hermes ihr Gesicht nicht sehen konnte, und zwinkerte ihnen kurz zu. »Wir … wir müssen es tun.«

Dominik nickte Lilo zustimmend zu und wirkte ebenfalls gefasst und ruhig, als hätte er sich seinem Schicksal ergeben.

Den Kopf eingezogen, sagte er pathetisch: »Ihr werdet mich auswählen. Ich fühle es.«

Hermes hörte das nicht gerne. Der Schauspieler sollte überleben. Jedenfalls seiner Meinung nach.

»Nein, ich bin die Kleinste und die Schwächste. Das war ich schon immer«, meldete sich Poppi, die sichtlich Mühe hatte zu sprechen. Ihre Stimme war ein jämmerliches Piepsen, wie Hermes es besonders hasste. Insgeheim hoffte er, die Wahl würde auf sie fallen.

»Ich bin noch kleiner«, sagte Axel. »Zwar nicht schwach, trotzdem denkt ihr vielleicht …« Er brach ab.

Weil er gespannt die Diskussion verfolgte, hatte Hermes ganz vergessen zu zählen. Nun aber war Zeit, damit zu beginnen.

»Zehn … neun … acht …«

Die Knickerbocker begannen, heftig zu debattieren, es klang fast nach einem Streit. Sie riefen durcheinander, und jeder versuchte, sich selbst als den Schwächsten anzupreisen, um die anderen zu schonen.

Hermes war verwirrt. Wie er dieses Verhalten einstufen sollte, wusste er noch nicht. Wäre es nicht normaler gewesen, wenn jeder sein Leben verteidigt und die anderen als schwächer bezeichnet hätte? Stimmte da etwas nicht?

»… sieben … sechs … fünf … vier …«

Mittlerweile tobte ein Streit zwischen den vieren, und sie schrien und gestikulierten wild mit den Armen. Sie wollten tatsächlich nicht das eigene Leben retten, sondern das der anderen. Nannte man das Heldenmut? Oder schlicht Dummheit? War der Drang zu überleben nicht größer als das Mitleid für Leute, die man zwanzig Jahre nicht gesehen hatte? Wenn die Substanz sie zu solchen Helden machte, war sie noch besser, als er geglaubt hatte.

»… drei … zwei … eins … eure Wahl!«

Oh, wie genoss Hermes einen solchen Moment. Er hatte die volle Kontrolle und besaß die Macht über alle.

80) DAS GEGENMITTEL

Wer sollte die Entscheidung der vier verkünden? Lilo deutete auf Dominik, er zeigte zurück auf sie, worauf Lilo auf Axel deutete, der aber abwinkte.

»Redet!« Hermes drohte mit der Pistole.

»Wir wissen, wer von uns am schwächsten ist …«, begann Lilo. »Wir haben es uns sehr genau überlegt.«

Es gab einen dumpfen Schlag, wie auf ein dickes Holzbrett.

Hermes wurde herumgeschleudert, seine Arme schlenkerten wie bei einer Marionette, der man die Fäden durchgeschnitten hatte, die Pistole wurde ihm aus der Hand geschleudert, wobei sich ein ohrenbetäubender Schuss löste, der durch die Nacht knallte.

Rücklings landete Hermes im Gras, den Blick zum Himmel gerichtet. Eine Sekunde lang schien alles stillzustehen, sogar der Sturm schien einen Moment lang auszusetzen.

»Jemand verletzt?«, rief Lilo.

Axel und Dominik hatten sich zu Boden geworfen, Poppi hing an Lilos Arm. Sie wagten den ersten Blick.

Die Taschenlampe war runtergefallen und beleuchtete Hermes' regungslosen Körper. Hinter ihm stand Geoffrey, das Gewehr von Roses Mann in den erhobenen Händen. Mit dem Kolben hatte er Hermes voll auf dem Kopf getroffen.

Sie hatten ihn kommen gesehen. Geoffrey hatte sich von hinten an Hermes angeschlichen. Die Angst war ihm anzusehen gewesen, und die vier hatten so heftig diskutiert, um dafür zu sorgen, dass Hermes abgelenkt war, bis Geoffrey hinter ihm stand und zuschlagen konnte.

Geoffrey stieg über den bewusstlosen Mann hinweg.

»Ich wollte nicht glauben, dass es irgendeinen Sinn ergeben könnte, mit einer Waffe herzukommen«, stotterte er herum. »Es war mir unfassbar, wieso du sie mir übergeben hast.«

Axel erzählte kurz, wie es gelaufen war.

»Ich bin schon fast beim Felsen gewesen, dann aber habe ich euch hier stehen gesehen und den Typ reden gehört. Geoffrey habe ich vorher oben an der Straße getroffen. Ich bin zu ihm zurück und habe ihm das Gewehr gegeben.«

»Er hat davon geredet, dass ihr euch in Lebensgefahr befindet und keine Polizei euch retten kann, sondern nur er und ich, wenn ich herkomme«, erzählte Geoffrey weiter, der noch immer ganz außer sich war. »Als ich ihn gefragt habe, wie das funktionieren soll, hat er mir gesagt, ich soll herkommen, aber von der anderen Seite, und den Mann mit dem Gewehr k. o. schlagen.«

Er gestikulierte zwischen Axel und Hermes hin und her. »Ich bin doch hier, um Leben zu bewahren. Ich hätte niemals eine Waffe angefasst, aber euer Freund«, er zeigte auf Axel, »hat viel Überzeugungskraft bewiesen.«

»Du hast nicht EIN Leben gerettet, sondern vier«, lobte ihn Lilo. Geoffrey lächelte geschmeichelt.

»Weg von hier«, trieb Poppi die anderen an.

»Wir rufen die Polizei, damit sie sich um Hermes kümmert«, entschied Lilo. Sie drehten sich um und wollten los, als sie Geoffrey hinter sich schreien hörten. Wieder ein Schuss. Diesmal aber klang er schärfer und höher.

»Wir … sind noch nicht … fertig! Hände hoch, alle!«

Hermes stand aufrecht, wenn auch leicht schwankend. Er hielt das Gewehr auf sie gerichtet, das er Geoffrey entrissen hatte. Die gesamte Maske war abgefallen und gab seine volle Hässlichkeit preis.

»Der Test …« Hermes hatte Mühe, die Worte zu formen. »Der Test … muss … beendet werden. Ihr … werdet zuerst den Mann …«, er richtete den Gewehrkolben auf Geoffrey, »… hinunterstoßen. Dann die da …« Er zeigte auf Poppi.

Geoffrey starrte, noch immer auf dem Boden liegend, Hermes mit offenem Mund an. Hermes hatte mit einer schnellen Handbewegung sein Bein geschnappt und fest daran gerissen. Damit hatte er Geoffrey zu Fall gebracht und ihm dann das Gewehr abgenommen. Keiner hatte damit gerechnet, dass er so rasch wieder auf die Beine kommen würde.

Axel, Poppi, Dominik und Lilo standen zu weit entfernt, um Hermes angreifen, aber nahe genug, um von ihm getroffen werden zu können.

Hermes zitterte vor Wut, weil er kurz die Kontrolle verloren hatte. Aber ein Schlag auf den Kopf konnte bei jemand wie ihm höchstens kurzfristig etwas ausrichten. Er hatte eine große Metallplatte in den Schädel eingesetzt bekommen, die ihn vor solchen Schlägen fast wie ein Helm schützte. Seine Bewusstlosigkeit hatte nur ein paar Sekunden angehalten, er war aber regungslos liegen geblieben, um auf seine Chance zu lauern, wie er die Lage wieder in den Griff bekommen konnte.

Es schien ihm gelungen zu sein.

»Stoßt ihn hinunter«, kreischte er und deutete auf Geoffrey. Als Nächstes sollte dann die quengelige Frau dran glauben, die anderen drei würde er später erledigen. Er konnte die Versuchsreihe abschließen und würde alle Spuren beseitigen.

Die nächste Böe fegte über die Klippen. Sie kam mit einem Heulen und einer solchen Wucht, dass sie Hermes einen Stoß versetzte. Durch den Schlag auf den Kopf war er geschwächt und nicht darauf vorbereitet. Zuerst stolperte er nach vorn, wobei ihm das Gewehr aus den Händen fiel. Er versuchte es torkelnd wieder aufzuheben, verlor dabei aber in der Dunkelheit die Orientierung und bewegte sich auf den Klippenrand zu. Der Sturm fegte über ihn hinweg und ließ ihn noch stärker schwanken. Sein linkes Bein rutschte ab, er warf die Arme in die Höhe, als könnte er so Halt finden, aber es gelang ihm nicht, und er sauste in Richtung Abgrund.

Lilo und Axel stürzten nach vorn.

»Passt auf«, schrie ihnen Poppi hinterher.

»Da ist er!« Axel deutet auf Hermes' Hände, die sich an Büscheln des harten Strandgrases festklammerten. Er lag mit dem Oberkörper noch auf dem Boden, seine Beine aber hingen bereits über die Kante und fanden keinen Tritt. Das Gewicht riss ihn unerbittlich in die Tiefe. Es war nur eine Frage der Zeit, bis er abstürzen würde.

Axel warf sich flach auf den Boden.

»Haltet mich an den Füßen fest!«

Er robbte vor und schaffte es, Hermes an den Handgelenken zu packen. Als Sportler war Axel gewohnt, fest zuzugreifen und zu halten. Das Gewicht des Mannes aber zog ihn Richtung Abgrund. Axel hörte, wie das Gras in Hermes' Händen abriss.

Eines von Axels Beinen wurde gepackt. Noch immer rutschte er mit Hermes Richtung Klippenrand.

»Ich will nicht sterben«, stöhnte Hermes.

»Was ist das Gegenmittel?«, schrie ihn Axel an. »Was?«

Sie glitten immer näher an die Kante. Axel konnte Hermes nicht retten, wenn ihn seine Freunde nicht sicherten. Der Großteil von Hermes' Oberkörper war bereits hinter der Klippenkante verschwunden.

Endlich wurde auch Axels zweites Bein gepackt, und er spürte, wie er nach hinten gezerrt wurde. Er spürte einen Schmerz, als würde ihm die Wirbelsäule auseinandergerissen.

»Das Gegenmittel«, zischte er.

»Gibt keines. Es gibt auch kein Gift.«

Was für ein mieser Trick! Axels Hände schwitzten, und Hermes' Handgelenke begannen ihm zu entgleiten.

»Nein!« In den kleinen, trüben Augen des Mannes lag ein verzweifeltes und menschliches Flehen, wie er es sein ganzes Leben lang nie gezeigt hatte.

Geoffrey robbte neben Axel und übernahm mit beiden Händen einen Arm von Hermes. Axel konnte den anderen am Mantelärmel packen. Der Stoff war rutschfest. Lilo kroch neben ihn, auf allen vieren, und half beim Ziehen.

Zentimeter für Zentimeter beförderten sie Hermes nach oben, bis der Großteil seines Körpers im Gras lag. Hermes keuchte heftig und spuckte immer wieder.

Geoffrey, Lilo und Axel hatten ebenfalls Mühe, Luft zu bekommen. Sie bewegten sich rückwärts von Hermes weg, ohne ihn dabei aus den Augen zu lassen.

Wir hätten ihn nach Waffen absuchen müssen, fiel Lilo ein.

Noch immer lag Hermes einfach nur da und atmete japsend.

Hinter ihnen ertönten Polizeisirenen. Blinkendes Blaulicht leuchtete auf der Straße. Wagentüren knallten. Polizisten kamen zu ihnen gelaufen. Sie redeten auf die vier und auf Geoffrey ein. Der Besitzer des Pubs hatte die Schüsse gehört und die Polizei verständigt.

Geoffrey wies sich aus und versuchte zu erklären, was er selbst nicht ganz verstand. Als sie sich nach Hermes umdrehten, um ihn der Polizei zu übergeben, erlebten sie eine Überraschung, die sie vor Schock abermals erstarren ließ.

Hermes war nicht zu sehen.

Die Suchaktion oben auf den Klippen, die sofort eingeleitet wurde, blieb erfolglos. War er gesprungen? Wollte er einer Festnahme entkommen?

81) 4 IMMER

Dienstagnachmittag.

Axel war unrasiert, Dominik streckte sich ständig. Um über die Ereignisse der vergangenen Tage hinwegzukommen, lenkte sich Poppi mit Shoppen ab. Sie hatte sich ein neues Parfüm gegönnt und für Klaus eine Sonnenbrille gekauft. Lilo versuchte noch immer alles, was sie auf den Klippen erfahren hatten, zu analysieren und weitere Schritte zu überlegen.

»Auf jeden Fall müssen wir uns alle gründlich untersuchen lassen«, ermahnte Poppi ihre Freunde.

Sie saßen in Eastbourne, einem verschlafenen Badeort, in dem die Zeit stehen geblieben zu sein schien, auf der Terrasse einer Bar und tranken Tee. Auf der Uferpromenade, die sich vor ihnen erstreckte, waren um diese Zeit vor allem Studenten unterwegs und ältere Leute mit Hunden. Ein paar Möwen kreisten über ihnen und kreischten von Zeit zu Zeit.

Lilo konnte es noch immer nicht glauben. »Wir haben unsere Fälle nur gelöst, weil wir eine Art Aufputschmittel für Intelligenz verabreicht bekommen haben?«

Dominik wollte nicht zu viel darüber nachdenken, weil es ihn genauso beunruhigte wie Lilo. »Dieser Hermes muss über gigantische Geldmittel verfügen, wenn er es sich leisten konnte, jahrelang nach ungelösten Rätseln zu suchen, um uns darauf anzusetzen. Jetzt ist mir aber auch klar, wieso wir so überraschend oft bei Preisrätseln gewonnen haben. Wahrscheinlich hatte er da auch seine Hände im Spiel, um uns an die Orte zu bringen, die er gefunden hatte. Andernfalls hätten wir diese Reisen nie unternommen.«

»Diese Substanz, dieses Mittel war aber auch schuld an diesen grauenhaften Halluzinationen «, warf Poppi ein. »Wie kann etwas die Intelligenz fördern und gleichzeitig halb wahnsinnig machen?«

»Mir ist da etwas aufgefallen: Die Halluzinationen sind bei uns erst aufgetreten, als wir in die Pubertät gekommen sind. Ob es da einen Zusammenhang gibt?«, stellte Lilo in den Raum.

»Und jetzt auch wieder, als wir das Zeug zu uns genommen haben«, fügte Dominik hinzu. »Jetzt sind wir aber erwachsen.«

»Wirkt es nur bei Kindern?«, fragte Axel. Keiner wusste eine Antwort.

»Hat einer von euch noch irgendwelche Halluzinationen gehabt, seit wir von der Insel fort sind?« Poppi blickte in die Runde und schaute einen nach dem anderen fragend an.

»Nein«, lautete die Antwort von allen. Auch Lilo und Dominik waren zu ihrer Erleichterung davon verschont geblieben.

Axel beobachtete einen Mann, der eine Art Schwert aus Plastik in einen schmalen, langen Container tauchte, der wie die Scheide eines Schwerts aussah. Dann zog er es wieder heraus, drückte den Griff, worauf es auseinanderklappte und dabei zwischen den beiden Spitzen eine Schnur mit Seifenhaut aufspannte. Als er die Schlinge durch die Luft schwenkte, entstanden riesige Seifenblasen, die im Wind schaukelten. Axel stand auf und kaufte dem Mann gleich drei der Seifenblasenschwerter ab. Als er zurückkam, schwenkte er sie wie eine Beute. »Für meine Süße, sie liebt Seifenblasen.«

»Wie süß«, sagte Poppi, »ein ungewöhnliches Geschenk für eine Freundin.«

Axel sah sie kurz überrascht an und begann dann zu lachen. »Meine Süße ist sieben Jahre alt.«

Poppi beobachtete, wie Lilo fast vom Stuhl kippte.

»Du hast eine Tochter?«

»Ja. Lotta.«

»Lotta?«

»Meine Lotta.« Axel zeigte ihnen auf seinem Handy das Bild eines sommersprossigen Mädchens, dem Lebensfreude und Übermut nur so aus den Augen sprühten.

»Ihr … seid sicher sehr stolz auf sie, deine Frau und du …?« Lilo wartete mit großer und – wie Poppi mitfühlend bemerkte – nahezu ängstlicher Spannung auf Axels Antwort.

Er ließ sich damit Zeit, und es war ihm anzusehen, dass er nicht gerne darüber redete. »Lottas Mama ist bei ihrer Geburt gestorben.«

Nach kurzem, betroffenem Schweigen legte ihm Poppi die Hand auf den Arm. »Das tut mir so leid für dich.«

Axel nickte und lächelte dankbar. »Lotta und ich sind ein gutes Team geworden.«

Lilos Bewunderung hätte nicht größer sein können. Niemals hätte sie Axel zugetraut, eine Tochter allein großzuziehen. Es hatte sich viel geändert bei ihren Freunden, auch wenn in den vergangenen Tagen vieles so gewesen war wie früher.

Plötzlich fühlte sich Lilo unendlich einsam und traurig. Was hatte sie aus ihrem Leben gemacht? Sie lebte in einer Welt von Zahlen und Formeln, und an manchen Tagen war ihr Kater ihr einziger Gesprächspartner.

Was hatte sie eigentlich erreicht?

»Erde an Lilo?« Axel fuhr ihr mit der Hand vor den Augen auf und ab. Lilo riss sich aus den Grübeleien. Sie stand auf und verschwand hastig in Richtung Toilette. Poppi sah ihr hinterher und überlegte, ob sie ihr folgen sollte. Sie blieb dann aber sitzen, weil sie vermutete, dass Lilo jetzt einfach ein bisschen Zeit für sich brauchte. Sie bestellten noch eine Runde Sandwiches und Pimm's, ein typisches Sommergetränk, das entfernt Ähnlichkeit mit Sangria hatte und sehr gut schmeckte.

Lilo ließ sich mit ihrer Rückkehr Zeit. Sie wirkte abwesend, als sie sich wieder setzte, und leerte ihr Glas mit großen Schlucken.

»Ob wir jemals erfahren werden, wer dieser Hermes in Wirklichkeit ist?«, wunderte sich Axel.

Am Morgen nach ihrem Treffen auf Beachy Head hatte die Polizei am Fuße der Klippen gesucht, dort, wo Selbstmörder aufschlugen, wie man aus trauriger Erfahrung wusste. Aber der Körper von Hermes tauchte nicht auf, er wurde weder dort gefunden noch sonst irgendwo vom Meer an Land gespült. Er war einfach verschwunden. Die Polizei ging daher auch nicht von einem Selbstmord aus, sondern von Flucht. Hermes wurde zur Fahndung ausgeschrieben, aber bisher war kein einziger Hinweis auf ihn eingegangen. Ob die Knickerbocker jemals wieder von ihm hören würden …?

Sie waren einige Stunden lang von der Polizei befragt worden. Ihre Schilderungen der Ereignisse auf Canon Island und ihre Angaben über die Begegnung mit Hermes wurden genau protokolliert. Natürlich auch ihre Schlüsse zum Fall Canon Island, die für staunende Blicke bei den Polizisten sorgten.

Dominik zuckte mit den Schultern. »Ich kann mir nicht vorstellen, dass sich ein solcher Mann schnappen lässt.«

Lilo hatte endlich Weller im Krankenhaus ans Telefon bekommen. Weller hatte traurige Nachrichten für sie: Watanabe war auf dem Flug verstorben, wie seine Tochter Weller mitgeteilt hatte. Lilo war darüber doppelt betroffen: Erstens hatte sie großes Mitgefühl für Watanabes Tochter, und zweitens war sie zu dem Schluss gekommen, dass Watanabe etwas mit dieser Substanz zu tun haben musste. Vielleicht war er sogar an ihrer Entwicklung beteiligt gewesen. Aber das würden die Knickerbocker wohl nie erfahren, denn so wie es aussah, hatte er alle Informationen leider mit in sein Grab genommen.

Am Mittwoch ging es für alle wieder nach Hause. Poppi, Axel und Lilo waren auf denselben Flug gebucht, Dominik würde sie noch bis nach Heathrow zum Flughafen nahe von London begleiten und von dort zurück nach New York fliegen.

Abgesehen von den gesundheitlichen Folgen, die die Einnahme der Substanz hinterlassen haben könnte, gab es noch etwas anderes, was Poppi nicht aus dem Kopf ging.

»Wann sehen wir uns wieder?«

»So bald wie möglich«, kam es von Lilo sofort.

»Treffen wir uns doch bei mir in New York, da kann ich euch so viel zeigen«, schlug Dominik vor.

»Das ist bei mir nur in den Schulferien möglich, und vorher muss ich sparen«, sagte Axel.

»Soll ich Klaus mitnehmen?«, fragte Poppi.

»Lotta käme sicher gerne mit, aber …« Axel grinste schief. »Jetzt klinge ich vielleicht wie ein Rabenvater, aber ich glaube, wenn wir uns treffen, dann will ich euch alle für mich allein haben.«

»Also kein Klaus. Aber er wird es verstehen.« Poppi war völlig einverstanden. Ein wenig verschämt gestand sie: »Mir hat die Pause von meinem normalen Leben gefallen. Ja, und wenn man mal davon absieht, dass ich einem Herzinfarkt nahe gewesen bin, einen Haufen blaue Flecken und zwei Wunden am Bein habe, hat sie mir auch gutgetan. Ich bin wirklich gerne Tierärztin, und ich liebe meinen Mann, aber die Tage mit euch waren schon etwas Besonderes.« Sie überlegte kurz und ergänzte: »Wie früher. Aber irgendwie sogar besser. Ich hatte fast vergessen, wie toll das alles war …«

»Heißt das, wir sind wieder wir? Ich meine, sind wir wieder Knickerbocker?« Es war Axel anzusehen, wie sehr er sich das wünschte. »Ist das überhaupt möglich? Wir sind doch jetzt erwachsen.«

Dominik grinste schief. »Oder jedenfalls sollten wir es sein.«

Poppi musterte Lilo prüfend. »An dir ist heute etwas anders …?« Sie erkannte die kleinen Zöpfchen, die sich Lilo in die offenen Haare geflochten hatte, und streckte ihr dafür zustimmend den Daumen in die Höhe. Viel besser als der vernünftige Pferdeschwanz.

»Wir hatten eine großartige Zeit früher. Wir waren so frei und so unbeschwert«, sagte Axel und erntete dafür von allen Zustimmung.

»Positive Energie kann nie vernichtet werden«, erklärte Lilo, und weil die anderen ihr zuerst nicht folgen konnten, versuchte sie, sich klarer auszudrücken: »Die Freude, die wir früher hatten, die Frische, die Lockerheit, die Begeisterung hat uns so viel positive Energie gegeben und uns so stark gemacht.«

»Wir sind heute Erwachsene«, gab Poppi zu bedenken.

»Und das Leben ist oft sehr ernst geworden«, warf Dominik ein.

»Aber die Energie der Knickerbocker-Bande, die steckt noch immer in uns«, sagte Axel bestimmt.

Seine Freunde waren alle derselben Meinung.

»Knickerbocker *for ever*!«, fasste es Dominik in wenigen Worten zusammen.

»Wir vier für immer«, sagte Poppi feierlich.

»Zu lang«, meinte Axel. Er malte eine Vier mit dem Finger in die Luft. »4 immer!«

Lilo stimmte ihm lachend zu. »Knickerbocker-Bande 4 immer! Für immer! Originell und trifft den Nagel auf den Kopf.«

»Wärt ihr manchmal noch gerne Kinder? Teenager?«, fragte Poppi die anderen.

Alle überlegten. Axel antwortete als Erster.

»Ich bin gerne erwachsen, aber wenn ich meine Lotta erlebe, dann hätte ich gerne etwas von ihrer Lebensfreude und ihrer Neugier.«

»So waren wir alle einmal«, warf Poppi ein.

»Dann sollten wir uns einen Teil davon bewahren«, schlug Dominik vor. »*For ever.*« Als er Lilos tadelnden Blick auffing, verbesserte er sich schnell: »4 immer!«

Nachdem sie gezahlt hatten, unternahmen sie noch einen Spaziergang am Meer. Poppi entdeckte dabei einen Straßenmusikanten mit einer roten Katze, die *High Five* geben konnte, und blieb bei ihm hängen. Dominik wollte sich unbedingt eine Kapitänsjacke kaufen. So kam es, dass Axel und Lilo allein weitergingen.

»Bei wem ist Lotta jetzt eigentlich?«, fragte Lilo und sah ihn verstohlen von der Seite an.

Gut sah er aus.

»Bei meiner Mutter. Sie ist in Pension und eine leidenschaftliche Großmutter geworden.«

Diese Antwort hörte Lilo gerne. Lotta hätte auch bei einer neuen Partnerin von Axel sein können.

Jetzt war Axel an der Reihe zu fragen. »Wo hast du Sam kennengelernt?«

»Im Tierheim.«

»Ein Tierpfleger?«

»Ein Kater, der dort abgegeben wurde.«

Axel lachte auf und blickte auf das Meer hinaus. Er ließ sich den Wind ins Gesicht wehen und wirkte sehr zufrieden. Lilo beobachtete ihn und kämpfte mit der Unruhe, die in ihr brodelte und die sie fast platzen ließ.

Axel wohnte in Linz, sie selbst in Innsbruck. Es würde vielleicht dauern, bis sie sich wiedersahen. Also war es besser, das Ganze hinter sich zu bringen, weil sie dann endlich Gewissheit hatte und die Angelegenheit ein für alle Mal abhaken konnte.

Vor einem kleinen Pavillon hatten sich einige Leute versammelt und lauschten einer jungen Frau, die auf der Bühne saß und auf dem Cello Hits und Melodien aus Musicals spielte. Lilo erkannte »Denk an mich« aus *Phantom der Oper*.

»Axel, ich …«, platzte sie heraus.

Er sah sie überrascht an. Lilo war sonst nicht so explosiv.

»Axel, ich weiß nicht, wie ich das sagen soll …« Lilo schnaufte durch und suchte nach Worten.

Er drehte sich zu ihr und zog die Stirn kraus. »Alles in Ordnung mit dir?«

»Axel, bitte sei jetzt ehrlich zu mir, auch wenn es wehtut. Aber damals, also früher, als wir noch … warst du da, warst du verknallt in mich?«

Sie konnte sehen, wie sehr ihn die Frage überraschte. Im nächsten Moment packte sie auch schon die Reue. Sie hätte das nie fragen sollen. Wie konnte sie nur so blöd sein?

»Wieso willst du das jetzt auf einmal wissen? Nach all den Jahren?«

»Sag nur Ja oder Nein.«

Axel erschien wirklich perplex. »Warst DU denn verknallt in mich?«

»Ich habe zuerst gefragt. Sag, bitte … warst du?«

Es überraschte Lilo, wie sehr sie der Antwort entgegenfieberte, obwohl die Antwort doch egal war, weil mittlerweile eine halbe Ewigkeit vergangen war und sie ganz woanders in ihrem Leben standen.

»Ja. Sehr.«

Die Antwort kam so unerwartet, dass Lilo ihn erst einmal stumm anstarrte. Selbst ihr Superhirn brauchte ein wenig, die zwei Worte zu verdauen. Endlich konnte sie wieder reden. »Wirklich?«

»Und wie. Aber ich dachte immer, du willst mich nicht.«

»Das Gleiche habe ich über dich gedacht.« Lilo ließ die Schultern sinken und schüttelte den Kopf. »Waren wir blöd.«

Er konnte nicht anders, Axel musste einfach lachen. »Sehr blöd, ja. Aber wir waren eben auch Teenager, und keiner von uns wollte zurückgewiesen werden.«

»Damals bei diesem Streit, das mit dem Eismonster und dem Unfall, das war zwar schlimm, aber es war noch viel schlimmer, weil ich geglaubt habe, ich kann dich nie haben und mir das so wehgetan hat. Ich hab es wohl auch als Vorwand genommen, endlich fortzukommen und dich nicht mehr sehen zu müssen.« Sie schüttelte den Kopf. »Lilo, Lilo, was hast du getan.«

»Sei nicht so streng mit dir. Wir waren Teens. Und nach allen Abenteuern und der vielen Zeit zusammen auch etwas gestresst. Übrigens kannst du niemanden ›haben‹.«

Das verstand Lilo natürlich, sie hatte es auch nicht so gemeint. »Lottas Mutter, hast du sie sehr geliebt?«

»Um ehrlich zu sein, nein. Sie war nur ein Abenteuer. Ich war nie gut in Beziehungen. Aber als Lotta unterwegs war, da gab es für uns beide keinen Zweifel, dass wir das Kind gemeinsam aufziehen, ohne aber ein Paar zu sein.«

Lilo nickte wie einer der Wackeldackel von früher.

»Hast du nie Kinder gewollt?«, wollte Axel wissen.

»Ich weiß nicht, darüber habe ich nie nachgedacht. Das stand nie zur Diskussion.«

»Magst du Kinder?«

»Mag ich mich, das ist die Frage!«

»Das ist jetzt aber sehr tiefsinnig«, bemerkte Axel.

Sie schwiegen beide, während die Frau am Cello »I Wanna Hold Your Hand« von den Beatles fidelte.

»Es sind nur ein paar Hundert Kilometer«, begann Axel nach einer Pause, die Lilo wie eine halbe Ewigkeit erschienen war. »Ich könnte dich in Innsbruck besuchen kommen. Mit Lotta, ohne Lotta, beides möglich. Vielleicht zuerst ohne sie.«

»Wirklich? Das willst du wirklich?«

Axel grinste so jungenhaft und fröhlich, wie er das früher auch getan hatte. Lilo strahlte ihn an, total verlegen und so aufgeregt, wie es wahrscheinlich nicht einmal Teenager sind.

»Ich fände es schön«, versicherte er ihr. Völlig unerwartet beugte er sich vor und gab ihr einen kleinen, schüchternen Kuss. Dann nahm er ihre Hand. Man sollte tun, was die Musik vorschlug. Bis das Stück zu Ende war, standen sie einfach nur so da. Auch die nächsten drei Songs hielten sie sich an den Händen und genossen einfach diesen Moment. Schließlich beendete die Cellistin ihr Konzert, und sie ließen einander los, um zu applaudieren. Dann schlenderten sie zu dem Pub zurück, wo sie sich mit Poppi und Dominik treffen wollten.

»Aber wie hoch sind unsere Chancen?«, fragte Lilo nervös.

Axel blieb stehen, nahm sie an den Schultern, blickte ihr fest in die Augen und sagte schelmisch: »Wir werden das nicht errechnen, Frau Superhirn, das können wir nur durch Versuche herausfinden.«

Vor dem Pub stehend, beobachteten Dominik und Poppi die beiden und grinsten.

»Na endlich«, stellte Poppi fest.

»Gut Ding braucht Weile«, steuerte Dominik eine kleine Weisheit bei.

82) FLUCHT AUS VENEDIG

Es war der Tag, den Liliana immer gefürchtet hatte. Ihre schlimmsten Albträume wurden schlagartig wahr. Sie hatte sich immer wieder überlegt, wie es sein würde, wenn die Sache von damals aus irgendeinem Grund auffliegen würde. Raymonds Beteuerungen, man würde ihnen niemals auf die Spur kommen, hatte sie nie ganz geglaubt.

Sie war damals so unendlich verliebt in ihn gewesen. Raymond hatte seinen Anteil des Familienerbes mehr oder minder komplett verspielt. Er war damals süchtig nach Glücksspiel gewesen und hatte schließlich den Plan gefasst, bei einem falschen Spiel mit einem wirklich wohlhabenden Partner so viel zu gewinnen, dass es bis an ihr Lebensende ausreichen würde. Der Gedanke, ein neues Leben zu beginnen, gefiel beiden, sie fanden ihn aufregend und romantisch. Archies und Raymonds Entschluss, das Spiel tödlich enden zu lassen, hatte Liliana erst begriffen, als es kein Zurück mehr für sie gab.

Liliana stand noch einmal auf dem winzigen Balkon mit Blick über den Canal Grande. Das Wasser der Lagune hatte für sie nicht mehr diesen leicht modrigen, aber so typischen Venedig-Duft, es stank zum Himmel.

Überhaupt war nichts mehr so wie früher. Die Palazzi auf der anderen Seite des breiten Kanals wirkten verfallen und schäbig. Der Charme, der Venedig immer nachgesagt wurde, war verschwunden.

Raymond war nicht weniger in Panik als Liliana, nur ließ er es sich nicht so anmerken.

Der Anruf hatte sie mitten in der Nacht von Montag auf Dienstag erreicht. Glücklicherweise hatte Raymond sein Handy nicht ausgeschaltet. Schuld war der extreme Muskelkater, den er seit der Ruderregatta am Sonntag gehabt hatte. Die Schmerzen waren so stark, dass er fast befürchtete, nie wieder gehen zu können. Am Abend hatte er sein Handy im Wohnzimmer eingeschaltet liegen gelassen, und als ihm das beim Zubettgehen eingefallen war, hatte er weder genug Energie noch Überwindungskraft, die steile Treppe noch einmal hinunterzusteigen und es abzustellen.

Archie hatte viermal angerufen und das Telefon jedes Mal klingeln lassen, bis er auf die Mailbox kam. Schließlich hatte es Liliana gereicht, sie war aus dem Bett geklettert und nach unten gegangen.

Weil er seine Informanten hatte, war Archie gewarnt worden, dass die Polizei neue Erkenntnisse über die Ereignisse auf Canon Island hatte. Angeblich stammten sie von vier jungen Leuten, die dort das Wochenende verbringen wollten. Es wurde von einem Mord geredet, und Archie befürchtete, dass nach all den Jahren ihre Identitäten doch noch auffliegen würden, weil der alte Bootsführer vor seinem Tod sein Wissen noch loswerden hatte wollen.

Sie mussten untertauchen und sich irgendwo anders auf der Welt verstecken. Dabei war es weniger die Polizei, die ihnen Angst einjagte, sondern vielmehr ein Drogenkartell, eine Familie, die einen der erfolgreichsten Drogenringe der Welt betrieb und über ein sehr gutes Gedächtnis verfügte.

Während Liliana zusammenraffte, was sie unbedingt mitnehmen wollte, liefen die Erinnerungen von damals in ihrem Kopf ab wie ein Kinofilm.

Raymond und Archie hatten Baron Grimm in einem Pokerklub kennengelernt. Grimm hatte nach einer gewonnenen Partie mit ihnen gefeiert und dabei zu viel getrunken. Weil er nicht mehr fähig war zu gehen und keine Adresse nennen konnte, hatten Archie und Raymond ihn mitgenommen und in ihrer kleinen Studentenwohnung auf dem Sofa übernachten lassen. Grimm hatte in seinem Rausch zu erzählen begonnen, und so erfuhren sie, wer er wirklich war.

Sein Name lautete Carlo Cetone, er war leidenschaftlicher Spieler, der immer so lange spielen wollte, bis er seine Verluste zurückgewonnen hatte. Carlo war Sohn eines Drogenbosses, und die Familie verfügte über ein enormes Vermögen, das sie zu einem Teil in einer Kette von italienischen Restaurants weißgewaschen hatte. Ein noch viel größerer Teil aber lag auf versteckten Konten in der Schweiz, auf den Bermudas und Bahamas und in anderen Steuerparadiesen.

Immer wieder hatten Archie und Raymond mit Grimm gepokert. Sie ließen ihn absichtlich gewinnen, feierten feuchtfröhlich mit ihm und erfuhren auf diese Weise immer mehr über ihn. Langsam entstand der Plan, wie sie ihn in einer Pokerpartie besiegen und ausnehmen konnten, um ihrer aller Geldnot für immer zu beseitigen.

Wichtig war, Cetone spurlos verschwinden zu lassen, so gut, dass nicht einmal die feine Mafiafamilie ihn jemals wiederfinden konnte. Zur Sicherheit wollten sie aber auch gleich untertauchen und den Eindruck hinterlassen, als wären sie nicht mehr am Leben.

Als Ort wurde Canon Island gewählt, eine Insel, die sich im Besitz von Raymonds Familie befand. In der Villa ließ Raymond den geheimen Abgang einbauen (von Bauarbeitern, die er aus

Ägypten holte, damit sie nie etwas verraten konnten), und in der Grotte stand ein Boot bereit, das er heimlich hingebracht hatte.

Es sollte das Spiel des Jahres werden. Archie und Raymond pokerten mit Carlo, während Liliana sie reichlich mit Getränken versorgte. Allerdings bekam nur Carlo Alkohol, der »Whiskey« der anderen beiden Spieler war kalter Tee.

Die Karten waren gezinkt, und Carlo Cetones Pechsträhne wurde immer schlimmer. Seine Sucht, das Verlorene zurückzugewinnen, war unverändert stark. Um weiterspielen zu können, entlockten ihm Raymond und Archie Nummern und Codes der Schwarzgeldkonten, sie unterbreiteten ihm sogar Dokumente, die er unterzeichnen musste, was er willig tat.

Per Funk überprüfte Raymond die Richtigkeit aller Angaben, und als Carlo alles verloren hatte, was seine Familie besaß, schlossen sie ihn in der Grotte ein.

Der Sturm war eine Störung, da sie eigentlich schon am Neujahrstag mit der Rückkehr des Bootsführers gerechnet hatten, um ihm die blutige Scharade vorzuspielen. Als der Sturm sich endlich gelegt hatte, verwüsteten sie das Haus und ließen Baron Grimm noch einmal nach oben. Er war zu dieser Zeit stark geschwächt, und sie mussten ihn stützen, als sie oben auf den Klippen standen und ihren Auftritt als blutüberströmte Geister hatten.

Am selben Tag, gleich nachdem Charles abgefahren war, starb Carlo Cetone. Er war unten in der Höhle angekettet gewesen und bei einem Versuch, sich zu befreien, ins eisige Meer gestürzt, wo er einen Schock erlitt und ertrank. Damit nahm er Raymond und Archie eine Aufgabe ab, vor der sie sich gefürchtet hatten und um die sie gelost hatten. Trotzdem erschien es Liliana wie Mord.

Bis zum Abzug der Polizei hielten sich die drei im Keller versteckt. Es war ein gruseliges Gefühl, da im Wasser des Nebenraumes der tote Baron Grimm trieb. Schließlich war die Luft für sie rein, und sie setzten sich per Boot nach Frankreich ab. Dort lagen für sie schon die neuen Pässe bereit.

Natürlich hofften sie, die Mafiafamilie Cetone überzeugt zu haben, damit sie niemals Nachforschungen anstellte. Die Jahre vergingen, und mehr und mehr fühlten sie sich in Sicherheit.

Das aber war jetzt vorbei! Sie mussten fort und wieder eine neue Identität annehmen, die sie unsichtbar werden ließ. Leute wie die Cetones vergaßen nicht, auch nicht nach so vielen Jahren, und da die Wahrheit ans Licht kommen würde – wenn auch nur bruchstückhaft –, würden sie die Jagd auf Archie, Raymond und Liliana eröffnen.

Am Mittwoch, als die Knickerbocker sich am Flughafen Heathrow herzlich und mit vielen Umarmungen und Beteuerungen, schon am nächsten Tag zu skypen und zu e-mailen, voneinander verabschiedeten, an diesem Mittwoch stand die Wohnung am Canal Grande wieder leer. Sie war nur gemietet gewesen, die Möbel und alle persönlichen Habseligkeiten waren entweder mitgenommen, verschenkt oder weggeworfen worden.

Raymond und seine Frau erfuhren nie, ob jemand von den Cetones die Spur nach Venedig fand. Sie ließen sich weder in der Stadt noch in Italien je wieder blicken. Es war ohnehin reichlich dumm gewesen, sich im selben Land anzusiedeln, in dem die Feinde zu Hause waren. Raymond gab Liliana die Schuld, die immer von einem Leben in Venedig geträumt hatte. Sie hatten einen neuen Grund, aufeinander böse zu sein.

83) AUSSER SPESEN ...

Es dauerte nicht lange, bis sich die dramatischen Ereignisse auf Canon Island via Internet in der ganzen Welt verbreitet hatten.

Albert Weller, der nach New York zurückgekehrt war, las so ziemlich alle Berichte. Ein Heilkorsett stützte seine verletzten Rippen und machte ihm das Atmen leichter. Immer noch nahm er schmerzstillende Mittel in einer Dosis, die höher war als vom Arzt empfohlen.

Nach Watanabes plötzlichem Ableben gab es niemand, der ihm seine Reisespesen nach Europa erstattete, und so hatte der vielversprechende Auftrag das Loch in seinen Finanzen nicht geschlossen, sondern noch vergrößert.

Außerdem waren da diese vier jungen Leute, die das mysteriöse Rätsel um Canon Island gelöst hatten, das von der Polizei nicht aufgeklärt hatte werden können. Weller wusste, wie erfolgreich die vier schon als Kinder gewesen waren, und jetzt lösten sie im Vorbeigehen einen ungeklärten Kriminalfall. Im Vergleich zu ihnen fühlte er sich wie ein Versager. Das Nagen an seinem Selbstwertgefühl war heftig.

Der Auftrag hatte sich als totales Desaster erwiesen. Am Anfang hatte ihn Watanabe auf Dominik Kascha angesetzt. Er wollte alles über ihn wissen, vor allem seine Kindheit interessierte ihn. Weller hatte nicht geglaubt, dass er viel finden würde, doch bald war er auf Berichte über Fälle der Knickerbocker-Bande gestoßen.

Sein Auftraggeber schien zufrieden mit den Ergebnissen zu sein, wollte nun aber auch wissen, wo sich die anderen Mitglieder der Bande heute aufhielten. Der Auftrag nahm immer größere Ausmaße an.

Weller hatte eine Weile gebraucht, um die gewünschten Informationen zu sammeln. Da er dafür Kontaktleute in Europa einsetzen musste, waren die Recherchen ziemlich kostspielig gewesen, wurden ihm aber anstandslos erstattet.

Danach hörte er ein paar Wochen nichts von seinem Auftraggeber. Er dachte schon, die Angelegenheit wäre erledigt, bis sich Watanabe erneut meldete, diesmal mit einem noch größeren Auftrag: Weller sollte Dominik beschatten und sofort melden, falls er Kontakt mit den Freunden von früher aufnahm oder – was Watanabe fast zu hoffen schien – sie wiedertraf. Über die Hintergründe erfuhr Weller nur, dass Watanabe nach vier Personen suchte, für die er eine wichtige Information hatte und annahm, es handle sich um die Knickerbocker.

Erst ein Jahr später traf die Einladung von Poppi ein, die Dominik widerwillig annahm. Weller hatte einen Hinweis von einer Informantin erhalten, die er in Dominiks PR-Agentur hatte.

Auf Watanabes Drängen hin kontaktierte er Poppi. Er bat einen alten Freund aus Deutschland, in der Praxis anzurufen, sich als Journalist einer Fachzeitschrift für Tierärzte auszugeben und ein Interview zu vereinbaren. Auf diese Weise fand er heraus, dass Poppi zur selben Zeit wie Dominik verreisen würde. Trotzdem kam ihm etwas komisch vor, denn es klang nicht so, als wäre Poppi krank.

Sofort wurde Weller mit der weiteren Verfolgung von Dominik beauftragt. Er sollte alle vier gemeinsam auffinden und ein Treffen mit Watanabe arrangieren. Er bot Weller eine hohe Erfolgsprämie, aber nur für den Fall, dass er ihn wirklich zu allen vieren führte.

Frustriert sah sich Weller in dem kleinen Büro um, in dessen einzigem Fenster – mit Blick auf einen Hinterhof – Tag und

Nacht die Klimaanlage brummte. Er würde es wohl nie schaffen, hier rauszukommen.

In den nächsten Tagen ließen seine Schmerzen zwar nach, aber mangels neuer Aufträge blieb seine Stimmung auf dem Tiefpunkt. Da klingelte jemand an der Bürotür. Es war ein Bote in brauner Uniform, der Weller ein kleines Päckchen reichte. Weller bestätigte den Empfang mit seiner Unterschrift und schloss die Tür. Prüfend betrachtete er das Päckchen von vorne und von hinten. Sein Name und die Adresse waren als Klebeetikett angebracht, Absender gab es keinen, nur eine Aufgabenummer.

Er öffnete die Verpackung – ein gepolsterter Umschlag – und entnahm einen dünnen und einen weiteren, sehr dicken Umschlag. Der dünne enthielt eine kurze Nachricht, dass Akito Watanabe vor Antritt seiner Reise angeordnet hatte, im Falle eines Unfalls oder Unglücks Weller den zweiten Umschlag zukommen zu lassen. Der Inhalt war mehrfach eingewickelt, und als Weller ihn endlich freilegte, hielt er ein Bündel Hundert-Dollar-Scheine in der Hand. Er blätterte sie durch und überschlug, wie viel Geld das sein konnte. Die Summe war nicht nur das vereinbarte Erfolgshonorar, sondern deckte auch alle seine Spesen.

»Ehrenmann«, sagte Albert Weller und schenkte Akito Watanabe eine Gedenkminute.

84) WIE WAR ES WIRKLICH?

In ihrem Büro an der Uni sitzend, las auch Lilo einige der Berichte. Dabei beschäftigte sie ein Gedanke ständig: Konnte es stimmen, dass sie ihren Scharfsinn einer chemischen Substanz verdankten und nicht sich selbst? Es versetzte ihr einen Stich, als wären die vielen Abenteuer von früher plötzlich nichts mehr wert. Ohne wirklich alles wahrzunehmen, rief sie ein paar weitere Einträge auf.

»ALTE GEISTER RUHEN UNSANFT
Raffinierter Mord nach 35 Jahren geklärt«

Bilder gab es nicht nur von Raymond Hilgard, Liliana und Archie. Jemand hatte die Fotos in ein Computerprogramm eingegeben, das die Bilder in die Gesichter verwandelte, wie sie heute aussehen könnten.

Archie war die Flucht missglückt, er war von der Polizei festgenommen worden, und mit dem Versprechen auf Strafmilderung hatte er den Aufenthaltsort der anderen beiden in Venedig verraten. Dort wurden sie allerdings nicht mehr angetroffen. Archie blieb trotz des Hinweises in Haft und war fast froh darüber, weil er sich dort sicherer fühlte.

Als Aufdecker der Geheimnisse von früher, als erfolgreiche Privatermittler, wurden Lilo, Axel, Poppi und Dominik gefeiert. Bei fast allen Berichten gab es auch ein Foto der vier, auf dem sie lässig in die Kamera strahlten.

Sie hatten sich auch wirklich gefreut, und alle vier hatten so getan, als ließen sie Hermes' Worte völlig kalt.

Lilo blickte durch das Fenster hinaus auf den Campus, wo Studenten in der Sonne saßen und plauderten. Das Semester war fast vorbei, nur die letzten Prüfungen standen noch aus.

Ihre Gedanken wanderten zurück zu Hermes, der anklingen hatte lassen, die Substanz würde bis heute wirken. Zum Glück hatte es inzwischen Neuigkeiten gegeben, die sie erleichterten. Die ärztlichen Untersuchungen hatten bei allen vier Knickerbockern dasselbe ergeben: Es war in ihrem Blut keine Substanz festzustellen, die als giftig, gefährlich oder schädlich einzustufen gewesen wäre. Poppi hatte Eisenmangel, Axel brauchte etwas mehr Vitamine, und Dominiks Leberwerte waren verbesserungswürdig. Auch eine zweite Blutprobe in einem Speziallabor, bei der ihr Blut auf alle nur möglichen Substanzen geprüft wurde, verlief negativ.

Ende Juni war Dominik zu Gast in der »Tonight Show«, der er ein Interview zu seinen Plänen gab, das Leben und die Fälle der Knickerbocker-Bande zu verfilmen. Es sollte ein Kinofilm werden, aber auch eine TV-Serie stand im Raum. Dominik wollte selbst produzieren und suchte Geldgeber. Seine Erfolge in »Bad Boys« halfen ihm dabei natürlich.

Es war ein fröhliches Gespräch, in dem Dominik auch vom Wiedersehen auf Canon Island berichtete, ohne die Umstände, wie es dazu gekommen war, näher zu beschreiben.

Als er das Fernsehstudio wieder verließ – er saß auf der Rückbank einer Limousine, die man ihm zur Abholung geschickt hatte –, verfiel er in eine nachdenkliche Stimmung. Seit seiner Rückkehr nach New York nagte auch an ihm immer wieder der Zweifel, ob sie damals wirklich von sich aus so schlau und mutig gewesen waren. Zum Glück konnte er den strahlenden und klugen Dominik von damals und heute perfekt spielen. Niemand hatte irgendetwas bemerkt.

Am nächsten Tag rief ihn schon um acht Uhr am Morgen sein Agent Larry an. Das war für beide sehr zeitig.

»He, Dom, da ist eine Lady, eine Roberta Watson, die dich unbedingt und so schnell wie möglich sprechen möchte. Sie ist nicht aus der Branche, und ich hätte sie auch abgewimmelt, aber sie gibt keine Ruhe. Ich soll dir sagen, sie hätte einen Umschlag von einem Mr Watanabe, der auf einem Flug verstorben ist. Sie sei im Flugzeug neben ihm gesessen, und er habe ihr den Umschlag für dich gegeben. Aber sie habe den Namen falsch verstanden, erst gestern, als sie dich in der ›Tonight Show‹ gesehen hat, sei ihr klar geworden, für wen der Umschlag sein könnte.«

»Ich will sie sofort sehen!« Dominik sprang aus dem Bett und lief ins Bad, während er noch telefonierte.

Er musste sich aber gedulden, da Roberta Watson in Los Angeles lebte und der Flug zu ihr drei Stunden dauerte. Sie trafen sich im *Beverly Hills Hotel*, wo sie ihm mit vielen Entschuldigungen den großen Umschlag überreichte. Dominik revanchierte sich, indem er sie einlud, mit einer zweiten Person auf seine Kosten im Hotel ein Abendessen einzunehmen. In aller Eile schrieb er ihr noch die gewünschten Autogramme, um dann schnellstens die Lobby des Hotels zu verlassen und auf das gebuchte Zimmer zu stürmen.

Die anderen Knickerbocker warteten alle bereits in Europa an ihren Computern. Sie hatten sich zu einer Video-Skype-Konferenz verabredet und wollten den Umschlag gemeinsam öffnen.

Draußen an seine Zimmertür hängte Dominik das *Don't-disturb*-Schild und sperrte ab. Er stellte sein iPad gegen das Kissen gelehnt auf das Bett und loggte sich in das WLAN des

Hotels ein. Seine Finger waren feucht vor Aufregung. Die Verbindung zu Lilo, Axel und Poppi war schnell hergestellt. Bei ihnen war es bereits ein Uhr in der Früh.

Sie verschwendeten keine Zeit mit Small Talk oder dem Austausch von Höflichkeiten und Scherzen.

»Fühlt ihr euch bereit?«, wollte Dominik von den anderen wissen.

Er bekam ein einstimmiges Ja zurück.

Der Umschlag ließ sich leicht aufreißen. Dominik zog mehrere Seiten Papier heraus. Die Anrede war mit der Hand geschrieben, das Dokument persönlich von Akito Watanabe unterschrieben. Die eigentliche Nachricht aber war ein Ausdruck.

Dominik zeigte die Seiten in die Kamera des iPads. Er setzte sich auf den Boden, sodass ihn die anderen gut sehen konnten, und begann vorzulesen:

An Dominik Kascha und die anderen,

sollte ich nicht in der Lage sein, Ihnen persönlich Aufklärung und Erläuterung zu überbringen, so hoffe ich, dass dieses Dokument Sie erreicht.

Mein Name ist Akito Watanabe, mein Beruf ist Chemiker. Ich arbeitete in verschiedenen Forschungslabors in den USA und in Europa, und mein Spezialgebiet war die Untersuchung von leistungssteigernden Substanzen.

Bei meinen Forschungen bin ich vor achtundzwanzig Jahren auf eine chemische Verbindung gestoßen, die eine enorme Steigerung an Intelligenz, Lernfähigkeit, Beobachtungsgabe, Reaktionsschnelligkeit und anderen Eigenschaften erwarten ließ. Wir vermuteten damals, dass sich die volle Wirkung nur entfalten kann, wenn die Substanz über Jahre, am besten von Kindheit an, eingenommen wird.

Als ich meinem damaligen Auftraggeber davon berichtete, war er Feuer und Flamme und investierte hohe Geldbeträge in die weitere Forschung. Ich arbeitete weiter an der Zusammensetzung dieser Substanz, doch bald tauchten in mir erste Zweifel an der Wirksamkeit auf, und es fiel mir immer schwerer, mit meinem Gewissen zu vereinbaren, dass die Substanz Kindern verabreicht werden sollte.

Da zu diesem Zeitpunkt aber meine geliebte Tochter schwer erkrankte und die Behandlung ein Vermögen verschlang, war ich gezwungen weiterzuarbeiten. Sie können mir glauben, dass dieser Gewissenskonflikt mir viele schlaflose Nächte bereitet hat.

Bald war ich in der Lage, meinem Auftraggeber die Formel für ein bereits ziemlich weit entwickeltes Mittel zu liefern, dessen Wirkung wir in Labors an Ratten getestet hatten. Selbst auf das Risiko hin, den Auftrag zu verlieren, entschloss ich mich, meinem Auftraggeber davon abzuraten, den Einsatz der Substanz weiterzuverfolgen, und warnte ihn vor unvorhergesehenen Nebenwirkungen. Absichtlich übertrieb ich dabei sogar, und zu meiner Erleichterung schien es mir, als habe er das Interesse an der Durchführung weiterer Tests verloren.

In einem Gespräch zwei Jahre später teilte mir mein Auftraggeber dann aber mit, dass er die Substanz nun doch testete. Er wollte mir keine Details nennen, ließ aber fallen, dass er vier Kinder in extreme Abenteuer stürzte, um die Substanz auf diese Weise zu erproben.

Mein Entsetzen war groß, und ich versuchte, auf ihn einzuwirken, damit sofort wieder aufzuhören. Mein Auftraggeber war aber ein Mann, dem Skrupel fremd sind. Er drohte mir an, die Zusammenarbeit mit mir sofort aufzulösen, was die weitere Behandlung meiner Tochter unmöglich gemacht hätte. Da ich aber zu viel wusste, einigten wir uns schließlich auf einen Deal: Man hatte mir damals geraten, für das Wohlbefinden meiner Tochter in einen tropischen Regenwald zu übersiedeln, und der Auftraggeber erkaufte sich mein Schweigen mit laufenden Zahlungen, die ich für die Behandlung meiner Tochter und die Übersiedelung brauchte.

Sie werden sich fragen, wieso ich immer nur von »Auftraggeber« schreibe und keinen Firmennamen nenne. Der Grund ist auch heute noch meine Tochter, die das Auffliegen der Person und ihres Unternehmens das Leben kosten könnte. Auch nach meinem Tod wird sie die Zahlungen dringend benötigen.

Mir war die Identität der Testpersonen nie bekannt. Ein erster Verdacht kam mir, als ich Sie, Mr Kascha, in einem Interview von einer Kinderbande erzählen hörte, die vor zwanzig Jahren Kriminalfälle gelöst hatte und deren Mitglied Sie in Ihrer Jugend waren.

Sie sind meine einzige Verbindung, und ich hoffe inständig, dass dieser Brief Sie und die anderen drei erreichen wird. Mein Ziel war es immer, persönlich mit Ihnen zu reden, aber sollte das nicht möglich sein, muss dieser Weg ausreichen.

Ich habe Sie, Mr Kascha, beschatten lassen und einen Privatermittler namens Weller beauftragt, Ihnen zu folgen.

Verzeihen Sie, dass ich Sie nie direkt kontaktiert habe, aber ich musste erst sichergehen, dass ich die richtigen vier Personen gefunden hatte.

Nach dieser kurzen Erklärung zurück zu der Substanz und meinen Erkenntnissen, die für Sie von großer Bedeutung sind: Ich setzte die Forschungen später fort und stellte dabei zweierlei fest:

Bei Erwachsenen löst sie Halluzinationen der schlimmsten Form aus, die bei längerer Einnahme jahrelang andauern können.

Besonders interessant für Sie ist aber meine zweite Erkenntnis.

Es war zu hören, wie alle drei in Europa an dieser Stelle vor Spannung nach Luft schnappten. Dominik überflog die nächsten Zeilen und atmete tief ein.

»Was ist? Was steht da?«, drängte Poppi.

Dominik las weiter:

Die von mir entwickelte Substanz kann bei Kindern keinerlei schädliche Wirkungen haben. Sie hinterlässt auch keine Spuren, da sie aus dem Körper schnell wieder ausgeschieden wird.

Aufgrund von Fehlern in der chemischen Formel und einer viel zu kurzen Testreihe habe ich voreilige Schlüsse gezogen und angenommen, die Substanz könne die Intelligenz bei Menschen steigern. Genauere Tests, die ich später privat unternahm, ergaben aber, dass die Substanz höchstens zu größerer Wachsamkeit führt, aber keinerlei Einfluss auf die Intelligenz hat. Die Nebenwirkung der Halluzination tritt erst mit der Pubertät ein, wenn der Hormonhaushalt des jungen Menschen sich verändert. Es ist eine chemische Reaktion im Gehirn, die auch beim Erwachsenen erfolgt, wenn auch unterschiedlich stark. Zu dieser Erkenntnis konnte ich erst in den letzten Jahren gelangen, da ich die Substanz in Rechenmodellen von Computern weiter untersuchen lassen konnte.

Ihre großartigen Leistungen aber ließen meinen Auftraggeber weiter an die Wirksamkeit der Substanz glauben, doch ich kann Ihnen versichern, dass sie nicht den geringsten Einfluss darauf hatte. Diese Leistungen verdanken Sie ausschließlich Ihren persönlichen Fähigkeiten.

Längere Zeit schon habe ich den Verdacht gehegt, mein Auftraggeber könnte versuchen, die Tests an Ihnen fortzusetzen, und als Weller mir von der rätselhaften Einladung von Dominik Kascha nach Europa berichtete, war ich überzeugt, dass der Tag gekommen war.

Daher habe ich ihn beauftragt, Sie alle vier zu finden und den Kontakt mit mir herzustellen.

Da ich Ihren Wissensstand nicht kenne, war es mir ein Anliegen, Ihnen diese Erkenntnisse mitzuteilen, damit Sie beruhigt sein können.

Ich wünsche Ihnen und Ihren Freunden ein Leben in Freude und entschuldige mich für alle Probleme, die Ihnen durch mich erwachsen sind. Mögen die Götter Ihnen auf allen Wegen gnädig sein und immer die beste Richtung weisen, für Gesundheit und ein langes Leben.

In Hochachtung
Akito Watanabe

Als Dominik fertig war, herrschte zuerst einmal Stille. Axel war der Erste, der erleichtert tief durchatmete. Lilo, die bei ihm war, klatschte. Poppi ließ vor Glück und Freude einen tiefen Seufzer hören.

»Wir waren das also echt! Wir waren immer echte Knickerbocker und haben alle Fälle wirklich gelöst!« Axel triumphierte. »WIR haben das geschafft, keine Wunderdroge!«

Lilo lehnte sich zurück und gönnte sich ein bisschen Stolz. Vor allem war sie beruhigt, keine Spätfolgen befürchten zu müssen. Axel küsste sie auf die Wange. »Du bist und bleibst von Natur aus unser Superhirn.« Lachend warf ihm Lilo ein Kissen an den Kopf.

Dominik war versucht, sich einen Drink aus der Minibar zu holen, ließ es dann aber bleiben, weil er Poppis tadelnden Blick fürchtete.

»Knickerbocker-Bande 4 immer!«, jubelten sie über die Kontinente hinweg durch das Internet.

In sechs Wochen gab es das vereinbarte Wiedersehen in New York, dem sie alle schon entgegenfieberten. Weil sie gerade so gemütlich beisammensaßen, schilderte Dominik schon ein wenig von dem Programm, das er sich überlegt hatte. Natürlich wollte er seinen Freunden alle Sehenswürdigkeiten von New York zeigen, aber auch die Studios, in denen er drehte, und die angesagtesten Restaurants.

Die Vorfreude der anderen stieg. Zu diesem Zeitpunkt ahnte keiner von ihnen etwas von dem winzigen *Datastick*, der in Poppis Handtasche landen würde. Er enthielt Informationen, die die vier Freunde schlagartig zu gesuchten Verbrechern machen würden.

Wieso?

Das kann hier noch nicht verraten werden, denn das ist schon ein anderer Fall …

* * *

DANKSAGUNG

Jetzt kommt noch etwas sehr Wichtiges:

Es ist mir ein großes Bedürfnis mich zu bedanken …

- bei der- oder demjenigen im Universum, der mir die Möglichkeit gegeben hat, Geschichten zu erzählen, weil ich ein Leben lang schon so viel Freude dabei haben konnte.
- bei meinen Eltern, die mir immer Mut gemacht haben, MEINEN Weg zu gehen, auch wenn er weit von ihren Vorstellungen für mich entfernt war.
- bei Werner Brunner, meinem ersten Verleger, der mir 1989 einen Vertrag über 10!!! Bücher gegeben hat, obwohl er nur eine Seite in Händen gehalten hat, auf der »Die Knickerbocker-Bande« stand, eine kurze Beschreibung und zehn Titel, und ich freue mich, dass er auch in der Entstehung dieses Buches wieder dabei war.
- bei Rudi Ribing und Paul Brezina (meinem Neffen), den Geschäftsführern von Tom Storyteller, die meine Werke mit so viel Leidenschaft und Energie betreuen.
- beim Verlag Ecowin, bei Dirk Rumberg, Markus Klose, Martin Bethke und dem gesamten Team, die sich für das Buch begeistert haben und es trotz der Kürze der Zeit herausbringen konnten.
- bei Anke Weber für ein gefühlvolles und ideenreiches Lektorat.
- bei den vielen, vielen Lesern von früher, die über Facebook beim Schreibprozess dieses Buches dabei waren und mir wichtige Kommentare und Gedanken geschickt haben.

- und beim besten Partner der Welt, Ivo, der mich immer unterstützt und wenn ich glaube, in einer Schreibkrise zu stecken, sehr kurz jammern lässt, um mich dann mit einer Tasse Espresso oder Tee und den Worten *»Just do it!«* zurück an den Schreibtisch zu schicken.

Danke euch allen und bleibt alle auf der Spur!

Zwei Namen in diesem Buch …
… haben lebende Vorbilder!

Auf Facebook war es möglich, Freundinnen und Freunde vorzuschlagen, die zwei Bösewichten in diesem Buch ihre Namen geben sollten. Aus den weit mehr als eintausend Vorschlägen haben wir Anna Schauer und Fabian Trannacher ausgewählt. Die Begründungen ihrer Freunde hier:

Jakob Trannacher Lieber Thomas,
es sollte unbedingt Fabian dein neuer super gemeiner Bösewicht werden!

Hier 5 Gründe warum gerade ER das Zeug zum super Schurken hätte:
1. er nimmt kleinen kleinen Kindern schon mal den Lolly weg!
2. er schleckt das letzte Stück Kuchen ab und markiert so sein Revier
3. Er ist die Schadenfreude in Person (ein Bösewicht muss immer 100% über Missgeschicke anderer lachen)
4. Er drängelt sich an der Eisdiele vor (!!!)
5. Er isst morgens sein weiches Ei & dreht es anschließend um, damit es wieder wie Neu aussieht und bietet es seinen Mitfrühstückern an !
#realtalk #noalternativfacts
Gefällt mir · Antworten · Nachricht senden · 20 · 3. September um 21:01

Christoph Hagmann Anna Schauer eignet sich aus unzähligen Gründen für die Vorlage der Bösewichtin. (Man munkelt, wenn man diesen Namen 3x bei Dunkelheit in den Badezimmerspiegel spricht erscheint sie und treibt ihr Unwesen).

Außerdem machte sie sich einen Namen als Phantom der Schule, wohnhaft im Internat der Geister. Man erzählt sich am Treffpunkt Schauermühle habe sie eine schreckliche Tierarmee versteckt die nur darauf wartet, wenn die Turmuhr 13 schlägt, auszubrechen. Ihr gespenstischer Zoo beinhaltet Kreaturen wie einen Grusel-Kuckuck, einen tätowierten Elephanten, einen weißen Gorilla, Donnerechsen, eiskalte Trolle, Teufelsrochen, Werwölfe, Höllensalamander, 13 blaue Katzen, einen Geisterhund und eine goldene Schlange. Anna droht damit, dass uns durch eine Hand aus der Tiefe der Bumerang des Bösen ereilt, sollte sie nicht als Bösewichtin genannt werden. Könntest du das verantworten, Thomas Brezina?
Gefällt mir · Antworten · Nachricht senden · 43 · 3. September um 20:18 · Bearbeitet

> **Thomas Brezina** Ich bin zuerst einmal sprachlos!!!!!! Grandioser Eintrag. 👍👍👍
> Gefällt mir · Antworten · 20 · Kommentiert von Tom Storyteller [?] · 3. September um 20:21

ÜBER DEN AUTOR

Thomas Brezina, geb. 1963, ist Kinder- und Jugendbuchautor, Drehbuchautor, Fernsehmoderator und Produzent. Im Alter von 15 Jahren gewann er bereits den »Großen Österreichischen Jugendpreis« für die Drehbücher zur Puppenserie »Tim, Tom und Dominik«. Seitdem arbeitet Thomas Brezina federführend für das österreichische Kinderfernsehen. Mit seinen Buchreihen wie »Die Knickerbocker-Bande«, »Ein Fall für dich und das Tiger-Team« und »Tom Turbo« gilt er weltweit als einer der erfolgreichsten Autoren. Er hat über 550 Bücher geschrieben, die in mehr als 35 Sprachen übersetzt wurden und in über 40 Ländern erschienen sind. Für sein umfassendes Werk erhielt er unter anderem das »Goldene Verdienstzeichen der Republik Österreich«.

Seit 2008 ist Thomas Brezina auch der kreative Motor und Produzent von »okidoki«, dem Kinderprogramm des ORF. Zu seinen bekannten Fernsehsendungen zählen unter anderen die Kinderkrimiserien »Tom Turbo« und »Tom Turbo Detektivclub« und die Wissensmagazine »Forscherexpress«, »7 Wunder« (2011 Intermedia Globe Gold Award) oder »Knall genial« (2016 Gold Award beim World Fest in Houston, Texas). Aber auch Formate wie »ABC Bär« und »Tolle Tiere« wurden von ihm entwickelt.

Thomas Brezina lebt in Wien und in London. Er engagiert sich für Tiertherapien, den Kampf gegen Kinderarmut und Schulaktionen und ist seit 1996 offizieller Botschafter von UNICEF Österreich. Dabei sind ihm Schulprojekte in Entwicklungsländern ein besonderes Anliegen.

Homepage: www.thomasbrezina.com
Twitter: @_thomasbrezina_
Facebook: @thomasbrezinaofficial
Instagram: @thomasbrezina